Le pavé

Coluche

Le pavé

Préface de Pierre Bénichou

collection « le sens de l'humour »

le
cherche
midi

L'éditeur remercie Romain, Marius et Véronique Colucci
ainsi qu'Europe 1 et Canal +

DIRECTION ÉDITORIALE : Arnaud Hofmarcher
COORDINATION ÉDITORIALE : Marie Misandeau
CONCEPTION GRAPHIQUE : Corinne Liger

23, rue du Cherche-Midi, 75006 Paris.
www.cherche-midi.com

Il faut se méfier des comiques,
parce que quelquefois
ils disent des choses
pour plaisanter.

COLUCHE

Préface

Je me souviens de Coluche, je le faisais rire. Prétentieux ? Non. la vérité. Et puis, il faut bien que je justifie ma présence ici.

Je me souviens de notre rencontre un dimanche soir chez Castel, c'était désert. On a bu, on a ri, et il m'a proposé d'aller chez lui. J'ai accepté. Le premier soir. Et ce n'est pas mon genre.

Je me souviens de la rue Gazan. Une sorte de juke-box géant posé au bord du parc Montsouris avec une piscine (vide), un billard de compétition, un bar avec des néons rose vert et jaune, genre *« american dream »* vu par un mec de Montrouge. Une telle recherche dans le mauvais goût (kitch ?) m'avait déçu.

Je me souviens des habitués, des gens du café-théâtre, des pique-assiette, des amis parfois, des filles, des politiques enivrés par leur propre audace, Patrick Dewaere. Il leur donnait à boire et à manger. C'était peut-être sa vocation : donner à manger.

Je me souviens de la grande question que je me posais alors : est-ce qu'il restera quelque chose de ce comique époustouflant qui a démodé tous les autres en quelques mois ? Je peux répondre aujourd'hui : oui. Quoi ? Tout. Rien à jeter dans le *Pavé* que vous avez la chance d'avoir entre les mains.

Je me souviens du beauf (on disait encore poujadiste) qu'il voulait paraître. Et qu'il était. Et du révolutionnaire. Et du chef de bande méchant comme un patron. Et de sa tendresse. Et de sa vulgarité. Et de sa délicatesse. Tout cela à la fois. Contradictoire, Coluche ? Non, multicartes.

Je me souviens de sa générosité. Il offrait des autos. C'est rare ? C'est le seul que j'ai connu. En général des grosses américaines qu'il faisait rénover à prix d'or. Pour aller plus vite, il avait acheté le garage.

Je me souviens d'une Rolls-Royce marron glacé. Il me l'avait prêtée. Je la lui ai rendue. Il était surpris. Et mécontent.

Je me souviens de ces histoires de Bouboule, son copain de Montrouge, son double, Coluche en vrai. Adolescents, les jours d'été, ils mettaient une veste blanche et ils encaissaient les consommations à la terrasse du Fouquet's. Ils se sauvaient ensuite à deux sur une mobylette (volée).

Je me souviens de Simone, sa mère, qui avait voulu une télé qui ferme à clé pour que son ancienne collègue du marché aux fleurs, sa copine, devenue sa femme de ménage, ne puisse pas l'allumer en son absence. Il disait : « La pauvre Simone, elle est méchante parce que la misère, ça rend méchant. »

Je me souviens de son dictaphone. Il enregistrait sans se cacher le moindre mot qui le faisait rire. Un jour à 5 heures du matin, je lui ai dit : « T'as pas honte ? » Il a répondu : « Et pourquoi j'aurais honte ? Tu t'en sers pas. Dans ce métier, c'est le premier à la Sacem qui a gagné, président. »

Je me souviens, il m'appelait président. Parce que j'avais toujours un costume gris et une cravate. « Toi, au moins, tu ne te déguises pas pour venir ici. » Et il me montrait en pouffant dans sa petite main un énarque en perfecto.

Je me souviens de *Misère*, la chanson qu'il a signée de mon nom. Bien entendu, je n'y étais pour rien. Il a insisté et je lui ai dit : « D'accord, mais c'est moi qui touche les droits. » Alors il a mis : « Musique de Pierre Bénichou », pour qu'on sache bien que c'était une plaisanterie.

Je me souviens de: « Mon père est né en Italie, ma mère dans le Nord et moi à Paris. On a quand même eu du bol de se retrouver. »

Je me souviens de: « Ce que j'apprécie le plus chez mes amis ? L'assiduité. » Inutile de prendre des notes, c'est dans le bouquin.

Je me souviens de Mitterrand à qui j'expliquais, avant l'élection de 1981, que Coluche n'était pas seulement un clown. Il m'avait stoppé: « Mais vous croyez que je ne vois pas ce qu'il y a de politique dans son humour, de salubre, comme disaient les surréalistes. C'est leur descendant, c'est sûr. Mais enfin, vous me prenez pour qui, pour Jacques Chirac ? »

Je me souviens du petit groupe qui le poussait à être candidat à l'Élysée alors qu'il était en pleine débâcle fiscale et sentimentale. Et je trouvais ça dégueulasse.

Je me souviens des Restos du cœur, je n'y croyais pas une seconde.

Je me souviens de cette conférence au Grand Orient de France, trois mois avant sa mort, à laquelle je ne suis pas allé. Je viens de lire le compte rendu dans ce bouquin, c'est absolument ahurissant d'intelligence, de talent, de *vision*.

Je me souviens de sa mort, de la « chienne de moto », etc. Peine. Stupeur.

Je me souviens de son enterrement à Montrouge et du discours de l'abbé Pierre qui m'avait carrément fait chier.

Je me souviens des larmes de crocodile de l'intelligentsia qui, trois semaines plus tôt, le trouvait « d'une vulgarité effrayante ».

Je me souviens d'un matin d'hiver. On traversait le parc Montsouris. Il allait voir Véronique et les enfants qui avaient déménagé. Il pleurait.

Pierre BÉNICHOU

Moi, j'aime le music-hall

C'est l'histoire d'un mec... un mec pas... non!... un mec normal.

Je suis né à Paris, dans le quatorzième, j'ai été élevé à Montrouge, j'ai 26 ans (je vais pas tarder à les avoir), je mesure 1,72 mètre et pèse 86 petits kilos.

Après de brillantes études primaires (oh! combien!) qui me conduisirent à chuter au certificat d'études (CEP), je décidai de ne pas commettre l'erreur de retourner à l'école afin de ne plus connaître l'horreur de l'échec. J'entrai aux PTT comme télégraphiste. On me conseilla rapidement de démissionner. Alors j'entrepris plusieurs apprentissages dans différentes professions (quatorze en tout!): photographe, garçon de café, fleuriste, marchand de légumes... et puis j'entrai à l'usine comme manutentionnaire. Je ne suis pas mécontent d'en être sorti.

À force de traîner le soir du côté de la Contrescarpe, j'ai fini par apprendre à jouer de la guitare, à chanter, et un jour j'ai sauté le mur qui me séparait de la vie d'artiste à laquelle je rêvais.

J'ai commencé par chanter dans un resto, Le Vieux Bistrot, dans l'île de la Cité, puis dans un autre.

Un jour, j'entre dans un cabaret pour chanter; on m'engage pour faire la vaisselle. Je reste là plusieurs mois et j'y fais mes débuts de chanteur.

Il y avait là deux jeunes qui venaient chanter le soir: Jo Moustaki et Maxime Le Forestier. C'est là aussi qu'on m'a donné ce surnom: Coluche.

Après ce cabaret, j'en fais d'autres comme chanteur, puis dans l'un d'eux je rencontre Romain Bouteille qui m'emmène avec lui dans son Café de la Gare. Il m'apprend à jouer ainsi qu'à d'autres (Miou-Miou, Patrick Dewaere).

Plus tard, je quitte le Café de la Gare et, avec des copains, nous fondons Le Vrai Chic parisien et, ensemble, nous montons successivement *Thérèse est triste* au TTX 75 (Olympia), *Ginette Lacaze 1960* que Dick Rivers choisit comme première partie de son Rock'n'roll Show à l'Olympia. (Je peux dire qu'à cette époque personne n'y croyait et qu'il nous a imposés de force.)

Ensuite, une troisième pièce: *Introduction à l'esthétique fondamentale*. Mais une troupe, ça n'est pas facile à faire vivre, les rapports y sont délicats et moi je ne le suis guère. On se sépare, et je fais cavalier seul... par force.

Ce qui me fait le plus rire, ce sont les comiques qui s'ignorent: la télé. La télé, c'est bourré de gags, mais tellement qu'on ne peut pas les reproduire. Les gens croiraient qu'on invente.

Par exemple, après un petit film pour promouvoir une campagne au profit des aveugles, une speakerine déclare: «Nous tâcherons de ne pas rester sourds à cet appel.» Ça, je l'ai vu et entendu.

Mais j'aime bien aussi les comiques qui ne s'ignorent pas. Au cinéma, ma préférence va à Jacques Tati. *Playtime* est mon meilleur souvenir. Au music-hall, j'aime surtout Raymond Devos. J'aimais beaucoup Fernand Raynaud.

Voilà en gros... mon premier disque vient de sortir... j'inaugure le Caf' Conc' de Paris, un nouvel endroit des Champs-Élysées où je pense bien m'amuser. Je prépare un show télé (fin octobre, 1re chaîne, réalisé par A. Flédérick).

Parlons de mes égouts et de mes couleuvres:

– j'aime flâner sur les Grands Boulevards;
– j'aime Paris au mois de mai;
– j'aime bien mes dindons;
– j'aime mieux mes moutons;
– j'aime le jambon et la saucisse;
– je hais les dimanches.

Moi, j'aime le music-hall!

(Paru le 4 septembre 1974 dans *L'Aurore*.)

Pensées et anecdotes

I

On me reproche deux choses : de dire quelquefois la vérité et de tenir des propos en dessous de la ceinture. Je dirai au contraire que, pour la vérité, on fait ceinture, et on est toujours en dessous de la vérité.

*

S'il y a des mecs qui ont du pognon et qui sont emmerdés parce que l'argent ne fait pas le bonheur, ils n'ont qu'à le dire : on trouvera toujours des pauvres assez cons pour le leur piquer.

*

Alors, si je comprends bien, il faudrait pas que je dise du mal des Belges, il faudrait pas que je dise du mal des Arabes, il faudrait que je ferme ma gueule à propos de la politique, il faudrait que je raconte des histoires un peu moins dégueulasses et il faudrait pas que je parle la bouche pleine, mais on va jamais me payer à rien foutre !

*

À chaque fois que je vois une femme qui me plaît, soit c'est elle qui est mariée, soit c'est moi !

*

Je voulais juste dire aux mecs qui téléphonent suite à mon annonce pour me vendre une DS de se calmer sur les prix. Je suis peut-être plus riche qu'eux, mais je suis pas plus con !

*

Ce matin dans le journal en page 2 : « La police tue un immigré innocent en lui tirant dans le dos. » Et en page 3 : « Six banques nationalisées impliquées dans une escroquerie de vingt milliards au préjudice de leurs clients. » Que voulez-vous, la police ne peut pas être partout à la fois !

*

Le mariage, c'est souvent le coup de foudre. On s'est plu, on s'est plu, on s'est plu, puis à la fin on sait plus !

*

Les films pornos, on les reconnaît à ce que les acteurs sont filmés sans la tête. Donc pour ceux qui n'en ont jamais vu : mettez la télé plus bas !

*

J'ai commencé par être chanteur mais j'ai été plus honnête que ceux qui ont continué, moi, j'ai arrêté.

*

C'est pas que je voudrais pas être chanteur, mais je me suis habitué au pognon que je gagne !

*

C'est un chanteur, dont on ne dira pas le nom, qui sort de scène après avoir été sifflé copieusement et qui dit : « Ah, si on les écoutait, on chanterait jamais ! »

*

Les oreilles sont les poignées des gosses.

*

Voler, c'est quand on a trouvé un objet avant qu'il soit perdu.

*

On dira ce qu'on voudra mais se moquer de quelqu'un, c'est quand même une manière comme une autre de se foutre de sa gueule !

*

La météorologie est une science exacte, le problème, c'est que les météorologues ne la connaissent pas.

*

C'est vrai, je porte des lunettes. Mais c'est pas à cause de la vue. C'est à cause de l'âge.

*

On fait pas d'aveugles sans casser des yeux.

*

Des nouvelles de la presse. Cette semaine, je suis dans *Lui*. Je préfère quand je suis dans *Elle*.

*

Le Tour de France, il serait moins dur à faire sans le vélo que sans le dopage. Et encore, il faudrait qu'il fasse beau…

*

J'ai vu en photo dans le journal un basketteur de 2,30 mètres. Là, je dis, c'est plus du jeu ! Y a triche ! C'est comme courir le tiercé avec un cheval de 800 mètres de long !

Aux États-Unis, un ours a avalé 35 kilos de coke. En voilà un qui ne sera pas dur à empailler ! L'ours s'est vendu 600 francs le gramme !

Une hôtesse de l'air violée sur le périph ! À mon avis, les avions volent trop bas !

*

Dassault a gagné 12 % en Bourse. Ça va lui faire de grosses bourses ! Il va être obligé de changer de slip !

*

Les gens qui disent que je suis grossier ont raison. Je suis exactement grossier, et je me trouve même un peu seul. L'irrespect se perd et on se fout pas assez de la gueule des cons.

*

On dit les Blancs, les Noirs... mais *sexe*, c'est pas forcément un gros mot. Ça dépend beaucoup de la couleur du sexe !

*

Il paraît qu'on peut attraper le sida rien qu'en s'inscrivant au Front national ! Non, je déconne, mais faut pas le dire. On peut même si on veut lancer la rumeur !

*

Jean-Marie ne sera jamais élu DONC ceux qui votent pour lui votent forcément pour rien !

*

Il paraît qu'en entendant une de mes conneries, Jean-Marie s'est fâché tout rouge. Ce qui est pourtant loin de ses idées !

*

Conseil politique : achetez du SMIC, c'est ce qui augmente le moins.

*

Un conseil pour les chômeurs : le franc flotte, nagez la bouche ouverte !

*

Les parcmètres coûtent plus cher à l'État qu'ils ne rapportent. J'ai une solution : qu'on les enlève !

La Suisse, c'est formidable, tout y est moins cher, même l'argent français !

*

Problèmes financiers au Vatican. On annonce une « suppression du personnel inutile ». Ils vont virer tout le monde ?

*

Nous organisons un grand concours de chèques à mon nom. Le plus gros a gagné.

*

J'ai des revenus qui sont partis aux impôts. Ça va, ça vient...

*

À force de me serrer la ceinture, j'ai les bretelles qui n'arrivent plus à joindre les deux bouts.

*

Je suis un ancien pauvre, et comme je m'en souviens bien, même avec ce que je paie d'impôts, je gagne encore beaucoup.

*

On apprend dans la presse qu'il y a deux inspecteurs des impôts en prison. Je voudrais savoir si c'est deux en tout ou deux de plus !

*

Moi qui n'ai que les moyens d'être français, je me retrouve être un Français moyen !

*

On a longtemps cherché des idées pour améliorer le sort des hommes. Le socialisme, par exemple, c'est une idée qui essaie d'améliorer le sort des hommes. À mon avis, il faudrait commencer à chercher une idée pour améliorer les hommes. C'est urgent maintenant !

*

L'homme s'est mis en société pour lutter contre l'ennui et depuis il s'emmerde !

*

Les hommes politiques, c'est des hommes qui font le même métier que moi sauf qu'ils mettent moins de rouge sur le nez. Mais ça, je pense qu'ils devraient en mettre plus, ils feraient plus marrer.

*

Je ferai aimablement remarquer aux hommes politiques qui me prennent pour un rigolo que ce n'est pas moi qui ai commencé.

Tous les hommes politiques sont des comiques de circonstance. Moi, j'ai sur eux l'avantage d'être un comique professionnel.

À quoi ça sert, le pouvoir, si c'est pour ne pas en abuser ?

*

Premier sondage honnête: 60 % sont contre Barre, 74 % contre Giscard, 77 % sont contre Mitterrand, 84 % contre Marchais, 88 % sont contre Chirac... 383 % des Français sont contre la politique.

*

Je vais vous expliquer le principe de base de l'économie: « Donne-moi ta montre et, quand tu as besoin de l'heure, moi, je te la dis ! »

*

À part gangster ou homme politique, des choses qui se font sans qualification, y a quasiment qu'artiste.

*

En politique, la vérité c'est que Dieu a bien fait les choses : il a fait les mêmes avantages pour les pauvres que pour les riches, seulement comme il y en a qui sont riches, ils profitent mieux des avantages, c'est tout.

*

Les hommes politiques, c'est comme les trous dans le gruyère. C'est indissociable : plus il y a de gruyère, plus il y a de trous, et malheureusement, plus il y a de trous, moins il y a de gruyère.

*

Vous savez la différence entre un ouvrier et un patron ? L'ouvrier, c'est celui qui sait comment on travaille, le patron, c'est celui qui sait pourquoi on travaille !

*

C'est pas parce qu'ils sont nombreux à avoir tort qu'ils ont raison !

*

Le communisme, c'est une des seules maladies graves qu'on n'ait pas expérimentées d'abord sur les animaux.

*

À la télé polonaise, les informations :
« Météo : 30 degrés ou de force. »

*

En Pologne, un citoyen a traité Jaruzelski de « tortionnaire ». Il a été condamné à quinze ans de prison pour divulgation d'un secret d'État.

*

Vous savez quand Jaruzelski enlèvera ses lunettes noires ? Quand il aura fini de souder l'URSS à la Pologne.

*

Citez-moi un ministre de l'Intérieur qui n'a pas une gueule de voleur, d'assassin ou de méchant dans un film policier ?

*

Affaire Bokassa, Coluche est d'accord pour dire qu'il n'y a jamais eu de diamants… si on partage.

*

Marchais contre l'immigration. Sauf quand c'est les Russes qui émigrent en Afghanistan.

*

Camarade balayeur, à partir de demain, grâce au syndicalisme, tu seras l'égal du patron! Mais je te préviens, c'est toujours toi qui ramasseras la merde et tu seras toujours payé moins cher.

*

DEVISE SYNDICALISTE:

Luttons pour le minimum, l'espoir fera le reste.

*

D'aucuns diront que le syndicalisme est à la société moderne ce que le Mercurochrome est à la jambe de bois. À ceux-là je dirai, rappelez-vous l'essentiel: le capitalisme, c'est l'exploitation de l'homme par l'homme. Le syndicalisme, c'est le contraire!

*

FO, c'est un syndicat qui est très bien, parce que c'est le plus petit. C'est celui qui fait le moins grève... donc, on gagne plus. Enfin, quand on est obligé, on la fait; sinon ça se verrait... Mais c'est toujours nous qui reprenons le boulot le plus vite, hein!

*

Raymond Barre s'est dit touché par le chômage. Il a dit que, pour qu'il y ait moins de chômeurs, il fallait que les gens travaillent plus et qu'on ait davantage le droit de licencier. Donc, si vous voulez, plus on fout de gens à la porte, moins il y aura de chômeurs selon lui. Eh bien, j'ai l'impression qu'il y a un des deux cons entre lui et moi qui comprend pas ce qu'on dit. Touché, oui, à la tête !

*

Le Premier ministre s'inquiète de l'augmentation des dépenses de la Sécurité sociale. Pourquoi, il est malade ?

*

Moi, je veux bien qu'on n'ait pas le droit de rire, mais faut qu'ils arrêtent de nous chatouiller sous les bras aussi !

*

Il faut prendre la misère comme une philosophie et vous dire que l'argent fait sûrement le bonheur. De ceux qui en ont.

*

Partant du principe qu'il vaut mieux gâcher sa vie que rien faire du tout, on va continuer, nous, qu'est-ce t'en penses ?

*

Il faut bien vivre, hein ? Et tant qu'à faire, autant vivre bien, hein !

*

Pendant dix ans, avant d'être connu, j'étais comédien, je mangeais des sandwichs, parce que j'avais pas de ronds. Puis après j'ai mangé des sandwichs parce que je n'avais plus le temps de becter, ce qui fait que, en fait, j'ai été nourri entièrement au sandwich.

Si vous êtes cuistot, venez nous rejoindre aux Restos du cœur ! Enfin bon cuistot, parce qu'il ne faut pas non plus que ça devienne les Restos du haut-le-cœur !

Je suis la manivelle des pauvres : je leur remonte le moral.

*

VOICI UN COMMUNIQUÉ DE LA SÉCURITÉ ROUTIÈRE : « L'année dernière, on a sauvé 30 millions de vies humaines. » C'est malin, maintenant faut les nourrir !

*

Hier soir je suis allé bouffer au resto et après j'ai demandé à embrasser le chef. Bah, oui, c'était tellement dégueulasse que, lui et moi, on est sûrs de pas se revoir avant longtemps !

*

En photo, je rends bien. Après les repas aussi d'ailleurs.

*

Le barbecue, en gros, c'est un appareil qui te permet de manger des saucisses pratiquement crues mais avec les doigts bien cuits.

*

En France, c'est interdit de parler la bouche pleine. En Italie, c'est interdit de parler les mains pleines !

*

J'ai été manger chez le pape. Qu'est-ce qu'il est sympa ! Mais alors elle !

*

Les grands restaurants ne veulent plus d'Américains. La différence entre le dollar et le franc est tellement importante qu'aujourd'hui il y a des pauvres américains qui arrivent à se payer la Tour d'Argent ! Ce qui fait qu'ils voient arriver des mecs en short avec des coups de soleil sur les bras, l'appareil photo pendu à la ceinture, un chewing-gum plus gros que la bouche et qui disent : « C'est nous, on a réservé, on est les Américains ! » Ils pètent à table, ils paient en dollars et ça leur coûte rien !

*

L'artichaut, le légume le plus sado-maso : d'abord on lui coupe la queue, ensuite on lui arrache les poils et seulement après on lui bouffe le cul !

*

Prenez donc un éclair, ils sont du tonnerre !

*

Les yaourts ont une date de garantie. C'est parce que c'est garanti ou remboursé, les yaourts. C'est-à-dire que si vraiment tu meurs de ça, on te rembourse le yaourt.

*

Une maxime de crémiers : loin des
œufs, loin du beurre.

*

Vous savez comment on appelle une frite enceinte ? Une pomme de terre sautée.

*

Tu sais ce qu'il m'a dit, Johnny Hallyday ? Il m'a dit : « Moi, tu vois, je fréquente personne dans le métier », alors je lui ai dit : « Mais quand même tu connais vachement Carlos », il m'a répondu : « Mais il est pas du métier, Carlos, c'est un ami. »

*

C'est Francis Lalanne qui donne un concert dans un petit village. L'après-midi, l'épicier voit arriver un mec qui lui dit :

– Je viens acheter tout votre stock de tomates pourries, tout ce que vous avez !

– Ah ! je comprends, c'est pour aller au gala de Francis Lalanne !

– Non. Je suis Francis Lalanne !

*

Régine, je l'ai vue au magasin essayer une robe et le vendeur qui la connaissait lui a dit :

– Alors, on vous donne votre taille tout de suite ou on bousille une fermeture Éclair ?

*

Vous savez la différence entre Gainsbourg et un chameau ? Le chameau peut travailler huit jours sans boire alors que Gainsbourg peut boire huit jours sans travailler !

*

Il y avait déjà des bas résille, maintenant il y a des bas Régine. C'est des collants chair, en plastique latex, que tu enfiles de force et ça tient bien la graisse... ça fait moins mou !

*

C'est normal qu'il dise du mal de moi, Collaro, qu'est-ce que tu veux qu'il dise ? Il va pas dire du bien de lui quand même !

Collaro, c'est un garçon qui a énormément de courage : tu en ferais, toi, de la radio si tu étais pas doué ?

J'ai toujours eu l'impression que Collaro, en tant que petit gros frisé, il s'était dit : « C'est con, j'ai pas pensé aux lunettes ! »

*

À propos de ringard, j'ai croisé un ancien comique. Il ne m'a pas dit bonjour. Si ça se trouve, il a pas la télé !

*

Le principe fondamental de notre métier est qu'il ne faut connaître personne, il faut être connu de tout le monde.

*

J'ai vu un mec qui faisait un one-man-show au café-théâtre et qui bâillait ! T'as qu'à voir l'état dans lequel on était dans la salle ! Y a pas pire que ça. À part peut-être ceux qui ont vu des récitals de Régine ou des choses comme ça.

*

Quand j'étais au café-théâtre, j'ai vu un mec monter sur scène pour faire une photo de sa femme dans la salle. Évidemment pendant le spectacle !

*

Dans notre métier, même ceux qui bossent jamais ont des projets, alors, t'imagines ceux qui bossent !

*

Il faut se méfier des gens de bonne volonté parce que ça ne remplace pas le talent.

*

J'avais un copain au théâtre, tous les soirs il faisait un tabac et puis après il passait à la caisse. Et puis il y a des mecs qui sont venus, ils lui ont raflé la caisse et ils l'ont passé à tabac !

*

Faire un malheur au théâtre, c'est faire plein de petits bonheurs.

*

L'art dramatique est le seul qui porte bien son nom. Parce que c'est vraiment dramatique.

*

Le problème de la Comédie-Française ?
C'est que Molière soit mort !

*

Le jour où j'ai décidé que j'allais devenir comédien, je me suis dit: si je n'y arrive pas, je serai clochard mais j'irai plus bosser, c'est fini.

– Si tu avais un conseil à donner à un jeune comédien?

– Je lui dirais d'arrêter parce que c'est tellement facile qu'ils vont finir par y arriver ces cons-là.

*

J'avais mes premières affiches dans la rue qui étaient collées à hauteur d'homme. Un photographe m'a proposé de me mettre devant une affiche pour qu'il me prenne du trottoir d'en face. Le temps qu'il traverse la rue, qu'il installe ses appareils, tout ça, je poireautais tout seul devant l'affiche. Et il y a un bonhomme qu'est passé avec son gosse et le gamin a dit: « Oh! regarde le monsieur, il est sur l'affiche... » et le père, il a dit: « Ben va lui demander un autographe, tu vois bien qu'il attend que ça. »

Moi, j'ai jamais travaillé. Vous savez à quoi on reconnaît le travail? C'est mal payé, c'est chiant et c'est long. Moi, ce que je fais, c'est bien payé, c'est court et je me marre! Enfoirés, excusez-nous!

Je m'amuse où les autres travaillent, contrairement au gynécologue qui, lui, travaille là où les autres s'amusent !

*

Je ne suis ni pédé ni juif ni franc-maçon et pourtant j'essaie de m'en sortir quand même dans le music-hall !

*

Personnellement, je ne le fais pas exprès, dès que j'ouvre la bouche, je dis des conneries. Avant je les disais, ça ne me rapportait pas un rond, maintenant je les dis, ça me rapporte de l'argent, mais pour moi, ça n'a pas changé, je dis toujours autant de conneries.

*

Paul Lederman, mon agent, faut que je vous explique qui c'est : c'est celui qui s'occupe de mon argent en croyant que c'est le sien.

*

Lederman, mon imprésario... il compte toujours en anciens francs, lui. Il dit pas 10000 francs, il dit un million... parce que plus les chiffres sont gros, plus il est content !

*

Coluche au théâtre du Gymnase, moi je déconseille aux gens d'y aller. C'est pas drôle du tout ! J'y suis allé hier, mais c'est pas drôle ! Écoutez, c'est pas dur, au début du spectacle, je me suis mis dans la salle et j'ai attendu. Il n'y a rien eu ! Rien ! Tu ne vas pas me croire, mais pour que les gens se marrent, il a fallu que j'aille sur scène !

*

Au Gymnase, chaque soir, ils n'arrêtent pas de me faire des rappels. À tel point que, hier soir, pour pouvoir m'en aller, j'ai été obligé de crier : « Au feu ! »

*

M. Biderman de Bordeaux, la ville pas la couleur, voudrait savoir s'il reste des places au théâtre du Gymnase pour mon spectacle. Ça tombe très bien, nous sommes très bien placés pour répondre. Alors si vous voulez, c'est bourré, complètement bourré même, mais ça manque d'émeute, alors ne vous gênez pas, venez armé et tirez si on vous donne pas de places !

*

Cher public, vos applaudissements me vont droit au cœur et droit au portefeuille de Paul Lederman !

*

Alors, le chemin de la richesse, c'est pas dur, je vais vous dire comment faut faire pour y aller : tu prends à droite, puis après tu prends à gauche, puis après tu prends en face, puis après tu prends derrière et quand t'auras pris partout, tu seras bourré de pognon.

*

– Comment cela, vous me dites que vous n'avez encore jamais vu de billets de 150 francs, alors comment pouvez-vous prétendre que celui-ci est un faux ?

*

Deux choses importantes à acheter pour les années qui viennent : un bon plumard et une bonne paire de pompes. Parce qu'en général quand on n'est pas dans l'un, on est dans l'autre !

*

Vous savez pourquoi l'argent ne fait pas le bonheur ? C'est parce que c'est le bonheur qui fait de l'argent ! Toutes les loteries nationales et autres où on te vend du bonheur, tu peux pas savoir le pognon que ça rapporte ! Après on s'étonne que l'argent ne fasse pas le bonheur, mais c'est le contraire !

*

Michel Polnareff, qui est revenu en France après cinq ans d'exil fiscal, a reçu la visite des huissiers qui ont embarqué tous ses meubles : *moi, dans la chambre vide, dans la maison vide, je cherche une chaise pour m'asseoir...*

*

Lederman : si j'éternue, il touche !

*

Il y a mon imprésario qui est arrivé, il s'est fait couper les cheveux, dis donc, qu'il est joli ! Tout ça, c'est avec mon pognon en plus... et il se marre... c'est moi qui paie le dentifrice !

*

J'ai des copains qui mettent de côté du pognon que je gagne mais moi, j'y arrive pas, c'est marrant, non ?

*

Lederman, je suis allé le voir chez lui l'autre jour. Il arrachait le papier des murs. Je lui ai dit :
– Tu changes le papier ?
– Non, je déménage !

*

Je devrais laisser parler un peu Lederman qu'il ait l'impression de gagner son fric honnêtement.

*

Super ces émissions pour chanteurs morts ! C'est plus *Pour qui sonne le glas* mais *Pour qui sonne le gala* ! Avec Mike Brant, Claude François, Édith Piaf, Elvis Presley, Dalida, Jacques Brel, Joe Dassin et Hugues Aufray ! Présenté en direct par Jean-Claude Brialy, la Mère-Lachaise ! Et retransmis sur T'es Défunt, Antenne Dieu et France Croix !

*

Il est encore mort, Mike Brant ? Mais alors c'est tous les jours !

*

Moi, je connais le mec qui a lancé Mike Brant. Pas par la fenêtre, hein, ça, il s'est lancé tout seul !

*

Pour trouver l'âge de Jean Marais, qui veut jamais dire son âge, on se repère sur l'âge du cheval.

*

Ah bon, Jean Marais, il est pas mort ? Je savais pas. Mais lui, il le sait ?

*

On me demande toujours : « Mais comment vous faites pour faire autant de choses ? » C'est parce qu'on me paie, tiens ! Et si on m'envoyait le double de fric pour que je foute plus rien, promis, ça aussi, je le fais !

*

On n'est pas payé pour ce qu'on vaut mais pour ce qu'on rapporte.

*

On dit qu'il vaut mieux faire envie que pitié, mais il est pas rare de s'apercevoir que, en général, on fait envie à ceux qui font pitié !

C'est marrant à constater parce que finalement, Coluche, il est plus connu que moi !

C'est complètement ridicule de gagner de l'argent sans avoir le temps de le dépenser ! Mon imprésario a beau me dire que c'est pour le principe, pas pour l'argent, mais lui, son principe premier, c'est l'argent, alors !

*

Je suis pas antisioniste. Avec tous les imprésarios que je me trimballe... tu les mettrais bout à bout sur des roulettes, ça fait quand même un train !

*

Lederman, il n'achète jamais de journaux, c'est trop cher. Il va les lire dans la salle d'attente des dentistes et, quand ça va être son tour, il se barre !

*

C'est toi le neveu de mon imprésario ? Alors il t'a fait embaucher ici ? Il t'a pistonné ? Il fait oui avec la tête. Tu fous rien ? Non, il fout rien, oui. Il peut venir à l'heure, il peut même arriver en retard, toute façon, il fout rien. T'es content ? Il est content. Ben c'est très bien. Il y en a qui cherchent du boulot, lui, il cherche du chômage.

*

Qu'est-ce que t'as foutu, toi, hier soir ? Rien ?
Et tu as fait ça tout seul ?

*

Tellement il est feignant, il fait même pas son âge celui-là !

*

Oh ! dis donc, mon imprésario, il s'est fendu, il m'a fait un cadeau pour mon anniversaire : il m'a donné un chèque de 100 sacs et il m'a dit : « Tiens, c'est pour Noël. » Alors j'ai dit : « C'est pas Noël, c'est mon anniversaire. » Il m'a répondu : « Oui, mais à Noël, je te le signerai ! »

*

L'anniversaire, c'est un moment où on s'achète des choses qui ne servent à rien pour en foutre plein la vue à des gens qu'on peut pas voir.

*

Le plaisir qu'on fait aux autres, c'est égoïste, c'est pour se faire plaisir à soi. Enfin, si y a plein d'égoïstes qui peuvent me faire des cadeaux, j'ai rien contre.

*

Moi, la seule chose qui me fasse rire dans « le schmilblick », c'est que j'en ai vendu tant que ça !

*

Quand on m'a dit qu'ils avaient parlé de moi à RTL, j'ai cru que j'étais mort. Pour qu'ils parlent de moi à RTL, il faut au moins que je sois mort !

*

Je voudrais faire une annonce personnelle : Mesdames, mesdemoiselles, messieurs, Français, Françaises, vous qui écoutez Europe 1 actuellement, je voulais vous dire quelque chose de très important pour moi et mes camarades. Ici, il fait chaud, on est très bien considérés et on est payés en plus, alors si vous pouviez rire, ça nous arrangerait, merci !

*

– *Bravo pour votre émission, c'est plus drôle que Drucker.*
– Oh ! vous savez, on a un accord : Drucker, il essaie pas d'être drôle, et nous, on n'essaie pas d'être chiants !

*

– ***La province est au bout du fil !***
– Si elle pouvait descendre du tabouret pour éviter de se pendre !

*

– Une auditrice qui nous appelle d'où ?
– *De La Réunion !*
– Et alors, il y a du monde à La Réunion ?
– *Plein !*
– Et qu'est-ce que vous avez décidé ?

*

Une auditrice nous écrit : « À chacun de nos rendez-vous, je trouve mon petit ami mal rasé… » C'est bien fait, elle n'a qu'à arriver à l'heure !

*

Je veux bien faire des réponses intelligentes mais arrêtez de poser des questions idiotes.

*

Je voudrais dire à l'auditrice malvoyante qui a appelé tout à l'heure et qu'on essaie de rappeler depuis un quart d'heure qu'elle est aussi malentendante!

*

– *Coluche, excuse-moi de t'interrompre, mais si on mettait un disque..*
– Oui, il faut bien que les gens aillent pisser!

*

Nous avons un auditeur au téléphone:
– Allô, monsieur, ma femme m'emmerde, tout me fait chier, que dois-je faire?
– Vous avez un fusil, prenez-le, tirez dans le tas et sautez par la fenêtre. Euh... vous habitez haut? aaaaah! trop tard, il est chez les têtes en os...

*

– Salut, tu fais quoi comme métier?
– *Je suis mécanicien à Air France...*
– Ah bon, tu voles alors?
– *Non.*
– Allez, avoue, tu voles bien un petit bidon de temps en temps!

*

– C'est quoi ce disque, je le connais pas.
– *C'est neuf.*
– Ah bon, ça vient d'être pondu alors!

*

– Bonjour, Coluche, c'est David…
– David quoi ?
– David Levy.
– Ah, tu es juif ?
– Non, pas du tout.
– C'est pas de bol ça, en pleine saison !

*

Les poumons d'acier, respirez un grand coup, on va couper le courant une minute !

*

– Quel est ton sport favori ?
– La télé.

Je veux bien faire du sport, à la rigueur même regarder, mais courir, non !

– Pourquoi est-ce que tu ne fais que de la moto comme sport ?
– Parce que c'est la moto qui fait l'effort !

*

· **Tu as fait quoi comme sport ?**
· J'ai été gardien de goal. C'est-à-dire que j'allais au foot avec un copain qu'était goal.

*

J'ai été goal au hand. Les gars jettent la balle de toutes leurs forces et elle est en cuir, la balle. Quand t'en as arrêté une, tu arrêtes d'être goal. Moi, j'en ai arrêté une, je me rappelle, avec l'œil droit. Le gauche l'a jamais reconnu.

*

Hier un boxeur a gagné aux points. J'aurais été étonné qu'il gagne aux pieds !

*

Est-ce que tu connais la différence entre un sportif amateur et un sportif professionnel ?
Le sportif professionnel est payé par chèque.

*

J'ai connu un mec qui pour rassurer sa mère après un match de boxe lui a dit :
– ***J'ai pas gagné mais j'ai fait deuxième !***
Tu sais que pour être troisième à la boxe, il faut être balèze.

*

C'est pas de sa faute non plus à Pecci s'il a perdu contre Bjorg. Tu as vu l'ambiance qu'il y avait là-bas, à Roland-Glabros ? Les gens, ils criaient : « Pète chie, pète chie, pète chie », mon vieux, le pauvre, il savait plus quoi faire !

*

Des nouvelles du sport : le champion de saut à la perche est-allemand est devenu aujourd'hui le champion de saut à la perche d'Allemagne de l'Ouest !

*

Le golf, c'est un jeu qui consiste à taper avec une canne dans une petite boule d'environ 8 centimètres de diamètre posée sur une grosse boule de 40 millions de kilomètres de diamètre sans toucher la grosse boule.

*

Des progrès dans le sport en Belgique au championnat de natation, pour la première fois cette année, il n'y a pas eu de noyé.

*

Nous, en France, nos boxeurs, ils sont tellement souvent K.-O. qu'il paraît que les sponsors songent à mettre de la publicité sous leurs chaussures.

*

Tennis : Leconte tout content de faire le break ! Il aurait eu la galerie et la remorque, il partait tout de suite en vacances !

*

Le hockey sur glace, c'est du sport en frigo.

*

Définition de la planche à voile : une espèce de truc qui flotte, que les nageurs prennent derrière la tête, et que les mecs disent : « Oh ! pardon je sais pas m'en servir, c'est normal, je l'ai achetée hier ! »

*

Vous voulez que je vous donne un petit tuyau pour jouer au tiercé ? Il faut jouer le 7, le 8 et le 18. Enfin si vous voulez gagner, vous faites ce que vous voulez, mais si vous voulez jouer seulement, vous pouvez faire ça !

*

Le chiffre d'affaires du PMU baisse de moins trois pur-sang.

*

Il paraît que les chevaux, si on les lâchait sans les jockeys, ça serait dur de parier, mais tant qu'il y aura les jockeys, ça ne sera jamais qu'un jeu.

*

Vous savez ce que c'est qu'un concours hippy ? C'est une course de cheveux !

*

– Tu sais que la France a gagné 5 à 0 hier ?
– *Mais ils n'ont pas joué !*
– C'est pas grave. Quand on est supporter, on est de mauvaise foi !

*

6-4, c'est bien comme match nul. Au moins il y en a un qui gagne.

*

Ce soir, le Paris-Saint-Germain rencontre Auxerre. Enfin une chance de gagner pour la France !

*

Foot ce week-end au parc des Princes. Retenez vos places ! Retenez même bien vos places parce que sinon elles vont s'envoler ! Avec le vent qu'il y a ! Le mieux, c'est même d'aller directement dès maintenant au parc des Princes vous asseoir dessus pour les retenir.

*

Monsieur Météo : on attend beaucoup de rafales de vent...
– Et derrière ?

*

Tu sais pourquoi il fait pas beau dans le Nord ? Parce que quand le soleil arrive et qu'il voit qu'il pleut, il se casse !

*

Le temps se couvre. Il a raison avec le temps qu'il fait.

*

On a un très bel hiver, même qu'il y a longtemps qu'on n'en avait pas eu un comme ça, ou alors peut-être l'été dernier. C'est quand même une preuve qu'on peut s'amuser puis avoir de l'humour quand même.

*

À la télé, ils disent rien : c'est normal, y a trop de gens qui regardent.

*

Je vous raconterais bien une connerie mais vraiment y en a plein les journaux.

Ça, c'est bien les journalistes ! Écoutez : « Un maçon tombe d'un toit sans se blesser ! » Évidemment, c'est jamais en tombant du toit qu'on se blesse, c'est toujours en touchant le sol !

À propos de certains journaux, je les verrais bien emballer le poisson, moi. Faut bien qu'ils vivent, encore que, personnellement, je préférerais qu'ils crèvent. La bouche ouverte de préférence.

*

Les journalistes, quand on les a, on s'emmerde avec, mais quand on les a pas, hein, c'est pire !

*

Ce qu'il y a de mieux dans les journaux cette semaine ? Comme d'habitude, la gonzesse de *Playboy* !

*

France-Soir titre « Le baron Empain reprend son empire en main » ? Empain, le mec à qui on a coupé un doigt, moi, personnellement, j'aurais pas osé la faire celle-là !

*

Tu sais pourquoi la télévision remplacera jamais les journaux ? Parce que tu peux pas emballer le poisson avec un téléviseur.

*

Tu connais la différence entre les parasites à la radio et les parasites à la télé ? À la télé, on voit les parasites.

*

Christine Villemin et son gamin en couverture d'un journal qui sent le poisson. Il paraît que le reportage a été vendu 30 briques. Il a intérêt à se cramponner, le gosse, parce qu'avec 30 briques autour du cou...

*

Eh oui, ils le croient, les gens, ce qu'il y a dans *France-Dimanche*, tu as raison. Et tu sais pourquoi ? Non ? Parce qu'ils sont aussi cons qu'eux !

*

Heureusement qu'il y a la réalité de tous les jours pour nous distraire de toutes les cochonneries qu'on entend à la radio et qu'on voit dans les journaux !

*

La télé, à la rigueur je veux bien en faire, mais je veux pas la regarder !

*

Alors d'après un sondage, hier soir il y avait 23 % de téléspectateurs qui regardaient la une, 26 % qui regardaient la deux et 44 % qui regardaient la télé éteinte. C'est trop. Il y a encore trop de gens qui regardent la télé sans l'allumer !

*

La particularité quand on est P-DG d'une chaîne de télévision, c'est qu'il faut frapper à son propre bureau avant d'entrer. Je vais vous expliquer : vous frappez à votre bureau, si jamais vous entendez « entrez », à ce moment-là vous n'entrez pas, vous allez vous inscrire directement au chômage.

*

Le journal télévisé, c'est extraordinaire. Tu regardes le journal télévisé, tu te dis, si c'est Fellini qui a fait le texte et la mise en scène, eh ben, ils sont balèzes, les acteurs.

*

Dans le courrier, on me demande souvent où je vais chercher toutes mes conneries. Je vous réponds, ouvrez bien vos oreilles.

– *Explosion dans les hauts-fourneaux de Thionville. Les trois hauts-fourneaux ont été arrêtés.*

– *Dans* Le Provençal*: La victime avait aussi un trou de balle dans le bas du dos.*

– *Dans* La Liberté*: Un jeune homme s'empoisonne et se jette dans une rivière. L'enquête penche pour le suicide.*

– *Dans* Le Républicain lorrain*: Le mystère de la femme coupée en morceaux reste entier.*

Vous voyez ce que je veux dire. Parce que la presse, s'ils veulent jouer au plus con, ils ont pas perdu, là !

*

J'ai lu dans un journal que le trou noir attire la matière... je vous ferai une conférence là-dessus !

*

Très jolie coquille dans *France-Soir* ! Dans le petit encadré Discomania, colonne de droite, on lit que les Village People font un malheur en ce moment. Je cite : « Ce groupe avait une cible bien précise : le public homosexuel qui fréquente... », alors là, je pense que c'est les boîtes qu'ils ont voulu dire mais ils ont oublié le « O »... ! Très belle coquille donc – déjà le mot « coquille », faut pas oublier le Q. Bon, je continue donc, disons « les bOîtes les plus folles de New York ». Et alors la ligne d'après, on retrouve le O qui manque, nouvelle coquille, au lieu d'écrire : « Le but est atteint », ils ont écrit : « Le bOut est atteint » ! Superbe, c'est un triomphe, deux coquilles en cinq lignes !

*

Dernière nouvelle : une taxe de 1 franc belge frappera les personnes ivres transportées par les véhicules de police. Ben, pour 1 balle, bourrez-vous la gueule, ça vaut pas le coup de s'en priver.

*

J'ai entendu dire que le trésorier de la ligue antialcoolique du Pas-de-Calais, ni plus ni moins, avait été attrapé raide bourré, 2,6 grammes d'alcool dans le sang, ce qui lui laisse 1,4 gramme de sang dans son alcool ! Ça va pas fort, le chômage, en ce moment, encore un chômeur de plus !

*

Le maire du village de Vron a voulu démasquer un voleur et il a proposé une rançon pour qui le dénoncerait. Tout le village a balancé : la boulangère couche avec le notaire, le 16 couche avec le 7, la bonne sœur, je me la suis tapée... c'est à croire qu'à Vron il y en a encore qui cachent des juifs en leur faisant croire que la guerre n'est pas finie.

*

« Un Arabe torturé dans l'arrière-salle d'un bar marseillais. » Il y a deux choses que j'aimerais pas être à Marseille : Arabe et Marseillais !

*

C'est ça le problème à la télévision : il y en a tout le temps qui gueulent : « Oh, on passe des films cochons avec le carré blanc en travers, ah, on passe des films de violence, tout ça !... » Mais qu'est-ce tu veux faire, dans un pays où les flics violent dans les commissariats, c'est pas la peine d'interdire la télé !

*

Sept enfants martyrs par jour en France en moyenne, quinze morts depuis le début de l'année et on passe ça sous silence! Les gosses entrent à l'hôpital et devant il y a écrit: « Hôpital, silence. »

*

Un maton s'est fait gauler avec 10 kilos d'héroïne! Encore un ouvrier qui va coucher sur son lieu de travail!

*

En France, les gens commencent à s'intéresser à la pollution trois mois par an, en juin, juillet et août.

*

Tu as vu ça, maintenant le prix du paquet de Gitanes! Ça fait cher le cancer!

*

Non mais tu as vu ça: un jeune banquier viré parce qu'il était coiffé en iroquois! Parce qu'il avait les deux côtés rasés avec la touffe de cheveux au milieu! Moi, mon banquier, il porte la bande de cheveux en rond autour de la tête et il est chauve à l'intérieur et lui, on le vire pas! Je voudrais bien savoir pourquoi on accepte la bande autour et pas au-dessus!

*

On apprend qu'un animateur de TV Suisse s'est endormi hier soir à l'antenne ! Il devrait faire un direct de son lit : ça lui reposerait les jambes !

*

UN HEBDO TITRE : « Traître ou victime, toute la vérité sur Pétain ! » Je voudrais bien savoir où, dans la déontologie professionnelle, les journalistes trouvent le culot de dire la vérité quarante ans après. Ils ont mis quarante ans à trouver la vérité ou ils se sont déballonnés pendant quarante ans ? Ils n'attendent pas quarante ans pour se foutre de notre gueule en tout cas !

*

Fait divers ce matin dans le journal : « Une femme qui voulait se suicider a sauté du dix-septième étage. Et le vent l'a rabattue sur le balcon du seizième étage. » Elle est quand même morte mais d'un arrêt du cœur ! Vous vous rendez compte, pour mourir de peur en tombant d'un seul étage, moi, je ne me serais pas crevé à monter au dix-septième, j'aurais sauté du rez-de-chaussée !

*

Ce matin dans le journal, on apprend qu'une femme de ménage a trouvé 10000 francs qui traînaient dans la poubelle d'une banque. Elle les a redonnés au directeur qui, pour la remercier, lui a offert un paquet de bonbons. Un conseil donc aux femmes de ménage : si vous trouvez 10000 francs dans une poubelle, mettez-les dans votre poche ! Moi, j'aurais trouvé rien que le paquet de bonbons, je le gardais, c'est pour dire !

*

58 % des mecs sont pour la peine de mort en France. À mon avis, c'est 58 % de mecs qui croient qu'on ne tue que des Arabes dans ces trucs-là !

*

J'ai vu qu'ils allaient mettre des peines de prison pour les mecs qui conduisaient en état d'ivresse. C'est bien, ça, ça va résorber le chômage : il va falloir construire des prisons !

*

« Des bons du Trésor volés pour une valeur de 55 milliards de francs » : quand les bons volés font 55 milliards, c'est qu'il n'y a pas que des bons volés, mais qu'il y a aussi de bons voleurs !

*

– J'ai eu la visite de deux faux policiers hier soir !
– Comment tu as su qu'ils étaient faux ?
– Facile. Ils étaient sympathiques, sobres, attentionnés et agréables.

*

J'ai connu un flic, il était tellement con que quand par hasard il disait quelque chose d'intelligent, il se retournait pour voir si c'était pas quelqu'un d'autre qui l'avait dit.

*

Tout le monde n'a pas d'humour, hein.
Y en a qui ont des képis !

*

Les flics ont fait une manif pour dire qu'ils étaient trop vieux et trop peu. Tu vois que c'est moi qui avais raison.

*

Le lièvre et la torture : commissaire de courir, il faut partir à point.

*

Deux mois après que le gouvernement a demandé à la police de lever un peu le pied sur les violences, on peut à notre tour donner un conseil au gouvernement : donnez plus de conseils aux flics, donnez-leur des Sonotones !

*

Les flics, on dit que c'est des cons mais c'est pas vrai ! Moi, j'ai parlé avec celui qui sait écrire, il est formidable ! Évidemment, il pourrait pas être ouvrier, mais en bière, il s'y connaît !

*

Il faut quand même être con pour se faire flic parce que comme on prend les flics pour des cons, il vaut mieux éviter de faire ce boulot-là quand on n'a pas l'intention de passer pour !

*

Coluche condamné par un tribunal à 60 heures de travaux d'intérêt général pour insulte à policier :

L'avocat général m'a reproché de rire de tout, y compris de la police et de la justice. C'est sûr que si on attendait après la justice pour se marrer ! Il vaut mieux qu'ils jugent. Même si c'est discutable, au moins ça, ils savent le faire !

– J'ai été condamné à faire 60 heures de spectacle gratuites dans les maisons de vieux. C'est mon travail d'intérêt général. Si je fais appel, on remplacera ça par 60 heures de jardinage.

– Ils te l'ont dit ?

– Non. Mais les feuilles mortes se ramassent à l'appel !

J'ai décidé de faire 60 heures de spectacle d'affilée dans le même asile de vieux. Comme ça, il y en a bien huit ou neuf qui feront une crise cardiaque. Et là, ça sera vraiment dans l'intérêt général ! Allez, circulez, les vieux, y a rien à voir !

J'ai aussi été condamné à verser 1 000 francs au flic. J'ai accepté. Ça me fait de la pub. Et puis l'agent n'a pas d'odeur.

Je suis ressorti du tribunal sans mal. Le plaignant, lui, il est ressorti, il était encore flic. Je ne sais pas finalement lequel de nous deux est le condamné !

*

Vous savez ce qui frappe le plus les Algériens qui viennent en France ? C'est la police !

*

Le flic qui a violé des filles, ils l'ont fait passer devant un psychiatre pour savoir s'il n'était pas dingue. C'est marrant, ils font toujours ça après, pourquoi ils le font pas avant ? Il y aurait peut-être moins de monde dans la police !

*

« Les flics réclament justice... » Mais enfin, si on leur donne, y en a combien qui vont aller en taule ?

*

Les flics s'étonnent qu'il n'y ait jamais de témoins dans les affaires. Comme s'ils ne savaient pas que le pire des dangers en France, c'était d'être attiré par des flics dans un commissariat !

*

Vous avez des flics bien frais ? Oui. Donnez-m'en un car !

*

Défense de cueillir des noisettes sous peine d'amandes !

*

Maintenant en cas d'alcootest positif, le retrait de permis pourra être immédiat. Pourquoi ils ne foutent pas un flic dans chaque bistrot pour arrêter les chauffards directement ?

*

J'ai un copain l'autre jour, il était bourré, mais bourré... comme quand on conduit !

*

J'ai un conseil à donner aux automobilistes qui veulent garder leur voiture en parfait état jusqu'à la fin de leur vie : roulez bourrés. En roulant bourré, votre voiture sera comme neuve jusqu'à la fin de vos jours, mais la fin de vos jours risque d'être rapide !

*

Il y a un truc qui me gêne terriblement chez les automobilistes, c'est qu'ils font semblant de ne pas se voir. Quand ils sont tous les deux l'un à côté de l'autre et que celui qu'est à droite veut tourner à gauche et que celui qu'est à gauche veut tourner à droite, ils font semblant de pas s'être vus et ils essaient de s'avancer le plus près possible pour que l'autre ne puisse plus bouger.

*

Je vais vous donner la meilleure définition que la sécurité routière ne m'a pas encore gaulée : c'est un mec dans une bagnole qui a un train à prendre et il dit : « Chauffeur, roulez doucement, je suis pressé… »

*

C'est un Belge qui dit à un autre :
– Tu vois ma nouvelle Porsche ? On peut facilement monter jusqu'à 200…
– Ben dis donc, on doit être vachement tassés !

*

Envoyez-moi la marque, l'année et le mois de votre voiture, je me suis spécialisé dans le thème astral des bagnoles. Alors ce mois-ci pour les Peugeot qui sont Taureau, c'est très grave! Les Renault, Balance, ça ira, quoique Balance, il faudra quand même se méfier dans les virages! Enfin un conseil pour toutes celles qui sont Poisson: attention si vous sortez le vendredi!

*

J'ai un copain, il avait une bagnole tellement petite que quand il montait des gonzesses, il était obligé de regarder *Union* pour savoir dans quelle position les mettre.

*

Je me suis fait rentrer dedans par un taxi qui roulait à fond. J'ai pas eu de cul, hein, pour une fois qu'un taxi roulait vite!

*

Le violon, pour les aveugles, faut se méfier. Paraît que c'est très dangereux, le violon... Ben, t'as pas vu dans le métro, y a que des aveugles qui jouent!

*

Une pour le métro parisien : comme disait Réaumur, Sébastopol, pas de nouvelles, Bonne-Nouvelle !

*

On parle souvent du boulevard des Filles-du-Calvaire mais on parle pas souvent du calvaire des filles du boulevard !

*

J'ai trouvé le truc pour empêcher les morts dans les accidents d'avion ! Il faut serrer les passagers le plus possible dans l'appareil, les mettre côte à côte et les uns sur les autres et ils ne risqueront plus rien en cas d'accident. Eh oui, regardez les boîtes de sardines, vous pouvez les jeter violemment par terre, y a jamais de blessés !

*

Vous avez de l'albumine, c'est-à-dire des blancs d'œufs dans les urines ? Épousez une fille qui a du diabète et faites des blancs en neige !

*

Vous êtes des liasses, vous avez des gros billets !

*

Proverbe hippy: si c'est Pierre qui roule, mets-le sur l'oreille, tu le fumeras demain!

*

Il paraît que la pêche est ouverte... on lui voit même le noyau.

*

J'ai toujours aimé les escargots, j'ai un petit faible pour les campeurs.

*

Les premiers, ils sont faciles à compter sur les doigts du pouce.

*

Au nom d'une paire, du fisc et des simples d'esprit, ainsi soit-il!

*

Accusée de tenir un hôtel borgne, elle déclare que depuis qu'elle avait perdu un œil, elle ne pouvait plus trop surveiller ce qui se passait chez elle, et préférait fermer l'autre œil.

*

Accident en Belgique : une femme est tombée de l'échelle en repassant ses rideaux.

*

C'est bizarre de commencer une grève de la faim, ça dépend comment on écrit fin, tu me diras, mais quand même, c'est bizarre comme expression.

*

C'est un Belge qu'a une paire de chaussettes avec une rouge et une verte. Un autre lui dit :

– Ça doit être rare une paire comme ça !

– Pas du tout, j'en ai une autre paire à la maison !

*

Qu'est-ce qui rentre sec et dur et qui sort mou et mouillé ? Un chewing-gum !

*

C'est un mec qui est au bar avec un copain noir. Il lui demande :

– Et toi, tu aimes faire l'amour ?

– Oh, oui ! Je le fais toujours dans la joie et la négresse !

*

C'est un type qui dit à un de ses copains :
– Je vais divorcer.
– Ah bon ?
– Oui. Tu supporterais, toi, d'être avec quelqu'un qui boit, qui fume et qui rentre à n'importe quelle heure ?
– Non !
– Eh bien, ma femme non plus.

*

- Quel est le type de femme que tu préfères ?
- Les femmes qui n'ont pas de type !

*

– Coluche, qu'est-ce que tu penses des femmes au foyer ?
– Je pense qu'il faut rajouter des bûches !

*

J'aime bien l'amour tel qu'on le pense, mais j'aime aussi l'amour tel qu'on le fait.

Tu connais l'histoire de l'écrou qu'était amoureux d'une clé à molette et qui lui dit : « Serre-moi fort » ?

Ceux qui ont le plus de mal à être amoureux, ce sont les médecins. Parce qu'une fois que tu sais qu'une gonzesse, ça a 7 mètres d'intestin grêle, 3 mètres de gros intestin, 150 mètres carrés de poumon si on développait tout, 7 litres de sang, 1 litre d'urine et 90 % d'eau dans le tout, tu sais que pour tomber amoureux…

*

Il y a des mecs qui ne font l'amour que bourrés. Bah, oui, toutes les femmes ne sont pas belles…

*

J'ai un scoop ! Le sexe masculin n'est pas un muscle ! Sinon, avec toute la gonflette que je lui ai fait faire depuis que je suis gosse, maintenant j'aurais une troisième jambe !

*

Tu as remarqué ? À chaque fois qu'on dessine un Martien, il est beaucoup plus intelligent que les hommes et beaucoup plus moche qu'eux. Comme quoi les hommes sont très cons : la seule chose qui compte pour eux, c'est d'avoir l'air beau à côté des femmes !

*

Tu sais qu'il y a une grosse différence entre les hommes et les femmes ? Enfin, je parle pour moi !

*

Moi, je ne connais que des mecs qui baisent plusieurs gonzesses et ils arrivent pas à croire qu'on baise la leur. Ils savent pas compter ou quoi ?

*

Des Gentils Membres et des Gentils Orifices, voilà ce qu'il faut pour faire un joli club.

*

Vive la Partouze, l'Amour avec un grand tas !

*

Il paraît que les brunes sont plus intelligentes que les blondes. Je sais pas, moi, ma femme a été les deux !

*

C'est un mec qui caresse le cul d'une gonzesse et qui dit : « Ah ! si t'avais ça dans la cervelle ! »

*

Je me souviens d'un mec qui disait à une bonne femme :
– C'est marrant, je ne vous remets pas.
– Ben, il fallait pas commencer !

*

Vous savez ce que c'est qu'une vieille fille ? C'est la veuve d'un célibataire !

*

Je les aime bien, les futures mamans, mais longtemps avant, quand elles prennent encore la pilule.

*

Vous savez comment on appelle un homme qui a les deux yeux dans le même trou ? Un gynécologue !

*

Ce que je pense des prostituées : plus elles sont belles, mieux je me porte !

*

J'ai un copain qui pouvait pas avoir d'enfant. On l'appelait « bout filtre ».

*

J'ai repéré que dans *la Centrale des particuliers*, maintenant, y avait des annonces de mariage. C'est certainement des dernières occasions, il n'y a pas de premières mains là-dedans !

*

Envoyez une demande de renseignement à « Trait d'union », 10, rue Duvergier et vous recevrez un journal où il y a des annonces d'échanges sexuels, c'est-à-dire où vous trouverez des hommes qui cherchent des femmes, des femmes qui cherchent des hommes, des couples qui cherchent des couples, etc., et si vous avez perdu votre chien, vous pouvez aussi y mettre une annonce. À condition qu'il soit gros et bien membré…

*

Mourousi va se marier ! Avec une femme en plus ! Espérons que les deux robes de mariées seront prêtes à l'heure.

*

Yves Mourousi va épouser Véronique d'Alençon à Nîmes. On a compté, ça fait environ 800 kilomètres d'Alençon à Nîmes, il aura le temps de réfléchir à ce qu'il va dire !

*

Brigitte Bardot sera la marraine des enfants d'Yves et de Véronique Mourousi. Pour le cas où ce seraient des phoques.

*

Mourousi et sa femme s'entendent parfaitement sur le plan sexuel : ils réussissent à avoir chacun mal à la tête en même temps !

*

Ça y est, Mourousi est marié ! Espérons qu'il ne perdra pas les pédales !

*

Ah ! il va se marier, Dave, hein, ça y est, il va se marier ! Mais il peut pas tout de suite parce que sa femme n'est pas finie d'opérer, c'est pas sec.

*

Dans le journal: «Nicoletta enfin maman! Elle s'est battue pendant deux ans pour avoir son enfant.» J'appelle pas ça se battre, moi, pour commencer et ensuite je trouve ça très drôle comme titre «Nicoletta enfin maman!». Tout ce qu'on peut dire, c'est que c'est pas faute d'avoir essayé!

*

Lady Di est maman! La reine d'Angleterre serait venue la voir à la maternité et se serait exclamée:
– Le bébé a déjà dix doigts de pied! Comme ça pousse vite!

*

Régine a fait un film qui s'appelait *Sortie de secours* et qui a fait trente-deux entrées sur la France. Sur la France! C'est le record du monde! Heureusement qu'elle a un peu de famille! J'ai un copain qui y est allé une fois pour voir le film, il a demandé à quelle heure était la séance, on lui a répondu: «C'est quand vous voulez!» Évidemment les bides hein, ça se mesure!

*

– Ah! Régine et ses pulls en poils de chameau...
– Elle a des pulls en poils de chameau?
– Bah, oui, et il y a encore les bosses!

*

Régine, elle chante pour tuer le temps. Elle a une arme redoutable, hein, je ne voudrais pas être le temps, moi !

*

Régine, il paraît qu'elle est en travaux en ce moment, elle se fait refaire le portail. Et on peut pas lui parler en plus : elle est fermée pendant les travaux ! Pas sa boîte, hein, c'est elle qui est fermée ! Elle a tellement grossi, il paraît, qu'elle se fait tout livrer. Elle ne peut plus sortir de chez elle. Elle devait venir mais Allô Fret est en grève !

*

Je viens de croiser Régine qui revenait de l'institut de beauté. À mon avis, c'était fermé.

*

C'est Gainsbourg qui rentre à la maison avec deux pneus neufs et Jane Birkin lui dit :
– *Mais tu es fou ! Tu sais bien qu'on n'a pas de voiture !*
– *Mais toi, tu portes bien des soutiens-gorge !*

*

J'ai eu un coup de fil de Carlos, il sort de deux semaines dans une clinique d'amaigrissement, il m'a dit qu'il avait fondu de moitié.
– *Et qu'est-ce que tu lui as dit ?*
– Qu'il aurait pu y rester deux semaines de plus !

*

Carlos a voulu prendre une jeune femme sur ses genoux hier soir. Malheureusement, il y avait déjà son ventre!

*

– *En couverture de* Télé Poche, *tu sais pas qui c'est?*
– C'est pas moi.
– *Non, c'est pas toi, c'est Chantal Goya.*
– Oh, elle a eu un accident?

*

Je n'ai rien contre Chantal Goya, je trouve simplement que c'est le genre de nana que tu peux emmener au cinéma si tu as envie de voir le film!

*

Il paraît que Jean-Jacques Debout ne peut pas s'endormir sans oublier tous ses soucis: Chantal Goya refuse de dormir seule!

*

Alice Sapritch enfermée dans le noir pendant quarante jours. Oh, les pauvres quarante jours!

*

Bouvard a dit qu'il me connaissait pas ? Mais c'est normal, mon vieux, il peut pas aller au théâtre : il voit rien.

Il y a une bonne femme qui m'a envoyé une paire de chaussons, du 162, je vais en envoyer un à Bouvard, ça lui fera un deux-pièces.

Conseil aux petits barbus : laissez-vous plutôt pousser les jambes !

*

Comme disait Yul Brynner, on est peu de chauves !

*

Danièle Gilbert ? On dirait une brouette qu'a perdu une roue.

*

On apprend que Danièle Gilbert a un rhume de cerveau... normal, les microbes s'attaquent toujours à la partie la plus faible de l'organisme !

*

Dans le journal : « Caroline de Monaco en négligé : l'allure d'une star ! » Tu as raison, avec le négligé qu'elle s'est offert, dis donc, déjà, tu peux aller trois mois en Corse ! Et à l'hôtel, pas au camping !

*

J'aime beaucoup Albert de Monaco, mais ils devraient quand même arrêter de se marier entre eux, ça les esquinte !

*

J'échangerais bien deux vieilles contre Deneuve !

*

Je veux pas citer de nom mais je connais un imprésario, le jour où il a enfin couché avec sa femme, il a fait cocu plus de la moitié du Top 50 !

*

Je vais vous dire, vous ne le répéterez pas, mais il y a Eddy Mitchell qui m'a dit un jour : « Tiens, passe-moi une cigarette. » C'est pour vous dire si je connais les artistes !

*

N'écoutant que sa conscience, et respectant les économies d'énergie, hier, Jean Lumière s'est éteint.

*

– *Coluche, tu aimes les bêtes?*
– Oui. Mais pas toutes. J'aime principalement les bien cuites, les chevreaux, les lapins.

Aujourd'hui, c'est la Toussaint, c'est la fête de tout l'essaim et j'en profite pour dire bonjour aux abeilles!

J'ai été très étonné par la malpolitesse des lions: quand le vieux dompteur est entré dans la cage, tous les lions se sont assis, et le vieux dompteur est resté debout!

*

Les perroquets, on dit toujours : « Ils parlent mal, ils parlent mal », mais non, ils apprennent la langue, ils sont loin de leur pays.

*

Pourquoi les poules ne se mouchent pas ? Pour que les œufs aient du blanc !

*

Vous connaissez le truc qui permet de lancer un œuf au-dessus de son épaule sans le casser ? Il faut le lancer quand il est encore à l'intérieur de la poule !

*

Tu sais pourquoi on appelle les zèbres des zèbres ? Parce qu'au début y a un mec qui les a vus passer et il a dit : « Oh ! regarde ces drôles d'animaux, ils courent comme des zèbres ! » et ça leur est resté.

*

Tu sais comment elles font les mamans visons pour avoir des petits visons ? Elles font comme les femmes pour avoir des visons.

*

Les boxers, au départ, c'est des chiens ordinaires. Sauf qu'ils ont pris une porte dans la gueule quand le cartilage était pas sec.

*

Les chiens, il y en a des bien ! Regarde les bassets, par exemple, c'est des chiens qu'ils élèvent dans des tuyaux. C'est avec l'héritage de Pompidou qu'ils font ça. Avec les premiers tuyaux, ils ont fait Beaubourg et, avec le reste, ils élèvent des bassets !

*

Comment les hérissons font pour se reproduire ?
Très doucement.

*

Un pigeon voyageur et une alouette recommandée.

*

Il y a très peu de place dans une clarinette pour les canards, c'est pour ça qu'ils gueulent !

*

C'est une histoire vraie, j'avais une copine qu'habitait à côté du Jardin des Plantes. Et un jour, y a un iguane qui s'est échappé et il est entré dans la chambre de ma copine, par la fenêtre. Il est monté au mur, un iguane, c'est son métier, il est monté au mur et il est entré dans la seule chambre qu'était ouverte et il s'est mis sous le lit. Et dans le journal, il y avait un entrefilet: «Mademoiselle Untel, quelle ne fut pas sa surprise de rencontrer dans sa chambre le soir en se déshabillant un gros iguane.» Et elle a reçu des lettres immondes de mecs qui disaient: «Moi, j'en ai un d'iguane si tu veux voir, viens, il est comme ça, il est gros comme ça, il a des yeux qui bougent, il a des pattes qui font cricrik.» Elle a reçu des lettres odieuses de mecs qu'avaient tous un iguane à fourguer. «Le mien, il est vert, il change de couleur, faut pas le mordre», etc., enfin, tu vois, des lettres à base d'iguane, quoi!

*

Une pensée émue pour la Société protectrice des sapins: à Noël, plusieurs de mes camarades sapins se sont fait enguirlander et c'est normal qu'ils aient les boules!

*

Les choses sont très bien réparties dans la nature. Dieu a mis les pommes en Normandie parce qu'il sait que c'est là-bas qu'on boit du cidre !

Au pôle Nord, il fait tellement froid que les flammes gèlent. Ils sont obligés de souffler les bougies avec un couteau !

Tout ce qui est drôle me fait rire, surtout quand c'est des Français dont on rit, parce qu'il n'y a que de ça que je ris, moi, des Français.

*

En France, tu sors un porte-clefs au bout d'une chaîne, tu dis : « Police », tout le monde se met à plat ventre. Il n'y a pas plus trouillard que le Français, il n'y a pas plus lâche.

*

J'ai l'impression que c'est pas quand on a fait dans son pantalon qu'il convient de serrer les fesses.

*

La France, c'est formidable, parce que c'est le seul pays où ils nous entubent et où on peut le dire !

*

La France, c'est le seul pays arabe à pas être en guerre !

*

Un pays neutre, c'est un pays qui ne vend pas d'armes à un pays en guerre. Sauf s'il paie comptant. C'est écrit dans la constipation de 1958.

*

J'ai une bonne nouvelle pour les marchands d'armes : la guerre va continuer au Moyen-Orient.

*

Il n'y a plus de ministre des Armées mais il y a un ministre de la Défense. Comme quoi, avant on comptait encore attaquer, maintenant, on cherche plus qu'à se défendre.

*

Les États-Unis et l'URSS ont à eux deux suffisamment de bombes pour faire 100 milliards de morts, d'après les statistiques. Le seul problème, c'est qu'on n'a pas sur Terre 100 milliards d'habitants. Ils ont de l'avance. Alors je lance un appel : « Humains, soyez sympas, ils font des bombes, alors faites des gosses ! »

Il paraît que l'ennemi, c'est l'URSS. Quand je vois nos chars, je me dis : comment faut faire pour être russe ?

Vous savez qu'on n'est pas complètement idiots en France : l'année où les Américains avaient la bombe H, nous, au concours Lépine, on inventait la moulinette à gruyère !

*

États-Unis : 180 kilos d'uranium perdus. Ils pourraient quand même faire gaffe à leurs affaires ! 180 kilos : il y a de quoi foutre le cancer à tous ceux qui ont le sida !

*

Dans cent ans, tu crois qu'on pourra encore chanter, toi ? Mais tu n'es pas au courant de l'évolution des armes nucléaires !

*

I speak little anglais, ça veut dire je parle mais mesquin.

*

J'adore les langues étrangères. Surtout celles des filles.

*

Dans *Le Monde* : « Grand palmarès de l'impopularité en Angleterre. » Margaret Thatcher fait deuxième, je vous le donne en mille, derrière Hitler. Comme Hitler est mort, elle est quand même première vivante.

*

Je me promenais à Londres, il y a eu un coup de vent et la jupe d'une bonne femme en face de moi s'est soulevée tout en haut. J'ai regardé, tu penses, tout ce que j'ai pu et la bonne femme m'a vu. Elle m'a dit:
– *Vous n'êtes pas un gentleman!*
– Vous non plus, apparemment!

*

Le caviar en Iran, il y en a tellement qu'ils croient que c'est du tapioca avec des lunettes noires. Mais quand même, à ce prix-là, ils lui disent vous.

*

Je suis allé à Venise, c'est formidable, c'était inondé, les gens chantaient dans les rues!

*

– Comment avez-vous trouvé l'Italie lors du tournage de votre film* Le Bon Roi Dagobert *à Rome?
– Je vais vous expliquer comment j'ai trouvé l'Italie: je suis allé jusqu'à Cannes, j'ai tourné à gauche, à un moment, j'ai vu marqué «*frontiera*» et c'était là!

*

Les Japonais, quand ils parlent, on dirait toujours avec leur accent qu'ils sont en train de pousser. Faut dire que le riz, ça constipe!

*

Comme c'est mignon les petits Japonais ! Moi, je voudrais bien en avoir mais ma femme n'est pas japonaise et moi non plus !

*

Georges Marchais en Chine. Si c'était juste pour voir des Jaunes, c'était pas la peine d'aller si loin : il suffit de casser des œufs, il y en a un dans chaque !

*

La femme de Mao est enceinte ! Ce qui nous fait un œuf à deux jaunes !

*

Les restos chinois, j'ai horreur de ça. Ils n'ont pas d'urinoir, ils n'ont que du riz blanc !

*

Le président Amin Dada regrette que l'on tue trop d'innocents. Est-ce que tu crois qu'il a l'intention de se mettre en taule ?

Qu'est-ce qu'il fait, l'Éthiopien, quand il trouve un petit pois ? Il ouvre un supermarché.

Jean Bédel Bokassa, quand il s'est sacré lui-même empereur, on lui avait envoyé avec des copains en cadeau un camembert qui fait «pouet» quand on appuie dessus avec un couteau.

*

C'est un mec qu'on interviewe au Chili :
– *Alors, heureux de vivre ?*
– *Non, mais surpris !*

*

Au Chili, personne ne parle. Même les dentistes font faillite tellement personne ne veut plus ouvrir la bouche !

*

C'est deux mecs qui sont dans une prison en France :

– Combien t'as pris ?
– Dix ans.
– Et qu'est-ce que t'as fait ?
– Rien.
– **Alors là, ça m'étonne, parce que rien, c'est cinq ans en France !**

La même au Chili :

– Combien t'as pris ?
– Dix ans.
– Et qu'est-ce que t'as fait ?
– Rien.
– **Alors là, ça m'étonne, parce qu'ici rien, c'est vingt ans !**

*

Vous savez que le jour le plus drôle en Suisse, c'est le dimanche. C'est ce jour-là que tous les Suisses rigolent des histoires drôles qu'on leur a racontées pendant la semaine!

*

Il faut faire gaffe parce que le père Noël, il passe aussi en Pologne mais là-bas, il pique les chaussures!

*

La Suisse est un des seuls pays du monde où on mange autant de viande qu'ailleurs.

*

C'est un Suisse qui téléphone à une amie qui vient d'accoucher:
– *Alors, c'est un garçon?*
– *Non, c'est une fille!*
– *Ah bah, j'étais pas tombé loin!*

*

Grand concours de plaisanteries politiques en URSS. Premier prix. dix ans de Sibérie!

*

Vous savez ce que c'est que l'économie planifiée en URSS ? Pour le sandwich, quand il manque le pain, il manque aussi le beurre et le jambon !

*

Vous savez certainement ce que c'est qu'un quatuor en URSS ? C'est un orchestre symphonique qui revient d'une tournée aux États-Unis.

*

Vous savez pourquoi il n'y a pas de poisson en URSS ? Pour que les gens ne s'aperçoivent pas qu'il n'y a pas de viande non plus.

*

Vous ne le saviez peut-être pas, mais en Turquie les hôtels n'ont pas de salle de bains. On a demandé pourquoi et ils ont répondu : « Vous savez, chez nous, les clients restent rarement plus de quinze jours. »

*

Vous savez ce que c'est qu'une fillette vierge en Turquie ? C'est une petite fille qui court plus vite que son père.

*

Le Vietnam, c'est évident que c'est un champ de tir. Les Américains leur ont fait la guerre, les Japonais leur ont fait la guerre, les Français leur ont fait la guerre, et maintenant ils sont emmerdés par les Cambodgiens. C'est évident que c'est devenu un champ de tir. Les mecs y vont pour essayer leurs armes.

*

Les Cambodgiens, il paraît qu'il n'y en a plus. Il paraît qu'il y a moins de Cambodgiens vivants que d'éléphants en Afrique ! Et pourtant des éléphants, il n'y en avait pas lourd ! C'était une race en voie de disparition. Le Cambodgien, c'est pire ! Le mec qui en a adopté un couple l'année dernière, il a fait une affaire, on n'en trouve plus ! Simplement, on ne sait pas s'ils vont se reproduire, en captivité !

*

Ce que c'est beau la Belgique ! C'est comme la Corse. Y aurait pas les Belges...

*

Napoléon n'était qu'à moitié corse : il ne croisait qu'un seul bras !

*

Vous savez la différence qu'il y a entre Hitler et Napoléon? Vous savez pas? Ben, les mecs, je vous conseille pas d'aller en vacances en Corse!

*

C'est l'ambition qui perd les hommes. Si, au lieu de vouloir devenir empereur, Napoléon était resté simple officier d'artillerie, il y serait encore!

*

30 millions D'AMIS, NOS AMIS LES BELGES

Les hommes ont environ 36 grammes de matière grise et ils n'utilisent en moyenne que 6 grammes. Sauf les Belges qui, eux, utilisent tout.

*

« Deux jeunes Belges arrêtés à Montélimar avaient volé à Vienne la fourgonnette d'un marchand de frites. » Tu sais que c'est des drogués, ces mecs-là! Quand ils sont loin de chez eux, ils volent des camionnettes de marchand de frites, ils en ont besoin!

*

On a tendance à dire que les Belges sont des cons mais toutefois je préconise la méfiance étant donné que, rien qu'en France, j'ai rencontré personnellement plus de cons que de Belges.

*

Vous savez ce que disent les Belges qui ne sont pas flamands ? À la rigueur on veut bien passer pour des cons mais pour des Belges, jamais !

*

Deux amis discutent :

– Nous flirtions dans la voiture, elle m'a dit : « Il fait tellement beau, tu devrais ouvrir la capote. » Tu me croiras si tu veux, j'ai mis 1 h 20.

– Mais comment tu fais, moi, je mets 30 secondes…

– Oui, mais toi, tu as une décapotable !

*

Est-ce que tu sais ce que les Belges font au réveil ?

Ils le remontent !

*

Un Belge s'est tout fait voler dans la rue. Sauf son revolver. Il était bien caché sur lui, les voleurs l'ont pas trouvé.

*

Le grand-duc de Luxembourg a rappelé que des cinq dynasties qui ont occupé le trône germanique, la famille du grand-duc est la seule qui n'ait jamais fait la guerre à la France. C'est pourtant mignon, le Luxembourg qui fait la guerre à la France !

*

Le problème de Jérusalem, c'est que c'est une ville sainte pour tous, les catholiques, les Arabes, les Israéliens, tout le monde. C'est quand même mal foutu ! Pour le prix que coûtent les ruines, on aurait quand même pu avoir plusieurs villes, ça n'aurait fait chier personne !

*

Je ne sais pas qui c'est qui a eu l'idée de mettre Israël là où il est y a trente ans, mais il ne s'est pas gouré, le mec, parce qu'on y a amorti du matériel dans ce bled !

Au Liban, je ne comprenais pas ce qui se passait. J'ai été me renseigner, maintenant, c'est officiel : je n'ai rien compris !

Vous savez comment on appelle en Israël un bébé de trois mois qui n'est pas circoncis ? Une fille.

*

Il y a encore eu une espèce de putsch en Amérique du Sud. On n'en parle pas parce qu'il y en a un tous les jours là-bas et qu'il y en aura encore un tous les jours parce que, comme vous le savez, il reste sur ce continent 270 millions de personnes qui n'ont pas encore été présidents !

*

Ils sont pas mauvais, les Français, dès que les autres sont pires.

*

C'est joli la Bretagne, et c'est pas loin de la France en plus.

*

Il y a des mauvaises langues qui disaient que BZH, ça voulait dire « Bretagne Zone Humide », mais non, ça veut dire « Bretagne Zone à Hydrocarbures ».

*

SUITE AU NAUFRAGE DU PÉTROLIER *L'AMOCO CADIZ* PRÈS DES CÔTES DE BRETAGNE ET À LA MARÉE NOIRE QUI S'ENSUIVIT :

Le pétrole, la semaine dernière, ils nous le vendaient à prix d'or, aujourd'hui, ils nous le jettent à la gueule ! On sait plus quoi en faire !

Il faut aller en Bretagne. Surtout les grands blonds, ça leur fera des chaussettes noires.

Soyez solidaires, mesdames, messieurs, allez en Bretagne, rien que pour manger, ils ont déjà mis la nappe, une nappe à fleurs, à fleur d'eau.

N'envoyez pas vos gosses à la plage avec un saut et une pelle. Envoyez-les avec un Jerrican.

Un *Torrey Canyon* de perdu, *Amoco Cadiz* de retrouvé !

Je vous rappelle qu'en Bretagne il est interdit de fumer sur les plages !

Au cinéma, à Brest, on joue *La marée était en noire*, avec Jeanne Moreau.

Faites des économies d'énergie : les Bretons à qui il en reste, tirez-vous et allez carrément passer vos vacances sur un pétrolier !

Vous savez qu'en Bretagne la terre ne vaut plus rien : c'est 3 francs le litre.

– Si vous avez une idée...

– Maintenant on n'a plus d'idées, on a du pétrole en Bretagne, c'est fini, allez hop !

Monsieur Vantenpoupe, un savant belge, nous dit qu'il pense que la marée noire a une influence formidable sur le comportement sexuel des oiseaux car, sur les plages de chez nous, on a vu des corbeaux qui draguaient des mouettes.

*

Le P-DG d'une entreprise anglaise offre 10000 francs de prime aux employés qui lui donneront le meilleur moyen de faire des économies ! Tiens, j'en ai un : qu'il commence par abaisser la prime à 5000 francs !

*

Plus un seul condamné à mort en France ! Et voilà que ça recommence ! Un chômeur de plus : le bourreau. Qu'est-ce qu'il va faire maintenant comme boulot le bourreau ? Tu connais un truc plus con à faire que bourreau, toi ? C'est un boulot où le plus dur, en fait, c'est quand tu aiguises la lame.

Hier dans le journal de Genève, il y avait la liste de tous les champignons comestibles. Malheureusement, ils se sont trompés. Les survivants auront rectifié d'eux-mêmes.

Affaire Greenpeace... tu te rends compte du nom du couple infernal : les époux Turenge ! Avec tout ce qu'ils ont laissé derrière eux : le bateau pneumatique, les bouteilles de plongée, tout ça, heureusement qu'ils ont pas envoyé les époux Tu Déranges ! Qu'est-ce que ç'aurait été !

*

22179 personnes sont déjà mortes au Japon des suites de la radioactivité de la bombe de 1945. C'est donc un truc qui s'amortit sur plusieurs années.

*

D'après une étude américaine, la population sera tellement élevée dans deux mille ans que les gens seront obligés de rester debout. Remarque bien qu'à mon avis, à partir de ce moment-là, les naissances diminueront !

*

LES ÉMIRS ARABES : il y en a un qui jouait cinq briques à la fois à la roulette au casino. Il a joué tout sauf le 18. Et c'est le 18 qui est sorti ! Comme quoi les croupiers, ils font pas ce qu'ils veulent.

*

L'essence va baisser : c'est-à-dire qu'il faudra vous pencher pour la ramasser.

*

Le sida, maladie unique dans les anales !

*

Le sida donc, vous connaissez cette maladie qui au début s'attrapait entre singe et singe puis entre singe et Haïtien puis entre Haïtien et pédé et maintenant entre pédé et pédé !

*

Il y a écrit dans le journal qu'il y a des singes de laboratoire qui ont attrapé le sida. J'aimerais bien savoir qui sont les savants qui leur ont inoculé. C'est pas un gros mot, mais j'ai peur que ce soit par-derrière quand même.

En Belgique, la contraception fait des progrès. Maintenant, ils ont des pilules. Avant, ils avaient des fusils. Pour tirer sur les cigognes.

Le Concorde en panne. Quand il y a une légère avarie dans un moteur d'avion, il vaut mieux le retirer de la circulation avant qu'il fasse une légère chute et qu'il y ait un léger tas de morts.

*

Il y a eu un accident terrible! Il y avait trois mecs dans une voiture, dont une femme d'ailleurs et ils ont eu un accident. Il y avait Jean Cau, Jacqueline Cartier et François Chalais dans la bagnole. Résultat de l'accident, ils ont eu tous les trois des lésions importantes au cerveau.

– Ah! bon, c'est arrivé là, pendant le week-end?

– Non, non, c'était il y a vingt ans.

*

J'ai vu qu'on allait projeter un film fait par des scouts. C'est pour rendre idiots ceux qui ont eu la chance de ne pas y aller?

*

L'Académie française trouve que la langue est en danger! Nous, on a appelé la boucherie Bernard et apparemment la langue est bonne, elle est fraîche, elle est à 35,80, elle est légèrement en hausse mais, dans l'ensemble, elle se maintient!

*

Est-ce qu'on doit dire fioul ou fuel ?
Ça dépend si on dit bougnoule ou Buñuel.

*

L'ancien président de la chambre du commerce du Havre et 27 autres personnes impliqués dans une vaste affaire de corruption comparaissent depuis lundi devant le tribunal correctionnel de la cité normande. Ils sont accusés d'avoir touché des pots-de-vin allant de quelques centaines de francs à plusieurs milliers de francs. Tu sais ce qu'ils ont dit ? « On croyait que c'était pour Noël. » Tu vois qu'il y a des mecs qui croient au Père Noël.

*

Le roi du Maroc n'a pas pu venir, alors je voudrais dire aux militaires qui étaient à Orly : « REPOSEZ AAARMES ! » Parce qu'il y a pas de raison de laisser ces cons-là au garde-à-vous !

*

Si vous avez vraiment envie de vous payer quelque chose que vous pouvez pas vous offrir, le Crédit Lyonnais vous expliquera comment vous en passer.

*

À Los Angeles, il y a un mec qui est écrasé toutes les heures ! Le pauvre mec !

*

Le fils de Mesrine rentre de l'école avec un mot de son professeur : « Monsieur, je suis obligé de renvoyer votre fils, il a tué un gosse en chahutant dans la cour. » Attention, hein, ça commence comme ça, et puis après, on vole et on finit par sortir avec les filles !

*

On commence par chasser les nazis, et vous verrez, on finira par chasser les Juifs ! Vous verrez...

*

Dans « l'excellent » *Parisien*, on apprend que le comédien Daniel Auteuil a fait opérer son chien qui avait bouffé 76 pièces de monnaie. Donc, si vous avez des gens dans votre famille qui vous bouffent de l'argent, sachez que ça s'opère !

*

J'ai l'esprit large et je n'admets pas qu'on dise le contraire.

*

Je suis pas superstitieux. Ça porte malheur.

*

J'ai jamais été grand. J'ai d'abord été petit, puis j'ai tout de suite été gros.

*

– Allez, hop, à la diète ! Ça fait une semaine que je bouffe plus que du poisson ! C'est super !
– Et t'as maigri ?
– Pas d'un gramme, mais j'ai beaucoup moins peur de l'eau !

*

Enfant, je croyais que ma grand-mère était sourde. Je lui criais dans les oreilles, elle ne répondait jamais. Puis on m'a appris qu'elle était muette !

*

J'ai eu du bol, parce que ma mère me disait toujours : « Arrête de dire des conneries ! » Et tu vois, si je l'avais écoutée…

*

Quand tu fais pleurer, même si les gens trouvent ça mauvais, ils disent toujours que ça part d'une bonne intention. Alors que quand tu fais rire, on prétend toujours que ça part d'une mauvaise intention.

*

Ma mère, elle est montée sur le décodeur de Canal + et elle a dit: «Merde, elle marche plus, ma balance!»

*

Quand une plaisanterie a besoin d'explications, c'est qu'il valait mieux pas la faire.

*

Pourquoi je suis devenu gros? Parce que je ne me trouvais jamais assez bronzé, j'ai voulu augmenter la surface. Et il me reste des réserves, je peux encore devenir chauve!

*

Je suis allé une fois chez le psy. Je lui ai dit:
– Je m'excuse, j'arrive en retard.
Il m'a répondu:
– C'est pas grave, j'avais commencé sans vous.

*

Je sais pas si j'étais con quand j'étais petit à l'école, en tous les cas, moi, je changeais de classe tous les ans, et les profs, eux, restaient dans les mêmes.

*

Je me promène toujours la braguette ouverte. Des fois qu'il faudrait que je compte jusqu'à onze.

*

Combien de fois font 12 ?

*

Chez moi, c'est bizarre, on s'est toujours marié en famille. Mon père a épousé ma mère, mon grand-père ma grand-mère, mon oncle ma tante et ainsi de suite.

*

Mon père est né en Italie, ma mère dans le Nord et moi à Paris. On a quand même eu du bol de se retrouver, non ?

*

Le nouveau-né, c'est le dernier venu !

*

Un curé avait dit publiquement au sermon, comme ça, aux gosses, au catéchisme : « La nuit il ne faut pas mettre les mains sous les couvertures. » Alors les gosses ont cherché pourquoi. Et il y en a qui ont trouvé !

*

Si tu as un gosse de 7 ans à garder, suis mon conseil, trouves-en un deuxième. Les gosses, c'est comme les agents d'assurance, s'il y en a un qui t'emmerde, t'en mets deux ensemble, ils te laisseront tranquille !

Un conseil aux parents dont le gosse a avalé du sable et du ciment : ne lui faites rien boire !

Eh oui, le problème des enfants, c'est toujours le même : ils ont toujours des parents beaucoup plus vieux qu'eux !

*

Les parents d'élèves sont contre l'éducation sexuelle dans les écoles primaires. Forcément, tout ce qu'on apprend à l'école, on en est dégoûté à vie.

*

Le bac, je ne crois pas que ça serve à quelque chose. Comme ils disent à Tancarville : « Plutôt que de passer le bac, prenez le pont ! »

*

L'archéologie, c'est un métier de feignants : on en a trouvé plusieurs avec les mains dans les fouilles !

*

Le travail, c'est bien une maladie, puisqu'il y a une médecine du travail.

*

J'ai deux enfants, je me suis arrêté là. J'ai lu qu'un enfant sur trois qui naissait dans le monde était jaune. Et j'ai pas envie de me récupérer un Chinetoque !

*

Je tiens à dire que la femme idéale, c'est une femme qui fait la cuisine, qui fait le ménage et qui est là quand on a besoin d'elle, que la mienne n'est pas du tout comme ça et que j'en suis ravi.

*

Jusqu'ici les femmes n'avaient que le droit de se taire et maintenant on parle de le leur retirer!

*

J'ai un copain qui a fait un mariage d'amour. Il a épousé une femme riche. Il aimait l'argent.

*

Il n'y a qu'une chose qui le préoccupe, lui, c'est le bonheur de sa femme. À tel point qu'il vient d'engager deux détectives pour en découvrir les raisons!

*

C'est un type qui croise un copain qui a les deux yeux au beurre noir.

– Qu'est-ce qui t'est arrivé?

– M'en parle pas, j'étais à la messe hier et il y avait une bonne femme devant moi qui avait sa robe prise entre les fesses. J'ai voulu lui enlever, elle s'est retournée et m'a collé un pain!

– Et l'autre œil?

– Bah, comme j'ai vu qu'elle avait pas aimé, j'ai voulu lui remettre la robe comme elle était!

*

C'est un type qui est au lit à poil avec sa copine également à poil.

Il regarde ses seins et lui dit:

– Ah! comme ils sont mignons! Si je ne me retenais pas, je les ferais encadrer!

Et elle, en regardant sous les couvertures:

– Et lui aussi, il est mignon! Si je ne me retenais pas, moi, j'en ferais plutôt un agrandissement!

*

Une fille de joie est là pour consommer les hommes de peine.

*

– *J'ai acheté un bijou.*
– **Pour ta femme ou un plus cher ?**

*

Tu sais quand on peut commencer à avoir des doutes sur sa femme ? Quand on habite Rouen, qu'on déménage à Montélimar et qu'on a toujours le même facteur !

*

C'est un petit vieux qui retrouve une petite vieille avec qui il a eu une histoire d'amour. Il lui dit :

– *Tu te souviens quand je te faisais ton affaire contre le grillage du champ de ton père ?*
– *Oh oui !*
– *Ça te dirait qu'on recommence une dernière fois ?*
– *Oh oui !*

Ils vont donc près du champ du père, et il commence à lui faire son affaire contre le grillage. Et là, la petite vieille fait preuve d'un enthousiasme délirant. Le vieux lui dit :

– *Ben, dis donc, t'as pas perdu la main ! C'était même mieux qu'avant…*
– *Oui. Mais avant le grillage n'était pas électrifié !*

*

Tu sais quand on devient vieux ? Quand il nous faut toute une nuit pour faire ce qu'avant on faisait toute la nuit !

*

Moi, tu sais pourquoi je suis jeune ? C'est parce que j'habite avec moi depuis longtemps.

*

La meilleure solution pour draguer une gonzesse, c'est de vous assurer le plus vite possible qu'elle veut à tout prix vous sauter et, à partir de ce moment-là, laissez-vous faire mais pas trop facilement !

*

Est-ce que deux hommes peuvent avoir un enfant ? Non, mais les expériences se poursuivent.

*

Les charbonniers, ils épousent toujours des brunes, parce que les blondes, c'est salissant.

*

Quand les filles ont les yeux cernés, c'est que la place est prise.

*

Je suis gros, hélas, je suis le désespoir de ma jeune épouse. Au début, je croyais qu'elle avait mauvais goût, puis finalement je lui ai posé la question : physiquement, elle m'aime pas du tout. Alors ça va.

*

C'est une femme de ménage qui tient un préservatif entre ses doigts dans la chambre de ses patrons. La maîtresse de maison entre et dit :

– Eh bien quoi, vous paraissez surprise, vous ne faites donc pas l'amour dans votre campagne ?

– Si, mais pas au point d'arracher la peau !

*

C'est une femme qui dit à son mari :

– Je crois que la petite a mon intelligence !

– Sûrement, parce que moi, j'ai encore la mienne !

*

Moi, j'adore les enfants ! J'emmène mon fils partout. Et pourtant, il retrouve toujours le chemin de la maison !

*

Les gosses, un conseil : mettez-vous les doigts dans le nez, c'est encore le meilleur moyen pour se gratter l'œil de l'intérieur !

*

Mesdames, un conseil : si vous cherchez un homme beau, riche et intelligent, n'hésitez pas, prenez-en trois !

*

Quand j'étais garçon de café, qu'on me demandait les toilettes, je disais toujours : « Pipi ou popo ? » et il y a jamais personne qui répondait : « Popo. »

*

Je ne suis pas d'accord avec ce qu'on dit, je trouve, moi, que le marron est une jolie couleur. C'est juste l'odeur qui est gênante.

*

J'aime les poèmes en vers. C'est ma couleur préférée !

*

L'armée, je suis arrivé avec deux valises de certificats médicaux, on m'a dit: « Asseyez-vous là », et je l'ai eu dans le dos! J'ai fait quatre mois de taule. En prison, on se marrait bien, on jouait aux échecs avec des capsules de bière et, pour rester en taule, je demandais: « Comment faut faire pour rester en taule? » Alors on me disait: « Ben, par exemple, il faut insulter un gradé. » « Bon, ben, c'est lequel d'entre vous le plus gradé? "C'est moi." Bon, ben toi, va te faire foutre. »

*

Un militaire qui se suicide après un alcootest positif: pourquoi il l'a pas fait avant? Bah, oui: c'est pas parce qu'il est bourré qu'il faut qu'il meure, c'est parce qu'il est militaire!

*

Un ancien militaire, ça n'existe pas. Un jour, on arrête de travailler mais on reste con!

*

J'ai un copain qui était militaire avant. Il était dans l'aviation. Et maintenant qu'il est à la retraite, il est entré chez André. Comme chef d'espadrille.

*

Vous qui avez des enfants débiles dont vous ne savez que faire, vous qui avez des parents alcooliques dont vous ne savez que faire, faites-les engager dans l'armée. L'armée est une grande famille pour aliénés mentaux.

*

Qu'est-ce que c'est qu'un héros ?
C'est un soldat qui a réussi.
Et qu'est-ce que c'est qu'un invalide ?
C'est un héros qui n'est pas mort.

*

La condition pour s'engager dans l'armée, c'est d'avoir fait moins d'un an de prison. Parce que si c'était casier vierge, il n'y aurait plus grand monde.

*

Les anciens combattants ? Je vais te dire que moi, si un mec m'avait piégé une fois dans ma vie et m'avait envoyé faire la guerre, tu peux être sûr d'un truc, c'est qu'il ne serait pas près de me revoir pour après aller défiler avec son drapeau !

*

Quatre-vingts anciens combattants australiens vont venir en France pour faire un pèlerinage sur les champs de bataille. Il va donc falloir réserver des places au Casino de Paris pour aller voir Line Renaud qui, comme chacun sait, chantait déjà dans les tranchées.

*

Ceux qui gueulent le plus, ce sont les anciens combattants. Dès qu'on se fout de la gueule d'un ancien combattant, ils se mettent à gueuler ! Et vous savez pourquoi ? Parce qu'ils ont que ça à foutre, les pauvres ! Il n'y a plus de guerre et quand il n'y a plus de guerre, un ancien combattant qu'est-ce que ça peut se faire chier !

*

Tu sais ce que c'est un militaire de carrière qui meurt à la guerre ? C'est un militaire de moins.

*

Pour vous faire réformer, je vais vous donner une très bonne combine : vous arrivez avec *l'Huma* sous le bras et vous hurlez : « Vive le parti communiste ! » Vous allez être viré tout de suite parce qu'on pourra même pas vous donner une brouette sans craindre que vous balanciez les plans à Moscou.

*

On envoie toujours des mecs de l'armée pour libérer d'autres gens, mais il y a des mecs dans l'armée qui y sont de force aussi ! Il y a même énormément de mecs qui sont de force dans l'armée ! Déjà, il y a tous ceux qui n'ont pas de qualifications et qui n'ont pas voulu entrer dans la police. Et à ceux-là, je tire mon chapeau !

Politiquement, je me suis fait une culture qui obligatoirement me suffit puisque je n'en ai pas d'autre !

On raconte que je dis tout haut ce que les gens pensent tout bas, c'est vrai. Mais la vraie question est pourquoi les gens pensent tout bas au lieu de penser tout haut ? Remarque, je préfère, moi, qu'ils pensent tout bas, sinon je sais pas de quoi je vivrais !

*

Il y a une majorité silencieuse en France, il paraît. Moi, je trouve plutôt que les cons ouvrent beaucoup leur gueule, mais enfin...

*

Les politiciens, on ne saura jamais s'ils sont sérieux ou si ce sont des comiques froids. Parce que quand même entre leurs blagues extraordinaires et leurs promesses intenables, va savoir, toi, si dans le fond, c'est pas des professionnels du rire !

*

25 % des Français pensent que le Soleil tourne autour de la Terre : c'est la Terre qui tourne autour du Soleil. Il y a quand même 25 % des gens qui pensent le contraire ! 25 % des Français qui pensent que le Soleil tourne autour de la Terre et 45 % qui pensent que Chirac ferait un bon président... Voilà... C'est l'ignorance qui est un désastre. C'est pas le Soleil.

*

Ce qui est amusant, c'est de savoir comment on est gouvernés par des gens qu'on a élus nous-mêmes. On est bien placés pour s'en amuser de la politique puisqu'on la subit tous les jours. Et qu'elle est faite avec notre pognon. Je crois même que c'est faire preuve du plus grand humour que d'en rire. Moi, évidemment, je le fais plus facilement parce que, de toute façon, grâce à vous je gagne plus de pognon que ceux qui rient et même des fois plus de pognon que ceux qui nous font rire !

*

Si jamais nos hommes politiques se mettaient à tenir les promesses qu'ils font, il leur faudrait le budget des États-Unis.

*

Les gens disent tout le temps : « Moi, j'ai voté pour celui-là, et puis maintenant, au lieu de foutre du pognon dans les écoles, il met du pognon dans les prisons ! » Hé ! dis donc, il y a un truc dont on est sûr quand on est ministre, c'est qu'on ne retournera pas à l'école, tandis qu'en prison…

*

Politiquement, je suis coluchiste et des comme moi, on est deux mais l'autre veut pas dire son nom.

*

Finalement, le mec qui est mort pour la conquête de ses idées socialistes, il a rien à envier au connard qui est mort pour rien en 14-18 : il est mort.

*

Mai 68: Moi, le jour où j'ai vraiment compris qu'on avait perdu la révolution, c'est quand ils ont refusé de manifester le dimanche.

*

Je crois que cette fois, politiquement, on est vraiment dans la merde ! J'ai parlé à un chauffeur de taxi, il m'a dit : « Moi, si j'étais à la place du président des États-Unis, je sais pas ce que je ferais… » Ça, c'est la preuve qu'on est vraiment dans la merde : quand le chauffeur de taxi, il ne sait pas ce qu'il ferait à la place du président des États-Unis, c'est qu'on est vraiment dans la merde !

*

Ce qui compte dans la vie, c'est d'avoir un bon boulot et une bonne santé. Eh bien, ouvriers licenciés, si vous avez une bonne santé, dites-vous un truc, les syndicalistes ont eux un bon boulot !

*

Les pauvres ne sont pas riches cette année et la misère est triste !

*

Des nouvelles de la Bourse : hausse de la chemise, baisse du pantalon et va-et-vient dans la fourrure !

*

Avant, les hommes, ils vivaient trente ans, c'était pour rien. Maintenant, ils vivent soixante-dix ans. Qu'est-ce que tu veux, il faut bien qu'on leur pique du blé. Faut bien que tout augmente en même temps !

*

Eh, dis donc, t'as vu ça, le chômage remonte. Est-ce que par hasard les élections ne seraient pas finies ?

*

Ça y est, le chômage va s'arrêter. Il y a une date : au printemps. Ils avaient dit qu'il s'arrêterait vers janvier, maintenant ils disent le chômage, c'est un problème qu'on aura jusqu'au printemps. – De quelle année ? – Ah bah, ça, ils ne l'ont pas encore dit.

*

Avant le cancer on disait pas le cancer, on disait une longue maladie. Le chômage, lui, est en train de crever d'un long délai.

*

Qu'il y ait deux façons de compter les chômeurs, ça me met sur le cul. Parce que je le dis tout de suite, il n'y a pas deux manières de compter le pognon qu'on leur donne !

*

Toujours le trou dans la caisse des Assedic. Déjà les chômeurs, il fallait qu'ils trouvent du travail, maintenant, en plus, il faudra qu'ils trouvent du pognon !

*

Il y a un député qui a trouvé choquant et dangereux que des manifestations aient lieu devant l'Assemblée nationale où justement on discute de problèmes qui intéressent les gens qui font la grève. Il y a donc un député qui a gueulé parce qu'il y a des ouvriers qui trouvent qu'on ne défend pas assez leurs intérêts ! Non mais, le culot des pauvres !

*

S'il y a des smicards qui n'osent pas se jeter par la fenêtre, on peut s'inscrire à l'Élysée, il y a un service qui étrangle les mecs qui n'osent pas se suicider.

*

C'est officiel, la culture a moins d'1 % dans le budget de la France. On l'a échappé belle ! Qu'est-ce que j'aurais pas aimé être artiste dans un pays où la culture aurait eu 25 %. Être obligé de jouer Shakespeare !

*

En matière de loi, y a deux catégories d'emmerdeurs : ceux qui les appliquent et ceux qui les appliquent pas.

*

La justice, c'est le parent pauvre : ils ont pas assez d'argent, ils ont pas assez de prison, pour un peu ils manqueraient de voleurs.

Un innocent en France, c'est un coupable qui ne risque rien.

Ce matin, on apprend la défection d'un membre du parti socialiste qui adhère au RPR. Le PS perd donc un traître qui rejoint le RPR où, comme on le sait, les traîtres sont toujours les bienvenus ! Enfoirés, excusez-nous !

*

En politique, la différence entre un traître et un converti ? Un traître, c'est quelqu'un de votre parti qui va dans un autre et un converti, c'est quelqu'un d'un autre parti qui arrive dans le vôtre. Ça n'a rien à voir.

*

En période électorale, les hommes politiques trahissent des inquiétudes. Faute de mieux.

*

Comme disent les hommes politiques:
« On ne voit pas à quoi ça sert de faire de la fausse monnaie, il n'y a qu'à en faire de la vraie et puis c'est tout ! »

*

On chuchote à l'Assemblée : je me suis mouillé dans une affaire, je suis complètement à sec, j'ai besoin de liquide !

*

Confidence d'un politique : *« Ce qui m'embête, c'est que la moitié des mensonges que disent mes adversaires sur moi sont vrais ! »*

*

Léotard, il fait toutes les conneries qu'il peut pour être connu dans la politique. Quand on n'a pas de talent, il faut bien bouger les bras !

*

Petite leçon de politique appliquée : hier, Lecanuet a dit : « Je ne suis ni pour Barre ni pour Giscard ! » On traduit : ni Giscard ni Barre ne veulent de Lecanuet ! Ah, l'enfoiré, faut savoir le parler !

*

Giscard ? Il est plus connu des éléphants d'Afrique que des paysans français.

*

Bernard Pons a dit que Raymond Barre était une « monstruosité politique ». Il aurait pu rajouter biologique.

*

Vous savez que, grâce à Raymond Barre, tout le monde est boulanger en France ? Amis dans le pétrin, bonjour !

*

M. Barre a déclaré : « Le bout du tunnel est pour l'an prochain. » Voilà une phrase que cet homme pourra répéter toute sa vie s'il le désire.

*

Raymond Barre respire l'honnêteté. Le problème, c'est qu'il est asthmatique.

*

Des fois, on entend des gens dire : Raymond Barre et Jacques Chirac, ils ne sont pas de la même crémerie, ils ne sont pas ensemble… hé ! dis donc, ils ont un numéro de cirque ! Il y en a un qui épluche les oignons et l'autre qui pleure !

*

Raymond Barre met les points sur les *i* : « Ma politique économique est bien celle du chef de l'État ! » Voilà qu'il balance les copains maintenant !

*

Barre, il a beau être gros, on en a vite fait le tour !

*

Marie-France Garaud, j'ai l'impression qu'elle a un nom prédestiné à nous étrangler !

*

M. Darquier de Pellepoix fait partie de ces gens qui ont plus de particule que de partie tête.

*

Mme Pelletier, ministre de la Condition féminine : elle a 51 ans, elle les fait pas, elle a sept enfants, ça, elle les a faits, et elle a déclaré : « Je ne violerai pas les hommes. » Pourquoi, il y a de la demande ?

*

M. Mitterrand a fait un cauchemar épouvantable : il a rêvé qu'il était tout seul à se présenter aux élections et qu'il était battu quand même !

*

Poniatowski, c'est comme les pommes de terre : le meilleur est sous la terre !

Rocard, il a une vraie tête d'accouchement. Le problème, c'est qu'on ne voit jamais sortir l'enfant !

Georges Fillioud, ministre de la Communication, se félicite lui-même de la création des chaînes privées. Il fait bien de se féliciter tout seul. Si j'avais été son patron, moi, je me serais contenté de le remercier.

*

Les hommes politiques, c'est comme les cartomanciennes : tant que les hommes seront inquiets de ce que va être leur avenir, les hommes politiques et les cartomanciennes seront rassurés sur le leur ! En bref, l'avenir des cartomanciennes et des hommes politiques sera clair tant que le vôtre sera foncé !

*

Dans les déclarations de sportifs, c'est comme dans les déclarations d'hommes politiques : la franchise ne consiste pas à dire ce qu'on pense mais à penser ce qu'on dit.

*

Évidemment on pourra toujours dire que l'Argentine a gagné la Coupe du monde. On peut le dire. Mais enfin, il y a huit ans, quand c'étaient les Anglais qui organisaient la Coupe du monde, qui est-ce qui a gagné ? Les Anglais ! Il y a quatre ans, c'était l'Allemagne qui organisait la Coupe du monde, qui c'est qui a gagné la Coupe du monde ? C'est les Allemands. Cette année, c'est l'Argentine qui organisait la Coupe du monde, qui c'est qui a gagné la Coupe du monde ? C'est l'Argentine. Bon. Qu'est-ce qu'il faut que le Bangladesh fasse pour gagner la Coupe du monde ?

*

Les Français, ils ont bien perdu la Coupe du monde ! Autant les Argentins ont mal gagné, autant les Français, ils ont bien perdu ! Ils auraient perdu comme ça contre l'Italie, ils gagnaient !

*

Ils ont gardé le ballon, les Argentins. Comme ça, chez eux, ils pourront jouer à la balle au prisonnier !

*

Tu imagines un arbitre suisse en Argentine accorder un penalty à la France contre les Argentins ? Non mais, de toi à moi, tu as déjà essayé, toi, de sortir d'un stade dans lequel il y a 80 000 personnes qui ne veulent pas que tu sortes ?

*

Les arbitres, ils ont touché tellement de pots-de-vin qu'il y en a qui ont été obligés d'emprunter une citerne pour rentrer !

*

Je sais pourquoi ça s'appelle coup franc : parce que c'est très franc ce qu'ils se mettent comme coup !

*

Est-ce que tu te rends compte que le football est un sport qui théoriquement se joue aux pieds et qu'il est hors de question qu'un footballeur porte des lunettes ! Parce que les morceaux de verre dans les yeux, une fois qu'on t'a mis un coup de poing dans la gueule, c'est très dur à enlever !

*

Une femme tue son mari à cause du Mondial. À mon avis, elle avait une autre idée derrière la tête. Elle avait surtout un fusil à la main, ce qui est très très grave.

*

Un ballon de football n'a rien à faire dans une cuisine, ou alors dans le frigo pour celui qui les aime bien frais.

*

À propos d'un arbitre détestable : je remercie beaucoup cet homme-là d'avoir eu le courage de sa lâcheté, parce que, vraiment, être aussi minable et le savoir, c'est bien !

*

Qu'est-ce qu'il faut faire pour devenir arbitre ?
Il faut manger avec les mains sous la table !

*

Je voudrais dire un truc à propos du Tour de France et tous ces petits garçons qui sont très courageux. J'ai remarqué encore cette année qu'une bonne cent cinquantaine de coureurs fait le Tour de France en vélo. Eh bien, vous savez combien c'est dur le vélo, vous savez combien c'est difficile de faire du vélo et donc j'ai décidé d'offrir personnellement une Mobylette au vainqueur de manière à ce que ça ne lui arrive plus de le faire en vélo.

*

Pourquoi les coureurs cyclistes belges
ont un jour de repos après les courses ?
C'est pour voir les Français arriver.

*

On n'a plus le droit de dire du mal et personne ne dit plus du mal ! Moi, je me souviens quand on était petit, on ouvrait la radio et les mecs canardaient à bout portant tout ce qui bougeait ! C'était déjà Line Renaud qui trinquait ! C'est pour vous dire si la chasse est ouverte depuis un moment !

*

Il y a un excès à ne pas dépasser, c'est comme en tout, c'est comme en tout... au fait, c'est comment tout ?

*

Si on en profitait pour s'emmerder à chaque fois que c'est triste, eh bien, ça ne serait pas gai !

*

Cinq millions et demi de conducteurs français ont une mauvaise vue. Heureusement, leur nombre diminue de jour en jour.

*

Quand un artiste dit qu'on ne lui a pas donné sa chance, il devrait aussi compter le nombre de fois où la chance s'est déplacée pour rien.

Si Dieu n'existait pas, les catholiques l'auraient inventé.

Puisqu'on ne peut plus rien dire sans vexer les uns ou les autres, je ne dirai plus rien, ni contre l'armée ni contre personne. Je ne m'en prendrai désormais qu'aux sourds... Oui, j'emmerde les sourds !

*

Comme ils disent à Varsovie : boire ou conduire ?... De toute façon, on n'a pas de voitures.

*

Deux sortes de gens me font rire : ceux qui le font exprès et ceux qui font sérieusement des choses sérieuses.

*

En Suisse, un homme dans la rue s'est soudain retourné et a écrasé violemment un escargot. Interrogé par la police, il a déclaré : « Ça fait des heures qu'il me suivait. »

*

Gainsbourg, il fait des mélodies pour plaire à ceux qui aiment ses mélodies, et il se rase pas, il est bourré, pour faire parler tous ceux qui le détestent.

*

Pour faire un mauvais musicien, il faut au moins cinq ans d'études. Tandis que pour faire un mauvais comédien, il faut à peine dix minutes.

*

Vous savez ce que je pense des cons qui écoutent la musique au garde-à-vous ? La réponse est contenue dans la question.

*

Il paraît que pour faire un disque, il faut coucher avec le producteur. Tu vois la gueule du producteur qui a fait faire un disque à Sim !

*

Il picole trop. Rien qu'avec ce qu'il renverse, on pourrait ouvrir un bistrot !

*

Avec ma femme, on a des relations sexuelles. Mais dans l'ensemble y viennent pas souvent.

*

M. Boussac était « tissu » d'une famille riche alors que la femme à barbe était « hirsute » d'une famille pauvre.

*

On dit toujours qu'on peut pas être et avoir été. Eh ben, j'en connais un, dis donc, il a été con, et il l'est encore.

*

À PROPOS DE LINE RENAUD :
Quand elle va chanter au Canada, elle fait un malheur, quand elle revient, elle en fait un aussi. Un malheur n'arrive jamais seul !

*

Je suis obligé d'envoyer des potes au bistrot pour savoir comment les gens vivent. Si j'y vais moi-même, ils me regardent comme s'ils découvraient l'intérieur de la télé et ils se taisent pour me laisser parler.

*

Jeanne d'Arc, c'était pas une affaire. Deux mètres vingt. Rien qu'assise, il fallait lui monter à manger. Elle entendait des voix, des voix de garage !

*

L'homme qui a eu le moins de chance dans sa vie : Iouri Gagarine. Il est parti d'URSS, il a fait dix-sept fois le tour de la Terre, il est retombé en URSS.

*

La Suisse, c'est propre. On ne peut pas attraper de maladies en Suisse, on ne peut y attraper que des médicaments.

*

Le pape ? La colombe de la paix dans une cage blindée.

*

Les lames Gillette avaient produit une lame inusable. Évidemment, gros succès. Ils ont coulé tous les concurrents et, au bout d'un moment, fin du coup ! Tout le monde en avait une ! Eh bien, mon pote, ils ont fait une campagne de pub pour dire : « Ramenez-moi votre lame Gillette, je vous en donne deux ! » Tu te rends compte ! Les mecs se sont laissé faire. Ils avaient une lame inusable, ils l'ont changée pour en avoir deux. C'est balèze !

*

J'ai rencontré un type complètement bourré assis sur le bord d'un trottoir. Je lui ai demandé ce qu'il faisait. Il m'a répondu : « Puisque la Terre tourne, je veux attendre, là, que ma maison passe. »

*

Le milieu du show-biz est absurde : il faut avoir du succès pour qu'on te donne une chance d'avoir du succès.

*

Le hasard fait bien les choses ? J'en connais un, il a pas dû être fait par hasard, alors.

*

Bizarre Mgr Lustiger... Toujours en robe et jamais de sac à main !

*

Bousculade au Brésil autour de Jean-Paul II : six morts. Six pauvres soulagés de leur misère. Merci, Dieu.

*

Si la méchanceté suffisait pour faire fortune, il y a beaucoup de journalistes qui seraient célèbres.

*

T'es largement assez beau par rapport à ce que t'es intelligent ! Ah ! t'as même de la marge !

*

Tous les mecs qui croient en Dieu croient que c'est le seul. C'est même de là que vient l'erreur.

*

Un Belge est mort en buvant du lait. La vache s'est assise.

*

Un militaire qui meurt dans son lit, ça fait ? Un de moins !

*

Un sportif français qui gagne est un Français. Un sportif français qui perd est un sportif, pour ne pas dire plus.

*

Brigitte Bardot qui nous gonfle avec ses bébés phoques ! Je lui dis, moi, je fais du 41 en bébé phoque ! Si t'en trouves deux pareils, je ferai scier les pattes, je ferai installer des fermetures Éclair !

*

C'est sûr qu'il y a des filles qui se font baiser par les producteurs, pour réussir, mais elles ne réussissent qu'à se faire baiser... C'est tout ce qu'on leur connaît comme réussite! Celles qui ont réussi se sont fait baiser aussi, c'est bien la preuve que c'est pas un critère.

*

Yannick Noah rechigne toujours à monter au filet parce que ça lui rappelle sa capture.

*

Un juif raconte à son copain: «Je suis en train d'écrire mes mémoires.» L'autre: «Par hasard, t'en serais pas au moment où tu m'as emprunté dix sacs?»

*

Un mec, pas tibulaire, mais presque.

*

Le pape ne croit pas en Dieu; vous avez déjà vu un prestidigitateur qui croit à la magie, vous?

*

Vous connaissez les trois fêtes juives les plus importantes? Le Yom Kippour, Rosh ha-Shana et le Salon du prêt-à-porter.

*

J'ai un copain qui a attrapé une myxomatose avec une fille qui avait un bec-de-lièvre.

*

Je l'ai pas violée. Violer, c'est quand on veut pas. Moi, je voulais!

Gynécologue, c'est un métier pour les sourds: y a rien à entendre et tu peux lire sur les lèvres.

Elle n'était pas vraiment très réussie :

– On ne vous a jamais dit que vous ressembliez à Catherine Deneuve ?

– Non.

– C'est normal.

*

Des nouvelles du sexe : on enregistre un net durcissement de la situation.

*

Dieu a créé l'homme à son image, et la gonzesse à l'idée qu'il s'en faisait, ça peut paraître dégueulasse, mais ça partait d'un bon sentiment.

*

Elle a un beau cul et un mauvais caractère. Malheureusement, on lui voit plus souvent le caractère que le cul. C'est-à-dire que son meilleur profil, si vous voulez, elle est assise dessus.

*

Elle est âgée, elle se fait tout le temps charrier, parce que maintenant, quand c'est son anniversaire, il y en a pour plus cher en bougies qu'en gâteau !

*

L'âge ingrat, chez les filles, c'est quand elles sont trop grandes pour compter sur leurs doigts et trop petites pour compter sur leurs jambes.

*

L'avantage des camps de nudistes, c'est que quand un mec arrive devant une gonzesse pour lui dire : « Je vous aime », elle peut répondre : « Oui, monsieur, je vois. »

*

Le sexe, c'est mal. Bite, c'est un gros mot, même si c'est une petite bite ! Couilles, c'est deux gros mots car c'est assez rare que l'on n'ait qu'une couille !

*

Je me souviens qu'à l'école la maîtresse nous demandait de dessiner ce que nous voulions faire quand nous serions grands. Quand je serais plus grand, je voulais baiser ; j'allais quand même pas lui faire un dessin !

*

Les mecs de 20 ans sont très bourgeois. Il y en a même qui se marient tellement ça n'est plus la mode !

*

Pauvre, moche et grosse : y en a qui exagèrent !

*

Qu'est-ce qu'on vend comme beurre depuis *Le Dernier Tango à Paris* ! « Char-entes-Poi-tou ! Ça-ren-tre-par-tout ! »

*

Quand il y a une idée à émettre sur le sexe, je suis toujours pour que le sexe soit nu. La vieille France voudrait plutôt qu'on le cache. Moi, je pense que s'ils veulent cacher leur sexe, c'est qu'ils l'ont petit.

*

Savez-vous quelle différence il y a entre « Aah ! » et « Oooooh… » ?
Réponse : environ 5 centimètres.

*

Si jamais vous avez couché avec une bonne sœur de moins de 60 ans, c'était un pingouin.

Peyrefitte, on le met en épouvantail au milieu d'un champ, les oiseaux ramènent les graines.

Quand les gangsters ont relâché le baron Empain, il a été obligé de prendre le métro. Ce sont ses grands-parents qui ont financé en grande partie le métro en 1900. Il a eu de la chance. Si sa famille avait investi dans le canal de Suez, il aurait été obligé de rentrer à la nage.

*

Les journalistes, ils viennent quand une pièce a beaucoup de succès. Seulement, une fois que ça marche, on n'a plus besoin d'eux.

*

Transsexuel : moi, je veux bien changer de sexe. Mais à condition qu'on m'en donne un plus gros.

*

Si les journalistes étaient funambules, il y aurait une forte mortalité dans la profession.

*

Y a aucune raison pour que les gens se fassent la gueule dans la rue : y se connaissent pas, hein !

*

La chanson est une industrie parce qu'une poignée d'imbéciles a réussi à être moins con que le reste !

*

Danyel Gérard, il avait le choix entre le chapeau de Bob Dylan et le talent de Bob Dylan... D'après vous, il a pris quoi ? Le chapeau !

*

Le pape annonce qu'il n'ira pas à Lourdes parce qu'il est malade. C'est formidable, non ? Les gens, eux, y vont justement parce qu'ils sont malades.

*

Il paraît que Danièle Gilbert est moins conne qu'elle en a l'air. Il faut dire qu'elle a tellement l'air conne que l'inverse paraît impossible !

*

Sont vulgaires les mecs qui chantent l'amour devant tout le monde et se cachent pour le faire.

*

Line Renaud a trente ans de carrière. Dis donc, elle a commencé tard !

*

Combien tu lui donnes à Line Renaud ? 40 ans ! Bah, avec les 60 qu'elle a déjà, t'es pas sympa !

*

La princesse Anne a refusé d'embrasser un enfant... moi, je trouve que c'est bien. Parce qu'avec le nez qu'elle a, elle aurait pu lui crever un œil.

*

Rika Zaraï, elle fait bouillir l'air avant de respirer.

*

Johnny et sa femme forment un couple extra-ordinaire : il est extra, elle est ordinaire !

*

« Romy Schneider sauvée par Alain Delon. »
Ah bon, elle avait soif ? Alain Delon, viens nous servir à boire !

J'aime bien Jean-Claude Brialy. C'est un homme qui aime agrandir le cercle de ses amis.

RTL : c'est la radio où le nain Bouvard parle l'après-midi. On l'appelle le bémol, c'est la note juste au-dessus du sol ! J'en parle d'autant plus volontiers que c'est mon ennemi préféré.

*

Une triste nouvelle : Philippe Bouvard aurait été victime d'une chute d'échelle alors qu'il cueillait des fraises ! Pauvre homme ! Quand on pense qu'il est déjà obligé de se mettre sur la pointe des pieds pour cracher !

*

Ce qui me surprend le plus chez Bouvard, c'est qu'il est bien élevé. Ça compense !

*

Il paraît qu'au lit Eddie Barclay est un véritable pur-sang : il n'y a pas moyen de le dresser !

*

Barclay s'est encore marié une jeunette. Je suis allé bouffer avec eux au restaurant hier. Le serveur a demandé à la petite :

– Qu'est-ce que ce sera ?

– Une escalope.

– Et pour légume ?

– Donnez-lui la même chose !

*

Est-ce que vous savez d'où vient le triple menton de Régine ? Elle s'est fait remonter les seins !

*

Tu sais comment on reconnaît Dalida à Roland-Garros ? C'est la seule qui tourne pas la tête pendant les échanges. Elle voit Connors et Mac Enroe en même temps !

*

C'est fini, on ne fêtera plus l'anniversaire de Régine : rien qu'en bougies, on en aurait pour plus cher qu'en gâteau !

*

Lederman, quand on parle d'argent, il croit qu'on se moque de lui. J'ai voulu lui raconter une blague, parce qu'il a de l'humour quand même, j'ai commencé :

– C'est un juif pauvre...

– Je t'arrête tout de suite, ça veut rien dire en yiddish.

*

À PROPOS DE JACQUES TATI : j'ai appris qu'il allait refaire un film et je voudrais lui dire que je m'appelle Coluche, que je suis un jeune comédien et que si je pouvais ne serait-ce qu'ouvrir une porte dans son prochain film, je pourrais donner beaucoup d'argent de Lederman.

*

Il a une très belle voix, Robert Hossein. Quand il ouvre la bouche, on peut presque lire à l'intérieur la marque de ses pompes !

*

La Fondation Bogart, c'est un bureau de tabac ! Bogart, tu sais que c'est un de ceux qui en ont fait le plus pour le cancer des poumons. Il y a des tas de mecs qui ont toussé pendant des années à cause de lui !

*

Charles Trenet écrivait des chansons à une époque où la lune était dans les chansons d'amour et non pas dans le budget de la Défense.

*

Eh, dis donc, Marie Laforêt, on se la forêt bien. On n'est pas de bois !

*

Il faut se méfier des proverbes. Il y avait un proverbe dans le cinéma qui disait : tant va la cruche à l'eau qu'à la fin Brigitte Bardot voulait plus tourner du tout !

*

Un mec rentre de voyage et trouve sa femme au lit avec Bouvard. Scandalisé, il lui dit :

– Je croyais que tu m'avais promis de ne plus me tromper !

Et elle répond en montrant Bouvard :

– Mais tu vois bien que j'essaie de diminuer progressivement !

Les Rothschild sont dans la misère : je les ai vus jouer tous les deux sur le même piano !

J'ai vu en 1964 à la Mutualité Léo Ferré au gala des anars. Il finissait la soirée par une chanson puis s'il y avait un quart d'heure de rappel, il revenait chanter *Ni Dieu ni maître*. Les mecs, ils sont sortis de la salle, il y aurait eu un flic qui aurait demandé l'heure, il était mort !

*

Michel Blanc vient de tourner *Marche à l'ombre*. C'est normal, Blanc, y va pas aller marcher au soleil s'il veut rester Blanc ! Je déconne mais pendant le tournage des *Bronzés* en Afrique, les Noirs l'avaient surnommé l'« homme sans nom ». Tu penses, Michel Blanc !

*

C'est un type qui arrive dans un bar avec Philippe Bouvard. Le barman lui demande :

– Dites donc, votre copain, pourquoi il est petit comme ça ?

– Ne m'en parlez pas ! Je vous explique : on est allés en vacances en Amazonie ensemble...

– Ah bon, où ça ?

– Merde, c'était comment, Philippe, déjà, le nom du village où tu as insulté le sorcier ?

*

– Richard Anthony, je me demande comment il faisait avec ce gros bide pour swinguer autant à l'époque...

– Il était moins gros que ça à l'époque...

– Ah bon, il a pas toujours été gros ?

– Si, mais moins que maintenant...

– Tu vois, il était quand même vachement grassouillet pour un maigre !

*

Il y avait un gosse qui me regardait sur le bord du trottoir et sa mère, elle y a fait :

– Tu vois, hein, si tu es pas sage, ben, tu seras comme ça plus tard !

*

C'est vraiment minant d'être aussi bête que moi. Et encore, vous vous rendez pas compte, vous êtes à l'extérieur, moi, j'habite avec, c'est pire !

*

Il y a encore un mec qui m'a écrit hier en me disant : « T'as piqué des trucs à Alphonse Allais. » Ben, je vais me gêner peut-être, je vais me gêner de piquer des trucs à Alphonse Allais... il est mort !

*

Je suis allé au gala de l'Union. Faut bien faire prendre l'air au smoking de temps en temps ! J'ai refait Guillaume Tell. Enfin moi, j'étais la victime. J'avais la pomme sur la tête. Et l'autre type était à 12 mètres avec son arc et ses flèches. Avant la représentation, on a répété toute la mécanique. Mais sans qu'il tire évidemment : on va pas risquer de se planter une flèche dans la tête à la répétition. Qu'au moins il y ait la télé !

*

– Je voulais savoir si tu avais un truc quand tu jouais du violon avec des gants de boxe ?

– Je vais te dire, oui, il y a un truc, il y a un an et demi de boulot.

*

J'aurais bien aimé être connu comme chanteur surtout de rock'n'roll mais j'ai réussi à me consoler parce qu'Eddy Mitchell, lui, aurait voulu être connu comme comique, donc on s'est démerdés tous les deux : lui me raconte des histoires et moi, je chante des chansons pendant qu'il met des boules Quiès.

*

– Coluche, vous êtes d'origine italienne ?
– Oui.
– Quelle région d'Italie ?
– Paris. La porte d'Italie.

*

– *Qu'est-ce que vous pensez des mots croisés, Coluche ?*
– Je suis pour les croisements, les Noirs et les Blancs, il faut que ça se mélange comme ça, on sera plus emmerdés !

*

Ils prennent vraiment les gens de couleur pour des nègres !

On dit pas un stylo noir, on dit un crayon de couleur.

On dit toujours à un Noir t'es mon frère, mon beau-frère jamais.

*

Faut pas croire que tous les gens qui sont touchés par le racisme ont de l'humour. Moi, une fois, j'ai raconté une histoire de Noir à des Noirs, je leur ai dit que je préférais avoir un Noir dans la salle que la salle dans le noir, eh bien, il y a eu un blanc !

*

Si on peut pas se moquer des Arabes, c'est que c'est vraiment des Arabes ! À partir du moment où on peut se moquer d'eux comme de cons ordinaires, à ce moment il n'y a plus de racisme.

*

Monsieur Le Pen veut être blanchi pour tout ce qu'il a fait en Algérie : cet homme aigri qui n'aime pas les Noirs et qui veut être blanchi.

*

Jean-Marie Le Pen a hérité de l'immense fortune des ciments Lambert. Il semblerait qu'à la signature Hubert Lambert n'était pas en possession de tous ses moyens. Ce qui est sûr, c'est que maintenant Jean-Marie Le Pen, lui, est en possession de tous les moyens du mort !

*

Qu'il y ait des organisations antisémites, ça, ça me fait beaucoup rire ! Qu'est-ce qu'il faut être con pour être antisémite déjà, mais alors pour être organisé !

*

Si on en juge par les fichiers qu'on a trouvés en Allemagne il y avait 80 millions de Français pendant la guerre : 40 millions de résistants et 40 millions de collabos.

*

Comme dirait Le Pen : œil-de-perdrix, dix de retrouvés !

*

Il y a des gens qui n'ont pas été assez sévères en matière d'immigration à mon avis, ce sont les Indiens d'Amérique. Ils auraient dû faire gaffe quand ça a commencé à immigrer aux États-Unis !

*

En France, on est tout le temps en train de voter. Et puis quand on vote pas, ils nous sondent. Mais non... avec des journaux. Remarquez, le résultat est le même, hein ! On l'a toujours un peu dans le cul !

*

Les Français, ils font de la politique quand il y a des élections, une moitié est de droite, l'autre moitié est de gauche, mais en dehors des élections, les Français, ils sont ni de droite ni de gauche, ils sont français et ils s'en foutent de la politique !

*

La droite a gagné les élections. La gauche a gagné les élections. Quand est-ce que ce sera la France qui gagnera les élections ?

*

Si la gauche en avait, on l'appellerait la droite !

*

La France va mieux, oui. Non, pas mieux que l'année dernière mais mieux que l'année prochaine !

*

Il y a un mec qui s'est présenté aux élections dans le 14e arrondissement de Paris, et qui n'a pas eu une seule voix ! C'est-à-dire que non seulement il n'a pas voté pour lui, ce qui est très sport, mais en plus il est fâché avec sa femme.

*

Moi, j'ai un copain qui vote pour le même depuis des années, et le type n'est jamais élu. À tel point que mon copain se demande s'il est pas mort !

*

Pourquoi des mecs élus par nous pour faire ce qu'on veut, au lendemain des élections, font ce qu'ils veulent ?

*

Les hommes politiques, on devrait les faire souffler dans le ballon pour savoir s'ils ont le droit de conduire la France au désastre.

*

Les gens élisent un président de la République et après, ils disent : c'est quand même un mec formidable, puisqu'il est président de la République.

*

Les hommes politiques sont marrants ! Encore que je ne pense pas qu'un jour ils nous feront autant marrer qu'ils nous emmerdent.

*

Ce qui nous coûte cher en France, c'est la bombe. Non seulement elle coûte un fric fou mais, en plus, elle ne sert à rien. Elle est trop petite pour attaquer les autres. Nous sommes des assassins en impuissance.

*

Chirac est prêt à tout pour y arriver. Beaucoup d'hommes politiques vendraient leur mère, Chirac, lui, en plus, il la livre !

*

À 20 heures, à la télé, quand tous les pauvres sortent du travail, on ne peut pas dire toute la vérité. Sinon, la majorité n'irait pas travailler le lendemain.

*

La droite est nulle, la gauche est nulle, je vote match nul.

*

Camarade balayeur, grâce au syndicat et par le truchement du dialogue, tu seras l'égal du patron ! Dans le dialogue, hein ! Parce que dans le détail, tu seras payé moins, et puis c'est toi qui continueras à balayer la cour !

*

Giscard, quand il n'est pas là, il nous manque ! Faut dire que quand il est là, il nous manque aussi.

*

Greenpeace est une organisation antisémite : elle s'attaque aux fourreurs.

*

La droite vend des promesses et ne les tient pas, la gauche vend de l'espoir et le brise.

*

Georges Marchais est passionnant. Il est le seul à avoir été prisonnier huit ans alors que la guerre a duré cinq ans.

*

Giscard, Chirac, Mitterrand, Marchais, si ces quatre imbéciles vivent centenaires, on l'a dans le cul toute notre vie.

*

Le président estime qu'il a aux trois quarts réussi ce qu'il voulait faire avec la France. Ce qui signifie que la France d'aujourd'hui, avec son nombre de chômeurs, sa hausse des prix, son abaissement du niveau de vie, ses affaires politico-crapuleuses, ses fonctionnaires marrons et ses policiers voleurs, n'est que les trois quarts de ce qu'il voulait. Il peut encore mieux faire.

*

La Grèce est entrée dans le Marché commun : attention, ça glisse…

*

La gauche est achetée par Moscou, la droite est à jeter par la fenêtre !

*

À la télé, ils disent tous les jours : « Y a trois millions de personnes qui veulent du travail. » C'est pas vrai : de l'argent leur suffirait.

*

« Protégez les animaux, protégez les animaux. » Bon, en France, on élève des poulets, mais on les mange ! En Afrique, ils élèvent des crocodiles, c'est les crocodiles qui les mangent ! Il faudrait savoir, faut protéger les crocodiles ou les Africains ?

*

Qu'est-ce qu'il est bien, Pinochet ! Ils ont interviewé sa femme, et tu sais ce qu'elle a dit, sa femme ? Elle a dit : « Il est un petit peu dominateur. » Dominateur commun, sans doute, car tout le monde y a droit !

*

Le président de la République est élu avec 11 millions de voix, alors qu'il y a 55 millions de Français. Moi, quand je fais un tabac dans mon métier, je vends un million de disques, alors qu'il y a 18 millions d'électrophones. On est toujours vedette avec un minimum de public.

*

Il y a plus de pédés que de membres du RPR, et pourtant, c'est le RPR qui gouverne !

*

Il paraît que la presse a tué un ministre ! Dis donc... par rapport à ce qu'elle en fait vivre... c'est pas très grave, hein ?

*

Je ne savais pas qu'il y avait des jeunesses communistes, je savais qu'il y avait des vieillesses communistes.

*

Les gens gueulent après Hitler, mais on l'a surtout connu pendant la guerre, cet homme-là ! Et puis de Gaulle lui doit tout !

*

Les journalistes ne croient pas les mensonges des hommes politiques, mais ils les répètent ! C'est pire !

*

Homme politique, un métier difficile ? C'est pas vrai ! Les études, c'est très simple, c'est cinq ans de droit et tout le reste de travers.

*

Honni soit qui manigance !

*

Il faut surtout pas apprendre le boulot de ministre. Parce que si tu apprends l'agriculture, huit jours plus tard, tu te retrouves ministre des Finances. Faut surtout jamais savoir rien faire. Après, le type, on le met à l'Intérieur pour qu'il prenne pas froid.

*

Les mecs qui font de la politique ne font pas ce qu'ils veulent, ils font ce qu'ils peuvent ! Ils ne tirent pas les ficelles, ils sont tirés par les ficelles.

*

Il y a une comparaison facile à faire. Les hommes politiques en France font du show-business, et donc n'importe qui sachant faire du show-business peut faire de la politique.

*

Avant, Chirac et Giscard, c'était genre cul et chemise. Les gens se demandaient qui était la chemise. On commence à avoir une idée, maintenant !

*

Berlin, un mur, deux mondes, une seule boisson : Coca-Cola.

*

La droite a déjà son programme : « Serrez-vous la ceinture encore cinq ans ! Après vous serez habitués ! »

*

Ce qu'elle va faire, la gauche ? Elle va faire pitié, comme d'habitude.

*

Enfin une grossièreté gratuite dans ce monde pourri par l'argent : j'emmerde les hommes politiques !

*

Érections pestilentielles : rose promise... chômdu !

*

Les quatre leaders des grandes formations de la politique française ne sont pas les uns contre les autres, mais unis comme les trois mousquetaires, les cinq doigts de la main : un pour tous, tous pourris !

*

Michel Debré, candidat du troisième âge (encore plus vieux que le PC), a déclaré qu'il se présentait à la place de De Gaulle qui a été empêché. Ah! bon... Et pourquoi Tino Rossi... ne se présenterait-il pas pour Napoléon, pendant qu'on y est?

*

ONU: 12 millions d'enfants mourront cette année de malnutrition. Vous avez jusqu'au 31 décembre, date limite, pour inscrire les vôtres.

*

Quand je vois un mec qui n'a pas de quoi bouffer aller voter, ça me fait penser à un crocodile qui se présente dans une maroquinerie!

*

La moitié des hommes politiques sont des bons à rien. Les autres sont prêts à tout.

*

La politique, c'est pas compliqué, il suffit d'avoir une bonne conscience, et pour cela il faut juste avoir une mauvaise mémoire !

*

Pour qu'un écologiste soit élu président, il faudrait que les arbres votent.

*

Il paraît que ce sont les cordonniers les plus fraudeurs. Sûrement que ce sont les hommes politiques, alors, qui sont les plus mal chaussés !

*

La raison d'État, c'est des tas de raisons.

*

Le 10 mai, c'est pas une bonne date pour les rois. Y en a deux qui sont morts ce jour-là : Louis XV et Giscard d'Estaing.

*

J'ai lu *Le Capital*. L'avantage du *Capital*, c'est que pour expliquer le communisme, il commence par expliquer le capitalisme. Ce qui fait que t'as besoin d'acheter un autre livre.

*

Quoi qu'il arrive, même si le régime social est formidable, en Ukraine, on se gèlera les couilles, et en Floride, y fera beau.

*

Pourquoi est-ce que l'État a autorisé les cibistes ? Pour les récupérer. Parce qu'ils sont cent vingt mille. Cent vingt mille voix... Seulement, il leur donne le droit à l'appareil aujourd'hui et il leur fera payer une taxe demain.

*

« Un foie, deux reins : trois raisons de boire Contrex. » Mitterrand s'est présenté deux fois pour rien. Ça lui fait trois raisons de boire Contrex.

*

Marchais et Poniatowski parlent de tout changer. Tout à fait d'accord, à condition de commencer par eux.

*

Ronald Reagan succède à Jimmy Carter :
L'Amérique avait un mauvais président. Elle a choisi un mauvais comédien.

*

Un ministre inculpé de corruption de fonctionnaire : il avait donné un sucre à un chien policier.

*

Syndicats : entre deux cons alcooliques qui ne sont pas d'accord, je suis toujours pour celui qui est de la CGT.

*

Tu sais comment on appelle un Noir avec une mitraillette, en Afrique du Sud ? On l'appelle « Monsieur ».

*

Un bon gouvernement doit laisser au peuple assez de richesses pour qu'il puisse supporter sa misère. Et tout ira pour le mieux.

*

Les Russes, sur leurs maillots, il y avait écrit CCCP. Ils ont été obligés de changer. Les Mexicains croyaient que ça voulait dire « Courou cou cou Paloma ».

*

Les socialistes ont le pouvoir mais ils ne savent pas à qui le donner.

*

Le Conseil des sinistres, c'est le mercredi, le jour des gosses. Ils vont au sable, ils font des pâtés, c'est sympa. Le garde des Seaux est là.

*

Les cantonales, c'est pour élire des cantonniers. C'est pas méchant. Moi, j'y suis pas allé : y a pas d'herbe dans ma rue.

*

La politique, c'est un petit peu comme le flirt... Si on veut aller plus loin, à un moment, il faut aller plus près.

*

Vous savez que les hommes politiques et les journalistes ne sont pas à vendre. D'ailleurs, on n'a pas dit combien.

*

Il est très gentil, le président de la République. Parce qu'il nous laisse des libertés et tout le monde sait très bien que s'il nous les retirait, personne ne dirait rien.

*

Rocard, c'est ce qu'on appelle un homme de paille en herbe.

*

Y voudraient qu'on soit intelligents et y nous prennent pour des cons... Ben, comment on ferait, alors ?

*

Camarades syndicalistes ! La contestation est née du capital. Le capital est donc plus important que la contestation, car la contestation ne vit pas de ce qu'elle conteste, alors que le capital vit de sa contestation. Je vais vous rassurer tout de suite : les autres comprennent pas non plus, mais au moins, ça fait plaisir de savoir qu'on n'est pas compris par des mecs qui comprennent des trucs qu'on comprend pas !

*

En URSS, tout le monde va pouvoir sortir du pays, maintenant... à condition d'avoir plus de 75 ans et une autorisation de ses parents.

*

Le gouvernement s'occupe de l'emploi. Le Premier ministre s'occupe personnellement de l'emploi. Surtout du sien.

*

Qu'est-ce qu'il y a comme différence entre Giscard et Chirac ? Il n'y en a pas, mais Chirac le sait pas, lui !

*

Au Chili, un mec demande à un autre:

– Qu'est-ce que t'en penses, toi?
– Bah, comme vous!
– Bah, je t'arrête alors!

*

Pour les manifestations, il faut des autorisations. Alors, c'est entre la République et la Nation. Les autorités vont pas le permettre entre L'Étoile et La Muette, hein, vu que c'est là qu'ils habitent! Alors entre République et Nation, ils ont le droit, les manifestants, très souvent! Et à Créteil, entre la gare et la poste, c'est tous les jours s'ils veulent!

*

Grâce à l'armement nucléaire, puisque nous sommes nés par erreur, peut-être mourrons-nous par erreur.

*

On a le meilleur parti communiste du monde: il y a plus de mecs inscrits au PC en France de leur propre gré qu'en URSS.

*

Pour rétablir nos finances, il faut déclarer la guerre à la Suisse, puis la perdre afin d'être envahis et de disposer enfin d'une monnaie forte.

*

On est bien obligé de détruire par le feu et le sang des pays et des peuples entiers pour qu'il y ait des pauvres, car personne ne veut l'être.

*

Les sondages, c'est pour que les gens sachent ce qu'ils pensent.

*

La seule chose dont on soit sûr avec les sondages, c'est que dans l'ensemble les sondages prouvent bien que les gens croient surtout ce que les sondeurs pensent !

Une statistique, c'est la même chose qu'un sondage, sauf que c'est vrai.

Les journalistes ne posent plus de questions maintenant, ils agressent. Avant, ils demandaient aux hommes politiques :

– Pensez-vous que vous avez progressé ?

Maintenant, c'est presque :

– Con comme vous êtes, est-ce que vous avez fait des progrès dans votre parti de merde ?

Mais on sent la médiocrité dans la méchanceté comme dans le cirage. La méchanceté n'a jamais remplacé le talent, sinon il n'y aurait que des vedettes !

*

Vous voyez, c'est ça la liberté en France : on a rigoureusement le droit de dire ce qu'on veut, et le gouvernement a rigoureusement le droit de faire ce qu'il veut.

*

Le journaliste, ce n'est pas ce que tu vas lui dire qui l'intéresse, c'est ce qu'il pense, lui. Ce qu'il veut marquer dans le journal, ce sont ses idées à lui. Il faut le comprendre, le mec. S'il pouvait pas marquer ce qu'il pense, quelles raisons il aurait d'être journaliste ?

*

Il ne faut pas oublier que le rôle des hommes politiques, c'est, le cas échéant, d'affirmer des incertitudes.

*

C'est pas l'intention qui compte, c'est bien la manière dont on le dit ! Et homme politique, c'est donc bien comédien d'abord.

*

C'est le même problème que les pommes cuites, les hommes politiques ne sont jamais crus.

*

Je veux bien faire un accord avec les hommes politiques : qu'ils arrêtent de dire des mensonges sur ce qui nous concerne et moi, j'arrêterai de dire la vérité sur eux.

*

C'est pas parce qu'on dit la vérité qu'on dit du mal et c'est pas parce qu'on dit du mal qu'on dit la vérité !

*

L'art de dire la vérité sans mentir, c'est fermer sa gueule.

*

La politique part d'un principe très simple, quand on manque de tout, un rien nous suffit, et quand il nous suffit d'un rien, on n'a pas besoin de grand-chose.

*

Premier ministre, c'est un peu comme maillot de bain. Ça soutient pas grand-chose, mais ça cache quand même l'essentiel.

*

À cette époque où tout augmente, nous sommes heureux d'apprendre que les kilomètres, les mètres et les centimètres n'ont pas varié depuis le dernier septennat. Bravo !

*

Gaston Defferre est malade. Il paraît que son médecin lui a prescrit un Ricard le matin, un Ricard le midi, un Ricard le soir. D'après nos sources, il suit très bien son traitement. Il aurait même pris six mois d'avance !

*

On apprend dans le journal de ce matin que Reagan a deux cancers. Que le meilleur gagne !

*

Il était très gros, Pompidou, quand il est mort ! Il a éclaté ! D'ailleurs, on a reconstitué ses intestins avec des tuyaux place Beaubourg !

*

Je lis dans le journal qu'un type a été condamné pour avoir écrit que la moitié des dirigeants du RPR étaient des escrocs. Moi, à sa place, j'aurais écrit que la moitié des dirigeants du RPR n'étaient pas des escrocs !

*

Il y a le ministre de la Défense qui a fait une conférence de presse. Il n'a pas laissé entrer les journalistes communistes. Comme si les communistes ne lisaient pas *Le Figaro* !

*

Jacques Chirac, il est quand même plus malin que Michel Debré en a l'air !

*

Jacques Chirac a une très haute opinion de lui-même. Il a dit: « Ceux qui m'écoutent maintenant entendent un autre son de cloche. »

*

Je vais vous dire une phrase de Jacques Chirac qui montre à quel point, quand on fait un discours à des gens, on se fout de leur gueule. S'adressant à des sous-mariniers, il a dit: « Quand vous êtes en plongée et que les oreilles vous sifflent, c'est que le gouvernement pense à vous! » Il me semble, M. Chirac, que les prendre pour des militaires, c'était amplement suffisant!

*

Le MRG, c'est ceux qui essaient de passer la tête. C'est pour ça qu'on les appelle comme ça. Émergez les mecs, émergez!

*

Les gens du MRG, ils sont aussi cons qu'Adam et Ève, ceux qui étaient tout nus, sans argent et à qui on faisait croire que c'était le paradis.

*

Ça, voyez, c'est la France, on prend toujours petit, petit, petit. Regarde à l'Opéra, les danseuses, ils les prennent tellement petites qu'il faut qu'elles se mettent sur la pointe des pieds!

*

J'adore les danseuses, j'aime beaucoup les petits rats, mais j'en ai pas chez moi à cause des petites crottes.

*

J'ai entendu dire qu'il y allait avoir une sélection dans la police. On ne prendra plus les flics qu'à partir de 1,68 mètre. Donc, si tu veux, ils ont déjà compris qu'il fallait faire une sélection, mais ils ont pas encore compris par où fallait la faire !

*

Moi, je connaissais un mec qui avait un défaut sur le dessus. À la tête. Il y en a qui sont un peu chauves, eh bien, lui, il n'avait carrément pas de front. C'est-à-dire qu'au-dessus des yeux il y avait juste les sourcils puis plus rien, c'était complètement plat ! Il n'y avait pas du tout mais alors pas du tout de place pour la cervelle. Rien, des yeux et du plat ! Remarque, heureusement pour lui, ça se voyait pas du tout, du tout. Enfin, sauf quand il enlevait son képi.

*

Vous savez que c'est pas parce que vous êtes flics que vous êtes cons, c'est parce que vous êtes cons que vous êtes flics !

*

On devrait créer la LNFPQLFNFLP : la Ligue nationale française pour que les flics nous foutent la paix !

*

Il faut qu'on arrive à avoir en France une police honnête et propre. Sans ça, on ne leur fera plus confiance. Les Français ne feront plus leur devoir et on ne trouvera plus personne pour dénoncer son voisin !

*

C'est pas demain la veille qu'on pourra demander leurs papiers aux flics, mais quand même, ça avance !

Le problème de la légitime défense, c'est que les mecs se prennent pour des flics. Et faut vraiment être un con au carré pour copier sur des flics.

Avec toutes ces associations de légitime défense, où tout le monde est armé jusqu'aux dents, les milices d'action civique, tout le merdier, c'est évident qu'on est en guerre. Mais on ne sait pas contre qui !

*

Dans les pays occidentaux, on aime l'ordre. Il y a même des gardiens de cimetière, tu te rends compte ! C'est pourtant pas les mecs qui sont dans les cimetières qui vont aller gueuler ! Qu'il y ait des flics pour garder les vivants encore, à la rigueur je comprends, mais des gardiens de cimetière ! Faut vraiment aimer l'ordre !

*

Il y a des fois, moi, j'ai tellement pas bossé aux PTT que j'ai cru que je bossais à la Sécurité sociale, tellement on foutait rien !

*

C'est très dur de ne rien faire du tout. Regardez : les gens qu'on a forcés à rien faire, comme dans l'administration, c'est pas rare qu'ils aient un hobby en dehors de leur travail.

*

Fonctionnaire, c'est un peu comme bouquin dans une bibliothèque : plus t'es placé haut, moins souvent tu sers !

*

Le mois de l'année où le politicien dit le moins de conneries, c'est le mois de février, parce qu'il n'y a que vingt-huit jours.

Programme présidentiel

En septembre 1980, Coluche n'envisage pas encore « sérieusement » de se présenter à la présidentielle. Mais il imagine son passage à la télévision en tant que candidat.

> – Ah ! si je pouvais passer entre Giscard et Chirac, avec le nez rouge, dans le quart d'heure ! Le mec qui serait élu, il l'aurait été contre un clown, c'est ça qui est embêtant, on pourrait toujours lui dire, historiquement : « Ce jour-là, vous avez gagné contre un imbécile au nez qui clignotait. »

• **Afin de supprimer le chômage**, le président Coluche proposera de créer 20 millions d'Agences nationales pour l'emploi sur tout le territoire avec un chef d'agence et une secrétaire. Ainsi, les 3 millions de chômeurs pourront aller pointer en bas de chez eux.

16 % D'INTENTIONS DE VOTE EN UN MOIS ET DEMI

(SELON *LE JOURNAL DU DIMANCHE*)

Coluche inquiet :

Je vais finir par être élu au premier tour avec vos conneries. Et quand est-ce que je vais en vacances ?

• **Avant moi,** la France était coupée en deux. Avec moi, elle sera pliée en quatre !

• **Salut les sondés :** 10 % des intentions de vote pour moi, ça veut dire que 90 % des mécontents hésitent encore. Je monte dans les sondages. Va-t-on me renvoyer « la censure » ?

• **La veuve Mao :** ancienne comédienne. Le pape : ancien comédien. Reagan : ancien comédien... J'ai toutes mes chances.

• **Si Giscard est réélu,** je demande l'asile politique à la Belgique.

À un journaliste qui lui demandait s'il avait obtenu les 500 signatures d'élus nécessaires à la validation de sa candidature pour l'élection présidentielle, Coluche réplique :

> Je saurai ça au moment où la liste sera close. D'ailleurs, je ne suis pas seul dans ce cas. La différence entre moi et ceux qui, aussi, ne sont pas certains de recueillir les 500 signatures, c'est que j'ai fait plus de galas qu'eux et que, bien que n'ayant pas de doigts en caoutchouc, j'ai serré pas mal de mains. J'ai fait plus d'entrées payantes que Lecanuet a fait d'entrées gratuites à ses meetings.

• **Remake :**
– Qu'est-ce qu'on joue au deuxième tour ?
– Mitterrand-Giscard. C'est con, j'ai déjà vu le film.

• **Coluche candidat des supporters :** contrairement aux hommes politiques, Saint-Étienne est qualifiée.

• **Il me faut 500 signatures.** Si j'en ai 2000, on se présente à quatre.

• **Si je suis élu,** les femmes auront le droit de faire pipi debout le long des arbres.

• **Il vaut mieux voter** pour un couillon comme moi que pour quelqu'un qui vous prend pour un couillon.

Outre certains noms inventés, parmi ceux cités dans cette liste de soutien, tous n'avaient pas donné leur accord... (paru dans *Charlie-Hebdo* le 5-11-1980)

Catherine	AMOROS	*(Gouine)*
Hugues	AUFRAY	*(Chanteur connu)*
Josiane	BALASKO	*(Comédienne)*
Daniel	BALAVOINE	*(Chanteur contestataire)*
Nathalie	BAYE	*(Comédienne)*
Alain	BELON	*(Huître)*
	BEN SAOUD	*(Arabe)*
Dany	BENAMORT	*(Photographe)*
Pierre	BÉNICHOU	*(Journaliste)*
Michel	BERGER	*(Compositeur)*
Georges	BERNIER	*(Chauve)*
Claude	BERRI	*(Producteur cinéma)*
Annie	BEUGNON	*(Chef cuisinière)*
Jean-Paul	BIRON	*(Taulard)*
Jean-François	BIZOT	*(Hésitant)*
Frédéric	BLANC	*(Journaliste)*
Rosa	BOGUSLAWSKY	*(Française)*
Marie-Christine	BONNET	*(Enseignante)*
Maggy	BORINGER	*(Strip-teaseuse)*
Patrick	BOURSIER	*(Fort des Halles)*
Romain	BOUTEILLE	*(Comédien)*
Claire	BRETÉCHER	*(Dessinatrice)*
Jean-Claude	BRIALY	*(Comédien)*
Philippe	BRUNEAU DE LA SALLE	*(Auteur à succès)*
	CABU	*(Dessinateur)*
Francie	CAMUS	*(Prostituée)*
	CARLOS	*(Chanteur comique)*
	CAVANNA	*(Journaliste)*
Thierry	CHABERT	*(Assistant cinéma)*
Pierre	CHARPENTIER	*(Anarchiste)*
	CHRISTOPHE	*(Chanteur de tubes)*
Christian	CLAVIER	*(Propriétaire)*
Julien	CLERC	*(Chanteur)*

Fabrice	COAT	*(Abstentionniste)*
Daniel	COHN-BENDIT	*(Révolutionnaire allemand)*
Véronique	COLUCCI	*(Assistante production)*
Claudine	CONTE	*(Femme de ménage)*
Maryse	CORNOUEIL	*(Fainéante)*
Pierre	COUMIAN	*(Médecin)*
Carole	DAGENAIS	*(Jolie fille)*
Christine	DELACHAISE	*(Assistante direction)*
André	DELPIERRE	*(Architecte)*
Gérard	DEPARDIEU	*(Comédien)*
Gérard	DESPAUD	*(Boucher)*
Patrick	DEWAERE	*(Comédien)*
Michèle	DIEZ	*(Institutrice)*
Michel	DRUCKER	*(Producteur télé)*
Jean-Claude	DUPIEU	*(Garagiste)*
Bernard	DUPLAIX	*(Collectionneur)*
Jacques	DUTRONC	*(Chanteur comédien)*
Claude	ENGEL	*(Appelé du contingent)*
Dominique	ESNAULT	*(Apprenti)*
Catherine	EUILLET	*(Marin)*
Léo	FERRÉ	*(Chanteur anarchiste)*
Nino	FERRER	*(Chanteur)*
France	GALL	*(Chanteuse)*
Odette	GAMBERINI	*(Mère de famille)*
Laurent	GASPERI	*(Handicapé)*
	GÉBÉ	*(Dessinateur)*
Gérard	GENINI	*(Chômeur)*
Louis-Auguste	GIRAULT DE COURSAC	*(Noble)*
Jean-Luc	GODARD	*(Cinéaste)*
Pierre	GORLIN	*(Dentiste)*
Richard	GOTAINER	*(Chanteur sur disque)*
Marcel	GOTLIB	*(Dessinateur)*
Romain	GOUPIL	*(Crasseux)*
Christine	GOZLAN	*(Productrice)*
Pierre	GRUNSTEIN	*(Étranger)*
Laurence	GUINDOLLET	*(Habilleuse)*

Johnny	HALLYDAY	*(Star)*
Stéphane	ICANTOR	*(Chirurgien)*
Didier	JALLIER	*(Nègre)*
Marc	JOLIVET	*(Frère)*
Pierre	JOLIVET	*(Comédien)*
Michel	JONASZ	*(Chanteur)*
Serge	JULY	*(Journaliste)*
Jean-Pierre	KALFON	*(Comédien)*
Annie	KEBADIAN	*(Sténodactylo)*
Bernadette	LAFONT	*(Comédienne)*
Martin	LAMOTTE	*(Fou)*
Gérard	LANVIN	*(Comédien)*
Jacques	LANZMANN	*(Écrivain)*
Gérard	LAPLIURE	*(Musicien)*
Georges	LAUTNER	*(Réalisateur)*
Didier	LAVERGNE	*(Pédé)*
Paul	LEDERMAN	*(Escroc)*
Gérard	LEFÈVRE	*(Peintre)*
Gérard	LENORMAN	*(Chanteur)*
Richard	LERVILLE	*(Menuisier)*
Thierry	LHERMITTE	*(Communiste)*
André	LICHNEROWICZ	*(Membre de l'Institut)*
Éliane	LIDDEL	*(Fainéante)*
Philippe	MANESSE	*(Comédien)*
Jacques	MARTIN	*(Comédien)*
Aldo	MARTINEZ	*(?)*
Paulette	MAURICE	*(Abstentionniste)*
Alex	MÉTAYER	*(Comédien)*
Betty	MIALET	*(Journaliste)*
	MIOU-MIOU	*(Comédienne)*
Eddy	MITCHELL	*(Chanteur de rock)*
Yves	MONTENT	*(Représentant)*
Georges	MOUSTAKI	*(Chanteur)*
Claire	NADEAU	*(Chômeuse)*
Maurice	NAJMAN	*(Chevelu)*
Patrick	OLIVIER	*(Travesti)*

Ludovic	PARIS	*(Pédé)*
Alain	PELLET	*(Marin)*
Jean-Louis	PENINOU	*(Ancien socialiste)*
Ramon	PIPIN	*(Chanteur)*
Didier	PLUVIAUD	*(Docteur chirurgie dentaire)*
Jean-Baptiste	POIROT	*(Décorateur)*
Roman	POLANSKI	*(Réalisateur)*
Guillaume	PONSIN	*(Sculpteur)*
Thierry	PONSIN	*(Architecte)*
Christian	PORTAL	*(Décorateur)*
René	POURCHESS	*(Restaurateur)*
Joël	QUETTIER	*(Chevelu)*
Lila	RECIO	*(Comédienne)*
Roland	RECORDON	*(Oisif)*
Ton	REGAZZOLA	*(Sociologue)*
Jean-Marc	REISER	*(Dessinateur)*
	RENAUD	*(Chanteur connu)*
Jacques	RENAUD	*(Punk)*
Dick	RIVERS	*(Idole)*
Michèle	ROBERT	*(Sténodactylo)*
Yacha	ROYAC	*(Piéton)*
Michel	SARDOU	*(Chanteur connu)*
Lilianc	SARRASSAT	*(Femme)*
Dominique	SÉCHAN	*(Comédienne)*
	SHEILA	*(Chanteuse connue)*
Yann	SIBIRIL	*(Alcoolique)*
Gilbert	SIGAUX	*(Professeur art dramatique)*
	SINÉ	*(Dessinateur)*
Henri	SORIN	*(Conseiller municipal)*
	SOTHA	*(Auteur)*
Alain	SOUCHON	*(Chanteur)*
Vina	TARASSOF	*(Speakerine radio)*
Jean-Marc	THIBAULT	*(Comédien)*
Xavier	THIBAULT	*(Musicien)*
	TOPOR	*(Dessinateur non votant)*
Jean-Michel	VAGUELSY	*(Juif)*

Maurice	VALLET	*(Parolier)*
Sylvie	VARTAN	*(Chanteuse)*
Stéphane	VAUGIEN	*(Hôtesse de l'air)*
Brigitte	VENTILO	*(Directrice)*
Lino	VENTURA	*(Comédien)*
Jacques	VILLERET	*(Comédien)*
Laurent	VOULZY	*(Chanteur)*
Robert	WILLARD	*(Animateur radio)*
	WILLEM	*(Dessinateur)*
Jean	YANNE	*(Comédien)*
Josiane	ZARDOYA	*(Toulousaine)*
Claude	ZIDI	*(Réalisateur)*

• **Si je suis élu,** j'ordonnerai la construction d'une fusée Ariane étanche car elle a l'habitude d'aller à l'eau directement.

• **Si je suis élu,** je déclarerai la guerre à l'Albanie parce que c'est l'un des plus petits pays du monde, donc une proie facile, d'autant qu'elle est complètement isolée. D'autre part, grâce à une ruse insidieuse et funeste, je ferai rassembler la flotte anglaise dans la rade de Mers el-Kébir avant de la torpiller jusqu'à la dernière chaloupe.

DERNIÈRE MINUTE

LA MAJORITÉ DES STATIONS DU MÉTRO PARISIEN SE DÉCLARE POUR COLUCHE

VOLTAIRE
JAURÈS
BASTILLE
PLACE-D'ITALIE
JUSSIEU
DENFERT-ROCHEREAU
RASPAIL
MONTPARNASSE
PASTEUR
DUROC
SÈVRES-BABYLONE
LA MOTTE-PIQUET
GARE-DE-L'EST
GARE-DU-NORD
TROCADÉRO
INVALIDES
SAINT-LAZARE
F. D. ROOSEVELT

NATION
VILLIERS
LA FOURCHE
PLACE-CLICHY
BARBÈS-ROCHECHOUART
MARCADET-POISSONNIERS
STALINGRAD
LOUIS-BLANC
CONCORDE
MADELEINE
PALAIS-ROYAL
CHÂTELET
OPÉRA
HAVRE-CAUMARTIN
PIGALLE
ÉTOILE
STRASBOURG-SAINT-DENIS
PÈRE-LACHAISE
MOUTON-DUVERNET

AVEC COLUCHE, POUR DAVANTAGE DE CHANGEMENTS

• ***Le mois dernier,*** Michel Crépeau avait 2 %. Ce mois-ci, 1. Dans un mois, il aura zéro. S'il reste deux mois, il nous doit 1 %.

• ***Michel Crépeau*** déclare : « Je suis le candidat anti-Coluche. » Est-ce que ça veut dire que si j'étais pas là, il existerait plus ?

COLUCHE, NOUS VOILÀ !

On n'en peut plus douter. Coluche sera le président des Français. C'est maintenant une certitude absolue. Le raz-de-marée populaire est en route, rien ne pourra l'arrêter. Toujours le premier à la pointe du progrès et du côté du manche, *Charlie-Hebdo* s'est empressé de mettre des pages à la disposition du Président Coluche contre l'assurance qu'il sera promu seul journal officiel de la République coluchienne française dès l'intronisation du président Coluche.

Vous trouverez donc, ici même, tous les éclaircissements que vous pouvez souhaiter sur le programme de gouvernement du président Coluche.

SOCIAL

Le social a toujours été le grand souci du président Coluche. Il s'est penché avec sollicitude sur ce domaine si cher au cœur de l'homme de ce temps et il est rapidement arrivé à une décision. Cette décision tient en deux points :

1) Plus de pauvres. Tout le monde riche.

2) Réflexion faite, après examen plus approfondi de la situation : plus de riches. Tout le monde pauvre.

RELIGION

La religion telle que nous la connaissons est le domaine par excellence de l'arbitraire et du favoritisme. Le président Coluche a donc décidé d'apporter, là aussi, les bienfaits de la démocratie. Sa doctrine tient en une formule: fini, les dieux autocrates et imposés! Un seul dieu pour tous, démocratiquement élu au suffrage universel: le président Coluche. D'autres améliorations, de moindre importance, seront développées en temps utile. Cueillons au hasard: la messe sans quitter son lit, les hosties apportées toutes chaudes par le facteur, goût de Coluche garanti.

POLITIQUE

Le président Coluche, ayant remarqué que la politique, extrêmement utile pour assurer l'élection du président Coluche, devenait tout à fait inutile une fois cette élection assurée, a donc en sa sagesse décidé de ne pas contrarier cette évolution naturelle.

1) La politique est supprimée.

2) MM. Giscard, Mitterrand, Chirac et Marchais, privés de raison d'être, se verront offrir une place de figures de cire au musée Grévin.

GOUVERNEMENT

Création d'un ministère des Affaires pas propres où seront regroupées l'administration des Diamants et Pots-de-vin, celle des Assistants de ministres pas réglos, celle des Tripotages immobiliers, etc., jusqu'ici dispersées dans les divers ministères.

ARMÉE

Il n'a pas échappé au président Coluche que, la France étant dotée de la force de frappe, toute autre arme apparaît aussitôt caduque, dérisoire et dévore-budget. Le président Coluche a donc mis au point ce programme en deux phases:

1) Il appartient au président Coluche et à lui seul de décider de l'utilisation de l'arme suprême et du choix de qui la recevra dans l'œil.

2) Le président Coluche n'a besoin de personne d'autre. En conséquence, l'armée française est supprimée. Tous les militaires, à tous les grades de la hiérarchie, sont appelés à partir de ce jour à faire valoir leurs droits au chômage.

SANTÉ

Le président Coluche classe les maladies en trois catégories :
1) Les maladies honteuses.
2) Les maladies répugnantes.
3) Les maladies marrantes.
Il ne voit pas bien encore où ça va le mener, mais, en sept ans (renouvelables !), il aura le temps d'y penser.

AGRICULTURE

Afin de venir en aide à l'agriculture française gravement menacée par les lentilles japonaises en acier trempé, le président Coluche envisage d'encourager dans les écoles maternelles l'art de confectionner des portraits du président Coluche en légumes secs collés sur roufipan.

TRANSPORTS

La querelle des deux-roues et des quatre-roues au sujet de la vignette n'a pas manqué de stimuler l'imagination créatrice et le sens de la justice sociale du président Coluche. Il a donc décidé que seules les trois premières roues d'un véhicule quelconque seront assujetties à payer la taxe. La quatrième roue est gratuite.

FEMMES

Égalité totale. Suppression du féminin dans la langue et la grammaire françaises. Suppression du mot sexiste « homme ». Et maintenant, démerdez-vous.

• **Bonne nouvelle:** Giscard ne sera pas candidat; sa femme a en effet déclaré que son mari ne se représenterait pas, sauf si c'est dans l'intérêt de la France. Aucun risque, donc.

• **À partir du moment** où moi, je m'adresse aux pouilleux, aux crasseux, aux mecs qui n'existent pas en politique, à ceux qui ne se sont jamais inscrits, je fais acte de civisme, plus qu'aucun parti.

• **Coluche en campagne,** c'est une boîte vide dans laquelle on a envie de gueuler, parce que ça résonne.

• **Je donnerai satisfaction** à la revendication essentielle du syndicat des dindes CGT: le droit à un treizième marron dans le cul.

• **Vous avez des étrangers** qui viennent en France comme balayeurs, et après ils restent comme Noirs.

• **Ma candidature,** c'est la possibilité pour tous ceux qui sont traités en parasites de devenir actifs, de passer au rang officiel d'emmerdeur.

• **Le gaspillage:** «Les militaires ont de quoi détruire **150** fois la planète: ça fait déjà **149** fois de gaspillées!»

J'arrête
Je ne suis plus candidat

J'ai voulu remuer la merde politique dans laquelle on est, je n'en supporte plus l'odeur.

J'ai voulu m'amuser et amuser les autres dans une période d'une très grande tristesse et d'un grand sérieux. C'EST LE SÉRIEUX QUI VIENT DE GAGNER. Eh bien, tant pis. Des gens seront déçus, je le suis aussi.

Je suis déçu de mes droits civiques. J'arrête parce que je ne peux pas aller plus loin.

J'avais proposé aux petits candidats de me rejoindre pour qu'ensemble nous soyons assez forts, et que nous puissions aller jusqu'au bout. Trop peu ont répondu pour que ça m'encourage à continuer. Les maires se dégonflent : la censure ! Les menaces ! Je rencontre beaucoup de journalistes qui voudraient m'aider, mais ils n'en ont pas les moyens, parce que leurs chefs bloquent tout. Aujourd'hui, je me demande comment j'ai pu croire que ma candidature ferait rire les médias et les hommes politiques... Mais quand les uns font bloc et les autres font silence, ils créent un gros trou entre le public et le candidat. Le meilleur moyen d'étouffer le candidat. Si j'avais fait 2 % dans les sondages, on aurait trouvé ça rigolo, mais 10 %, c'était trop !

Déjà la police fait un dossier sur moi dans le but d'interdire ma candidature au dernier moment ; tout ça est trop « sérieux » pour moi.

Je ne parle pas des menaces de mort et autres marques d'affection que l'on m'a fait l'honneur de m'adresser.

Messieurs les hommes politiques de métier, j'avais mis le nez dans le trou de votre cul, je ne vois pas l'intérêt de l'y laisser.

Amusez-vous bien, mais sans moi.

Officieusement interdit d'antenne lors de sa campagne, Coluche entame une grève de la faim le 16 mars 1981. Au cours de la conférence de presse marquant cette décision, il avoue un petit tracas : **je suis emmerdé** *parce que j'ai des médicaments contre le rhume à prendre après les repas, et je sais plus à quel moment les prendre.*

Coluche :
8e jour de grève de la faim

Par CAVANNA

Le président Coluche est sorti de l'hôpital. Je suis allé lui présenter les vœux de prompt rétablissement de la part de *Charlie-Hebdo* et aussi lui exprimer notre admiration devant son sacrifice héroïque. Il m'a répondu par quelques mots simples et grands :

– Sacrifice, mon cul. Tu crois pas que j'allais me laisser crever? Le jour où le médecin m'a dit que ça devenait vraiment dangereux, j'ai laissé tomber aussitôt. Finalement, ça m'a fait plutôt du bien. J'ai perdu 12 kilos, rien que de la mauvaise graisse. Ce qui reste, c'est de la bonne. Et du coup, je fais ce que j'avais jamais fait: je me soigne. Le médecin m'a pris en charge, analyses, fortifiants, régime, repos, je me sens en forme, terrible. Du coup, je pars en vacances. Moi, quand je suis en forme, j'ai envie de vacances. Je les ai bien gagnées, non?

– L'emmerdant, c'est que ta grève de la faim, personne n'en a rien su, ou presque. Et ceux qui l'ont su ont cru à une blague. Les médias t'ont presque entièrement boycotté.

– M'en fous. J'ai fait ce que j'ai pu. Que ceux qui ont fait chier la grosse machine plus que moi lèvent le doigt. Si les gars qui me soutiennent sont déçus, qu'ils se disent bien que je le suis encore plus qu'eux.

– Pourquoi n'avoir pas fait ça effectivement à la blague ? Pourquoi une grève de la faim, comme un bon petit militant ? On attendait de toi quelque chose d'énorme et de profanateur...

– En somme, tu me reproches de ne pas avoir été assez malin ? C'est possible. Pour moi, c'était un coup de sonde. Je voulais voir si les journalistes seraient assez crapules pour boycotter ça. J'ai vu.

Je suggère, prudemment :

– Tu ne crois pas que tu y es un peu pour quelque chose ? Quand, après ta conférence de presse du Gymnase où tu annonçais le début de ta grève de la faim, tu en as traité certains de cireurs de pompes et d'enculés mondains, tu ne penses pas que, vexés, ils se sont passé le mot : « On fait l'impasse sur ce gros con » ? Et comme, en plus, ça allait dans le sens de leurs patrons, du pouvoir et des partis, la conspiration du silence a fonctionné à plein. Tu ne crois pas ?

– T'es vraiment aussi con que ça ou tu le fais exprès ? Ils n'en auraient de toute façon pas parlé. Les ordres étaient de boycotter tout ce qui venait de Coluche, à gauche comme à droite.

– Pourtant, ils étaient venus. Le théâtre rempli. Des caméras, des micros partout.

– Ils étaient venus parce que venir voir Coluche, ça fait passer un moment, on en prend plein sa gueule mais on se marre, mais pour les papiers ou l'antenne, rien à faire. Or, tu sais très bien qu'à partir du moment où tu n'as plus les médias, tu peux faire ce que tu veux, les trucs les plus extraordinaires et même les plus héroïques, c'est comme si tu pissais en l'air. Personne ne le sait, c'est foutu.

– Et les 500 signatures ?

– À partir du moment où les partis politiques ont interdit à leurs élus de donner leur signature à d'autres candidats que celui du parti, ça aussi, c'était foutu. Sans les 500 signatures, tu n'es plus candidat. N'étant plus candidat, je ne pouvais rien faire.

– Ton aventure aura du moins été une expérience qui prouve l'efficacité du système de barrage. Elle a mis en évidence la façon dont la politique est confisquée par le pouvoir et ses compères les grandes formations.

– Tu l'as dit, vois-tu, j'ai eu des propositions. Discrètes, bien sûr, et venant d'un peu partout. On me promettait monts et merveilles (à commencer par les 500 signatures !) si je promettais qu'au deuxième tour... Ouais. Je vais te dire. Suppose que, le soir du premier tour, je me retrouve avec, peut-être pas les 15 % du sondage, mais, disons, 7 à 8 % de voix, soyons modeste. Et que je conseille à ces 7 à 8 % de voter pour Machin, et que, grâce à ces voix, Machin gagne. Bon. Et alors ? Tu crois qu'il ira s'en vanter, Machin, d'avoir été élu grâce au gugusse au nez rouge ? Il me crachera à la gueule, oui ! Et qu'il soit de droite, de gauche ou d'entre les deux.

– C'était prévu au départ, non ? « Tout ensemble pour leur foutre au cul ! », ça disait bien ce que ça voulait dire.

– Ce qui n'était pas prévu au départ, c'est que je ramasserais, dès le premier sondage, 8 % des intentions de vote, et jusqu'à 15 % par la suite. Ça, ils n'ont pas toléré. Je devenais l'arbitre. Celui qui peut faire basculer une majorité. À partir de là, plus question de rigolade. Le barrage. Féroce. La gauche encore plus féroce que la droite. Car c'est à la gauche que je piquais des voix, figure-toi. C'est ça qu'ils avaient en tête. Elle a vraiment confiance en ses électeurs, la gauche ! Elle les prend pas pour des cons !

– Conclusion : tu t'écrases ?

– Mon intérêt de citoyen est de m'écraser.

– Et l'opération « Votez Coluche, même sans Coluche » ? Ça nous plaît bien, à *Charlie-Hebdo*. Mais il nous faut ton soutien.

– Je voterai nul, et je conseille de voter nul.

– Mais voter Coluche, c'est voter nul. On comptabilise les bulletins nuls, on verra bien s'ils sont nettement plus nombreux que ne le prévoit la statistique…

– D'abord, comme tribunes, il n'y aura que Charlie-Hebdo *et, peut-être, quelques marginaux. Donc, ça ne fera pas assez de boucan pour obtenir une différence vraiment significative, et ils pourront ergoter à l'infini. Non, crois-moi, sans les grands médias, rien ne peut se faire. Les médias appartiennent soit au pouvoir, soit, de près ou de loin, à un parti. Va te rhabiller.*
Je n'avais confiance au départ ni en la droite, ni en la gauche, sans trop savoir pourquoi. Maintenant, je sais.

– Les petits malins vont disant que tout ça, ta campagne, ta grève de la faim, ce n'est qu'une opération publicitaire montée par toi et ton imprésario.

– Quoi qu'on fasse, dès qu'on se met en avant, les petits malins ont tout compris: «C'est de la pub!» «Comme Brigitte Bardot avec sa campagne pour les bêtes d'abattoir, où ceux à qui on ne la fait pas voient une opération publicitaire, alors qu'elle ne tourne plus depuis des siècles…» Ça, je me le dis en moi-même pendant qu'un gars plonge un machin dans la veine de Coluche et remplit des petits tubes du sang du héros.

– Et maintenant?

– Je pars en vacances!… Et puis, j'ai une idée, bien vague, pas sûre du tout, une espèce d'envie, plutôt: un journal. Un journal de sexe, de politique, de rock, de pédés, tout ça. Avec des petites annonces de cul et de tout ce qu'on veut. Il serait l'organe du Syndicat des consommateurs de politique. Toute une organisation. Avec, par exemple, des avocats à la disposition des gars qu'on vire d'un boulot parce qu'ils sont pédés, ou qu'on emmerde parce qu'ils font du bruit en jouant du rock dans la cave, ou qu'on cogne au poste pour délit de sale gueule, tu vois…

Bons mots

C'est pas tout de gagner un milliard par an. Encore faut-il savoir le dépenser.

*

De tous ceux qui n'ont rien à dire, les plus agréables sont ceux qui se taisent.

*

Analphabète comme ses pieds.

*

Il y a quelque part une poésie de la bêtise.

*

On croit que les rêves sont faits pour être réalisés. C'est le problème des rêves. Les rêves sont faits pour être rêvés.

*

On ne m'enlèvera pas de l'idée que la connerie est une forme d'intelligence.

*

Pour Noël, j'ai commandé une dinde-kangourou. C'est le croisement d'une dinde et d'un kangourou. L'avantage, c'est qu'on peut la farcir de l'extérieur.

*

Je voulais vous raconter une histoire de boomerang mais je ne m'en rappelle plus. Enfin, c'est pas grave, ça va me revenir.

*

L'esprit d'équipe ? C'est des mecs qui sont une équipe, y z'ont un esprit ! Alors, ils partagent !

*

L'instabilité est nécessaire pour progresser. Si on reste sur place, on recule.

*

Comment on reconnaît le plus riche des Éthiopiens ?
C'est celui qui a la Rolex autour de la taille.

*

C'est pas le tout d'avoir des bagages, encore faut-il savoir où les poser.

*

Dans la vie, y a pas d'grands, y a pas d'petits. La bonne longueur pour les jambes, c'est quand les pieds touchent bien par terre.

*

L'aviation tue plus que la drogue, et en plus, c'est en vente libre. Que fait la police ?

*

Acheter une maison à crédit : c'est le crédit qui est cher, pas la maison. La preuve, c'est que quand on a fini de payer, si on pouvait vendre le crédit, on se ferait plus de pognon qu'en vendant la maison !

*

Le cinéma français vit de ses comédies et récompense ses drames.

*

Lourdes vous a rien fait, il vous reste Lisieux pour pleurer !

*

On a mis des croix au-dessus des lits parce que Jésus a été crucifié. T'imagines, s'il avait été noyé ? Tu nous vois avec un bocal au-dessus du lit !

*

Aujourd'hui, c'est un petit verre qu'il te faut, mais demain, tu en fumeras tout un paquet !

*

Le cinéma, j'y vais jamais. Faut pas confondre, mon métier, c'est comédien, pas spectateur. On peut pas demander à un fossoyeur d'aimer être mort !

*

Ses parents ne l'avaient pas reconnu à la naissance. Ils avaient dit : « Non, c'est pas lui, non. »

*

Le cancer, au prix que ça coûte, on n'est même pas sûr de mourir guéri.

*

S'il y a quelque chose qui porte bien son nom, c'est les dramatiques à la télévision. C'est de la télé et c'est dramatique. Tellement c'est mauvais !

*

Il avait les mains sales, on aurait dit des pieds!

*

Il y a des injustices : on s'appuie sur les murs, les murs ne s'appuient pas sur nous.

*

La boule de neige a fait tache d'huile.

*

Il était communiste et homosexuel. On l'appelait l'« embrayage ». Parce que c'est la pédale de gauche.

*

La Laponie, c'est sympa, comme pays. J'ai été réveillé par la police : « Boum, boum ! Qu'est-ce que vous faisiez dans la nuit du 27 novembre au 18 avril ? »

*

Savez-vous où on trouve le plus d'Éthiopiens? En Éthiopie du Sud, du Nord, de l'Est ou de l'Ouest? Eh bien, ça dépend du vent.

> Se pencher sur son passé, c'est risquer de tomber dans l'oubli.

Vous savez pourquoi on trouve encore de la laine vierge? C'est parce que les moutons courent plus vite que les bergers!

*

C'est l'histoire d'un mec... Vous la connaissez... Non?... Non, dites-le! Quand les gens, y la connaissent, on a l'air d'un con... après. Pasque y a des... Non! par exemple, les histoires... alors, le mec... par exemple. Non, c'est un exemple... Ou alors... par exemple... si vous voulez... des fois... c'est l'histoire d'un mec... comme ça... un mec... un mec... des fois... Mais, là, non! Non, là, c'est l'histoire d'un mec... mais un mec... pas... non! Normal, quoi... je veux dire... un Blanc!

*

Catastrophe maritime : Un bateau chargé de Yo-Yo a coulé… quarante-sept fois.

*

Des idées, tout le monde en a. Souvent les mêmes. Ce qu'il faut, c'est savoir s'en servir.

*

Si les chiens se lèchent les testicules, c'est parce qu'eux, ils y arrivent.

*

L'irrespect se perd. Heureusement, je suis là pour le rétablir.

*

Dans la main de ma maîtresse, je me dresse ; après, je rapetisse et je goutte. Qui suis-je ? Un parapluie.

*

Dieu, c'est comme le sucre dans le lait chaud. Il est partout et on ne le voit pas. Et plus on le cherche, moins on le trouve.

*

En Normandie, il pleut un petit peu, mais en France, il pleut partout un petit peu. En Normandie, il pleut un petit peu partout.

*

Faut pas croire : en comptant tous les dieux, demi-dieux, quarts de dieux, etc., il y a déjà eu 62 millions de dieux depuis les débuts de l'humanité ! Alors, les mecs qui pensent que le leur est le seul bon... Ça craint un max !

*

Si vous ne faites pas aujourd'hui ce que vous avez dans la tête, demain, vous l'aurez dans le cul.

*

Faut pas rire avec les fleurs qu'on met sur les tombes, faut pas rire avec les tombes ! Moi, j'ai trouvé ce que je mettrai sur ma tombe : *Circulez, y a rien à voir... Partir, c'est crever un pneu...* Et pis... taf !

*

Il a obtenu le premier prix à un concours de circonstances.

*

Le plat pourri qui est le mien.

*

Le plus dur, c'est pas d'arriver au sommet, c'est d'y être.

*

Tant qu'on fait rire, c'est des plaisanteries. Dès que c'est pas drôle, c'est des insultes.

*

Vol-vacances :
L'hôtesse : Nous espérons que vous avez été heureux de ce vol.
Coluche : J'avais bien dit que c'était du vol !

*

Vous avez Calgon. C'est la lessive qui lave l'eau avant de laver le linge, pour le cas où y aurait des cons qui laveraient leur linge à l'eau sale.

*

Avec les maisons en préfabriqué, pendant le crédit tu répares c'qui s'écroule, et, au bout de quinze ans, les ruines sont à toi.

*

Le tennis et le ping-pong, c'est pareil. Sauf qu'au tennis ils sont debout sur la table.

*

Même pas française, la grippe... espagnole en plus.

*

Si on est touché soi-même par la mort, on a intérêt à en rire; et si on n'est pas touché, on n'a pas de raison de ne pas en rire.

*

Les « chaînes privées »... privées de quoi ?

*

Les dragées Fuca, c'est un peu comme Bison futé, c'est pour éliminer les bouchons.

*

Avoir l'air con peut être utile. L'être vraiment s'rait plus facile.

*

Bon anus et meilleur nœud.

*

Bien mal acquis ne profite qu'après.

*

Il est tout maigre : on dirait deux profils collés.

*

Le suicide, c'est une vengeance personnelle, et moi, personnellement, je ne m'en veux pas.

*

L'intelligence, on croit toujours en avoir assez, vu que c'est avec ça qu'on juge.

*

Dieu sait au fond de lui-même que Jésus-Christ et la caravane passe.

*

Nantes-Nice, match nul : 6-4.

*

Au tiercé, si vous avez joué le 8, le 12 et le 8, vous vous êtes trompé, vous avez joué deux fois le 8.

*

Tout le monde peut pas être sorti de la cuisine à Jupiter.

*

Mais, plus blanc que blanc, qu'est-ce que c'est comme couleur ?

*

Je suis allé trois fois en Normandie, cet été, il a pas neigé une seule fois !

*

Monique, elle est maigre ! Si elle voudrait maigrir encore, il faudrait qu'elle perde un os.

*

Y a pas le feu au lac !

*

Un bateau qui s'en va, ce sont des choses qui arrivent !

*

Pour ceux qui ont fait du latin, le rectum, c'est le rectum. Pour les autres, c'est le trou du cul, hein ! Enfin, le cul sert plus que le latin.

*

Drogue dure... Mais non ! C'est pas dur !

*

La joie, la peine : souvenons-nous de la joie de notre camarade trapéziste lorsqu'il s'envolait dans les airs, et de la peine qu'on a eue à le ramasser.

*

C'est un Belge qui a battu le record des 100 mètres : il vient de courir 102 mètres.

*

On rencontre un vrai con en Suisse... : c'est un Belge ! Mais, dans l'ensemble, ça valait pas le coup de faire deux pays rien que pour ça.

*

C'est un chanteur israélite, tellement il avait le pantalon moulé : non seulement on lui voyait le sexe, mais aussi on lui voyait la religion.

*

Il était pas franchement louche, mais il était franchement basané.

*

T'arrives dans certains pays, t'as vite fait de manger épicé. Pas en même temps d'accord, mais quand même ! Le lendemain, tu as intérêt à mettre des caleçons bout filtre !

*

Pendant la guerre, il a été blessé au front. Non, pas à la tête, au pied. Moi, j'ai été blessé deux fois. Une fois à l'abdomen, une fois à l'improviste.

*

Camarades morpions, adhérez aux parties !

*

Le plus difficile est de dire en y pensant ce que tout le monde dit sans y penser.

*

Quand on achète tout à crédit, c'est retenu sur la paie. Il y a des mois, on touche tellement peu qu'on ne sait même pas si on a bossé.

*

Si les Français marchandent, c'est pas parce qu'ils sont malins, c'est parce qu'ils n'ont pas de ronds.

*

Deux trains qui se cachent mutuellement s'annulent.

*

Les portes de l'avenir sont ouvertes à ceux qui savent les pousser.

*

Dix-huit morts à Miami. Bonne nouvelle pour les Blancs : les dix-huit morts sont tous noirs.

Société

Deux millions d'alcooliques, 3 millions qui boivent trop, 1 million de drogués, 3 millions de pédés, 5 millions de fainéants, 1 million de clochards, 1 million de branleurs, 1 million d'autonomes, 50 radios « libres ». On se demande qui bosse, dans tout ça.

*

À cette époque-là, y avait beaucoup de boulot pour les ouvriers. Ils étaient pas beaucoup payés, mais il y avait beaucoup de boulot. Maintenant, ils sont mieux payés, les ouvriers, mais c'est fini, y a plus de boulot.

*

La France, comme elle est, c'est pas plus mal que si c'était pire !

*

La guerre de 14-18 avait fait un civil de tué pour dix militaires. 39-45 : un civil pour un militaire. Vietnam : cent civils pour un militaire. Engagez-vous ! Pour la prochaine, seuls les militaires seront survivants.

*

Je voudrais rassurer les peuples qui meurent de faim : ici, on mange pour vous.

*

L'alcool va augmenter de 10 %. Mais attention, c'est le prix qui va augmenter, et pas le taux. En effet, on pourrait croire que le Pastis 51 va passer à 61, mais il n'en est rien. C'est bien le prix qui augmentera de 10 %. C'était déjà pas facile d'attirer du monde dans les stades pourris pour voir des matchs minables.

*

L'alcool conserve les cornichons : les intelligents, levez la main, les autres, venez boire un coup !

*

C'est fou l'emprise de l'alcool, c'est fou ce qu'on arrive à faire avec l'alcool... regarde ça, si j'avais encore le pognon que j'ai bu, qu'est-ce que je pourrais me bourrer la gueule !

*

Si par exemple vous avez une femme et que vous ne savez pas quoi en foutre, vous vous bourrez la gueule et vous la faites conduire. Voilà, on a trouvé un usage pour les bonnes femmes.

*

Vous savez ce que c'est l'alcootest ? Un soufflé aux amandes.

*

Un conseil : ne buvez pas d'alcool au volant : vous pourriez en renverser !

Je ne conduis jamais bourré. Enfin pas à ma connaissance en tout cas.

Il a été mannequin chez Nicolas, c'est lui qui essayait les bouteilles, on le reconnaît bien, il a encore une étiquette sur le front.

*

– C'est un mec qui a un superboulot, avec plus de 600 personnes en dessous de lui !
– Il est chef d'entreprise ?
– Non, il est jardinier dans un cimetière !

*

J'ai une annonce à faire aux fumeurs : pendez-vous, ça va plus vite !

*

Tu sais ce qu'on dit dans le Doubs ? Absinthe-toi !

*

Je rappelle qu'aux échecs, si la victoire est brillante, l'échec est mat !

*

Tu as remarqué, quand on va quelque part pour jouer, on emmène de l'argent. C'est qu'on est sûr de perdre déjà.

*

J'ai vu des mecs qui jouaient à celui qui se pencherait le plus par la fenêtre et ben, j'ai vu la gueule de celui qu'avait gagné, il était pas beau !

*

Je suis en retard, excusez-moi, mais je reviens de l'enterrement d'un copain musicien. Ah ! les mecs sont pas sympas quand même, je croyais qu'il était plus aimé que ça. J'étais le seul à danser quand ils ont mis la musique !

*

Il y a des croyants qui ne sont pas pratiquants, puis il y en a qui croient pas parce que c'est plus pratique.

*

À propos des miracles, à une époque où les Américains vont dans la lune, il est normal que les chrétiens en descendent !

*

Attention : la réunion de tous les athées du monde sur la non-existence de Dieu sera remise en raison des fêtes de Noël !

*

Bavures :

Que fait la police ? Elle est très fière d'annoncer qu'elle a réussi à attraper un des leurs ! Bravo ! Les autres courent toujours... et ils sont armés.

*

Les Japonais fabriquent des vélos, Manufrance ferme. Les Japonais fabriquent des voitures, Renault va fermer. Si un jour les Japonais fabriquent du camembert et du vin rouge, il faudra fermer la France.

*

C'est dégueulasse, ceux qui fument du haschisch, ils jettent les mégots, tandis qu'avec les consignes des six premiers litres de rouge, on peut en avoir un septième !

*

Un Noir et un Blanc, c'est la même chose, sauf qu'il y en a un qui court plus vite.

*

On s'est souvent posé la question : « Être ou ne pas être ? » J'ai personnellement écrit à Shakespeare et j'ai reçu la réponse suivante : « Lettre suit. »

*

Toute notre civilisation repose sur des erreurs, c'est ça qui est formidable. Regarde Dieu, il voulait que ce soit un paradis sur terre, tu te rends compte l'erreur !

*

Dieu a dit : « Il y aura des hommes blancs, il y aura des hommes noirs, il y aura des hommes jaunes, il y aura des hommes grands, il y aura des hommes petits, il y aura des hommes beaux, il y aura des hommes moches et tous seront égaux, mais ça sera pas facile ! » Et puis il a dit : « Y en aura même qui seront noirs, petits et moches, et pour eux, ça sera très dur ! »

*

La Chine, c'est gai. Plus on est de fous, moins y a de riz.

*

Je ne suis pas un nouveau riche, je suis un ancien pauvre.

*

Je pense que les pauvres sont indispensables à la société, à condition qu'ils le restent.

*

Les technocrates, si on leur donnait le Sahara, dans cinq ans il faudrait qu'ils achètent du sable ailleurs.

*

En France, t'as des grilles au square, ça ferme la nuit ! C'est un état d'esprit.

*

Étant donné que nous vivons dans un monde corrompu par l'argent, tout ce qui est gratuit est bon à prendre.

*

Qui prête aux riches prête à rire.

*

Quand on pense qu'il suffirait que les gens n'achètent plus de saloperies pour que ça ne se vende pas!

*

Quand ceux qui ont fait la guerre seront enfin tous morts, qu'on n'en entende plus parler. À l'avance, merci.

*

Le meilleur moyen d'enrayer l'hémorragie des accidents du travail est sans doute d'arrêter de travailler. Ce qui aurait malheureusement pour conséquence immédiate d'augmenter les accidents de vacances.

*

À l'administration, on devrait lui confier l'inflation! Ça la stopperait pas, mais ça la ralentirait considérablement quand même!

*

Deux policiers arrêtés pour coups et blessures, trois policiers interpellés pour escroquerie ! Comme vous le voyez, les voleurs font ce qu'ils peuvent : malheureusement, la police court toujours...

*

Devinette : *1)* Un policier tue un Arabe dans un commissariat. *2)* Le policier est déclaré innocent par non-lieu. **Questions :** L'Arabe est-il mort ? Était-ce un simulateur ? L'Arabe était-il dans son tort de se faire tuer ?

*

À la guerre, on décore ceux qui reviennent. Ceux qui étaient courageux, c'est ceux qui sont morts. Ben, dame ! On peut pas être partout !

*

Y a quand même moins d'étrangers que de racistes en France, je préfère m'engueuler avec les moins nombreux.

*

Si on écoutait ce qui se dit, les riches seraient les méchants, les pauvres, les gentils. Alors pourquoi tout le monde veut devenir méchant ?

*

Qu'est-ce que c'est quoi la différence qu'il y a entre moi et le pape? C'est que je raconte aussi des histoires mais moi, je ne demande pas qu'on y croie!

*

Vous savez que le pape est le frère de la reine d'Angleterre? Jean-Paul et Élisabeth, ils ont tous les deux le même nom de famille: II!

*

Le mariage des prêtres, je suis pour. S'ils s'aiment.

*

J'ai remarqué que les mecs deviennent souvent cons à l'âge où il leur pousse des dents en or!

*

La plus grosse infirmité qu'on puisse avoir, pour moi, c'est pas qu'il vous manque des jambes, des bras, des yeux ou des cheveux, pour moi, les vrais infirmes, c'est simplement les cons. Il vaudrait mieux pour eux qu'ils soient vraiment infirmes, les cons, ça leur porterait moins préjudice dans la vie et à nous aussi. La connerie, c'est très grave et, en plus, ça n'est pas remboursé par la Sécurité sociale.

*

Quelquefois on te reproche d'avoir dit une connerie, mais en général quand il y en a un qui dit une connerie, il y en a toujours un autre qui écoute la connerie. Et le plus con, c'est pas forcément celui qu'a parlé.

*

Ce n'est pas ce qu'on dit qui est important, c'est ce que les autres comprennent qui est important.

*

Inventer quelque chose, ça consiste à ramasser les idées des autres et à en tirer des conclusions auxquelles ils n'avaient pas pensé eux-mêmes.

*

Le meilleur moyen de répondre à un mauvais argument, c'est de le laisser se développer jusqu'à la fin.

*

Je suis prêt à vous parier ma chemise. Et si je suis joueur, c'est bien parce que vous ne faites pas ma taille !

*

Sont cons, hein, les supporters ? Mais on peut toujours trouver plus cons que les supporters : y a les sportifs. Parce que les supporters, ils sont assis : les autres, ils courent !

*

Tous ces étrangers seraient bien mieux dans leur pays... La preuve : nous, on y va bien en vacances !

*

Quand on braque une vieille, maintenant, on est obligé de lui dire : « N'ayez pas peur, madame, on n'est pas de la police ! »

*

Y a des gens qui ont des enfants parce qu'ils n'ont pas les moyens de s'offrir un chien.

*

On connaît les cent soixante-douze pays qui ne vont pas aux Jeux olympiques. Il y en a trois qui y vont : la France, la Belgique, le Liechtenstein. Bonnes chances de médailles de bronze pour la France.

*

Le mec qui part en vacances en Turquie, c'est un fou complet. Déjà que les Turcs y restent, c'est pas normal.

*

À la télévision :

Y a des mecs qui meurent de faim pendant qu'on est à table... Arrêtez ! Les mecs qui meurent de faim, on leur passe pas des images de mecs qui sont en train de bouffer, alors !

*

Le pain baisse, le chômage augmente. Faites-vous un sandwich pas cher, mettez un chômeur entre deux tranches de pain et sauvez la France.

*

Le pire, c'est quand des représentants d'ouvriers se mettent à parler avec des phrases comme à la télé. Alors là, on comprend pas ce qu'ils disent, on n'arrive même pas à comprendre ce qu'ils veulent.

*

« Semaine de dialogue avec les immigrés » : Voyez que c'est une maladie, les immigrés ! Avant, c'était la semaine pour le cancer, et maintenant, c'est pour les immigrés.

*

Si j'ai bien lu Freud, les hommes auraient deux problèmes, le cul et le fric. Sachant que tout le monde a un cul, occupons-nous du fric.

*

Ici, tout ce qui n'est pas autorisé est interdit. Et tout ce qui n'est pas interdit est obligatoire.

*

C'est fabuleux ! L'usine va virer la moitié des effectifs et qu'est-ce qu'ils font, les syndicats ? Ils font la grève ! Les patrons n'ont déjà plus à payer les ouvriers, mais, en plus, à partir de maintenant, ils gagnent la différence. Soyez gentils, faites la grève le plus vite possible quand on vous parle de licenciements ! Comme ça, les patrons gagneront la différence.

*

Ce serait raciste de penser que les étrangers n'ont pas le droit d'être cons.

*

Il semblerait que le préservatif soit un très bon emblème politique. Il jugule l'inflation, il permet quand même l'expansion, il limite la surproduction et il offre une impression de sécurité satisfaisante.

*

La guerre de 14-18, c'était pas des vacances! Heureusement dans un sens, parce qu'il a pas fait beau.

*

Quand je suis en Italie, je me sens bien. La grande différence avec les Français, c'est que les Italiens sont de bonne humeur. Moi, je ne suis pas connu en Italie, je ne parle pas bien italien, mais si j'entre dans un magasin et que je déconne, ils rigolent. En France, le mec, s'il n'a pas de revolver, il appelle le boucher.

*

L'argent ne fait pas le bonheur des pauvres. Ce qui est la moindre des choses.

*

L'événement politique du siècle, c'est que la Chine a acheté du Coca-Cola et que les bouteilles sont consignées en Amérique.

*

Si tous ceux qui n'ont rien n'en demandaient pas plus, il serait bien facile de contenter tout le monde.

*

Les sportifs, le temps qu'ils passent à courir, ils le passent pas à se demander pourquoi ils courent. Alors, après on s'étonne qu'ils soient aussi cons à l'arrivée qu'au départ !

*

Moi, j'ai pas connu le Christ, parce qu'il n'y a pas longtemps que je suis dans le show-business.

*

Le prix de l'or augmente. Pauvres, achetez vite de l'or.

*

La crise, elle n'a que dix ans ! Elle peut encore grandir ! Et puis, à 10 ans, on n'est pas responsable.

*

La différence entre un idiot riche et un idiot pauvre : un idiot riche est riche, un idiot pauvre est un idiot.

*

Les flics ont besoin d'air, il ne faut pas hésiter à leur ouvrir la bouche.

*

La drogue fait 100 morts par an en France, l'alcool fait 50 000 morts, choisis ton camp, camarade.

*

Cinquante-sept policiers à jeun manifestaient cette semaine pour obtenir de meilleures conditions de travail. Ils déplorent notamment d'être détestés par le public à cause, je cite, « des voyous, des imbéciles illettrés, des débiles profonds et autres assassins, racketteurs et marchands de drogue qui composent actuellement la police ». Ils ont aussitôt été interpellés par les trente mille autres policiers parisiens qui, eux, n'étaient pas d'accord.

*

Il y a deux trucs qu'il faut pas rigoler avec : les vêtements, la nourriture et l'honnêteté du gouvernement.

*

J'ai lu ça dans un journal à grand tirage... très pratique pour allumer le feu.

*

Superbénéfice de deux sociétés françaises ! Quatre fois plus de chiffre d'affaires cette année que l'année dernière ! C'est les pauvres qui vont être contents de savoir qu'ils habitent un pays de riches !

*

La guerre, faut pas s'y fier. Tu vois le jeu de mots. Faut pacifier !

*

La hausse du pétrole entraîne des inquiétudes chez les handicapés moteurs.

*

La jeunesse a le grand tort de se croire indispensable : mais sans les personnes âgées, il n'y aurait pas de jeunes !

*

La liberté, c'est un mot qui a fait le tour du monde, et qui n'en est pas revenu.

*

Moi, j'suis pas raciste, hein ! J'ai même des disques de Sidney Bechet !

*

À part la poêle Tefal qui représente un progrès par rapport à la poêle ordinaire, qu'est-ce qui s'est passé en France depuis trente ans ?

*

Pauvres vieux. Comme avant chaque élection présidentielle, la retraite des vieux augmente un petit peu. Malheureusement, l'inflation augmente beaucoup. À ce rythme-là, dans sept ans, vaudra mieux être mort que vieux.

Plusieurs cas de rage signalés dans la police. On aurait vu baver des policiers. On préconise l'ablation du pistolet.

À 15 ans, on s'est demandé ce qu'on allait foutre dans la vie. Les uns pensaient voleurs, les autres commerçants, puisque les commerçants sont des voleurs qui ont le droit de l'être.

*

Après Mai 68, la seule chose qu'ils ont trouvé à faire, c'est goudronner les rues de Paris. Ils sont quand même pas malins, les mecs qui tiennent le haut du pavé !

*

Le sida, c'est l'injustice sociale par excellence : on peut même plus faire l'amour entre pauvres.

*

La police, c'est un refuge pour les alcooliques qu'on n'a pas voulus à la SNCF et aux PTT.

*

Le changement, c'est quand on prendra les Arabes en stop.

*

Les artichauts, c'est un vrai plat de pauvres. C'est le seul plat que, quand t'as fini de manger, t'en as plus dans ton assiette que quand t'as commencé !

*

Les dirigeants ont promis qu'ils tiendraient bien leurs promesses. Entendez par là qu'ils ne sont pas près de les lâcher.

*

Un flic, ça devrait être un pote qui te ramène à la maison quand il te trouve bourré dans la rue.

*

Sur un Français interrogé, un est d'accord.

*

Technocrates, c'est les mecs que, quand tu leur poses une question, une fois qu'ils ont fini de répondre, tu comprends plus la question que t'as posée.

*

La police évacue trois radios libres : il faudra penser à les appeler autrement !

*

Commencez la révolution sans nous. On préfère être cons et vivants que morts et pleins d'idées.

*

Dans les manifs, rien ne sert de partir à point, il faut courir.

*

Avant, les mecs qui mettaient de l'argent de côté, on disait d'eux : « C'est des avares ! » Maintenant, c'est des phénomènes.

*

Baisse surprise du seuil de la pauvreté absolue. Plusieurs pauvres ruinés.

*

Bavures :
Contrairement à la police, l'erreur est humaine.

*

« Un chien a mordu une vieille dame. » Vous vous rendez compte de la vie de ces pauvres bêtes : être obligé de manger des vieux ! L'horreur !

*

Un crédit personnalisé à long terme, c'est un prêt, si vous voulez, mais de loin... et à long terme, ça veut dire que moins tu peux payer, plus tu paies.

*

Tiers-monde : la soif touche à sa faim.

*

Un alcoolique, c'est quelqu'un que vous n'aimez pas
et qui boit autant que vous.

*

Dieu a dit : « Il faut partager. » Les riches auront la nourriture, les pauvres de l'appétit.

*

La misère du monde n'est pas de dimension humaine.

*

Les jeunes, on n'arrête pas de les embêter dans la rue. On leur demande toujours leurs papiers comme si les jeunes, ils avaient moins de papiers que les autres.

*

Voleur, c'est plus un métier d'avenir : maintenant, c'est les flics qui tirent.

*

Il a un képi trop petit, ça y serre la tête. Ça empêche la tête de se développer. Ceux qui ont des képis, c'est pour ça qu'ils sont bêtes.

*

Les syndicats, c'est fait pour donner raison à des gens qui ont tort.

*

Tout sera prêt en Bretagne pour les vacances : j'irai moi-même soit à Trégazoil soit à Ploumazout !

*

La société, c'est une chaîne : salut les maillons !

*

La misère, c'est comme un grand vent qui vous déferle sur la gueule et qu'arrête pas de souffler toujours dans la même direction. Le problème, c'est d'essayer de faire quelque chose pour éviter de se faire renverser. La prendre de côté, par exemple, comme le torero qui se met de profil pour que la mort ne lui rentre pas dedans.

*

Les Français sont des consommateurs d'emmerdements.

*

Les gardiens de la paix, au lieu de la garder, ils feraient mieux de nous la foutre !

*

Des fois, on a plus de contact avec un chien pauvre qu'avec un homme riche.

*

Police:

Si on peut plus donner des coups de poing dans la gueule, des coups de pied dans les couilles et des coups de genou dans les fesses, comment voulez-vous qu'on interroge? Des fois, ils ne parlent même pas notre langue.

*

Pour ces messieurs, la moralité devient rigide quand le reste ne l'est plus.

*

Un banquier suisse m'a envoyé pour les Restaurants du cœur un chèque sans le signer en me disant qu'il voulait rester anonyme.

*

Un chef, c'est un type qui a une mentalité d'employé mais qui ne veut pas le rester.

*

Qu'est-ce que c'est que ces Portugais qui viennent retirer le pain de la bouche à nos Arabes !

*

Quant à savoir si on peut vivre décemment avec un salaire d'ouvrier russe, on n'en sait rien : personne n'a jamais essayé.

*

Désormais, tous les étrangers qui viendront en France pour apprendre le français devront être en mesure de prouver qu'ils le parlent.

*

Tu sais ce qu'il faut pour faire un bon flic ?
Un jeu de cartes et un décapsuleur.

*

Journal des cons et des malcomprenants :
Deux flics se sont fait tabasser. Ce n'est pas une information... mais ça soulage !

*

Je n'ai rien contre les étrangers. Le problème, c'est que, d'une part, ils parlent pas français pour la plupart... Et selon le pays où on va, ils parlent pas le même étranger.

*

La France pourrait détruire 80 % de l'URSS, si elle voulait. Mais elle veut pas, parce que les 20 % qui restent sont encore vingt fois plus nombreux que nous !

*

Les homosexuels ne se reproduisent pas entre eux et pourtant ils sont de plus en plus nombreux.

*

Les immigrés sont venus chercher du chômage en France ; tellement que c'est pauvre dans leurs pays, y a même pas de chômage.

*

J'entends tout le temps dire : « Ouais, le Français... c'est un gros con raciste ! » D'abord, ceux qui disent ça, c'est pas tous des Français !

*

Je connais bien les chômeurs, ils ont tellement honte, ils votent communiste pour se faire passer pour des travailleurs.

*

On a fait des stages de dressage à la gendarmerie pour notre chien. C'est très bien parce qu'en même temps on apprend les langues. On apprend l'allemand pour le chien, et puis l'arabe pour le mec !

*

Les camps de camping, c'est quelque chose ! C'est un truc qui pue, qui coûte cher, où les gens s'entassent par plaisir et que si demain ils étaient obligés d'y aller, ils gueuleraient comme jamais !

*

Les pauvres sont des gens comme nous, sauf qu'ils n'ont pas d'argent.

*

La vulgarité, c'est quand un chanteur parle de sa feuille d'impôts, au président de la République, lorsque celui-ci l'invite à déjeuner.

*

Les mecs tabassés par les flics, ils peuvent porter plainte. Remarque, faudrait qu'ils viennent au commissariat pour porter plainte. Je les plains, les mecs.

*

Je suis flic. Ma femme me dit toujours :
– Tu as signé sans réfléchir.
Et alors ? Les autres ont fait pareil. Si on avait réfléchi, on n'aurait pas signé. Faut pas nous prendre pour des cons, quand même !

*

Mettons que les sportifs arrêtent le doping. On aura l'air malin, nous, devant nos téléviseurs à attendre qu'ils battent les records, hein ! Et puis le Tour de France, pour arriver le 14 juillet, il faudra qu'il parte à Noël !

*

Météo : risque de grève et de chômage dans le Nord, à l'est, au centre et à l'ouest. Coup de vent sur la Bretagne où de forts pétroliers sont à craindre. Risques d'émeutes dans le Sud et en Corse avec attentats passagers de force 6-7.

*

Gagner sa vie ne vaut pas le coup, attendu qu'on l'a déjà. Le boulot, y en a pas beaucoup, faut le laisser à ceux qui aiment ça.

*

L'économie française est mise en déséquilibre par les grèves ouvrières, donc la solution, pour sauver la France, est de supprimer les ouvriers.

*

Bonne nouvelle pour les malades : le prix de la mort augmente. Ils n'auront bientôt plus les moyens de crever.

*

Changez la France : chômeurs, devenez patrons !

*

L'intelligence d'un discours dépend surtout de celui qui écoute.

*

L'histoire se répète, c'est dommage que ce soit nous qui payons les répétitions.

*

Dieu a dit : « Mangez, c'est mon corps ; buvez, c'est mon sang ; touchez pas, c'est mon cul. »

*

Le monde est bien fait : Dieu croit aux cons et les cons croient en Dieu !

*

Dieu est mort, il y a une place à prendre !

*

Le mec qui croit à la résurrection, il peut toujours aller se faire enterrer à coté de Marilyn Monroe, ça prouve pas qu'il va être ressurexé, si je peux me permettre d'inventer un mot qu'est pas dans le dictionnaire. Parce que, à la rigueur, l'espoir fait vivre, mais quant à mourir de ça, y a une marge !

*

Raconte pas ta vie, on a tous la même ! Aujourd'hui, c'est vendredi, et c'est vendredi pour tout le monde !

*

Quel jour on est aujourd'hui ? Vendredi. Quel beau nom pour un Noir !

*

On dit un jour néfaste ou une journée faste ?

*

Vivement demain que tout soit comme hier !

*

Je me suis tellement habitué à rire que même si je devais mourir subitement, je crois que ça me ferait marrer.

J'ai trouvé mon épitaphe : « Circulez, y a rien à voir ! »

Si Dieu existe, vous lui ferez mes compliments !

Blagues

AMOUR-PROPRE

C'est un mec qui a une jolie concierge et il lui demande :
– Je peux vous faire la cour ?
– Oui, bien sûr... je vous branche le jet ?

*

T'VAS VOIR TON CUL À LA RÉCRÉ

C'est l'institutrice qui dit :
– Aujourd'hui, nous allons étudier le comportement sexuel chez les abeilles et les papillons... ceux qu'ont déjà baisé vont jouer au ballon dans la cour !

*

FÉTICHISME

C'est l'histoire d'un chien qui court dans le désert comme un dingue. Au bout d'un moment, complètement à bout de souffle, il dit :
– Putain, si je trouve pas un arbre dans les cinq minutes, je vais me pisser dessus !

*

TOUBIB OR NOT TOUBIB

– Je vous demanderai d'être souriant parce que le chirurgien se fait du souci pour vous.
– Oui, mais c'est la première fois qu'on m'opère.
– Oui, mais lui aussi, c'est la première fois qu'il opère !

*

ÇA JETTE UN FROID

Dans la salle d'opération, le patient est ouvert d'un bout à l'autre.
– Atchoum !
– Oh merde ! L'aorte… l'aorte… l'aorte est ouverte, fermez l'aorte !

*

ÉCHANGISME

C'est un monsieur qui dit :
– Avec ma femme, voilà, on s'emmerde jamais parce que, si vous voulez, moi, dans la journée, je fais de la peinture abstraite et ma femme fait de la cuisine et comme ça, le soir, on essaie l'un et l'autre de deviner ce qu'on a voulu faire.

*

HOMMAGE POSTHUME

Une femme a été retrouvée dans la rue, égorgée, le truc dégueulasse, quoi, avec des morceaux qui collent de partout.
Le commissaire vient voir le médecin légiste et lui demande :
– Elle a été violée ?
– Pas encore, j'attendais votre feu vert.

*

COURSES EN SAC

C'est la femme d'un jockey qui rentre du BHV avec les bras chargés de cadeaux. Et elle dit à son mari :
– Tiens, v'là l'résultat des courses !

*

TRANSPORT DE FONDS

Qu'est-ce qu'il y a comme différence entre Moshé et la marine ? Y a pas de différence, la marine marchande et Moshé aussi.

*

À GORGE D'EMPLOYÉ

C'est un patron qui appelle un employé et qui lui dit :
– Je n'ai pas l'habitude de mélanger le plaisir et le travail mais je vais le faire, je vais vous foutre dehors !

*

SCALP

On est dans la cour de l'école. Un grand dit à un petit :
– Ta mère, ça, c'est de la gonzesse. Je te file 20 balles si tu me rapportes une mèche de ses cheveux blonds.
– File-moi 100 balles et je t'apporte la perruque.

*

QUATRE PETITS YEUX CRUELS

C'est un petit garçon qui n'est pas rentré de l'école. Affolés, ses parents sortent et le cherchent partout sur le trajet. Dans une impasse un peu sombre, ils croisent un type carrément tibulaire, un mec louche quoi, très louche. Ils lui demandent :
– Pardon, monsieur, vous n'auriez pas vu un petit garçon blond avec des yeux gris ?
Le type ouvre la main et leur demande :
– Des yeux comme ceux-là ?

*

FAUT PAS POUSSER

C'est un Belge qui est chez le psychanalyste. Il y était venu pour acheter des cannes à pêche, mais bon, il est resté quand même. Alors y dit au type qu'est derrière lui, parce que le psychanalyste il est derrière vous hein, c'est un métier. Ça se fait par-derrière, hein, c'est pour ça qu'on s'étonne pas de l'avoir toujours un peu dans le cul. Bref, il est là, sur le divan, le fameux divan le terrible et il lui dit :
– Voilà, docteur, toutes les nuits, je fais le même rêve. Je suis devant une grande porte et je la pousse, je la pousse, je la pousse à en crever et elle ne s'ouvre jamais.
– Ah bon ! Et qu'est-ce qu'il y a d'écrit sur cette porte ?
– « Tirez ».

*

UN LIVRE OU UNE LIVRE…

C'est un type qui entre dans une boutique.
– Bonjour, je voudrais un pot de crème et un pain de beurre, s'il vous plaît.
– Vous, vous êtes belge, dit le vendeur.
– Mais oui, c'est vrai une fois, belge de Bruxelles, comment l'avez-vous deviné ?
– Ici, c'est une librairie, monsieur.

*

C'EST PAS LAPINE !

C'est un be… un be… un be… un bègue qui a une lap lapine. Tu vois un an animal, tu tu tu vois, féminin quoi, comme un lapin lapin lapin, s'tu veux, mais en en en fille. Une lape… lape… lapine. Alors, il dit à une copine à lui :
– Tu veux pas m'la garder pendant pendant les les vacances ?
Alors la gonzesse, elle garde la la la lapine et pis alors, tout ça, le mec y va en va en vacances et pis alors il rencontre le mari de la gonzesse à qui il a donné la la la lapine à garder, et le mec pendant les vacances, il a attrapé la ch… la ch… la chaude de de pe de pe de pisse, la chaude-pisse, à fond, la tour d'ailleurs aussi, la tour de pisse et alors le mec, il voit son pote et alors il lui dit :
– Eh, t'as ma la…, t'as ma la…, t'as ma la… aa… pine, t'as mal à la pine ?
Et l'autre lui dit :
– Oui, comment tu le sais ?
– Parce que je l'ai refilé à à à ta femme avant d'partir.

*

BAR À BÂBORD

Un homme bourré, très avancé pour son âge, se trouve dans un bistrot et demande à un homme en uniforme :
– Portier, appelez-moi un taxi.
– Je ne suis pas portier, je suis officier de marine.
– Bon, appelez-moi un bateau.

*

MODES ET TRAVELOS

Alors, c'est un camionneur qui dit :
– Tu t'rends compte, ces gens s'ils sont dégueulasses, une petite bande de cons, ils m'ont attaqué, ils m'ont fait descendre de mon camion, tout ça, ils m'ont traité de pédé, tout ça, tu te rends compte.
– Merde alors, c'est dégueulasse, j'espère que t'en as attrapé un pour lui mettre une baffe ?
– Ah, mais, dis, j'aurais voulu t'y voir à courir avec une jupe droite !

*

À SUIVRE...

C'est un militaire, personne n'est parfait, qui fait la garde avec un officier la nuit. Soudain, ils voient à une cinquantaine de mètres une lumière rouge. L'officier, le salaud, enfin l'officier donne l'ordre au soldat d'aller voir ce qui se passe. Bon, l'autre y va, c'est parti mon kaki, et ne revient que trois heures après, vachement essoufflé, le mec :
– Va voir ce que c'est et reviens me le dire.
Bon, l'autre y va, genre et trois heures après, tout essoufflé, il revient.
– Où étais-tu passé, imbécile, dit l'officier au soldat. Je t'avais juste demandé d'aller voir ce qu'étaient ces lumières rouges.
– Justement, dit le soldat, j'y suis allé, mais c'étaient les feux arrière d'une voiture !

*

TÊTE D'AFFICHE

En plein milieu de la nuit, c'est un type, au Chili, qui arrache toutes les affiches politiques placardées sur les murs. Des policiers surgissent et embarquent le type.

Il a droit à un interrogatoire musclé, un interrogatoire, quoi ! D'abord, on bâillonne le type pour qu'il ne s'entende pas souffrir. Puis, on lui enlève son bâillon. Le mec est en sang, recroquevillé sur le sol. Le flic lui dit :

– Alors, on est opposant, hein ? On arrache les affiches ?

– Non, dit le mec, je suis pas opposant. Je cherchais simplement la porte de chez moi.

*

GROSSE LÉGUME

C'est un mec genre prétentieux qui entre chez un marchand de légumes genre prétentieux. Il jette un coup d'œil distrait sur les artichauts… de pisse, bien sûr… sur les brocolis… pour être honnête, naturellement, tout ça, et à la fin il prend un pamplemousse et dit au marchand de légumes :

– Vous avez rien de mieux comme pastèque ?

Et l'autre :

– Arrêtez de jouer avec ce grain de raisin, vous allez me l'éclater !

*

MY MIRROR IS RICH

– À quoi reconnaît-on que Liz Taylor est passée dans un hôtel ?
– Deux jours après, le miroir est encore chaud.

*

ÇA FÊTARD

Un mec dit à un copain :
– Je suis emmerdé, ma femme ne s'endort jamais avant trois heures du matin…
– Ah bon, et elle fait quoi ?
– Elle attend que je rentre.

*

UN PNEU PLUS LOIN

– Notre fils fait trop de bêtises, j'vais lui acheter un vélo. Ça lui mettra du plomb dans la tête. La tête et les jantes d'ailleurs.
– Et tu crois qu'il fera moins de bêtises ?
– Non, mais, déjà, il ira les faire plus loin.

*

LA PLACE DU MORT

C'est deux Belges, genre « frites l'amour pas naguère », qui voient passer un enterrement, comme ça, un corbillard suivi de plein de voitures noires.
Y en a un qui demande :
– Dis donc, d'après toi, qui c'est qui est mort ?
L'autre répond :
– Je crois qu'c'est celui qu'est dans la voiture de tête.

*

LIEU-DIT LIEU-DIT

Vous savez qu'à Lausanne, Lausanne, près du trou de Bâle, pour éviter de les faire crier, ils mettent deux hommes de quai dans les gares. Un au début du quai qui dit : « Ici Lausanne ! » et un autre à la fin qui dit : « Ici aussi ! »

*

JOUER À CRACHE-CRACHE

C'est une dame qui téléphone à un médecin en disant :
– Voilà, mon fils vient d'avaler une souris...
Le médecin lui répond :
– Écoutez, j'arrive, en attendant, tenez un morceau d'fromage devant lui.
Et quand il arrive, la dame est en train de tenir une souris devant son fils.
Il lui demande :
– Ça y est, vous avez réussi à l'attraper ?
– Non, c'est une autre, j'essaie d'abord de faire sortir le chat...

*

VICE CASHER

C'est Moshé qui entre dans une cafétéria à New York et qui montre du doigt au serveur ce qu'il veut.
– Oui, cette tranche de jambon pour monsieur, dit le serveur.
Moshé, en colère:
– Mais merde, je ne vous avais pas demandé comment ça s'appelait!!!

*

BEAU ET MIEUX

La tendance de la mode maintenant.
– Savez-vous ce que les Polonais porteront l'année prochaine?
– Ce qu'ils portaient déjà l'année dernière!

*

SPORTS ET LOISIRS

Va te faire foot: c'est un homosexuel qui confie:
– J'adore le football parce que je cours, je cours, je cours avec le ballon et pis j'arrête devant l'but et là, je le mets exprès à côté et tout le stade me crie: «Enculé!»

*

PLAINTE POUR X

Eh bien, une prostituée est arrivée aujourd'hui au commissariat... Police se goure, comme d'habitude. Et elle dit au commissaire :
– Eh bien, voilà, j'ai été violée !
– M'enfin, comment est-ce que ça se peut ? Une prostituée violée !?
– Si, si... on m'a donné un faux billet !

*

TAUPE MODÈLE

C'est un jeune homme qui présente une émission de variétés, un odieux visuel en gros, et qu'est très habitué à recevoir les jeunes filles qui veulent être figurantes, chanteuses ou chanteuses ou des fois chanteuses. Et il en reçoit un jour une qui est très très très très myope mais alors myope comme c'est pas possible. Il l'emmène dans sa loge, il défait son pantalon, sort le monstre, lui colle devant le nez et lui dit :
– Et alors, maintenant, qu'est-ce que t'as à dire ?
Alors elle l'attrape et dit, toute contente :
– Eh bien, je dis bonjour à Éric, à Sylvie, à Dédé et à toute la bande du drugstore !

*

BON SENS

Alors, la scène se passe en Suisse, c'est dans un train et y a un monsieur qui est assis en face d'une dame, voyez-vous, alors il lui dit :
– Dites-moi, madame, Lausanne, c'est bien par ici ?
– Ah non, là, vous lui tournez l'dos.
– Oh ben, comme j'vais à Lausanne, ça n'vous ennuie pas qu'on change de place ?

*

FUMIER

C'est un type qui est perdu dans la campagne. Alors, il trouve un vieux dans un champ, un mec qui va à la bêche, et il lui demande :
– Dites-moi, où est-ce qu'on est, là ?
– Ça, je sais pas.
– Mais la rivière, là, qu'est-ce que c'est comme rivière ?
– Ah ça, je sais pas.
– Bon, et la route qu'est là, elle mène où ?
– Je sais pas.
– Quoi, vous êtes d'ici et vous savez pas ?
– Non, je ne sais pas. Mais moi, je suis pas perdu !

*

LES DOUZE COUPS DE MINUIT

Un type raconte à son ami :
– J'ai été cambriolé. Le cambrioleur est arrivé au milieu de la nuit, c'est ma femme qui l'a découvert.
– Il a pris quelque chose ?
– Ah oui, je pense bien, il a pris quelque chose : elle a cru que c'était moi qui rentrais en retard !

*

ENCORE BRAVI !

C'est un monsieur qui se trouve dans un resto italien et il dit :
– Garçon, s'il vous plaît, j'aimerais avoir des spaghettos et des raviolos.
– Très bien, mais enfin on dit raviolis et spaghettis.
– Bon, très bien, eh bien, vous me direz où sont les lavabis, je voudrais faire pipo.

*

CASSER L'AÏEUL

C'est des gens qui sont à table, le père, la mère et le fils, et y a la mère qui dit au père :
– Ah, vraiment, t'es un imbécile, regarde-toi, t'en as encore foutu plein ton froc, t'es vraiment un plouc, regarde-moi ça, espèce d'abruti.
Et le père répond :
– Tu vas fermer ta gueule, moi, j'vais t'envoyer une tartine, j'vais t'étaler sur l'mur, tu commences à m'faire chier, tu m'les gonfles,

j'les ai là maintenant, qu'est-ce que tu m'emmerdes avec tes conneries...
Alors la femme :
– Tu pourrais faire attention, quand même devant l'gosse.
Et le gosse, y fait un signe, comme ça, comme s'il allait prendre une claque avec le bras sur la tête. Et le père :
– Qu'est-ce que tu fais, toi, j't'ai rien demandé...
– Non, mais t'es tellement con, j'ai eu peur.

*

ARRIÈRE-TRAIN

C'est un type qui est au lit chez lui avec sa femme, tout à coup le téléphone sonne. Il répond. Sa femme lui demande :
– Alors qui c'est ?
– Je comprends pas, ça doit être un mec de la SNCF, il demande si la voie est libre.

*

PETIT ANGE

C'est une mère qui appelle sa fille et qui lui dit :
– Tu sais, maintenant, tu as l'âge, tu as 7 ans, il faut que je te dise comment on fait les enfants.
– Tu retardes, je sais comment on les fait et je sais même comment on les fait pas.

*

LOIN DES ŒUFS, LOIN DU BEURRE

En URSS, vous le savez, on a du mal à trouver ce qu'on veut dans les magasins, on peut difficilement dire ce qu'on veut, tout ça, même tard d'ailleurs, mieux vaut tsar que jamais, enfin... bon, une dame arrive dans une épicerie et dit :
– Je voudrais du thé.
– Du thé chinois ou du thé russe ?
– Ah, je dois choisir... bah, alors donnez-moi du café.
– J'en ai plus.
– Ah, je préfère !

*

QUAND IL Y A DU GÈNE

C'est un type qui arrive à la maternité la nuit, ça tombe bien d'ailleurs parce que la maternité, c'est ovaire la nuit... L'infirmière lui dit :
– Bravo, monsieur, c'est un grand garçon que vous avez.
– Ça ne m'étonne pas, avec la cheminée que j'ai...
Eh bien, justement, il faudrait peut-être la faire ramoner, l'enfant est tout noir.

*

NŒUD-NŒUD

Qu'est-ce qui fait 30 mètres de long, qui est tout raide et plein de sperme ? Un sous-marin.

*

AU PAYS DES CIGALES

Voilà. La scène se passe à Marseille,
deux copains, y en a un qui dit :
– Tiens, je vais m'marier ma sœur.
– Oh là, putain !
– Non, pas celle-là, l'autre.

*

ENTUBÉ

Alors un type arrive en retard et le patron lui dit :
– Quand même, vous charriez, vous arrivez tous les jours en retard et là, quand même, vous êtes vraiment très en retard.
– Oui, mais ce matin j'ai eu un accident. Dans ma salle de bains, j'ai marché sur mon tube de dentifrice…
– Bon, d'accord, c'est quand même pas ça qui vous a pris une heure…
– Non, c'est pour le remettre que ça a été long.

*

GÉOGRAPHIE

Est-ce que vous savez à quel endroit les femmes ont les poils les plus frisés ? C'est en Afrique.

*

RIEN À BRANLER

C'est un type qui va voir son médecin et qui lui dit :
– Voilà. Je suis très fatigué, je ne sais pas ce qui se passe, je suis très fatigué.
– Écoutez, je ne sais pas, sexuellement, par exemple, comment ça va ?
– Le matin, je me réveille et hop, si vous voulez, hop hop hop j'en mets un petit coup à ma femme et puis je vais dans la cuisine, je prépare mon café, il y a la bonne qui passe avec l'aspirateur, hop hop hop, j'en mets un petit coup à la bonne, bon et puis alors après en allant au travail, hop hop hop, j'en mets un petit coup à ma maîtresse et puis en arrivant au travail, hop hop hop, les secrétaires et puis après je sors du travail, hop hop hop, les secrétaires, hop hop hop, la bonne et puis, hop hop hop, ma femme.
– C'est peut-être ça alors qui vous fatigue, c'est peut-être ça...
– Ah ben, je préfère, j'avais peur que ce soit la masturbation.

*

TEL PÈRE, TEL FILS

Alors c'est un mec qui voit passer un fantôme et qui lui dit :
– Attention, vous perdez votre mouchoir !
– C'est pas mon mouchoir, andouille, c'est mon fils !

*

PORTE-À-PORTE

Eh bien, c'est un type qui vient d'être accidenté. Il est mourant. Le curé passe et lui dit :
– Si vous voulez, je peux vous donner l'extrême-onction...
– C'est pas la peine, dans dix minutes, je vais parler directement au patron.

*

OBJETS PERDUS

C'est un Belge qui rentre chez lui et sa femme lui dit :
– Je suis embêtée, je me suis mis le thermomètre et je me suis assise après : il est rentré !
Et le Belge lui répond :
– Oh, ne te fais pas de souci, ça ne coûte pas grand-chose un thermomètre.

*

TÊTE EN L'AIR

Eh bien, un homme qui circulait en montgolfière s'est perdu. Alors il est descendu un petit peu pour voir où il était, il ne savait pas qu'il était en Belgique, à Bruges, le pays des lapins, vous savez, Bruges Bunny, et il a demandé à un monsieur qui se trouvait là :
– S'il vous plaît, est-ce que vous pouvez me dire où je me trouve ?
– Dans une montgolfière, pourquoi ?

*

PATATE !

C'est un type qui a eu un accident et à qui on a été obligé de... on lui a... si vous voulez... on a été obligé de les lui enlever et de les remplacer par des pommes de terre. Il a déclaré :
– Tout va très bien sauf qu'avant j'avais des morpions, maintenant j'ai des doryphores !

*

PRESSE-PURÉE

Escroquerie, escroquerie... c'est un type qui vend des journaux dans la rue en criant :
– Escroquerie, déjà 150 personnes escroquées ! Déjà 150 personnes escroquées ! Qui veut un journal ?
– J'en veux un, oui.
– Escroquerie ! 151 personnes escroquées !

*

LE SALAIRE DE LA PAIRE

Au Brésil, depuis que les travestis fleurissent, les femmes paient les hommes pour faire l'amour. Elles leur donnent 100 francs à chaque fois. Je connais un type qui a voulu y aller, il en a parlé à sa femme, elle lui a dit :
– Eh bah, vas-y donc, je suis curieuse de voir comment tu vas vivre avec 200 francs par mois !

*

QUEUE DALLE

Une jeune femme, qui avait été mariée quatre fois et qui était encore vierge, a déclaré à son médecin :
– Mon premier mari était pianiste, il faisait tout avec les doigts, mon deuxième était avocat, il faisait tout avec la langue, mon troisième était socialiste, je n'ai eu que des promesses, mon quatrième était inspecteur des finances, alors là, je l'ai eu dans le cul.

*

LE BOUT DU TUNNEL

Comment dirais-je... Un homo quoi... sexuel, mais sexuel alors, chez le médecin. Le médecin dit :
– Déshabillez-vous, je vais vous ausculter la gorge.
Il se déshabille et ouvre la bouche. Le médecin lui dit alors :
– C'est marrant, je vois une petite lumière dans le fond.
– Ah bon ! Bah, attendez, je vais m'asseoir alors.

*

AUX MARCHES DU PALAIS

Une concierge d'immeuble vient d'avoir son dix-huitième enfant alors qu'elle n'a que 24 ans, vous voyez le coup... Interrogée par les docteurs pour savoir qui étaient les pères des enfants, comment c'est arrivé, tout ça, elle a répondu :
– Si vous croyez que j'ai le temps de regarder derrière moi quand je fais l'escalier...

*

SI S'NETTOIE

Vous ne le saviez peut-être pas, mais, en Turquie, les hôtels n'ont pas de salle de bains. Mais à Ottoman, tout va bien. Alors on a demandé pourquoi et on nous a répondu :
– C'est parce que chez nous les clients restent rarement moins de quinze jours !

*

TU ME RENFLOUES

C'est un type qui a eu sa feuille de paie et puis il a fait une réclamation parce qu'il y avait une erreur de 10 francs. Alors, il a dit :
– Il me manque 10 francs à ma feuille de paie, il me manque 10 francs...
Le patron lui a répondu :
– Oui, mais la semaine dernière, il y avait 20 francs de trop et vous n'avez rien dit.
– Non, je n'ai rien dit, mais deux erreurs en deux semaines, là, je gueule !

*

COUCOU SUISSE

Sur la boutique d'un médecin suisse, il y avait une pancarte où était inscrit : « Première consultation : 150 francs, deuxième consultation : 100 francs. » Un client genevois arrive pour la première fois et dit :
– Coucou, c'est encore moi !

*

L'IMPORTANT, C'EST DE PARTICIPER

C'est une dame qui a offert à son mari une très vilaine cravate, comme on n'en fait plus, qu'on croirait, si tu veux, qu'un oiseau a chié dessus, et alors elle lui dit :
– Mais alors, qu'est-ce que tu comptes mettre avec une si belle cravate ?
– Une grande barbe, pourquoi ?

*

AUTO-STUPRE

C'est un camionneur qui prend une jeune fille en stop. Au bout d'un moment, il en peut plus, il se jette sur elle et la viole. L'affaire dans le sac, il lui dit :
– Je suis vraiment désolé, si j'avais su que vous étiez vierge, j'aurais fait un peu plus attention.
Et la fille lui répond :
– Surtout, si j'avais su que vous étiez si pressé, j'aurais retiré ma culotte !

*

À UN POIL PRÈS

C'est un Suisse qu'est dans un train assis en face d'une femme qui a les jambes écartées et qui n'a pas de culotte. Alors, il regarde un moment puis il lui dit :
– Excusez-moi, madame…
– Ah non, mademoiselle.
– Ah, excusez-moi, d'où je suis, je ne vois pas bien…

*

MES CHICOTS, MES CHIIIIICOTS

On a demandé à un Suisse à quoi on reconnaissait un poulet tendre. Il a répondu :
– Aux dents.
– Mais ça n'a pas de dents un poulet...
– Non, mais je parle des miennes.

*

VÉNUS BEAUTÉ

C'est une secrétaire qui passe devant le bureau de son patron avec les jambes légèrement écartées et une drôle de démarche. Le patron lui demande :
– Qu'est-ce que vous avez ?
– Rien, je vais à un bal de nudistes ce soir.
– Et alors ?
– Et alors j'ai mis des bigoudis.

*

MESURE D'URGENCE

C'est une femme aux sports d'hiver, après moi des luges ! qui se plaint du manque de neige. Les radios annoncent 5 centimètres de neige, 3 centimètres de neige... Alors son moniteur de ski lui dit :
– Écoutez, si ça peut vous consoler, moi, je peux au moins vous garantir 18 centimètres pour cette nuit !

*

PREMIÈRE VELUE

C'est une femme qui essaie une robe et demande à la vendeuse :
– Vous ne pensez pas que c'est un peu trop décolleté ?
– Oh non, ça va. Est-ce que vous avez du poil sur la poitrine ?
– Non, pourquoi ?
– Bon, alors, c'est effectivement trop décolleté.

*

C'EST PAS LE MÉROU

C'est un mec qui nage dans la mer et il se fait bouffer une jambe par un requin. Tout de suite, il pense : « Pourvu qu'avec l'autre pied je ne marche pas sur un oursin ! »

*

AU RAS DES PÂQUERETTES

– Vous savez comment navigue Philippe Bouvard en avion ?
– En lisant les plaques des rues.

*

MAUVAISE GRAINE

C'est un Corse, à bout de Corse comme tous les Corses, qui dit :
– Ah, c'est affreux, on a un climat épouvantable ici, rien ne pousse.
Le Parisien sort des graines de sa poche, les jette par terre, et dit :
– On va bien voir...
– Ben ça, si vous s'mez, évidemment...

*

VIVE LA MARÉE !

C'est deux mecs qui sont tombés sur une île déserte et, au bout d'un moment, y en a un qui dit à l'autre :
– Bon, alors écoute, on a tout résolu les problèmes, on a résolu le problème du logement, on s'est construit des huttes, on s'est résolu le problème de la nourriture, on cueille des fruits, on attrape des bêtes et maintenant faudrait qu'on résolve le problème du sexe. Alors voilà c'que j'te propose, on fait des devinettes. Si tu gagnes, c'est toi qui fais la femme. Si tu perds, c'est moi. Qu'est-ce qui a des plumes et qui fait cocorico ?
– Un crocodile.
– Bravo, bonne réponse.

*

DANS SES CORDES

J'ai un ami qui était tépris, on fait la liaison, qui était épris, si vous préférez, de musique. Toute sa vie, il a essayé de perfectionner son instrument. Il l'a démonté, remonté, redémonté dans tous les sens et par tous les trous, il a soufflé des milliers de fois dedans, résultat, jamais un seul son en est sorti ! Il en est mort de chagrin d'ailleurs. Et finalement, on l'a enterré avec sa guitare !

*

CONVENTIONS COLLECTIVES

C'est un mec qui finit de bouffer au resto et qui demande l'addition. Le patron lui apporte. Le mec la lit et s'exclame :
– Sept cents balles ! Dites-moi, vous allez bien faire une petite réduc à un confrère, non ?
– Pourquoi, vous êtes restaurateur ?
– Non, je suis voleur.

*

RABBIN DES BOIS

C'est deux commerçants juifs, deux commerçants donc, qui discutent. Le premier dit :
– Je crois qu'il n'y a qu'une seule façon de gagner sa vie honnêtement.
– Ah oui, dit l'autre, laquelle ?
– Je savais bien que vous ne la connaissiez pas !

*

BÉNÉVIOLE

Sur une affiche, à Genève, on lit : « Recherche un Français pour viol. » Un Suisse, qui passe devant, se demande :
– Pourquoi un Français ? Un Suisse pourrait très bien le faire...

*

LES BOULES

C'est un Belge qui arrive chez le médecin :
– Je ne sais pas ce que j'ai, mais je n'arrive pas à avoir d'enfant.
– Le mieux, c'est que vous me montriez vos organes génitaux.
Et, à ce moment-là, l'autre tire la langue.

*

ENFONCE ET PARTAGE

C'est un gosse de 9 ans qui est dans la rue avec une cigarette. Une dame lui dit :
– Mais tu te rends compte qu'à ton âge tu fumes ?!
– Ah, ça, c'est rien, hier j'étais aux putes !
– Quoi ? Et avec laquelle t'as été
– Oh ben, j'en sais rien, moi, j'étais bourré.

*

DE MAL EN PIS

C'est un mec qui emmène sa femme chez le diététicien, sa grosse femme, genre on dit au mec : « Laissez votre tas de graisse, on vous écrira ! », bref, elle entre chez le docteur et lui dit :
– Écoutez, docteur, ça ne peut plus durer, j'ai encore pris 40 kilos.
– C'est pas grave, tirez la langue et faites meuh...

*

PERTES ET PROFITS

C'est un mec qui va au commissariat et qu'est très embêté.
– Voilà, j'ai perdu ma femme au supermarché depuis plusieurs heures, mais bon, elle est facile à retrouver, elle fait 1,37 mètre et 120 kilos.
Alors le flic consulte ses fiches et dit :
– Bon, j'ai une bonne nouvelle, on n'a encore rien...

*

MONTÉE EN RIDEAU

C'est un Belge qui se marie. Le lendemain, ses potes lui demandent si ça s'est bien passé et il répond :
– Oh ben, les gars... si j'avais voulu, je me la faisais !

*

POLOGNIEZ PAS LE DIRE AVANT ?

En Pologne, une dame entre dans un magasin et demande un litre de lait.
– Ah non, ici, c'est le magasin où il n'y a pas de viande. Celui où il n'y a pas de lait, c'est en face...

*

SÉRIE NOIRE

C'est un type qui revient d'Afrique et qui dit à son ami :
– C'est formidable, je suis allé à la chasse aux singes, j'en ai attrapé quatre...
– Mais c'est super, dis donc...
– Oui. La seule chose, c'est que je n'ai pas su quoi faire des bicyclettes...

*

« FEU » DE BOIS

Qu'est-ce qui est vert au fond d'un bois et qui pue ? Un scout mort.

*

AMOUR AVEC UN GRAND TAS

Comment reconnaît-on un Belge dans une partouze ? C'est celui qui baise sa femme.

*

ET TIME

À Londres, dans le brouillard, deux voitures ont été accidentées. Les chauffeurs sont descendus et le premier a dit :
– Monsieur, c'est votre faute, je venais de la gauche...
L'autre lui a répondu :
– Oui, mais ça compte pas... on est dans mon garage !

*

UN SIPHON-FON-FON

C'est un mec qui est en train de ranimer une femme qui a failli se noyer. Il lui fait du bouche-à-bouche. Un paysan qui passe par là voit la scène et lui dit :
– Tu sais, tu devrais lui enlever le cul de l'eau, t'es en train de vider la mare.

*

ATTRAPE-BIGOT

C'est donc des naufragés qui le sont dans un radeau de sauvetage et cela fait très longtemps qu'ils sont naufragés. Des jours et des jours qu'ils ont plus rien à manger, ni rien, plus rien à boire. Quelle horreur ! Un jour, y en a un qui dit :
– Il n'y a plus qu'une chose à faire, se mettre à genoux et prier !
Et il y en a qui dit :
– Ah ça, je peux pas prier à genoux, je suis juif.
– Ben, quand même, pour nous faire plaisir, pour faire comme tout le monde, tu pourrais faire un petit geste catholique, non ?
– Oui, ça, je peux...
Et il se met à faire la quête...

*

SCRABBLE

C'est un monsieur qui entre dans une quincaillerie, et qui a un défaut d'prononciation, on lui demande :
– Qu'est-ce que vous désirez ?
Et il dit :
– Je voudrais un ouanana...
– Un comment... vous dites ?
– Un ouanana.
– Eh bien, écoutez, j'vais voir parce que je suis pas sûr qu'il m'en reste.
Alors, il cherche partout et il envoie un autre vendeur.
– Vite, va voir ce qu'il veut, j'ai pas compris, vite, va voir, vite, va voir c'qu'i veut.
– Monsieur, vous désirez, oui ?
– Je voudrais un ouanana, mais j'ai déjà d'mandé à un monsieur, j'en veux pas deux, j'en veux qu'un, hein !
Et alors y disent :
– Qu'est-ce qu'on va faire ?
Et à ce moment-là, y s'aperçoivent qu'à la cave, là où ils rangent les boulons, y a un mec qui parle comme ça. Y dit :
– Allez le chercher.
Le mec arrive.
– Oui, bonjour, monsieur.
– Oui, bonjour, j'voudrais un ouanana.
– Oui.
Alors le mec va l'chercher, il lui enveloppe et puis y paie et y s'en va, et l'patron vient voir le mec et lui dit :
– Ben, alors, qu'est-ce qu'y voulait ?
– Ben, il voulait un ouanana.

*

LA GROSSE TÊTE

C'est trois types qui se sont fait arrêter en Afrique par des réducteurs de têtes. On les attache à un arbre et on leur dit :
– Voilà, on a décidé avec les sorciers, comme vous les Blancs vous avez un petit sexe, on va vous mesurer vos trois sexes en érection et si à vous trois vous faites 40 centimètres, on vous relâche.
Ils commencent donc à mesurer. Le premier, 20 centimètres, le deuxième 19 centimètres, les mecs commencent à être rassurés, il n'y a plus de problème, il ne manque qu'un centimètre. Alors le dernier baisse son froc et là, surprise, y a rien ou presque. Alors le mec se force, rougit, éclate presque, on le mesure, 2 centimètres ! Les mecs sont libres ! Alors le troisième, tout content, fait :
– Eh ben, les mecs, j'aurais pas bandé, on était tous morts !

*

VOUS PERMETTEZ, MONSIEUR...

M. et Mme Camélia ont un fils, il est connu, il est chanteur, comment s'appelle-t-il ? Adamo.

*

SONGE D'UNE NUIT D'ÉTÉ

C'est à l'Opéra, là ou y a les danseurs avec les nids d'oiseaux dans la culotte, y a un mec qui sort et on lui demande :
– Alors, c'était bien ?
– Ah ! c'était formidable, on pouvait dormir, ils dansaient sur la pointe des pieds !

*

HENNIPLÉGIE

– Bonjour, je voudrais un éperon.
– C'est marrant, parce que les éperons, normalement, je les vends par paire.
– Oh, mais si y en a la moitié qui avance, l'autre moitié suivra bien.

*

TU AS TROUVÉ DU TRAVAIL, MON LAPIN ?

C'est un chômeur qui arrive à l'ANPE et qui dit :
– Je cherche un emploi, j'ai une femme et dix enfants.
– Et à part ça, vous savez faire quoi ?

*

AMOUR VACHE

C'est une poule qui vient d'arriver dans une ferme, et le fermier vient le premier matin pour voir si elle a pondu un œuf. Elle n'a pas pondu alors il lui fourre un doigt dans le cul. Le deuxième et le troisième jour pareil. Alors la poule va voir la vache et lui dit :
– C'est tout de même incroyable, tous les matins, il me fourre un doigt dans le cul…
Et la vache répond :
– Plains-toi pas, moi, tous les matins, il me caresse les seins et il ne m'a jamais embrassée.

*

SEPTIÈME CIEL

Récemment, une femme se plaignait à la direction d'Air France d'avoir été violée pendant le viol, euh, le vol par un steward. On lui a répondu :
– Écoutez, vous étiez en classe économique, vous vouliez quand même pas être violée par le commandant !

*

POLICE BIEN MONTÉE

C'est un mec qui traverse le bois de Vincennes la nuit et il est accosté par plein de mecs. Alors il s'approche d'un flic et lui dit :
– Dites-moi, y a que des homos par là...
Et le flic, en clignant des yeux :
– Rapporteuse !

*

L'INTESTIN DE CONSERVATION

C'est deux vidangeurs qui sont en train de bosser, ils sont vraiment dans la merde, ils en peuvent plus, et il y en a un qui dit à l'autre :
– Merde, ma musette est tombée dans le trou !
Alors l'autre :
– Laisse tomber, c'était une vieille musette.
– Oui, mais y a mon casse-croûte dedans !

*

XXL

Une dame de la campagne va voir son médecin. Il lui conseille de prendre la pilule. Elle lui dit alors :
– Mais j'ai déjà essayé plusieurs fois de la mettre, mais elle tombe tout le temps !

*

CHAPEAU BAS

C'est une femme qui offre à son mari une belle paire de chaussons. Avant de se coucher, l'homme nu les essaie et dit à sa femme :
– C'est vrai qu'ils sont beaux ces chaussons, même mon sexe les regarde.
Et la femme lui répond :
– Dès demain, je t'achète une casquette !

*

COMME UNE OUTRE

Fait divers de la vie quotidienne : une affaire de gros saoul. C'est un petit garçon qui vient dire à sa mère :
– Maman, maman, il y a papa qui vient de se casser la gueule dans l'escalier avec deux litres de whisky.
– Il n'en a pas mis partout, j'espère ?
– Oh non, il a gardé la bouche bien fermée.

*

QUI L'EÛT CRU ?

Vous savez comment ma grand-mère faisait cuire les gâteaux ? Vieille recette italienne : vous faites deux gâteaux identiques, un grand et un petit, vous mettez les deux au four en même temps et quand le petit est brûlé, c'est que le grand est cuit !

*

EURO SCEPTIQUE

C'est un couple de touristes texans qui visite Paris. Le genre pognon sur rue, bourré de fric et de pétrole, et dont le fils demande au Père Noël : « Qu'est-ce que je t'offre cette année ? » Ils font les galeries de peinture et madame achète, comme ça, pour manger tout de suite, un Picasso, un Van Gogh et un Cézanne. Vingt millions de dollars. Le mari paie cash. Ils sortent de la galerie et le Texan dit à sa femme :
– Bon, maintenant qu'on a les cartes postales, si on achetait quelques souvenirs ?

*

AVANCE HERCULE

Vous savez ce que c'est, une tragédie grecque ? Des hémorroïdes !

*

ÇA CACHE QUELQUE CHOSE

Vous savez comment Elizabeth Taylor a perdu 10 kilos en une seule soirée ? Elle s'est démaquillée.

*

SPORTS DIVERS

C'est deux beatniks, beaknits, beankits, enfin deux mecs pleins de cheveux avec l'odeur, qui débarquent aux sports d'hiver. Ils vont sur une piste et là, ils voient un mec qui descend à toute pompe, prend le grand tremplin en arrière, fait une douzaine de sauts périlleux et se retrouve planté sur ses deux skis juste devant les beatniks, les beatnits, enfin les deux gars pleins de cheveux. Alors, il y en a un qui dit à l'autre :

– On a du pot, dis donc, y doivent sûrement avoir notre marque de cigarettes ici.

*

ELLE A TOUT D'UNE PETITE

Vous savez comment on appelle l'endroit, dans une Mini-Austin, où on met ses papiers, un paquet de cigarettes, une paire de gants et un mouchoir ? Le coffre.

*

RAMASSE-NIET

URSS donc, je vous rappelle qu'il ne faut pas vendre sa peau avant de l'avoir tuée, URSS où une femme demande à sa voisine :
– Dites, si je vous laisse cuire votre viande dans ma soupe, je peux faire frire mon omelette sur vos lardons ?

*

LAISSEZ-LES IVRES !

Une gonzesse se plaint à sa copine que son mari boit. Enfin, pas qu'il boit, mais de la manière dont il boit : le genre « M'as-tu bu » en somme. La copine demande :
– Mais alors, si tu savais qu'il buvait, pourquoi l'as-tu épousé ?
– Je n'en savais rien jusqu'au soir, bien plus tard, où, pour la première fois, il est rentré à jeun.

*

LA FIN JUSTIFIE LES MOIGNONS

C'est deux naufragés sur une coque de noix et y en a un qu'est en train de couper la jambe de l'autre avec son canif. L'autre évidemment gueule comme un putois, il se sent pareil aussi puisqu'ils sont là depuis un mois, alors son copain lui dit :
– Gueule pas comme ça, je vais t'en donner un morceau !

*

LA CELTE TRINITÉ

C'est l'histoire d'un mec qui visite l'Écosse. Il passe devant un cimetière et il entre, comme ça, pour voir. Sur une tombe, il remarque une inscription : « Ici repose en paix Michaël Mac Heckett, bon père, homme généreux, citoyen exemplaire. » Alors il dit :
– Il n'y a que les Écossais pour ça : se faire enterrer à trois dans une seule tombe.

*

CHÉRI BIBINE

C'est une femme de retour de soirée, qui dit à son mari :
– Tu as été complètement ridicule ce soir. J'espère que personne ne s'est rendu compte que tu n'avais pas bu.

*

CHASSE À COURRE

C'est un représentant qui envoie ses notes de frais à son patron. Son patron l'appelle et lui dit :
– Eh, dites donc, votre note de frais « Prostituée 800 francs », ça ne passera pas au niveau des impôts. La prochaine fois que vous tirez un coup, faites passer en frais de chasse.
Le mois suivant, nouvelle note :
« Frais de chasse : 500 francs. Nettoyage du fusil : 2 000 francs. »

*

PHARMACHIEN

Un homme entre dans une pharmacie et demande un médicament. Le pharmacien l'apporte et lui dit :
– C'est 10 francs.
Le mec le paie et s'en va. Le pharmacien s'aperçoit alors que le mec ne lui a donné qu'un franc.
– Merde... enfin ça fait toujours 60 centimes de gagnés...

*

FLÛTE !

C'est un type qu'est complètement bourré dans une soirée et qui dit à sa femme :
– C'est fou comme le champagne, ça peut te changer !
– Mais je n'ai pas bu de champagne...
– Non, mais moi, j'en ai bu.

*

DEUX LE MATIN ET RIEN LE SOIR

C'est un pharmacien qui explique au nouveau préparateur où se trouvent les médicaments, à quoi ils servent, etc., puis il passe devant un rayon de bocaux tout dégueulasses et le jeune préparateur lui demande ce que c'est. Le pharmacien lui répond :
– Ça ? C'est ce qu'on donne quand on n'arrive pas à lire l'ordonnance...

*

AUX CH'VEUX COURTS!

Un manchot va se faire couper les cheveux. À peine il a commencé, le coiffeur lui coupe une oreille avec le rasoir. Alors il lui fait un pansement, s'excuse, puis lui demande:
– Mais il me semble que je vous ai déjà vu, non?
– Ah non, mon bras, je l'ai perdu à la guerre

*

ÉDUCATION PHYSIQUE

C'est un garçon qui rentre de l'école avec une très mauvaise note et son père lui dit:
– Une très mauvaise note comme ça, ça mérite une correction.
Et son fils lui répond aussitôt:
– C'est simple, je sais où habite le prof.

*

LE SENS PROPRE

C'est un mec qui entre dans un magasin et demande du papier à cul. Le vendeur lui dit:
– Écoutez, monsieur, soyez poli, y a des gosses, dites papier toilette.
– Oui, si vous voulez, du papier toilette et puis je veux aussi du savon.
– Du savon de toilette?
– Ah non, du savon pour la figure!

*

TANTATION

Un psychiatre dit à son patient :
– Je pense que vous êtes définitivement débarrassé de votre complexe d'homosexualité.
– Oh, merci, docteur, je peux vous embrasser ?
– Oh, surtout pas !

*

ÇA COÛTE BONBON

Une femme rentre chez elle et dit à son mari :
– J'ai emmené ma mère chez l'opticien, elle est presbyte.
– Oh ben, merde, déjà qu'elle était casse-couilles !

*

AMUSE-BOUCHE

Un patron à sa secrétaire :
– Savez-vous la différence qu'il y a entre une pipe et une salade niçoise ?
– Non.
– Bon, alors allons déjeuner.

*

HOT DOG

Une gamine dit à sa mère :
– Oh, regarde, maman, c'est amusant, quand je donne du sucre au chien, il dresse la queue.
– Donne pas tout, malheureuse, gardes-en pour ton père !

*

ABUSER AVEC MODÉRATION

Un type assiste à une conférence. Le professeur professe, le dégueulasse :
– L'alcool est un facteur important dans les problèmes de couple. Souvent, la femme quitte son mari parce qu'il boit.
Alors, le type demande :
– Pratiquement, il faut boire quelle quantité pour que ça arrive ?

*

DOUZE ANS D'ÂGE

Tiens, allez, c'est un mec qui a de la cuite dans les idées. Il emmène son gosse au bistrot où il commande un verre de gin. « Comme d'habitude, René ! » Le verre arrive. Il en fait boire une gorgée à son gamin et lui demande :
– Alors, tu trouves ça bon ?
– Beurk, c'est dégueulasse.
– Ah, tu vois, quand je pense que ta mère et toi croyez que cela me fait plaisir de boire !

*

LA BONNE VOIX

C'est un mec bourré de chez bourré. Le genre de cuite qu'on raconte même pas à ses potes. Malgré tout, il réussit à rentrer chez lui. La porte franchie, il se casse la figure et hurle :

– Chérie, commence à m'engueuler pour que je puisse trouver la direction de la chambre.

*

À VOS MARQUES ! PRÊT ! FEU !

C'est une compagnie d'assurances qui écrit à un type : « Monsieur, votre magasin a pris feu à 12 heures alors que vous aviez contracté une assurance à 9 heures, pouvez-vous m'indiquer la cause de ce retard ? »

*

MADÉRISÉE

C'est deux vieux dans un square qui regardent une petite fille d'environ 5 ans et y en a un qui dit à l'autre :

– Dis donc, elle a dû être belle !

*

COMPAGNIE AFRICAINE DES OS

C'est Mamadou qui revient d'Europe, où c'qu'il a été parce qu'il est sorcier dans son bled et il revient d'Angleterre où il a assisté à un match de rugby qu'il raconte à sa tribu :
– C'était formidable, un moment, il y a tout le public qui se rassemble, là, autour d'une pelouse, et il rentre d'un côté quinze personnes qui ont une p'tite culotte blanche et, de l'autre côté, quinze personnes qui ont une culotte noire et le sorcier arrive avec un gros œuf en cuir, il siffle et tout d'suite, il pleut !

*

UNE FEMME DÉCEPTION

C'est un gosse qui dit à son père :
– Dis donc, papa, y a longtemps qu'tu connais maman ?
– Oui, ben, maintenant y a un p'tit moment, oui, y a trente-cinq ans.
– Ah oui, elle a toujours été comme ça ou elle était plus jolie avant ?
– Ben, non, ta mère, elle a toujours été comme ça.
– Ah oui, elle parlait déjà fort, comme ça, quand elle était p'tite ?
– Oui, oui, elle parlait déjà fort.
– Eh, dis donc, papa, comment ça s'fait qu't'as épousé maman ?
– Ah, tu t'poses la question aussi, dis ?

*

ODIEUX VISUEL

Y a une bonne femme qui dit à une autre :
- J'voudrais un mari qui boive pas, qui soit toujours d'accord et qu'ait beaucoup de conversation.
– Achète-toi un téléviseur.

*

PACSER LA MAIN !

C'est un garçon qui rentre chez lui et qui dit à son père :
– Voilà, j'voudrais m'marier.
– Comment ? Tu voudrais t'marier à 17 ans, c'est incroyable, et tu voudrais t'marier avec qui ?
– J'voudrais m'marier avec Étienne.
– Ah ben, non, tu peux pas t'marier avec Étienne, tu sais bien qu'tu peux pas t'marier avec Étienne, enfin, Roger, tu t'rends bien compte que tu peux pas t'marier avec Étienne.
Et le père appelle la mère :
– Viens voir, Roger veut s'marier avec Étienne.
Et la mère :
– Mais enfin, mon fils, tu n'y penses pas, Étienne est juif !

*

LE COMPTE EST BONBON

C'est un professeur qu'essaie d'expliquer l'arithmétique à un gosse:

– Admettons que, dans ta poche droite, t'aies sept francs vingt-cinq et dans ta poche gauche, t'aies un franc soixante-quinze, qu'est-ce que t'en déduis?

– Que c'est pas mon pantalon…

– Non. Bon, autre exemple, t'as seize bonbons, tu dois partager avec ton frère, combien tu lui en donnes?

– Quatre.

– Mais tu sais pas compter!

– Moi si, mais lui non.

*

UN TRAIN PEUT EN CACHER UN AUTRE

Un mec qui a tout le monde au cul dit à sa femme:

– Si on me demande au téléphone, tu réponds que ton mari est sorti.

À peine a-t-il fini sa phrase que le téléphone sonne. Elle décroche et dit:

– Ah non, désolé, en ce moment mon mari est à la maison.

Et elle raccroche. Le mari l'engueule:

– Mais t'as rien compris. T'as fait exactement le contraire de ce que je t'ai dit!

Et elle:

– Mais ce n'était pas pour toi, chéri.

*

L'ASPECT DES MÉNAGES

Un mec dit à son môme :
– Tu verras, un jour, tu te marieras. D'ailleurs, le mariage hymen à tout, comme disait l'autre. Tu auras des enfants et alors tu sauras ce qu'est le vrai bonheur.
– Ah oui ? dit le môme.
– Oui, mais ce sera trop tard.

*

DES CASSEROLES AU CUL

Devant le tribunal, ou plutôt dans le tribunal, enfin au tribunal quoi... une femme gueule :
– Je veux le divorce ; mon mari est toujours fin saoul, et d'ailleurs il a vendu toutes mes casseroles pour s'acheter à boire.
Le mari intervient :
– Moi aussi, je veux divorcer. Elle a mis un mois avant de s'apercevoir que les casseroles n'étaient plus là.

*

JAUNE MARIÉE

À un mariage, « Vive l'avariée ! », un mec surprend le marié planqué dans un coin ; il est en train de peindre son sexe en jaune, jaune banane évidemment.
– Pourquoi fais-tu ça ? demande le copain.
– Eh ben, comme ça, si elle me demande pourquoi c'est jaune, je saurai tout de suite qu'elle en a déjà vu d'autres.

*

À PRENDRE OU À LÉCHER

C'est un garçon qui va s'faire opérer pour devenir une fille, et la veille il se met sur son trottoir habituel avec une pancarte : « Cinq francs, liquidation avant les travaux ! »

*

LES VIEUX CONS PLISSENT

C'est deux vieux qui se roulent un patin et, au bout d'un moment, le vieux se retire et dit à la vieille :
– T'as pas vu mon dentier ?
– Non, pourquoi ?
– Parce que j'ai envie de te mordre, mon amour !

*

POST-IT

C'est Ève qui voit passer une feuille morte qui tombe, elle dit : « Oh ! L'homme invisible ! »

*

CHIGNON MANQUANT

C'est une bonne femme jalouse qui regarde les costards de son mari pour trouver des cheveux de gonzesse. Elle regarde, elle inspecte, rien, elle n'en trouve aucun. Alors, elle se dit : « Merde, v'là qu'il couche avec des chauves maintenant ! »

*

HÔTESSE DE LAIDE

C'est une hôtesse de l'air qu'était tellement moche que même le pilote automatique voulait pas coucher avec !

*

PLAISIR D'OFFRIR

C'est un mec qui rentre chez sa femme :
– Tu vas être contente, j't'ai acheté un vison.
– Super !
– Mais je te préviens. Que la cage soit toujours propre, sinon je le vire !

*

VIF ARGENT

Y a Moshé qu'est dans un bar, et soudain, derrière lui, un type lui tape sur l'épaule. Sans même se retourner, il dit aussitôt :
– Eh, moi aussi, on m'en doit !

*

FINE LAME

Un vieux mec sort de la salle de bains et dit à sa femme :
– Ça fait du bien de se raser. J'ai l'impression de rajeunir de dix ans.
– Alors, répond la femme, rase-toi plutôt le soir avant de te coucher.

*

POURBOIRE AVEC MODÉRATION

C'est une p'tite vieille qui sort d'chez Maxim's. Elle dit au portier :
– Écoutez, je m'excuse de vous dire ça, mais je n'ai pas d'argent sur moi, est-ce que vous pouvez me prêter 10 francs ?
L'autre lui répond :
– Mais bien sûr, madame.
– Gardez-les alors, c'est pour vous.

*

HOMARD M'A TUER

C'est un Belge qui est au restaurant avec sa femme. Il a pris des langoustes. On lui apporte un rince-doigts, et il demande :
– Pardon, madame, s'il vous plaît, qu'est-ce que c'est ça, s'il vous plaît ?
– Ben, c'est un rince-doigts.
Et sa femme lui dit :
– C'est bien fait pour toi, si tu poses des questions idiotes, on te fera des réponses idiotes.

*

CHEVALET SERVANT

C'est deux femmes du monde qui sont devant un Rembrandt qui représente des gueux à table. L'une dit alors :
– Regardez, Edmonde, c'est assez curieux parce que, aujourd'hui, on nous traite de snobs, mais franchement, des gens de cette condition, se faire peindre par Rembrandt... si ça, c'est pas du snobisme...

*

SHOOT AGAIN

C'est deux singes dans un zoo après une explosion atomique. Ils sont les deux seuls survivants, il n'y a plus qu'eux au monde. Alors le mâle se retourne vers la femelle et demande :
– Qu'est-ce qu'on fait : on r'commence ou on laisse tomber ?

*

LANGUE AU CHAT

C'est un mec genre dégarni, enfin avec plus de poils au cul que sur la tête, qui s'approche d'une gonzesse et lui dit :
– Si tu couches avec moi, je te lécherai jusqu'au nombril.
La fille se marre et dit :
– Allez, couché, papy, tout le monde fait ça.
– Oui, mais moi, je le fais de l'intérieur.

*

NOIR MAIS VERT

C'est un type qui achète des capotes et demande à la pharmacienne :
– Vous en auriez pas des noires. Je suis veuf.

*

ARGENT DE PROCHE

C'est un mec et une femme qui divorcent, y s'entendaient plus, pourtant ils criaient fort, mais bon, bref, ils divorcent. Ils sont là, devant le tribunal et le juge des peines, à ne pas confondre avec la fille de joie, dit au mari :
– Après jugement, je donne 10 000 balles par mois de pension alimentaire à votre ex-femme.
Et le mari répond :
– C'est sympa. J'essaierai moi aussi de lui donner un petit quelque chose de temps en temps.

*

MONNAIE DE SINGE

C'est deux jeunes starlettes qui sont devant deux vieux singes au zoo, deux vieux singes mâles, avec des cheveux blancs, deux pauvres vieux singes, comme ça, ils sont là, gnein, gnein, ils font des grimaces, ils mâchonnent une vieille cacahuète, ils ont les ch'veux blancs, tout ça et y en a une qui dit à l'autre :
– Regarde, c'est formidable, il ne leur manque que l'argent !

*

INOPINÉ

C'est une secrétaire qui arrive au bureau avec un beurre noir. Enfin avec un œil au beurre noir. Elle dit à sa collègue :
– C'est mon mari qui m'a frappée ; je le quitte.
– Je le croyais en voyage.
– Moi aussi.

*

LE BOUQUET DE LA MARIÉE

À la veille du mariage, le promis dit à la promise :
– Je dois te prévenir que j'ai un problème : je suis jaloux sans raisons.
– T'inquiète pas, lui dit-elle, avec moi, tu auras des tas de raisons !

*

CONFIDANSE

Un couple de Suisses va à l'opéra de Genève écouter *La Chevauchée des vaches qui rient.*
Ils continuent, durant le spectacle, la conversation commencée chez eux. C'est la Suisse au prochain numéro si vous voulez... Alors, un type assis devant eux se retourne et leur dit :
– Excusez-moi, mais je n'entends rien.
Et eux :
– Mais dites donc, ce qu'on dit ne vous regarde pas.

*

SAINTE VERGE

C'est la fête au village. Le curé – vous savez, le mec qui a le bac plus Dieu – donc le curé – il a bu plus que d'habitude... enfin autant que d'habitude mais cette fois, en public – invite à danser une jeune et belle gonzesse.
Au bout d'un moment, elle lui dit :
– Oh, pas mal !
– Vous emballez pas, répond le curé, c'est juste la clé de l'église.

*

CRÉCELLE QUE J'AIME

– Mon amour, pourquoi te mets-tu toujours à la fenêtre quand je chante ?
– Mais, ma chérie, pour pas que les voisins croient que je te tape dessus.

*

UN TAXI POUR MABROUK

C'est une bonne femme qui entre dans un taxi avec un chien. Un colley, vous voyez, un colley monté mais dans le taxi cette fois. Le chauffeur, genre gros baraqué, moustache, les melons dans le pantalon, se retourne et demande :
– Où est-ce que j'emmène cette chienne ?
– Ce n'est pas une chienne, répond la dame, c'est un chien.
– Je sais. C'est à lui que je parle.

*

D'AMOUR ET D'EAU FRAÎCHE

– Chérie, si je tombais à l'eau, tu viendrais à mon secours ?
Si je te répondais oui, tu sauterais ?

*

TIERCÉ GAGNANT

C'est une gonzesse tout ébouriffée qu'arrive au commissariat.
– J'ai été violée, dit-elle aux flics.
– Pas possible ?
– Si, et par quinze types.
– Quinze ? de la police ?
– Non, pas cette fois.
– Alors, vous inquiétez pas, on va les retrouver.
– Oh, pas tous, s'il vous plaît. Vous pourriez pas m'envoyer le deuxième, le huitième et le onzième ?

*

À L'INDEX

C'est une jeune femme, genre propre sur elle comme à l'intérieur. Elle est mariée avec un vieux de l'Académie française, donc encore un peu vert. Sa mère lui demande :
– Vous couchez ensemble ?
– Oui.
– Et alors ?
– Alors il lit des livres.
– C'est tout ? Il ne te touche pas ?
– Si, des fois il mouille son doigt pour tourner la page.

*

RACKET 1er ÂGE

C'est une bonne femme qui touche son fils, pardon qui le couche, enfin elle le touche aussi puisqu'elle le couche et elle lui dit :
– Allez, dors bien, le marchand de sable va passer.
– Ah bon ? Donne-moi 50 balles alors ou je dis tout à papa.

*

GOURD MÉTRAGE

C'est une grosse production américaine qui veut faire un film sur la vie de Bouvard, tu vois qui c'est, Bouvard ? Non, mais, baisse les yeux si tu veux voir... Bref, ils veulent faire la vie d'Bouvard, avec Claudia Cardinale comme partenaire qui est une fille grande, belle et puis tu arroses au pied, ça pousse tout seul, c'est bien. Alors ils veulent faire la vie d'Bouvard et l'un des producteurs demande :
– Qui on va prendre pour faire le rôle, Robert Mitchum ?
Son associé lui répond :
– Oh non, c'est pas crédible.
Le premier, au bout d'un moment, dit :
– Mais on n'a qu'à prendre Bouvard !
– Non, réfléchis, imbécile, il est trop petit !

*

POULICHE SECOURS

C'est une bonne femme qui vient voir le vétérinaire. Elle lui dit:
– Voilà, vétérinaire, j'viens vous voir, c'est pour mon mari Gustave.
– Mais faut aller voir un médecin pour votre mari, moi, je soigne que les animaux…
– Justement, c'est rapport avec ce que vous lui avez dit.
– Bon, qu'est-ce qu'il a, votre mari?
– Voilà, il suffoque, il est tombé les bras en croix su'l'carreau dans l'écurie et puis y suffoque.
– Et alors, quel rapport, moi, je lui ai donné un remède pour le cheval…
– Oui, ben, justement, vous lui avez donné un tuyau parce que le cheval, il avait d'l'aérophagie et vous lui avez dit il faut l'mettre dans l'cul du ch'val et puis faut souffler fort pour qu'ça lui fasse une poche d'air…
– Oui.
– Eh bien, figurez-vous qu'il l'a fait mais c'est le cheval qu'a soufflé le premier!

*

ANALYSE DU RENNE

C'est un mec qu'arrive à la douane avec un renne. Le douanier lui demande:
– Qu'est-ce que c'est ça que vous tenez en laisse?
– C'est mon chien.
– Il est grand vot'chien…
– Ben, y a toutes les tailles…
– Et il a des cornes…
– Mais sa vie privée ne vous regarde pas!

*

FAUT PAS MÉGOTER

Tu connais l'histoire des deux clochards ?
Y en a un qui dit :
– Oh ! J'suis emmerdé, j'ai mal aux reins.
– T'as mal aux reins ?
– Oui, j'ai mal aux reins, j'peux plus m'baisser, j'peux plus m'plier en deux, j'peux plus m'plier du tout, j'ai mal, j'suis raide comme ça, j'peux plus plier.
– C'est pas grave, t'as pas besoin d'te plier, soit t'es debout, soit t'es couché, puis c'est tout.
– Oui, mais du coup, j'peux plus fumer…

*

CONGÉS ANNOËLS

Un patron convoque un de ses employés et lui demande :
– Tu aimes le vin tiède ?
– Non.
– Tu aimes les femmes qui transpirent sous les bras ?
– Non.
– Formidable, alors tu prendras tes vacances d'été en hiver.

*

MAGNIFIQUE SOUVENIR TOURISTIQUE

C'est une bonne femme assez légère, pas le poids, hein, les mœurs, qui part en vacances. Elle demande à son mari :
– Qu'est-ce que tu veux que je te rapporte comme cadeau ?
– C'est toi qui choisis : aujourd'hui, tout se soigne.

*

VÉLODRAME

Alors, c'est un coureur cycliste qu'est mort et y a deux de ses copains qui sont derrière lui et y en a un qui dit :
– Ça doit lui faire drôle de rouler en tête pour une fois...
Et l'autre :
– Oui, surtout après avoir crevé.

*

AU COURANT

C'est un mec qui est devant les assises, enfin lui est debout, et il attend le verdict du procès. Son avocat est allé tendre une oreille à la salle du jury et il revient. Le mec lui demande :
– Alors, j'ai ma chance ?
– Je pourrais pas vous le dire, mais ce que je crois, en revanche, c'est que vous aurez le choix entre l'alternatif et le continu.

*

USINE À GAZ

C'est un homo complètement sexuel celui-là, par-devant et surtout par-derrière, qui dit à un de ses copains :
– Ah, ma vieille, les affaires marchent terrible en ce moment. J'ai même plus le temps de péter.

*

Y A PAS DE PURÉE SANS BOUDIN

Jeanne d'Arc… et les flèches donc, mais qui ne l'ont pas percée, puisqu'elle était pucelle… et vous savez comment on a su qu'elle était pucelle ?
Parce que, quand on l'a brûlée, il n'y avait pas de tirage.

*

POMPES À FRITES

Est-ce que tu sais pourquoi c'est les Belges qui ont des frites et les Arabes qui ont du pétrole ? C'est parce que c'est les Belges qu'ont choisi les premiers.

*

DES CADEAUX PLEINS LES MAINS

Qu'est-ce que font les culs-de-jatte à Noël ? Ils mettent les gants dans la ch'minée.

*

STRABISME

C'est deux jumeaux qui viennent voir un médecin, il les ausculte, il dit : « Dites soixante-six ! »

*

BANQUE DU SPERME

C'est une dame qui se marie avec un vieux monsieur. Le matin du mariage, il lui dit :

– Tu verras, ça va être formidable nous deux, j'économise depuis quarante ans !

Le lendemain de la nuit de noces, sa meilleure amie demande à la femme :

– Alors, comment ça s'est passé ?

– Bah, bien, sauf que moi, je croyais que c'était de l'argent qu'il économisait depuis quarante ans !

*

NAZI DANS LE RÉTRO

C'est en 1939 en Allemagne, vous allez voir un Rhin m'amuse, Moïse qui arrive au siège du parti nazi. Le siège du parti nazi... un siège de chiottes si vous préférez avec couvercle et lunette. Il demande au garde à l'entrée :
– C'est bien vous qui dites que les juifs, ils ont vendu l'Allemagne ?
– Oui, c'est nous et après ?
– Eh bien, je viens chercher ma part !

*

CHAMBRE AVEC VUE

C'est l'agent immobilier qui dit à Moshé :
– Vous êtes fou de vouloir vendre votre maison ce prix-là ! Votre voisin vend son château moins cher.
– Oui, mais des fenêtres de son château, qu'est-ce qu'on voit ? Mon tas de merde.

*

L'ÉDUCATION SENS L'EMENTHAL

Vous savez quel est le livre préféré de Ray Charles ? Un bon bout de gruyère parce que c'est écrit gros.

*

OVAIRE LA NUIT

Vous savez comment on appelle un homme et une femme qui pratiquent la chose sans moyen contraceptif... sans gros contraceptif ni petit contraceptif non plus d'ailleurs... ? Eh ben, on les appelle papa et maman !

*

TROPHÉE DE CHASSE

Savez-vous pourquoi nous, les mecs, on pisse debout ? Eh ben, parce que c'est pas nous qui lavons !

*

VAMP DE CHEVET

Vous savez à quelle heure une jolie jeune fille doit être couchée ? Vers 20 heures. Parce qu'à 23 heures elle doit rentrer chez elle.

*

COÛTE QUE COÛTE

Vous savez le rapport qu'il y a entre la livre, le rouble et le dollar ?
– Une livre de roubles coûte un dollar.

*

CHATTE DES DOIGTS DE L'HOMME

Vous savez où se trouve l'appendice d'une femme ? À gauche en entrant.

*

OCCUPÉ !

Vous savez qui a inventé les claquettes ? Un type qui avait douze enfants et une seule toilette !

*

PRESCRIPTION CONJUGALE

C'est un mec qui est chez le docteur. Il voulait pas y aller mais bon, sa femme, tout ça, bref, il y est. Le docteur lui dit :
– J'ai le résultat de vos analyses ! Pas brillant, hein. Il faut tout de suite arrêter de boire, de fumer, vous coucher tôt...
– C'est bon, c'est bon, j'ai compris, ma femme est passée par là.

*

LES FEUX DE L'AMOUR

Le papa et la maman sont au lit, la bougie brûle, qu'est-ce qu'y font ?
C'est la bougie qui fond.

*

DÉFOULÉ DE MODE

C'est un mec qui s'est acheté un costume à la mode et qui va pour tirer une gonzesse. Il arrive et lui dit :
– Tu vois, j'me suis mis sur mon trente et un et je viens pour te présenter mes hommages...
Et la gonzesse, elle se déshabille, il se déshabille, tout ça, et quatre heures après, elle se lève du lit d'un coup, elle prend le costard du mec et elle le jette par la fenêtre. Le mec est furieux :
– Tu jettes mon costume, mon beau costume que j'avais acheté exprès pour te faire l'amour, un beau costume que j'avais mis exprès !
– Oui, j'le fous par la fenêtre parce que le temps que tu y arrives à me faire l'amour, à ce rythme-là, la mode aura changé !

*

POINT DE VUE

C'est un enfant à qui on demande :
– Qu'est-ce que tu voudrais faire plus tard ?
– J'voudrais être médecin ou laveur de carreaux.
– Pourquoi ?
– J'voudrais voir des gonzesses à poil !

*

EMBOUTEILLAGE

Deux gamins discutent :
– Tu sais c'que c'est qu'un centilitre ?
– Oui, c'est la centième partie d'un litre.
– Qu'est-ce qui y a au-d'ssus ?
– Le décilitre.
– Et au-d'ssus ?
– Le litre.
– Et au-d'ssus ?
– Le bouchon ?

*

PINE AILLEURS

C'est un mec qui se réveille avec une gonzesse qu'il a emballée la veille. Elle lui dit :
– Bouge pas, chéri, j'vais t'faire le café.
Il dit rien, genre pas causant, elle lui apporte, il le goûte et lui dit :
– Ah... tu sais pas faire le café non plus ?

*

LE P'TIT OISEAU VA RENTRER

C'est un homosexuel qui raconte :
– Je me suis beaucoup amusé la semaine dernière, j'ai eu des rapports avec un curé !
– C'est pas possible ! Mais comment ça s'est passé ?
– Dans la rue !
– Non ? Dans la rue ? Mais comment t as fait ?
– Ben, j'me suis mis sous sa soutane à quat'e pattes.
– Et alors, les gens qui passaient, qu'est-ce qu'ils disaient ?
– Ils disaient : « Souris, y a un photographe ! »

*

BAISE SELLER

C'est une femme qui va dans un garage acheter une voiture d'occasion et qui dit au vendeur :
– Allez-y, je n'ai pas de culotte...
Le mec, surpris, lui dit :
– Mais enfin, madame...
– Quoi... on m'a dit que dans les garages on se faisait toujours baiser...

*

LA FEMME EST FRITE POUR L'HOMME

C'est un Belge qui drague une de ses compatriotes. Il lui dit :
– Et si on allait chez vous ?
– Ah ben, c'est pas possible, j'ai mon cycle.
– Tant mieux, moi, j'ai mon Solex !

*

CECI N'EST PAS UNE PIPE

La scène se passe dans le train et y a plus de place. Une jeune fille toute mignonne avec la jupe courte, genre on lui voit le bonbon mais plus le papier, qui arrive. Alors y a un monsieur qui lui propose :
– Asseyez-vous donc sur mes genoux si vous voulez…
Alors elle s'assoit et au bout d'un moment elle dit :
– Mais je sens quelque chose de dur…
Le monsieur, gêné, lui dit :
– Oh, c'est rien, ça doit être… euh… ma pipe !
Et il y a un vieux à côté qui dit :
– V'nez donc sur mes genoux à moi si vous voulez, ça fait belle lurette que je ne fume plus !

*

CRASSE ÉCONOMIQUE

Un clochard demande à un autre :
– Comment tu fais pour avoir les ongles aussi sales ?
– Bah, je me gratte…

*

DEUIL DE LYNX

C'est deux femmes dans la rue qui sont en noir avec une voilette. Y en a une qui s'approche de l'autre et qui dit :
– Vous aussi vous êtes veuve ?
– Non, moi, je suis moche.

*

RESTO-VERSO

C'est un type qui est au restaurant et qui demande au serveur :
– Dites-moi, vos tartines, vous les beurrez des deux côtés ?
– Oh non, pas du tout, d'un seul côté, monsieur.
– Ah bon… lequel ?

*

MOUCHARD

– Garçon, il y a une mouche dans ma soupe !
– Et vous voudriez quoi à ce prix-là ? Du caviar ?

*

HOT LIGNE

C'est un type au Chili qui appelle un copain. Il lui dit :
– Tu as vu ce qu'il y a dans le *Journal officiel* ?
– Non, quoi ?
– Laisse, je peux pas te le dire au téléphone.

*

PÈRE NOBEL

C'est un type qui vient d'avoir le prix Nobel de littérature. Rien à voir avec Sacha Distel, hein. Il reçoit une lettre dans laquelle on lui demande : « Que faut-il faire pour obtenir le prix Nobel de littérature ? »
Il répond : « Il faut écrire. »
Seconde lettre : « D'accord, mais à qui ? »

*

À GRAND-PEINE

C'est un colonel avec un monocle à l'œil, qu'il a quand même payé même s'il l'a à l'œil, elle est bonne, qui s'approche d'une vieille et qui lui dit :
– Madame la comtesse, me permettez-vous, tout à l'heure, de vous faire l'amour ?
– Si vous voulez, mon bon ami, mais alors très lentement, car je ne suis veuve que depuis quinze jours.

*

MARCHE OU GREFFE

Une un peu cucul maintenant, mais cucul-de-jatte. C'est un médecin qui dit à son patient d'un air très triste :
– Mon pauvre ami, il va falloir, hélas, vous amputer des deux jambes.
Et le mec :
– Si vous faites ça, je ne remettrai jamais les pieds chez vous.

*

TOUAREG DE DIRE DES CONNERIES

Maintenant, passe-moi le Sahel, j'ai une histoire de désert. C'est un Suisse qu'est paumé dans le désert. Il rencontre un Touareg sur son chameau et lui demande :
– Excusez-moi, les toilettes, s'il vous plaît.
– On est quel jour ? dit le Touareg.
– Lundi, pourquoi ?
– Eh ben, alors, tu vas toujours tout droit, et samedi, tu tournes à gauche et tu trouves les toilettes.

*

CARBONE 14

À une terrasse de café, un mec demande à une nana :
– Vous avez quel âge ?
– J'ai eu 30 ans.
– Ah oui, en quelle année ?

*

ARGENT CONTENT

C'est un type qui arrive en taule. Enfin, lui, il arrive en chair et en os mais en taule. Son compagnon de cellule lui demande :
– Pourquoi t'es là, toi ?
– On s'est aperçu que l'État fabriquait les mêmes billets de banque que moi !

*

POURQUOI TANT DE HAYDN ?

Le prof de piano à un de ses élèves :
– Arrête de faire le con sinon je dis à tes parents que tu as du talent.

*

ÉCHEVEAUX

C'est un môme qui rentre de l'école :
– Maman, maman, il faut que je change d'école.
– Mais pourquoi ?
– Notre institutrice est nulle. Elle n'a jamais vu de cheval.
– Comment ça ?
– Ben oui, j'ai dessiné un cheval et elle m'a demandé ce que c'était.

*

ÉTAT TRÈS CIVIL

C'est un môme qui pleure dans le train, wouin, wouin, il pleure et les autres voyageurs lui demandent ce qu'il a.
– J'ai appris que ma mère était une pute !
Le type à côté de lui lui dit :
– C'est pas grave du tout, mais, moi aussi, ma mère est une pute, hein, ma mère, ma mère est une putain, mais c'est pas grave du tout, ça peut arriver à n'importe qui...
Et le curé, un peu plus loin :
– Mais moi aussi, moi aussi, ma mère faisait le trottoir !
Et le militaire :
– Mais moi aussi, ma mère était une prostituée...
Et le dernier mec du wagon sort une clope et demande :
– Dans tous ces fils de putes, y en a pas un qu'a du feu ?

*

ORANG-OUTANG DE PARTIR

C'est un Ougadin, un Ougadin, chef de gare, chef de gare de la tribu qui est sur le quai, devant le train et qui dit :
– Attention, attention, fermez les panthères, attention au guépard !

*

1er EN MATHE

À l'école, y a une maîtresse d'école qu'est assise à son bureau, et qui voit, devant elle, un petit garçon qui bave. Elle lui demande :
– Mais dis donc, qu'est-ce que tu tripotes comme ça sous la table ?
– Ben rien, m'dame !
– Comment ça : « rien, madame » ?
– Ben non, madame, je touche à rien.
– Mais ma parole, Parkinson, tu es en train de regarder mes genoux !
– Oh, non, madame, je suis au-d'ssus de ça !

*

LA FIÈVRE DU SAMEDI SOIR

C'est un couple d'Anglais qui est en train de faire ce qu'il reste à faire le samedi soir quand y a plus rien à la télé et qu'on travaille pas le lendemain, qu'on s'est dit tant pis pour la messe et que le tiercé est déjà préparé, bref, pour ceux qui n'auraient encore pas compris, ils font tous les mouvements respiratoires nécessaires à la reproduction.
Respirez, soufflez, et, à un moment, le monsieur dit à la dame :
– Je vous ai fait mal, chérie ?
– Non, pourquoi ?
– Je sais pas, il me semble que vous avez bougé.

*

-C-U-I-T-, -C-U-I-T-, -C-U-I-T-

C'est un retraité de la marine qui va acheter un oiseau. Il demande un perroquet pour avoir quelqu'un à qui parler.
– Je n'en ai plus, lui répond le vendeur, mais prenez ce pic-vert, il connaît le morse !

*

ÉRECTION ASSISTÉE

C'est une jeune femme qui s'est fait violer en Belgique. Le juge l'interroge :
– Est-ce que l'homme avait une érection ?
– Non, une Ford coupée.

*

GOOD VIBRATIONS

C'est une dame qui revient dans un sex-shop, elle dit : « Monsieur, je n'suis pas contente de votre vibromasseur parce que je m'en suis servi, vous m'aviez dit : "Ça remplace le mari", eh ben, moi, j'ai fait comme avec mon mari et tous mes plombages sont tombés ! »

*

CLOISONNEMENT

C'est un homme et une femme mariés, qui ont été séparés pendant assez longtemps. Le jour où le mari rentre à la maison, il se jette sur sa femme et se met à lui faire l'amour. Hurlements. Et, à ce moment-là, y a un mec qui tape au mur et qui dit : « Alors, c'est tous les jours maintenant ? »

*

ON PEUT VOUS RAMONER QUELQUE PART, MADEMOISELLE ?

C'est un gosse qui arrive chez le pharmacien :
– Voilà, j'voudrais des capotes anglaises.
– Ah, des capotes anglaises ?
– Oui.
– À ton âge ?
– Eh, déconnez pas, c'est pas pour moi, c'est pour ma sœur.
– Ah, des capotes anglaises pour ta sœur. Quelle taille ?
– Ah, ben, pour toutes les tailles, elle part en vacances en auto-stop.

*

LA PAIX DÉMÉNAGE

Vous savez ce que c'est que le bonheur en URSS ? Eh bien, c'est quand vous êtes réveillé la nuit par la milice qui vous dit : « C'est ici Ivan Ivanovitch » et qu'vous dites : « Non, c'est en dessous. »

*

COCORICO !

C'est un vieux qui entre à l'épicerie, il dit :
– Eh, vos œufs, là, au moins, ils sont frais ?
Et l'épicier lui répond :
– Ben, ils doivent être plus frais qu'les tiens en tout cas.
– Oh, ça m'étonnerait, y a encore dix minutes, les miens, ils étaient encore au cul d'une poule !

*

DEUXIÈME COUCHE

C'est un mec qui va voir son médecin, il lui dit :
– Voilà, j'ai un problème pour faire pipi et caca.
– Bon, ben, expliquez-moi.
– Ben voilà, je fais régulièrement tous les matins à 6 heures.
– De quoi vous vous plaignez ?
– Ben, je me lève à 7 heures.

*

DOUANE CHASSERESSE

Alors, c'est un Belge, n'est-ce pas, qui s'est arrêté au bord de l'autoroute en remontant de vacances, et pis il voit un barbecue, sur le parking. Alors il dit: «Tiens, ça, c'est formidable, y a des gens qui ont déposé un vieux barbecue, il a l'air tout neuf.» Il le met dans son coffre puis il s'en va. Arrivé à la frontière belge, on lui demande:

– Vous n'avez rien à déclarer?

– Ben non, j'étais en vacances, le bronzage, je l'ai sur moi, donc j'ai rien à déclarer.

– Vous pouvez ouvrir le coffre?

Le Belge l'ouvre, le douanier regarde et dit:

– Et ça, qu'est-ce que c'est?

– C'est un barbecue qu'on a trouvé sur le bord d'la route.

Et le douanier se tourne et crie:

– Chef, je tiens le mec qu'a piqué le radar!

*

HYPERSPICACE

C'est deux personnes, n'est-ce pas, qui sont dans un bistrot, deux personnes dont une est belge, n'est-ce pas, de Bruxelles. Alors, ils regardent le journal de 20 heures à la télé et ils voient une femme montée sur la fenêtre du sixième étage qui crie: «Je vais me jeter, je vais me jeter.» Un des deux types dit alors:

– Je parie qu'elle va sauter.

Le Belge lui dit:

– Et moi qu'elle sautera pas.

Ils parient et la bonne femme saute. Alors le type dit au Belge:

– Bon, alors j'avoue, j'ai triché, je l'avais vu dans le journal de 13 heures!

– Ben, moi aussi, je l'avais vu au journal de 13 heures, répond le Belge, mais je croyais pas qu'elle était con au point d'sauter deux fois, hein!

*

BAS RÉGIME

C'est un type qui a été invité par l'am bassadeur d'Israël à Paris. La maîtresse de maison passe les petits-fours avec un plateau. Quand elle se présente devant lui, le type dit :
– Oh, allez, ça m'ennuie parce que j'en ai déjà pris cinq mais bon, encore un et j'arrête.
Et la bonne femme lui répond :
– Oh, vous pouvez, vous en avez déjà pris neuf en vérité, mais, de toute façon, ici, on compte pas.

*

QUI VEUT GAGNER DES MILLIONNAIRES ?

C'est un mec dans une surprise-partie qui dit à un copain :
– Dis donc, qu'est-ce que c'est qu'ce tas d'os, là, tout maigre, tout sec, la gonzesse, avec les os qui dépassent de la peau, là, qu'est-ce que c'est qu'c't'appareil ?
– Déconne pas, c'est une fille à Rothschild...
– Ah... mais tu sais que j'aime bien les grandes minces, moi, finalement...

*

HAPPY END

C'est dans un cinéma, pendant le film, pendant qu'c'était tout noir, vous voyez, la fille s'est penchée sur le garçon au niveau, entre, si vous voulez, à la taille, et puis donc elle a pas du tout r'gardé l'film et comme tout d'un coup ça s'rallume et qu'ils ont pas fait attention, la fille fait semblant de chercher quelque chose par terre et le mec met son chapeau sur ses genoux, enfin, sur son appareil, sur l'appareil, et la fille fait semblant de chercher par terre. Alors, y a un vieux à côté qui dit à la fille :
– Hé, si c'est ce que vous cherchez, elle est sous le chapeau !

*

DOIGT DEVANT !

Alors, c'est un mec qu'est au boulot, il est gynécologue, c'est-à-dire il a les deux doigts si vous voulez à l'intérieur de la malade et alors il est en train de l'ausculter. À ce moment-là, le téléphone sonne, c'est un de ses copains qui lui demande :
– J'suis à la Bastille, comment j'fais pour aller à la République ?
Alors le gynéco lui dit :
– C'est facile, tu prends d'abord à droite, puis à gauche, ensuite deuxième à droite, tout droit pendant 100 mètres, à gauche et encore à droite...
Machinalement, il fait les gestes avec la main qui ne tient pas le téléphone, celle qui ausculte... Bref, au bout d'un moment, il raccroche et se tourne vers l'impatiente. Celle-ci, toute rouge, en sueur, lui demande :
– Dites-moi, j'ai pas compris, vous pouvez encore expliquer le chemin...

*

PETIT BOUCHON

C'est une petite fille qu'apprend à nager, et le maître-nageur lui dit :
– N'aie pas peur, j'te tiens.
Et la petite lui dit :
– J'suis contente que vous m'appreniez à nager parce que ma grande sœur maintenant, elle nage très bien.
– Ah bon, elle est venue ici apprendre ?
– Oui, ma grande sœur, elle a appris ici... Et c'est vrai que si vous enlevez le doigt, je coule ?

*

MEMBRE HONORAIRE

C'est un sadique qui téléphone à une dame :
– Voilà, allô, bonjour, madame, alors voilà, devinez c'que j'ai dans la main, ça vous ferait plaisir de le voir c'que j'ai dans la main ?
Et la bonne femme répond :
– Si ça tient dans une seule main, ça m'intéresse pas.

*

BROUTE EN TRAIN

C'est une femme qui dit à une de ses copines :
– Mon mari est impuissant à 80 %.
– Comment ça ?
– Ben, si tu veux, avant, ça montait, ça montait et maintenant ça baisse, ça baisse, ça baisse, il est impuissant à 80 %.
– Ne te plains pas, le mien, il est impuissant à 150 %.
– Mais ça s'peut pas.
– Mais si, ça s'peut, il s'est brûlé la langue !

*

APPELLATION CONTRÔLÉE

C'est en Afrique, c'est un Noir qui vient voir le Blanc qu'est attaché au poteau, et il lui demande :
– C'est quoi, ton nom ?
– Pourquoi, tu veux envoyer des nouvelles à ma famille ?
– Non, c'est pour l'inscrire sur le menu.

*

LE SON ET L'IMAGE

C'est des sourds-muets qui sont dans un bistrot et qui tapent sur la table.
Un type, au bar, demande au patron :
– Mais qu'est-ce qu'ils font ?
– Tu vois, c'est des sourds-muets, quand ils tapent une fois, c'est pour avoir du Ricard ; deux fois, c'est pour avoir du vin blanc ; trois fois, c'est pour du vin rouge.
– C'est bien, c'est pratique.
Un quart d'heure se passe, le patron a servi les sourds-muets, le type du bar jette un œil. Ils ne font plus un bruit, ils sont tous autour de la table, silencieux, la tête en l'air. Il demande au patron :
– Qu'est-ce qu'y font là maintenant ?
– Là maintenant, ils sont bourrés, ils chantent.

*

LES GRANDES ÉNIGMES DU PASSÉ

C'est un mec qui passe un examen pour devenir policier. On lui dit:
– Quelle était la couleur du cheval blanc d'Henri IV?
– Alors là, pouh, alors là... aucune idée.
Alors l'examinateur lui dit:
– Écoutez, bon, j'vais pas être sévère, rentrez chez vous, réfléchissez et revenez demain, on en reparlera.
Le mec rentre chez lui. Sa femme lui demande:
– Alors, ça s'est bien passé?
– Je veux. On m'a déjà confié une enquête!!!

*

LE REVERS DE LA CHAUSSETTE

C'est une copine qui dit à une autre:
– Mon mari à moi, pfutt! C'est terminé, le magasin est fermé depuis déjà huit jours, c'est fini, il a plus rien, c'est l'âge, j'sais pas, il a atteint la limite, la date du yaourt, si tu veux, la date de fraîcheur est dépassée, on n'a plus droit à rien. En tout cas, y a plus rien, y a plus aucune érection pestilentielle, y a rien.
Alors, l'autre lui dit:
– Ben moi, j'ai acheté des chaussettes, tu les mets à ton mari, ça a l'air de rien, mais mon vieux, il a des érections extraordinaires, tu vas voir, ça l'énerve, ça l'excite.
– Des chaussettes?
– Oui, des chaussettes, tu lui dis rien, tu lui dis: « Tiens, mets ces chaussettes-là », alors il les met et hop! tout d'un coup, il est en pleine forme, il te saute dessus et tout.
– Bon, j'vais essayer.
Et une semaine après, elle revoit sa copine et elle lui demande:
– Alors, ça a marché les chaussettes?
– J'ai pas compris, j'ai fait comme tu m'as dit, je lui ai donné les chaussettes, il les a mises et il s'est précipité sur le réfrigérateur, il a attrapé un saucisson, il se l'est fourré dans le cul...
– Vérifie qu'il les ait pas mises à l'envers.

*

ART DES METS

C'est un mec qu'est dans une pizzeria, il est en train de bouffer des nouilles et puis il trouve un poil de cul dans l'assiette. Alors il appelle le patron et il dit :
– Eh, dites donc, qu'est-ce que c'est qu'cette histoire, y a un poil de cul dans les nouilles, moi, je paie pas, j'vous préviens, je paie pas.
Et il part en courant. Le patron le cherche dans toute la ville et, dans une rue mal fréquentée, un type lui dit :
– Ton mec, il vient de monter avec une fille.
Alors, il monte et il découvre le client dans une chambre en train d'embrasser le cul de la fille.
Il lui dit :
– Ben, dites donc, pour un mec qu'aime pas les poils de cul, merci...
Et l'autre répond :
– Oui, mais là, si je trouve une nouille, je paie pas.

*

GARDE-CHASTE

C'est un gendarme qui voit une voiture qui est arrêtée dans le noir la nuit, n'est-ce pas, et il y a plein de buée aux fenêtres. Alors, il s'approche, il tape au carreau, comme ça, puis y a un homme qui baisse la vitre. Il lui dit :
– Mais qu'est-ce vous faites là-d'dans, hein ?
– Ben, je fais l'amour.
– Ben, monsieur, alors, c'est 200 francs d'amende parce que c'est interdit de faire ça sur la voie publique.
Alors la femme qu'est avec le mec, elle dit :
– Ben ça, quand même, c'est exagéré.
Et le flic reprend :
– Ah ! vous êtes deux en plus, c'est 400 francs, alors !

*

WATER GUETTE

Alors, c'est un Belge qui dit à son collègue, comme ça :
– Tu sens drôlement bon, toi, hein !
– Ben, il dit, oui, je sens bon, c'est parce que je me mets de l'eau de toilette.
– Ah, ben ça, c'est un truc que je n'aurais vraiment pas pensé, hein, de l'eau de toilette ?
Et le lendemain, le Belge revient voir son collègue avec un gros pansement sur la tête.
– Qu'est-ce qui t'est arrivé ?
– J'ai fait comme toi, j'ai voulu me mettre de l'eau de toilette et puis le couvercle m'est retombé dessus.

*

CROQUE-MONSIEUR

C'est le bombardement en Israël et les coups se rapprochent de la maison. Une femme dit à son mari :
– Moïse, dépêche-toi, Moïse, viens vite, viens vite, il faut s'en aller !
– Attends, je trouve pas mon dentier, répond le mari.
– Quoi, le dentier, tu crois qu'ils vont te bombarder avec des sandwichs ?

*

PLAT PRINCIPAL

C'est un type qui a écrasé une poule en Belgique. Alors il s'arrête et puis il prend la poule toute plate, et il va voir le fermier le plus proche. Il le trouve et lui dit :
– Je suis désolé, regardez, je crois bien que j'ai écrasé une poule.
Et l'autre fait :
– Ben, ça n'est pas à nous, nous, on ne les fait pas toutes plates...

*

VENIR VIDER VESSIE

Un jour, le directeur de l'usine regarde par sa fenêtre et voit marqué : « Merde au patron ! » C'est un mec qu'a écrit ça en pissant dans la neige. « Merde au patron ! » Alors, il appelle son chef de la milice locale, personnelle et il dit : « Dites donc, vous allez me faire analyser la pisse et vous allez me trouver qui c'est qu'a pissé. » Et alors le mec fait une enquête, et il revient le voir et lui dit :
– Voilà, j'suis emmerdé parce qu'on a trouvé, on a analysé la pisse, c'est votre chef d'atelier qu'a écrit ça...
– Ah bon, et alors ?
– L'emmerdant, c'est que c'est l'écriture de votre femme !

*

FESSE QUI TE PLAÎT

C'est un monsieur qu'est dans un restaurant. Il y a écrit au menu « poulet de Bresse ». Alors il demande un « poulet de Bresse », et on lui amène un poulet. Il met le doigt dans le cul du poulet, il le sort, le sent et dit :
– Non, non, ça, c'est un poulet des Landes.
Alors on ramène le poulet à la cuisine, on lui en amène un autre. Pareil, il met le doigt dans le cul du poulet, il fait :
– Non, ça, c'est un poulet du Gers.
Alors, on le remmène et on lui ramène un autre poulet, il met le doigt dans le cul du poulet et là, il fait :
– Ah ! ça, c'est un poulet de Bresse, ah oui, ça, c'est un poulet de Bresse.
Et un mec se lève à côté de lui et lui dit :
– Moi, j'suis orphelin, vous pouvez pas me dire d'où je viens ?

*

JE LE VŒU BIEN

C'est un mec qui est chez lui et on frappe à sa porte.
– Qui c'est ?
– Le facteur.
– C'est pour quoi ?
– Les étrennes.
– Ah... bah, glissez-les sous la porte !

*

LE ROUGE EST MIS

C'est un curé dans un resto qui sort des chiottes et tout le monde rit. Il s'étonne :
– Mais enfin, qu'est-ce que c'est, c'est parce que j'suis curé qu'on rigole ?
Et un mec lui dit :
– Non, il faut pas vous fâcher, c'est parce que, vous avez vu la p'tite figurine représentant Brigitte Bardot dans les chiottes, eh ben, quand on soulève sa jupe, ça allume la lampe, là !

*

TOUPIE OR NOT TOUPIE

Est-ce que vous savez pourquoi y a un coq au-dessus du clocher ? C'est pour montrer qu'avec le vent, n'est-ce pas, c'est la queue qui fait tourner la tête.

*

QUI PEUT LE MOINS PEUT LE MOINS

C'est un gosse qui rentre de l'école et son père lui dit :
– Mais, pourquoi t'as toujours zéro ?
– Ben, c'est parce qu'y a rien d'plus bas comme note.

*

POINT DE BÉTAIL

C'est une vache qui fait une photo de son troupeau et qui dit :
– Attention, ne bousons plus !

*

REQUINS BLANCS

Vous savez c'que c'est quand un Noir fait du ski nautique et qu'c'est un Blanc qui conduit l'bateau ? Ça s'appelle la pêche au vif.

*

GROS GIBIER

C'est un mec qui entre, à la campagne, chez un marchand de pièges et qui dit :
– Voilà, est-ce que vous avez un piège, c'est pour mettre dans l'poulailler, quelque chose de très gros, qu'est-ce que vous avez d'plus gros comme piège ?
– Vous savez, les pièges, y a toutes les tailles.
– Dépêchez-vous, j'dois attraper mon train.
– Ah ça, si c'est pour un train, j'ai pas la bonne taille de toute façon !

*

PEIGNE-CUL

Vous savez la différence entre les filles et les garçons ? Les garçons font pipi avec un crayon, les filles avec une brosse !

*

DIEU ME PROTHÈSE

C'est un colonel qu'est dans une réception, il a les mains dans les poches, et il discute :
– Nous étions sur le Gange, prêts à traverser malgré les milliers de piranhas – c'est les p'tits animaux qui mangent tout et qui laissent rien...
Et y a quelqu'un qui lui dit :
– Mais, colonel, vous jouez avec votre vie !
Et le colonel, gêné :
– Non, avec mes clés !

*

BELLE HÉLÈNE

C'est une bonne femme qui gueule après le chirurgien esthétique :
– J'vous ai d'mandé des seins en poire, pas en compote !

*

LE CRI DU CŒUR

Voici notre séquence « Trente millions d'amis », nos amis les Belges. C'est une histoire qui nous est envoyée par notre ami belge : M. Ventenpoupe. C'est en Belgique, une fille qui a été violée et alors elle est au commissariat de police pour les confrontations. On a arrêté des suspects qu'on a mis la face au mur et on les retourne un par un pour voir sa réaction.
Le premier se retourne, elle dit rien, le deuxième se retourne, elle dit rien, le troisième se retourne, elle dit rien et le quatrième se retourne et il crie : « C'est elle ! »

*

TRÈS TOUCHÉ

C'est un mec qu'est à l'hôpital, il a la tête dans l'plâtre, ça fait longtemps qu'il est là et l'infirmière lui dit :
– Dites donc, votre femme doit vous manquer.
Et lui :
– Oui, d'habitude, mais cette fois-ci, elle m'a eu !

*

BELLE-MÈRE

C'est un mec qui vient voir un vieux et qui lui dit :
– J'ai l'intention d'épouser votre fille !
– Mais vous avez vu ma femme ?
– Oui, mais je préfère quand même épouser votre fille.

*

SPÉLÉO

Vous savez comment a été creusé le Grand Canyon ? Un car d'Écossais est passé par là un jour, y en a un qu'a laissé tomber une pièce sans le faire exprès et ils ont tous creusé avec les doigts.

*

SECRET DE POLICHINELLE

Un p'tit garçon demande à sa mère :
– Maman, qu'est-ce que c'est un travesti ?
Sa mère lui répond :
– J'te l'dirai quand tu seras plus grand, mais m'appelle pas maman, ça m'agace.

*

PRENDRE HOMO

Alors, c'est deux p'tits pédés, comme ça, qui sont sur un lit, c'est l'été, il fait très chaud, et y en a un qui fait des ronds sur les fesses à l'autre avec un stylo à bille et l'autre lui dit :
– Arrête, arrête, tu m'excites, tu me chatouilles, tu m'excites, ah, ça y est, je pars !
Et l'autre lui plante d'un grand coup le crayon entre les fesses en lui disant :
– Tiens, tu m'écriras !

*

HIZARÊTES JAMAIS ?

C'est un juif qui rencontre un autre juif. Il lui demande :
– Qu'est-ce que tu fais maintenant ?
– Je m'occupe des zizzards.
– Comment ça, tu t'occupes des zizzards ?
– Oui, j'achète des zizzards. Là, je suis parti acheter un autre couple de zizzards.
– Mais, tu les paies cher ?
– Ça dépend.
– Parce que je peux t'en vendre, si tu veux.
– Ah oui, combien tu les vends ?
– Je te vends deux zizzards 17 000 francs.
– C'est trop cher, je veux les deux pour 7 000.
– Ben, d'accord.
Ils s'en vont et celui qui vient de vendre rencontre un copain. Il lui demande :
– Dis donc, tu sais ce que c'est des zizzards, toi ?

*

C'EST TARIFÉ PRÈS DE CHEZ VOUS ?

C'est un médecin qui va voir un autre médecin qui lui demande :
– Mais, pourquoi vous venez me voir ?
– Parce que moi, je suis trop cher.

*

BONNE MESURE

C'est un type qu'est dans un restaurant :
– Dites-moi, garçon, venez voir là, le poulet a une cuisse plus courte que l'autre !
Et le garçon :
– Dites, c'est pour manger ou c'est pour danser ?

*

PRÉLÈVEMENT OBLIGATOIRE

C'est un juif qu'en rencontre un autre, il lui dit :
– On vient de me retirer l'appendice.
Et l'autre lui dit :
– Je t'avais bien dit de tout mettre au nom de ta femme.

*

CUCURBITACÉE

Il y a trois vieilles qui discutent. La première dit :
– Je suis allé au marché c'matin, j'ai vu des oignons comme ça…
Et la deuxième :
– Mais moi, ma pauv'e dame, j'ai vu des carottes comme ça !
Et la troisième s'approche et demande :
– Vous parlez de qui ?

*

ENCRE SYMPATHIQUE

C'est un rabbin, un rabbin des bois, en ville cette fois, qui sort de la poste. Un de ses copains le croise et lui demande :
– T'as touché un mandat ?
– Non, j'ai rempli mon stylo.

*

LE GESTE QUI SAUVE

– Est-ce que tu sais comment sauver Le Pen de la noyade ?
– Non.
– Tant mieux !

*

FILOFAX

C'est un P-DG qui est avec son bras droit, son homme de confiance. Il lui demande :
– Alors, l'usine d'automobiles, ça va bien ?
– Ça va très bien, j'ai fait les comptes, nous avons toujours huit sociétés, nous avons remonté la huitième, et tout va très bien.
– Et pour les rendez-vous à New York ?
– Ben, votre avion est prêt, vous allez partir tout de suite, ils sont tous prévenus, ils seront à New York à l'heure et, après, vous plongez directement sur le Golgotha et là, vous allez rencontrer des personnages éminents et après, vous rentrez.
Et comme ça pendant deux heures, l'autre lui fait son planning. Au bout d'un moment le P-DG dit :
– Tiens, c'est marrant, j'ai pas vu ma secrétaire, elle est peut-être indisposée…
Et l'autre lui dit :
– Non, on est le 25.

*

TOUJOURS ENVIE

C'est une femme qui va se plaindre à la Sécurité sociale.
– Voilà, monsieur, j'ai deux enfants : un enfant de 3 ans et un enfant de 2 ans et je ne touche plus la Sécurité sociale depuis que mon mari est mort il y a six ans.
– Comment ! Votre mari est mort depuis six ans et vous avez un enfant de 3 ans et un de 2 ans ?
– Hé, c'est lui qu'est mort, c'est pas moi !

*

KILT DE PLONGÉE

C'est deux Écossais, n'est-ce pas, qui ont parié l'un et l'autre ensemble que l'autre tiendrait plus longtemps la tête sous l'eau que l'un. On recherche encore les deux cadavres.

*

NOCE À MOELLE

C'est un mec qui dit :
– Ça va bien, toi ?
– Ben, non, ça va pas, non, j'me marie plus !
– Ah ? tu t'maries plus avec ta fiancée ?
– Ben, non, j'me marie plus, ben non.
– Mais pourquoi ?
– Ben, écoute, est-ce que tu te marierais, toi, avec un être sans scrupules, sans cœur et sans dot en plus ?
– Ça non !
– Ben, tu vois, elle non plus !

*

JET-SET

C'est un type laid, très laid, repoussant même. Il est seul dans sa chambre et tire de dessous son lit un livre avec des photos de femmes cadrées trop bas si vous voulez, des photos pornos comme on dit, et il le feuillette tout en agitant de sa main libre la chose qui lui sert aussi à pisser. Puis, il va au frigo, se sert un verre de Perrier et va se regarder dans la glace en disant :
– C'est chouette la grande vie ! Après les femmes, le champagne.

*

JE TE TIENS, TU ME TIENS...

C'est une femme qu'a émail à partir avec le dentiste. Elle est dans le fauteuil et le mec s'approche pour opérer. À ce moment-là, elle lui chope les valseuses à travers le froc, les serre à fond, laisse la main et elle lui dit :
– Maintenant, mon garçon, on va essayer de faire gaffe tous les deux et de se faire mal ni l'un ni l'autre.

*

CINQ CONTRE UN

Une histoire zobsolète maintenant : c'est un vieux mec qu'a la maladie des Rolling Stones, de Parking stone pardon, et qui entre dans un bordel en demandant :
– Je veux cinq filles !
On les lui donne, ils montent. Et là, il se couche, deux filles le tiennent par les bras, deux autres par les jambes pour qu'il arrête de bouger dans tous les sens et la cinquième lui monte dessus, elle le chevauche comme on dit. Dès qu'elle est en place, le vieux crie :
– C'est bon maintenant, lâchez-moi !

*

EXERCICE DE STÈLE

C'est un mec qui entre dans un cimetière à Bruxelles et qui demande au gardien :
– Y a combien de morts, ici ?
Le gardien réfléchit et dit :
– Mais... Ils sont tous morts !

*

ÇA GRAVE, DOCTEUR ?

Le chirurgien à l'interne :
– Je sais que c'est votre première opération, mon vieux, ça ne peut pas être parfait, mais tout de même, quand vous ouvrez un malade, appuyez moins fort sur le bistouri, ça abîme la table...

*

LES DEUX FONT LA PAIRE

C'est un type qui entre dans un cabinet, pas pour faire, hein, mais pour consulter et qui dit :
– Docteur, j'ai mal à la couille gauche.
– Ah, désolé, vous vous êtes trompé, je suis docteur en droit.
– Ah bon, je ne pensais pas qu'on pouvait se spécialiser à ce point-là...

*

SACCADES

C'est un bègue qui rencontre un copain, il lui dit:
– Figu-figu-figure-toi que que que je je suis embê-embê-embêté.
– Pourquoi?
– Parce parce parce que j'ai des pro-pro-problèmes de pro-pro-prostate.
– Et alors?
– Eh Eh Eh ben, je je je pi je pisse co-co-co comme je parle.

*

CHERCHEZ LE MOBILE

C'est un bonhomme qui a 85 ans et il est accusé de dix-sept viols dans la semaine. Le juge lui dit.
– Écoutez, je ne comprends pas, le lundi à 15 heures, vous avez violé une fille dans le 14e arrondissement, à 14 heures, vous en avez violé une à Bagneux et vous avez 85 ans, mais comment vous faites?
– J'ai un scooter!

*

FONDS SECRETS

C'est un ministre, un gland de ce monde donc, qui va aux putes, ça doit bien arriver, et, au moment de payer, il lui dit:
– Combien je vous dois?
– Trois francs!
– Oh, ben, dites donc, vous n'êtes pas cher! Comment vous gagnez votre vie?
– Le chantage, pourquoi?

*

PAPA PIQUE

C'est un Écossais qui dit à ses enfants:
– Voilà, pendant le repas, au lieu d'avoir un bifteck, je vais vous donner un penny, c'est une monnaie anglaise, je vais vous donner un petit penny à chacun au lieu d'la viande et, comme ça, ceux qui ne veulent pas d'viande, ils ont un penny et ils pourront s'acheter ce qu'ils voudront avec.
Alors, évidemment, les gosses prennent le penny et ne mangent pas de viande.
Arrivé au dessert, le père demande:
– Et maintenant, qui c'est qui veut pour un penny de pudding?

*

UN PETIT COIN DE PAPARAZZI

C'est deux photographes qui parlent ensemble.
– Voilà, j'étais à la terrasse du café, y avait le train qu'était en face, et, tout d'un coup, qu'est-ce que j'vois: le train qui sort des rails, et il s'écrase sous le pont sur une bagnole et, dans la bagnole, qu'est-ce qui y avait? Y avait trois personnes qu'arrivaient pas à sortir et le train était tombé dessus.
– Alors, qu'est-ce que t'as fait?
– J'ai ouvert à 2/8, j'ai fait une très belle photo.

*

RENCONTRE DU 3e TYPE

Y a une dame qu'arrive et elle voit un vieux monsieur couvert d'or, bourré de pognon. Elle lui dit :
– Oh, c'est fou ce qu'vous ressemblez à mon troisième mari !
– Pourquoi, vous en avez eu combien ?
– Deux.

*

UN ÊTRE CHER

C'est une femme qui va voir le curé :
– Voilà, je vais vous embêter parce que mon mari est mort et j'ai pas d'argent, je ne peux pas payer de service funéraire, et, pourtant, il était croyant, enfin, vous savez c'que c'est, bon, ça peut arriver, bref, j'aimerais savoir combien ça fait le sermon avec les grandes orgues et les chanteuses.
– Les grandes orgues, avec les chanteuses, ça fait 1 000 francs.
– Ah... ça, c'est trop cher, oui, et sans les tapis et les bougies ?
– Sans les tapis et les bougies, j'vous le fais pour 700 francs.
– Mais sans l'orgue ?
– J'vous le fais pour 600 francs.
– Sans les chanteuses ?
– Pour 400.
– Et vous tout seul, m'sieur le curé, juste un p'tit signe de croix et on s'en va ?
– Ben, j'vous le fais pour 100 balles.
– Ben, c'est dans mes prix, mais heureusement qu'on n'a pas à acheter le mort !

*

MACHO NUL

– Mais, comment tu fais, toi alors, avec les gonzesses, parce que toi, tu les as toutes et moi, j'en ai pas ?
– Écoute, mon gars, j'vais t'dire un truc, avec les gonzesses, il faut être ferme, définitif et faire savoir tout de suite que c'est toi le patron. Une gonzesse, elle arrive, tu lui files rencard, t'arrives en r'tard, t'y mets deux baffes pour qu'elle sache bien qui c'est que c'est qui commande. Après ça, pendant toute la soirée, tu lui parles pas et après quand elle se déshabille et qu'elle se met au lit, toi, tu te tapes un cinq contre un dans les chiottes. Après ça, si elle a pas compris que t'étais un mec indépendant…

*

RÉPARTITION DES TÂCHES

C'est deux copains qui sont au restaurant. Tout d'un coup, y en a un qui s'lève et qui dit :
– Je vous préviens, nous n'avons pas d'argent pour payer alors nous allons faire la vaisselle.
– Mais j'étais en train d'vous amener l'addition.
– Justement, je voudrais les additions séparées… Moi, je lave, lui, il essuie.

*

LÉGÈREMENT TUÉ

C'est un Belge qui dit à un autre :
– Regarde, je viens de m'acheter un fusil de chasse.
– Oui, il est joli, mais enfin il faut faire quand même un peu attention parce que c'est dangereux, hein.
– J'aimerais bien l'essayer, ça t'ennuie pas d'te mettre devant ?
– Non mais ça va pas, je vais pas rester devant !
– Mais sois pas bête, je ne vais pas tirer fort.

*

NOM D'EMPRUNT

C'est un type qui va rendre visite à un copain. Il regarde les tableaux aux murs, ils sont tous signés Madeleine. Madeleine, Madeleine, Madeleine, Madeleine. Il dit à son pote :

– Dis donc, mais c'est formidable ces tableaux, on dirait des Velázquez.

– Oui, c'est des Velázquez.

– Mais c'est signé Madeleine.

– Parce que j'ai eu des r'tours de fortune, alors on m'a conseillé d'tout mettre au nom de ma femme.

*

MINUTE PAPILLON

C'est un mec qui est dans un restaurant. Il demande :

– Monsieur, la salade, elle est pour deux ?

– Oui.

– Et pourquoi y a-t-il qu'une seule chenille alors ?

*

POPOSOLOGIE

C'est un médecin qui demande à sa patiente :

– Est-ce que vous mangez épicé ?

– Oui, j'fais tout normalement.

*

PAS FOLLE L'AGAPE

C'est un Belge qui va manger dans un grand restaurant, n'est-ce pas, et puis alors on lui dit :
– Ça va, tout va bien, vous êtes content ?
– Oui, je suis content, mais dites donc, ce que vous m'avez vendu, comment ça s'appelle, comment les appelez-vous ces lentilles, là ?
– On appelle ça du caviar.
– Oui, ben, dites donc, elles sentent le poisson, vos lentilles.

*

CÉRÉALES KILLER

C'est un mec qui réveille un autre et il lui dit :
– Dis donc, viens, on va aller cueillir le blé, viens vite, lève-toi, on va aller couper le blé, il est 5 heures du matin.
– C'est du blé sauvage ?
– Non, pourquoi ?
– Ben, on est peut-être pas obligés d'lui tomber d'ssus en pleine nuit !

*

NOYADE INTERDITE

C'est un mec qui est en train d'se noyer dans une rivière en pleine nuit.
Il hurle :
– Au secours ! Je n'sais pas nager, au secours !
Et y a un autre mec dans une des petites maisons qui bordent la rivière qui ouvre la fenêtre et qui crie :
– Moi non plus, je ne sais pas nager, mais j'emmerde personne.

*

HYGIÉNIQUE TA MÈRE

Vous connaissez l'histoire de cette femme belge qui est tombée d'une échelle en repassant ses rideaux ? C'est la même bonne femme qui avait déjà décidé de ne plus nourrir son enfant au sein parce que ce n'est pas pratique de faire bouillir à chaque fois les tétines.

*

LA VACHE QUI CRIE

C'est une vache qui est sur une voie ferrée, et elle voit le train qu'arrive de très très loin et elle crie : « Meuh ! Meuh ! Meuh ! » et le train arrive sur elle, il fonce sur elle, évidemment puisqu'elle est sur la voie et elle crie : « Meuh ! » et le train l'écrase. Le cri-meuh ne paie pas.

*

SERVICE CONTINU

Savez-vous la différence qu'il y a entre un mari et un amant ? C'est le jour et la nuit.

*

LA FARCE DE L'ÂGE

Un vieux bonhomme raconte : « À 20 ans, c'était du bois, je n'pouvais pas le plier avec les mains, à 40 ans, c'était encore du bois, je n'pouvais pas le plier avec les mains, et, à 60 ans, j'arrive à le plier avec les mains. Eh bien, vous voyez, plus on vieillit, plus on est fort. »

*

ULTRAÇON

C'est un Belge qui a l'oreille contre un réverbère. Un passant lui demande :
– Vous entendez quelque chose ?
– Non... et c'est comme ça depuis ce matin !

*

LA TÊTE ET LES JANTES

– Mince alors, tu es tombé de vélo avec ton pantalon neuf...
– Oui, tu vas rire, j'ai pas eu le temps de l'enlever !

*

DEUXIÈME SERVICE

C'est la nouvelle bonne à laquelle la patronne dit :
– Je vous préviens, ici, Marie, on a l'habitude de manger les restes !
– Ah, vous faites bien de me le dire, je vous garderai les miens !

*

À LA QUEUE LEU LEU

C'est un Belge, n'est-ce pas, qui fait la queue, si je puis dire, dans une maternité, et, à un moment, y a une infirmière qui arrive et qui dit à un autre monsieur qui est là aussi :
– C'est un garçon !
Et le Belge dit :
– Je m'excuse, mais j'étais là avant.

*

LANGUE DE PUTE

Y a une nouvelle prostituée qui vient d'arriver sur le trottoir. À midi, l'heure de la pause, elle va manger avec ses copines et y a la plus vieille des prostituées qui lui demande :
– Alors le métier, ça rentre ?

*

LA FORCE DES TRADITIONS

Savez-vous ce que les Belges font des vieux camions de pompiers qui ne marchent plus ? Ils les gardent pour les fausses alertes.

*

DIGITAL

C'est un enfant qui rentre de l'école, il a 17 ans, il est un peu en retard pour son âge, et sa mère lui demande :
– Tu as fait des progrès à l'école aujourd'hui ?
– Oui, maman, j'ai appris à compter sur mes doigts !
– Ah, c'est bien, dit la mère, fais voir…
– Un doigt, un doigt, un doigt, encore un doigt et un aut' doigt !

*

L'AILE OU LA CUISSE

C'est un mec qui vient pour faire le BCG à une fille assez jolie. Il lui demande :
– Je vous le fais sur le bras ou sur la cuisse ?
– Faites-le sur le bras, répond-elle, ça se verra moins.

*

BIEN DÉGAGÉ DERRIÈRE LES ORTEILS

C'est un mec qui est chez le coiffeur. Le rasoir dérape et il a l'oreille coupée.
– C'est rien, dit-il au coiffeur, continuez !
Le coiffeur lui met un peu de coton et continue. Cinq minutes après, nouveau coup de rasoir, l'autre oreille vole.
– C'est rien, dit le mec, allez-y.
Le coiffeur s'y remet et se fait cette fois un morceau de la lèvre puis un bout du cou.
– C'est rien, lui dit le mec.
– Mais ça vous dérange pas que je vous coupe ?
– Non. En revanche, j'aimerais bien un rasoir moi aussi, maintenant, que je puisse me défendre !

*

FLAMBANT MORT

C'est un mec qui prépare les funérailles de sa belle-mère et on lui demande :
– Vous voulez l'embaumer, l'incinérer ou l'enterrer ?
– Je voudrais être sûr du coup, faites donc les trois !

*

ERRATUM

C'est un mec qui entre à la clinique et qui dit :
– Bonjour, docteur, je viens pour me faire émasculer.
Le docteur lui dit :
– Écoutez, quand même, il faudrait peut-être y réfléchir encore un petit peu…
– Non, non, je suis en pleine possession de mes moyens, je vous demande de m'émasculer, émasculez-moi, et puis c'est tout !
Bon. On l'endort et on l'émascule. Le lendemain, y a un pote qui vient le voir et qui lui dit :
– Dis donc, j'ai su par hasard que tu étais là, je venais me faire vacciner…
Et l'autre fait :
– Vacciner ! Voilà le mot que je cherchais !

*

LA TÊTE DU CLASSEMENT

C'est un boxeur qui rentre chez lui, il en a pris plein la gueule, il a la tête comme ça, on dirait une courge et sa femme lui demande :
– Alors ? Ça s'est bien passé, tu as gagné ?
– Non, j'ai fait deuxième.

*

CHAMBRE NOIRE

C'est un Belge qui demande à un détective privé de suivre sa femme. Deux jours après, l'autre revient et lui fait son rapport :
– Je les ai vus, elle était avec un homme brun, ils sont entrés dans un hôtel et ils ont éteint la lumière…
Et le Belge fait :
– Ah ! Tout le temps l'incertitude !

*

ET SUIT LE PLÂTRE

C'est un mec qui est blessé à l'hôpital, il a tout le corps dans le plâtre, ils l'ont coulé dans le plâtre, carrément, y a juste la bouche qui dépasse. Ses amis autour de lui lui demandent :
– Mais qu'est-ce que c'est que tu as fait comme bêtise ? C'était une soirée charmante que nous passions, on fumait ces trucs de toutes les couleurs et, tout à coup, tu as sauté par la fenêtre en criant : « Je suis une hirondelle, je suis une hirondelle ! »
Alors le plâtré demande :
– Mais pourquoi vous m'avez laissé faire ?
– Mais on t'a cru, nous !

*

NOUVELLES TECHNOLOGIES

La pilule arrive en Belgique. On espère qu'ils vont enfin arrêter de tirer sur les cigognes !

*

POISSON D'AVRIL

C'est un monsieur qui vend sur le marché uniquement des têtes de hareng, il ne vend que des têtes de hareng qu'il vend beaucoup plus cher que les harengs entiers. Un type lui demande :
– Mais dites donc, vous vendez des têtes de hareng plus cher que des harengs ?
– Oui, parce que les têtes de hareng, ça rend intelligent !
– Ça rend intelligent ? C'est étonnant, ça !
– Mais je vous assure !
– Bon, alors donnez-m'en une livre, je vais essayer.
Le lendemain, le type revient voir le marchand et lui dit :
– Dites donc, vous, j'ai pensé à quelque chose en mangeant vos têtes de hareng, je me suis dit : ça rend peut-être intelligent, le problème n'est pas là, mais, en tout cas, c'est plus cher que le hareng et quand on achète le hareng au kilo, y a aussi la tête !
– Vous voyez, répond le marchand, vous avez déjà compris ça, comme quoi ça rend intelligent !

*

SERVICE NON COMPRIS

C'est un mec qui commande une douzaine d'huîtres au restaurant. On lui apporte, il les compte, il y en a dix. Il appelle le garçon et lui dit :
– Je vous avais demandé une douzaine d'huîtres, vous m'en avez apporté que dix !
Le garçon lui répond :
– Oui, y en avait deux de mauvaises quand on les a ouvertes en cuisine, alors on s'est permis de les jeter.

*

JEAN RETIENS II

Deux juifs arrivent au Vatican pour voir le pape, avec une copie de *La Cène* sous le bras... vous voyez la scène ? Mais si, le tableau représentant Dieu et ses alcoolytes en train de se bourrer à la cantine sur le dos des pauvres... enfin bref, les deux juifs montrent le tableau au pape et lui disent :
– Vous reconnaissez tous ces gens-là ?
Le pape répond :
– Mais oui, bien sûr, je les connais...
– Parfait. Alors l'addition, c'est pour vous, ils sont partis sans payer !

*

POULET FRIC

C'est le directeur d'un kibboutz qui est convoqué au ministère des Affaires économiques et on lui demande :
– Vous êtes le chef du kibboutz ?
– Oui.
– Qu'est-ce que vous faites ?
– Je fais l'élevage.
– Vous faites quoi ?
– Je fais l'élevage de poulets.
– Vous faites l'élevage de poulets ?
– Oui.
– Et qu'est-ce que vous donnez à manger à vos poulets ?
– Je donne le grain à manger aux poulets.
– Vous donnez le grain à manger à vos poulets, alors qu'il y a des millions d'hommes dans le monde qui crèvent la faim ? Vous donnez le grain à manger à vos poulets, alors qu'on pourrait faire le pain avec le grain ?
– Euh... oui, je donne le grain, le poulet, ça mange le grain, je donne le grain...
– Monsieur, vous avez 5 000 balles d'amende, donnez-les tout de suite.

Alors, le mec gueule un peu, il essaie de discuter, mais bonjour, y a rien à faire ! Il est obligé de payer. Trois mois plus tard, il est convoqué au ministère des Affaires économiques d'Israël. On l'interroge dans le même bureau, le même mec.
– Qu'est-ce que vous faites dans le kibboutz ?
– Je fais l'élevage de poulets.
– Et qu'est-ce que vous donnez à manger à vos poulets ?
– De vieux croûtons de pain. Du pain rassis.
– Quoi, alors qu'il y a des milliers de gens qui crèvent la faim dans le monde ? Vous donnez les vieux croûtons à vos poulets, alors qu'on pourrait faire du pain perdu avec, qui ne serait pas perdu pour tout le monde d'ailleurs... allez, 5 000 balles d'amende, tout de suite.

Le mec paie. Trois mois après, il est à nouveau convoqué, même bureau encore, même fonctionnaire.
– Qu'est-ce que vous faites dans le kibboutz ?
– Je fais l'élevage de poulets.
– Et qu'est-ce que vous donnez à manger à vos poulets ?

– Eh bien, voilà, je suis venu y a six mois, je donnais du grain à mes poulets, j'ai eu 5 000 balles d'amende, je suis revenu y a trois mois, je donnais des vieux croûtons à mes poulets, j'ai re-eu 5 000 balles d'amende, alors maintenant, ce que je fais, je leur donne directement l'argent, à mes poulets, et ils achètent ce qui leur fait plaisir !

*

FORCE DE VENTRE

C'est une fille dans le métro qui dit à sa copine :
– Dis-moi, tu peux me dire si le mec derrière moi, il est beau ?
– Il est jeune en tout cas.
– Non, je te demande s'il est beau, je le sens qu'il est jeune...

*

CIVET LE GUIDE !

C'est un couple de jeunes mariés. Après la nuit de noces, le matin, la femme lui fait des carottes, le midi, elle lui fait des carottes et le soir, des carottes. Alors le type dit :
– Écoute, les carottes, c'est bien gentil mais matin, midi et soir...
– Ah, excuse-moi, je m'étais dit, il baise comme un lapin, il doit manger comme un lapin.

*

POUR LE PLAISIR

C'est l'éboueur qui passe et qui demande à la dame :
– Pas d'ordures, aujourd'hui ?
Et la dame :
– Ho, allez, mettez-moi deux poubelles, mais c'est tout...

*

PÉCHÉ MIGNON

C'est un Belge qui ramasse une très très belle fille, et il la ramène chez lui, elle se déshabille sur le divan et elle lui dit :
– Vas-y, tu peux faire ce que tu veux...
Et il court à la cuisine se faire des frites.

*

ALPINISME

C'est une prostituée qui est en train de faire l'amour avec un client nain.
Et elle lui dit :
– Dépêche-toi et quand tu auras fini, tu monteras m'embrasser...

*

HISTOIRE DE FLOU

C'est un Belge qui est envoyé sur la Lune pour faire des photos de la Terre. Quand il revient, on s'aperçoit qu'elles sont toutes floues. On lui demande comment ça se fait et il répond :
– C'est normal, j'ai eu beau gueuler, les gens n'arrêtaient pas de bouger !

*

LOURDE TÂCHE

Un gamin demande à un vieux :
– Monsieur, vous pouvez m'ouvrir la porte du square ?
– Bien, puisque c'est demandé gentiment, voilà. Tu pourras le faire tout seul, tu sais, quand tu seras grand...
– Ouais, je le ferai surtout tout seul quand la peinture sera sèche !

*

CAPITAL

– Tu te fous de ma gueule, tu me dois de l'argent depuis plus de dix mois, je t'aurais attendu plus que ta mère...
– Ne t'inquiète pas, je vais te le rendre !
– Je te préviens, c'est la dernière fois que je te le demande !
– Oh, merci !

*

ÇA FAIT MÂLE

C'est une femme qui dit à son mari.
– Allez, feignasse, va faire les courses.
– C'est pas un boulot de mec, ça!
– Alors t'as qu'à faire le boulot de mec!
– Bon, si c'est ça, je vais faire les courses!

*

APNÉE JUVÉNILE

Une mère dit à son môme sur la plage:
– Allez, va te baigner!
– Non, je sais pas nager et j'ai pas envie de pisser.

*

TRAGÉDIE DE RACINE

C'est le dentiste qui dit à son patient:
– Votre dent est morte, on va lui faire une couronne!

*

BOUT D'UN BLANC

C'est un charcutier qui demande à la caissière:
– Marguerite, mon crayon...
– Il est sur votre oreille, monsieur!
– Vous voyez bien que je suis pressé... quelle oreille?

*

SANS PEUR ET SANS REPROCHE

C'est un concours pour être garde du corps du président de la République. Il faut soulever 200 kilos, serrer la main à un gorille et passer la nuit avec une négresse, une vraie bouffeuse d'homme et lui faire rendre grâce. Un petit mec arrive devant l'examinateur qui se marre tellement le mec est maigue, tout petit, tout maigue. Mais bon, tout le monde a le droit d'essayer alors, il le laisse faire. Le petit mec entre dans la première pièce, soulève les 200 kilos comme qui rigole, file dans la deuxième pièce, celle du gorille, on entend des cris, des hurlements, des grands bruits, puis finalement le petit mec en ressort sans une égratignure et demande :
– Bon, et maintenant elle est où, cette négresse, que je lui serre la main ?

*

SCIENCE DÉSASTRE

C'est une voyante qui téléphone à une autre voyante et qui lui dit :
– Allô ! vous allez très bien, et moi-même ?

*

ARSÈNE LAPIN

C'est un mec qui reçoit deux places pour le Casino de Paris. Il dit à sa femme :
– Je me demande qui a pu nous envoyer ça, en tout cas, c'est vachement sympa.
Alors ils vont au spectacle et, le soir en rentrant, ils retrouvent leur porte fracturée, leur appart cambriolé et puis un petit mot sur la table de la cuisine sur lequel il y a écrit : « C'est moi ! »

*

LE CLIENT EST ROI

J'ai une petite histoire : elle se passe dans une librairie et elle se passe de commentaire aussi... C'est un mec qui entre dans une librairie donc et qui dit :

– Je voudrais une paire de bretelles bleues.

– Ah, monsieur, on a pas ça ici...

– Tant pis pour vous, vous perdez un client.

*

ROOM SERVICE

C'est un mec qui demande à sa secrétaire :

– Vous êtes libre dimanche soir ?

– Oui.

– Eh bien, couchez-vous de bonne heure comme ça, au moins, vous serez à l'heure lundi !

*

COMME UN POT

C'est un sourd qu'est assis sur un banc dans un square et un mec lui dit :

– Monsieur, je viens de peindre le banc.

– Comment ?

– En vert.

*

CONSIGNÉ

C'est des gosses, c'est la rentrée des classes. Le professeur demande:
– Si ton papa achète 10 litres de vin à 2,50 francs, ça fait combien?
Et le gosse répond:
– Ça fait deux jours.

*

DEMI-PORTION

Petite annonce dans un journal de cannibales: « Cherche vieille femme végétarienne pour garder un enfant. »

*

TAGADA SOINS SOINS

Deux microbes se rencontrent. L'un dit à l'autre:
– Alors, ça va, toi?
– Mal en ce moment. J'ai les antibiotiques.

*

UN ANGE PASSE

C'est en Galilée, un charpentier du nom de Joseph qui regarde sa femme et qui lui dit:
– Et tu crois que je vais avaler ça?

*

GRAND ICARE

C'est un jeune garçon qui veut apprendre à piloter les avions. On lui donne un instructeur qui monte avec lui. Ils décollent et l'instructeur lui dit :
– Première leçon, elle est simple, tu vois la petite lampe rouge qu'est à gauche, là, sur l'aile ?
– Oui.
– Bon. Et la petite lampe verte qu'est à droite, là, sur l'aile ?
– Oui.
– Première leçon : quand tu pilotes, tâche de rester toujours entre les deux !

*

APARTHEID DE CON

C'est un Noir qui arrive au paradis. Saint Pierre lui demande :
– Tu habitais où ?
– Afrique du Sud.
– Et qu'est-ce que tu as fait ?
– J'ai épousé une Blanche.
– Il y a longtemps ?
– Bah, le temps de venir ici.

*

CHILI POSSIBLE DÉ DIRE QUÉQUE CHOSE ?

C'est un Chilien qui est arrivé à s'échapper et à entrer en Amérique. Les journalistes lui demandent :
– Est-ce que vous aviez assez à manger au Chili ?
– Oh, on peut pas se plaindre.
– Est-ce que, par exemple, vous aviez assez de liberté ?
– On peut pas se plaindre.
– Mais alors, qu'est-ce que vous êtes venu foutre ici alors ?
– Je suis venu me plaindre !

*

TOUT UN FROMAGE

C'est une petite souris qui revient de la Lune et qui dit à ses copines :
– Je reviens de la Lune, c'est comme un gros gruyère, y a plein de trous partout et y a pas un chat !

*

LA CUEILLETTE DES MURS

Mesdames, messieurs, je vous demanderai de ne pas m'en vouloir : Vous savez pourquoi les Belges rasent les murs ? Parce que, parfois, les murs s'effritent !

*

TOUCHER LE FOND

C'est un camarade belge qui s'est acheté une paire de skis nautiques et puis après avoir cherché partout un lac en pente, qu'il n'a pas trouvé, finalement il s'est laissé couler en disant :
– Ça fait rien, je vais faire du ski de fond.

*

MA PETITE ENTREPRISE

C'est un mec qui demande des renseignements à une dame :
– Profession ?
– Sans profession.
– Profession du mari ?
– Fabricant.
– Pas d'enfants ?
– Non, de tringles à rideaux.

*

UN FRANC DANS LE NOURRAIN

C'est en Belgique, c'est un monsieur qui s'est fait arrêter parce qu'il courait après un cochon avec une hache pour se faire une tirelire.

*

CE N'EST QU'UN DÉBIT...

Tu sais comment on fait pour disperser les manifestations en Israël ? On fait la quête.

*

PACHICON

De combien est la différence entre un éléphant d'Afrique et un éléphant des Indes ? Environ 7 000 kilomètres.

*

PAS DU RAIL...

C'est un Belge qu'est sur le quai et qui voit le train arriver et ralentir, ralentir. Alors, il descend sur la voie et il dit :
– Ça passe, ça passe...

*

TOUT FOUT LE CAMP

C'est un vieux qui dit :
– Quand j'étais jeune, je courais toujours après les filles, mais je me souviens plus pourquoi.

*

LES YEUX EN FACE DES TROUS

C'est un aveugle, à la fin du strip-tease, il va dans les coulisses, il tend les bras et il dit : « Excusez-moi, j'ai pas tout compris. »

*

PÉKINOUACHE

– Regarde, chérie, j'ai acheté un pékinois.
– Oh ! il est joli, il est très mignon. Mais t'as acheté ça où ?
– En Chine.
– Mais t'es fou, y en a aux Champs-Élysées !
– Oui, mais aux Champs-Élysées, on peut pas se garer !

*

RENÉ CENSITALIENNE

C'est un couple qui visite le Louvre.
La femme dit au mari :
– Tu sais quand même, ce serait bien si on avait des belles peintures comme ça chez nous.
Et lui répond :
– Avec le boulot que j'ai, tu voudrais en plus que je trouve le temps de peindre !

*

LA VITESSE DU SON

C'est un mec qui téléphone à Air France et qui demande :
– Combien de temps met l'avion pour faire Paris-Bruxelles, s'il vous plaît ?
On lui répond :
– Deux minutes, s'il vous plaît…
Et le mec dit « merci » et raccroche.

*

FORMULE 1

C'est un enfant qui est surpris par sa mère en train de se masturber. Elle lui dit :
– Mais alors, qu'est-ce que tu fais ?
– Bah, je me lave…
– Tu te fous de ma gueule ?
– Oh ! si on peut plus se laver à la vitesse qu'on veut…

*

BON À TIRER

C'est une femme qui écrit à son médecin : « Écoutez, je ne sais plus quoi faire, mon mari n'arrête pas, il me prend partout, la nuit, le jour, dans les ascenseurs, même dans les parkings, sur la table aussi, d'ailleurs je vous prie d'excuser mon écriture saccadée. »

*

RIEN À DÉCLAMER

C'est un Suisse qui arrive à la frontière et le douanier lui demande :
– Vous avez des alcools à déclarer ?
– Non.
– Des cigarettes ?
– Non.
– Des devises ?
– Oui. Une. Qui va lentement va longtemps...

*

À TOUTOU YOU TOU

C'est un type qui fait des pompes au bois de Boulogne. Un passant s'approche et lui dit :
– C'est bon, vous pouvez arrêter, la dame est partie.

*

SENTIER DE CROIX

Histoire juive maintenant :
– Vous savez pourquoi finalement Dieu a inventé les catholiques ? Eh bien, pour qu'il y en ait quand même qui achètent au détail…

*

PIGEON D'ÉBÈNE

– Allô ! Je voudrais parler à madame. Comment ça elle est couchée avec un Noir ? Alors écoutez-moi, vous décrochez le fusil et vous tuez madame.
– Voilà, c'est fait…
– Bon, eh bien, maintenant, vous prenez le fusil et vous le jetez dans la rivière derrière la maison… Comment ça, y a pas de rivière derrière la maison ? Vous êtes pas le 41 51 21 49 ? Ah ! excusez-moi, je vous ai dérangé pour rien.

*

GENTLEMAN

C'est un type qui est sur une plage et qui dit à son voisin :
– Regardez-moi ça si c'est honteux, on reconnaît plus les garçons des filles maintenant, regardez celui-là, là, quand même, à côté, on sait même pas ce que c'est…
– C'est ma fille, monsieur…
– Ah ! excusez-moi, je ne savais pas que vous étiez son père.
– Non, je suis sa mère.

*

MASSAGE PERSONNEL

C'est un mec qui dit à sa bonne femme, enfin bonne, c'est une façon de parler :
– Chérie, je voudrais bien aller en Thaïlande, y paraît que, là-bas, les femmes massent les hommes avec leurs seins.
– Si c'est ça, moi aussi, je peux le faire.
– Oui, mais moi, ce que je veux, c'est un masseur, pas un pédicure !

*

ENCORE UN P'TIT COUP !

C'est une grosse bonne femme en pétard qui est en train de taper sur son petit mari ivre mort. Elle lui tape dessus en gueulant :
– Alors, tu vas encore boire, dis maintenant, tu vas encore boire ?
Et lui, dans un soupir, répond :
– Bon, d'accord, encore un, mais c'est le dernier alors !

*

MÂCHE OU CRÈVE

C'est un type qui est au restaurant et qui a très mal mangé, mais alors très très mal mangé, les boutons commencent à pousser, une horreur. Le garçon arrive et lui dit :
– Alors, vous avez bien mangé ?
– ... Si en plus la patronne voulait bien me faire la gueule, ça serait exactement comme à la maison...

*

PHYSIQUEMENT, ÇA VA, MAIS ALORS LES JAMBES...

C'est un type qui dit à son docteur :
– Voilà, docteur, quand je vais voir ma maîtresse, au premier, ça va, au deuxième, c'est difficile, mais au troisième, je peux plus du tout...
Alors le médecin lui dit :
– Bah, arrêtez-vous au deuxième...
– Je peux pas, elle habite au troisième.

*

NUIT GRAVEMENT

Un type s'est fait arrêter par un douanier belge avec tout un tas de trucs de contrebande. Le douanier lui dit :
– Il va falloir que vous veniez avec moi...
Le type lui répond :
– Ah ! ça va pas être possible, je dois aller acheter des cigarettes avant.
Alors le douanier :
– Ah ! mais vous ne m'aurez pas, on me l'a déjà faite, celle-là, c'est moi qui vais acheter les cigarettes, vous, vous restez ici !

*

CON VAINCU

C'est un type un peu louche, mais avec une bonne vue, qui dit à un de ses copains :
– Aujourd'hui, j'ai empêché un viol.
– Ah bon, mais comment as-tu fait ?
– Ben, j'ai quand même réussi à la convaincre.

*

HALEZ, HALEZ !

Sur un coup de tête, un couple suisse a fait une folie : il est parti en ouacances. Le premier jour, la femme dit au mari :
– Si on allait par le front de mer jusqu'à une pharmacie pour acheter de l'huile solaire ?
– Dis donc, répond le mari, pourquoi tu veux faire tout le même jour ; on est en ouacances quand même !

*

AUTOMUTILATION

Le *drive-in*, vous le connaissez, le *drive-in*, celui qu'on voit dans les films avec l'écran géant et tous les mecs qui se font des torticolis dans les voitures... eh bien, moi, j'ai connu un couple d'amis belges, qui ont été tellement déçus du spectacle qu'à la fin pour protester ils ont lacéré les sièges !

*

LES YEUX AUSSI GROS QUE LE VENTRE

C'est un Belge en vacances à Rome. Il a donc évité le néfaste-food et il est entré dans une pizzeria où il a demandé une pizza à emporter. Le pizzaiolo lui dit :
– Je vous la coupe en huit ?
– Non, coupez-la plutôt en quatre. Je pourrai jamais manger les huit.

*

PULSION DEVIS

C'est l'histoire d'un mec qui va dans un garage, genre mec qui vient de passer un mauvais carter... si vous voyez ce que je veux dire, et qui demande au garagiste :
– Combien ça va me coûter la réparation de ma voiture ?
– Vous savez ce qu'elle a ?
– Ah non, pas du tout.
– Oh ben, alors 50 000 balles minimum.

*

UN DEMI !

C'est un type qui entre dans un bar pour boire un coup. Il commande une bière, vous savez, comme Alain Delon : Alain Delon vient nous servir à boire... ah non, merde, c'est la Madelon. Enfin bref, le mec demande au patron :
– Vous écoulez combien de litres de bière par an ?
– À peu près 5 000.
– Vous voudriez en écouler 10 000 ?
– Et comment !
– Alors, commencez par remplir les verres jusqu'au bord.

*

CARTON ROUGE

C'est l'histoire d'un petit gamin qui n'a pas de bras ni de jambes. C'est qu'une tête avec rien dessous. Il demande à sa mère :

– Maman, je peux aller jouer au foot ?

– Mais tu sais bien que tu peux pas...

– Oui, mais je veux jouer au foot.

– Ben... Prie très fort et peut-être que demain...

Toute la nuit, il prie et le lendemain, miracle, il a deux bras et deux jambes qui ont poussé sous le cou. Il est tout fier et sa mère, genre les cobras m'en tombent, lui dit :

– C'est un miracle, mon chéri, va vite montrer ça à ton père...

Il court dehors, on entend des cris de joie et le père revient en disant :

– Chérie, chérie, viens voir la grosse araignée que j'ai écrasée !!

*

MÉDAILLE DURE

C'est une grand-mère qui raconte à ses petits-enfants :

– Votre papy, il était vachement sportif. Il a même couru le marathon aux yeux Jolympiques, 40 kilomètres et des bananes, et il est arrivé premier.

– Alors, il a eu la médaille d'or ?

– Non, c'était un faux départ.

*

CULTURE PUB

Une petite pour la route : c'est un Martien qui atterrit avec sa soucoupe en pleine campagne. Il sort et rencontre un paysan qui lui demande :

– Ben, d'où donc que vous venez ?

– De Mars, dit le Martien.

– Alors là, j'suis ben content de vous connaître. J'adore vos barres chocolatées.

*

HACHEMENT BALÈZE

C'est un riche Américain, un Américain en somme, qui va chasser le fauve en Afrique. On lui procure un guide, mais tout petit, tout maigre. L'Américain, un peu inquiet, lui dit :

– Vous êtes sûrement un très bon guide, mais si j'ai un malaise, comment ferez-vous pour me ramener sur votre dos ; je pèse 120 kilos.

– Vous inquiétez pas, missié, moi avoir déjà ramené un ours de 200 kilos sur mes épaules.

– Mais, c'est incroyable, comment avez-vous fait ?

– J'ai fait dix voyages.

*

TÉLÉ PRIS QUI CROYAIT PRENDRE

C'est un mec futé, super futé même, genre Belge, mais en pire, qui entre dans une boutique, et demande à un vendeur :
– Vous avez des télés couleur ?
– Bien sûr, dit l'autre.
– Alors, j'en voudrais une jaune.

*

OLÉ !

C'est un mec qui s'est fait opérer de l'appendicite et le lendemain, il s'réveille avec un bandeau autour d'la tête, alors il appelle une infirmière et lui dit :
– Dites donc, alors qu'est-ce qu'il s'est passé ?
– Le chirurgien est espagnol et, comme il a bien réussi, on lui a donné les oreilles et la queue…

*

SOUS LE COUDE

C'est un mec qui téléphone à son médecin en lui disant :
– Venez vite, ma femme a avalé un préservatif.
Alors le médecin range ses affaires de toute urgence, le téléphone resonne, il entend :
– Vous dérangez pas, on en a trouvé un autre.

*

POCHETTE-SURPRISE

C'est un Belge qui mange une banane sans enlever la peau, alors y en a un qui lui dit :
– Ben, dis donc, tu n'enlèves pas la peau d'la banane ?
Et lui :
– Ben, depuis qu'j'en mange, je sais bien c'qu'il y a dedans, hein !

*

POÈTE

C'est un Belge qui entre dans une quincaillerie et qui dit.
– J'voudrais la trompette rouge et puis l'accordéon.
Le vendeur lui répond :
– Oui, l'extincteur, vous pouvez l'emporter tout de suite mais, pour le radiateur, faudra attendre qu'on le démonte.

*

RÉGIME SANS SELLE

C'est deux pédés qui vont au marché. Ils voient un panneau avec écrit : « Trois bananes 1 franc », et alors y en a un qui dit :
– Bonjour, monsieur le vendeur de bananes, on voudrait deux bananes.
– Ben, vous feriez mieux d'en prendre trois, y a une promo...
– Oui, après tout, vous avez raison, on a qu'à en prendre trois, on mangera l'autre.

*

FAUVE QUI PEUT

C'est un Belge avec sa femme dans la jungle. Un gorille arrive et enlève la femme. Elle hurle :
– C'est affreux, c'est affreux, que va-t-il me faire ?
Et son mari :
– T'as qu'à dire que tu as la migraine !

*

CHUTE LIBRE

C'est un Belge qui raconte une histoire à sa femme :
– Tu sais quelle est la différence entre un piano et un écureuil ?
– Non.
– Ben, j'me souviens plus d'la fin, mais je sais qu'il faut les mettre au pied d'un arbre.

*

LA VIE DEVANT SOIAAAHRG...

C'est un gars qui va voir le médecin pour un ketch-upmerde, pour un check-up. Il revient ensuite chercher les résultats et le médecin lui dit :
– Ah ! là, là, j'ai bien peur que vous soyez en train de mourir.
– Combien de temps me reste-t-il ?
– Maximum dix...
– Dix ? Dix quoi ? Dix mois ? Dix semaines ? Dix quoi enfin ?
– Dix... neuf... huit... sept...

*

ARRÊTE TON JARS !

C'est un mec qu'a décidé d'élever des oies. Y a un de ses copains qui lui en prête mille pour commencer. Un mois après, il vient aux nouvelles.
– Alors ?
– C'est pas le pied, toutes les oies sont mortes !
– Tiens, c'est bizarre, ça, ça m'est jamais arrivé. C'est vrai qu'il a fait chaud, remarque. Allez, je vais t'en prêter mille autres.
Un mois plus tard, il revient.
– Alors ?
– Bah, comment dire... elles sont toutes mortes...
– Encore, mais qu'est-ce qui s'est passé ?
– Ben, je ne sais pas... Ou bien je les plante trop profond, ou bien je les plante trop serrées.

*

QUEUE DE TRACAS !

C'est une dame qui va voir son médecin en catastrophe parce que son mari est impuissant. Le médecin lui donne des pilules en lui disant :
– Essayez ça, c'est du tonnerre... vous lui en donnez deux avant l'action, mais surtout pas plus de deux, hein...
– D'accord.
Le lendemain, la bonne femme revient. Le médecin lui demande :
– Alors ?
– Alors, c'est affreux... je lui ai donné toute la boîte...
– Non ?
– Si. Il m'a fait l'amour quarante-deux fois, il a violé la bonne, le chien, le facteur, le plombier et il est tombé comme une masse, raide mort.
– Et maintenant ?
– Bah, les gars des pompes funèbres sont en train de le masturber pour pouvoir fermer le cercueil !

*

LA PALME !

C'est un mec qui croise à Avignon un de ses amis belges avec une serviette sur l'épaule. Il a l'air crevé. Le mec lui demande :
– Qu'est-ce que tu fais ?
– Ben, je vais à la plage car je suis en vacances à l'Hôtel des Artistes à Saint-Tropez.
– Ben, moi, j'connais bien Saint-Tropez, l'Hôtel des Artistes, c'est pas à Saint-Tropez, c'est à Lyon.
– Ah ! c'est pour ça que j'trouvais qu'la plage était loin, hein !

*

MORT D'EMPLOI

Alors, c'est un Belge en bicyclette qui renverse une femme. Elle lui dit :
– Mais enfin, vous n'savez pas vous servir de la sonnette ?
– Si, je sais me servir de la sonnette, mais pas du vélo !

*

LE PRIX DE LA LIBERTÉ

C'est un type qui est accusé d'avoir commis un hold-up. À la fin du procès, l'avocat lui dit :
– Vous êtes acquitté.
– C'est formidable, mais est-ce que je dois rendre l'argent ?

*

VICE DE FORME

C'est un jeune garçon qui demande à sa grand-mère :
– Dis-moi, pourquoi papy est tout raide ?
– Parce qu'il est mort.
À ce moment-là, la bonne passe, en minijupe supercourte, le jeune homme la regarde un instant et dit :
– Mamie, mamie, je suis en train de mourir...

*

POST OFFICE

– Dites-moi, madame, je peux vous écrire, vous êtes poste restante ?
– Non, je suis catholique.

*

MOUCHE DE LÀ!

C'est un mec qui est à la campagne, en pleine nature, en train de manger une tartine de miel. Une mouche arrive, il essaie de la chasser avec la main. Sa femme lui dit:
– Mais arrête donc avec cette mouche, elle croit que tu veux jouer avec elle!

*

POLYGAME

C'est une bonne femme à la gare qui dit:
– J'voudrais un billet pour Villefranche.
– Villefranche-sur-Lot, sur Isère, sur qui?
– Peu importe, de toute façon, mon mari vient m'chercher à la gare

*

CACA RENTE

C'est un type qui rencontre un de ses copains, il lui dit:
– Alors, comment ça va en ce moment, les affaires?
– Oh, tu sais, en ce moment, les affaires... je bouffe de l'argent.
Et l'autre dit:
– Ça t'ennuie pas de venir aux toilettes à la maison?

*

LA RAIE AU MILIEU

C'est une dame qui dépose sa fille chez le coiffeur en disant :
– Vous lui faites une mise en plis, tout ça.
Et elle va faire des courses, et elle revient un petit peu après et qu'est-ce qu'elle voit dans l'arrière-boutique… elle voit le coiffeur agenouillé par terre qui est en train de présenter un membre de la famille à la petite gamine.
Alors la dame, furax, dit :
– Écoutez, je sais que je suis en retard, mais quand même…
– Ah ben, vous préférez qu'elle joue avec le rasoir ?

*

PRÊTE-MOI TA FEMME, JE TE DIRAI QUI TU ES

C'est un mec qui dit, comme ça :
– J'ai entendu dire, Robert, que ça t'arrivait d'aller dans des endroits où ils se mettent à plusieurs, tout nus, et ils se tournent autour, ou ils font des jeux, tout ça…
– Ben, oui, ça m'arrive, oui.
– Non, mais sans déconner, tu pourrais m'emmener un jour ?
– Si tu veux, si tu veux, oui.
– C'est vrai, tu pourrais m'emmener sans blague, tu déconnes pas ?
– Non, j't'assure.
– Mais, quand est-ce que t'y vas, quand est-ce que t'y vas ?
– Oh ben, j'y vais dimanche.
– Oh, dimanche, c'est trop tard, c'est loin, merde, on est lundi, ça fait une semaine à attendre, y en a pas une avant ?
– Oh, non, y en a pas.
– Oh, on pourrait en faire une, tu connais des gens, on pourrait en organiser une.
– Ben, si tu veux, on peut en faire une chez moi, si tu veux.
– Oh, ouais, d'accord, quand, quand ?
– Ben, demain si tu veux.
– Et ce soir, c'est possible, ce soir ?
– Ben, ouais, c'est possible ce soir, chez moi, oui.
– Eh, dis donc, on s'ra combien ?
– Ben, amène ta femme, on s'ra trois.

*

LABEUR ET L'ARGENT DU BEURRE

– Écoutez, alors je ne comprends pas, vous êtes employé dans la maison depuis trois mois, vous êtes déjà passé chef, vous êtes payé 13 500 francs par mois, vous partez en week-end le vendredi, vous ne revenez que le mercredi, qu'est-ce qu'il y a qui n'va pas, est-ce que vous avez encore quelque chose dont vous puissiez vous plaindre ?
– Mais non, papa, c'est pas ça…

*

CONTE GRIMMÉ

Ceci est un conte pour enfant : petits enfants de tous horizons et de tous poils, approchez-vous du poste de radio, tonton Coluche va vous conter une belle histoire.
Il était une fois, dans une sombre forêt épouvantable, un petit personnage féminin qu'on appelait le Petit Chaperon rouge à cause d'un chaperon qu'elle avait rouge. Et elle était très connue dans l'quartier à cause de son chaperon rouge qui ne passait pas inaperçu. Un jour, elle traversait cette forêt merveilleuse et angoissante, tellement elle était épaisse et que le soleil ne touchait jamais l'sol, elle était là, sautillant gaiement car elle était d'humeur plutôt gaie, cette petite fille, elle avait un joli panier qui aurait pu faire courir déjà beaucoup d'monde, malgré son jeune âge et dans son p'tit panier, je vous l'donne en mille, du beurre… Bref, comme attiré par ce chaperon qu'elle avait rouge et ce pot de beurre qu'elle avait dans son joli panier, voici que surgit soudain de derrière un bois Pinocchio. Pinocchio qui voit le Petit Chaperon rouge arriver et, tout de suite, il est émerveillé par la beauté du P'tit Chaperon rouge, il est ensorcelé,

il est subjugué par cet amour naissant que déjà on voit poindre. Il s'approche donc du P'tit Chaperon rouge et l'invite à s'asseoir sur la mousse qu'elle avait fort jolie d'ailleurs. C'est vrai, la forêt avait une très jolie mousse. Et tous deux s'assirent, comme ça, au pied d'un arbre et se mirent à parler de choses et d'autres et surtout d'autres. Au bout d'un moment, Pinocchio dit au P'tit Chaperon rouge :
– Tu sais, tu es vraiment très jolie et je crois bien que j'suis un p'tit peu amoureux d'toi depuis le temps que je te vois passer près de chez mes parents qui sont menuisiers, d'ailleurs, mon père m'a construit dans une vieille bûche.
– Ah bon, dit le Petit Chaperon rouge, il t'a construit dans une vieille bûche, mais est-ce que tu es vraiment un p'tit garçon comme les autres ? Est-ce que tes petits doigts de pied bougent, est-ce que tes petits doigts peuvent écrire, est-ce que tu as toutes les fonctions d'un p'tit garçon ?
À c'moment-là, Pinocchio, se sentant un petit peu vexé, lui dit :
– Mais enfin, Chaperon rouge, si tu as besoin que j'te prouve quelque chose, dis-le-moi.
Et ce qui fut dit fut fait, le beau Pinocchio prouva qu'il était un petit garçon ordinaire au Petit Chaperon rouge. Et alors, dans cette forêt qui avait toujours été sombre et noire, les oiseaux se mirent à chanter, la mousse s'écarta pour faire passer les pâquerettes, le soleil entra dans la clairière, les petits animaux sortirent de partout en poussant des cris joyeux et le Petit Chaperon rouge, rajustant sa jupe, hurla :
– Merci, monsieur Segalo, ça, c'est du meuble !

*

C'EST FIN

C'est un type qui, un matin, vient voir sa femme au lit et lui dit :
– Tiens, ma chérie, aujourd'hui, c'est dimanche, je t'ai amené le café au lit. T'as plus qu'à le moudre.

Pensées et anecdotes

II

C'est joli, le progrès ! Demain, quand on offrira un livre à un gamin, il le tournera dans tous les sens pour savoir où faut mettre les piles !

*

Faut pas se leurrer, dans la vie, tu commences par croire au Père Noël, puis tu ne crois plus au Père Noël, enfin tu deviens le Père Noël !

Il paraît qu'il y a sur terre une femme qui donne naissance à un enfant toutes les deux secondes. Il faut absolument la trouver pour l'empêcher de continuer !

Ce qui est bien avec l'école, c'est que si après on fait de la prison, on n'est pas dépaysé.

*

Le capitaine Cook a fait trois voyages très importants : le premier en Alaska, le deuxième en Chine et le troisième aux États-Unis. Au cours de quel voyage est-il mort ?

*

Plus on pédale moins fort, moins on avance plus vite.

*

Une maxime de charcutier chinois : la rondelle ne fait pas le printemps.

*

Le sport, j'ai rien contre, je joue à la belote.

*

Il est tissu d'une famille riche, contrairement à la femme à barbe qui, elle, était hirsute mais d'une famille pauvre.

*

Greenpeace, ils feraient mieux de s'occuper des moustiques avant de s'intéresser aux baleines !

*

Les gonzesses sont de plus en plus belles. C'est fatiguant à la fin ! On voit bien que c'est pas elles qui bandent !

*

Moi, Chantal Goya, je l'ai connue avant qu'elle soit vierge.

*

Le succès, faut pas croire, c'est une question de chance, tous les ratés vous le diront.

*

On n'a jamais pu me dire à quel âge ça poussait, les dents en or.

*

D'accord, je claque du blé, d'accord, mais c'est seulement pour m'obliger à en gagner.

*

Bah oui, c'est la crise, c'est-à-dire qu'il va falloir que vous vous passiez de trucs dont vos parents n'avaient pas besoin !

*

Ils vont faire de la bière sans alcool, tu te rends compte... c'est sûrement pour les mecs qu'aiment pas être bourrés mais qu'adorent quand même pisser !

*

Dans les bistrots, on rencontre souvent des gonzesses qu'ont un teint de pêche : iaune et poilu.

Alain Delon déclare que les femmes sont folles de lui, à mon avis, les femmes sont folles tout court et Alain Delon n'a rien à voir là-dedans.

Jean-Paul Belmondo déclare dans *VSD* : « L'amour, c'est le calme, la paix, la tranquillité. » À mon avis, il s'est gouré, il a confondu avec la sieste.

*

Sylvie Vartan déclare que ses chansons s'adressent avant tout au cœur des gens. Le seul problème, c'est que, pour arriver là, elles doivent d'abord passer par les oreilles.

*

Bernard-Henri Lévy a dit hier soir qu'on pouvait pas faire d'argent avec la philosophie. À mon avis, c'est seulement qu'il a pas la bonne.

*

Mais non, Pasqua n'est pas un monstre, il ressemble à un monstre, c'est tout.

*

– Comment ça : « tais-toi ! », on n'est pas mariés, que je sache !

*

Je suis allé à une soirée échangiste hier soir. À la fin, on avait tellement bu qu'on s'est tous mis à draguer nos propres femmes.

*

Je lis pas l'annuaire, moi, j'attends qu'on l'adapte au cinéma, j'irai voir le film.

*

Moi, quand je pars en vacances, je décide plus à l'avance. Pour gagner du temps, je vais à l'aéroport, j'attends de voir où ils expédient mes bagages et je suis.

*

Faites l'amour, pas la guerre... et pour celles qu'auraient pas tout compris au message, je suis chaque jour à Europe 1 de 15 heures à 17 heures.

*

La vie commence à 40 ans, d'accord, mais moi, je vous conseille quand même de pas attendre jusque-là si vous voulez pas rater l'essentiel!

*

Jacques Chirac a déclaré que le nucléaire avait de l'avenir, d'accord, mais nous ?

*

Rentrée scolaire morose : manifestation de CGTristes.

*

Quand je mourrai, je veux léguer mon corps à la science, et mon foie à la charcuterie.

*

On a eu deux Napoléon : Napoléon Ier, et le second en pire.

*

Les champignons les plus dangereux sur le marché, on les trouve dans les voitures, sur la pédale de droite.

*

Tous les départements sont touchés par l'inflation : même le Loir est cher !

*

Je peux pas mettre de short sans qu'on me prenne pour un radiesthésiste : j'ai le pendule qui pend.

*

La principale règle du face-à-face politique, c'est de traiter de menteur celui à qui l'on ment.

*

Le Brésil, c'est tel mambo, qu'on pleure quand on samba.

*

Le maquillage selon Line Renaud : avec ton bol de plâtre, tu remplis les trous, tu attends que ça sèche, ensuite tu ponces, et là, tu maquilles.

*

Beaucoup de politiciens montent dans les sondages parce qu'à leur stade, pour descendre, il faudrait creuser.

*

Entre être gracieux et être drôle, j'ai fait mon choix.

*

La raison des cohabitations ? Droite et gauche s'entendent mieux entre elles que gauche entre gauche, et droite entre droite.

*

C'est vrai que je ne plais pas à tout le monde. Mais quand je vois à qui je ne plais pas, je me demande si ça me dérange vraiment. J'en suis même très souvent content.

*

Des milliers de gens s'entre-tuent chaque jour pour des raisons qu'on ignore, et, pour certaines, qu'on ignore moins, mais on laisse faire quand même.

*

Beaucoup d'artistes prennent la grosse tête. N'empêche que ceux qu'on applaudit le plus, ça reste les moustiques.

*

Je parle du cul, je parle du cul, d'accord, mais pas l'hiver... l'hiver, je parle du nez !

*

J'ai réussi à dépénaliser le mot « enfoiré ».

*

Du point de vue des critiques, un artiste a toujours un succès disproportionné à son talent.

*

Qui pond un œuf, pond une poule puisqu'on ne sait pas qui a commencé !

*

Une balle perdue, dix de retrouvées, comme disent les mecs morts à la guerre.

*

Heureusement que la boxe, c'est pas comme les autres sports, deux manches et une belle, parce que le pauvre mec qui se fait démolir dès la première, il faudrait qu'il y retourne deux fois se faire casser la gueule !

*

Pompier en Corse, c'est un bon job, là-bas, y a pas le feu !

*

Mai 1968, quand je pense au grand mouvement de jeunesse que ça a été, toutes les idées neuves, et quelle a été la seule chose que le gouvernement a trouvé à faire en réponse ? Il a fait goudronner les rues de Paris pour plus que les flics se prennent des pavés dans la gueule. Non, mais tu te rends compte, c'est tout ce qu'ils ont entendu, eux. Franchement, hein, les mecs qui tiennent le haut du pavé...

*

On devrait inventer l'alcootest politique, on devrait faire souffler les hommes politiques dans un ballon pour savoir s'ils ont le droit de conduire le pays au désastre.

*

D'après Pascal, tous les hommes sont bons. Ce que contredisent les plus grands philosophes cannibales.

*

Je pourrais essayer d'être gentil à partir d'aujourd'hui, ne dire que du bien de tout le monde, de Danièle Gilbert, de Régine, de Michèle Torr, d'Hugues Aufray même, dont il n'y a que du bien à dire, d'ailleurs, oui, je pourrais faire ça... il faut bien vivre dangereusement de temps en temps, non ?

*

Faire sauter une contravention, y a rien de plus simple, vous la mettez dans votre main, vous la lancez en l'air et le tour est joué, elle saute.

*

Le progrès, l'homme courant après la civilisation, quelle tristesse ! Et tout ça pour lutter contre quoi, monsieur ? Je vous le donne Émile, pour lutter contre la tristesse et l'ennui. L'homme s'est mis en société pour lutter contre l'ennui et depuis il s'emmerde. C'est pas joli comme calcul : toute notre civilisation repose sur des erreurs.

Régine déclare que le secret de son bonheur, c'est qu'elle ne voit son mari que deux jours par semaine. Je crois que c'est surtout le secret du bonheur de son mari.

Un viol, c'est de un à six ans de prison. Je sais pas en fonction de quoi on a un ou six ans, c'est pas précisé. Peut-être qu'il y a des mecs qui ont plus violé que d'autres, à moins que ce ne soit un problème de taille, je ne sais pas, moi, une espèce de prix au poids.

*

Le Pen dément avoir tenu certains propos... Le Pen dément ? Vous voyez, on est pas les seuls à dire qu'il est fou.

*

Premier hautbois dans un orchestre, ça, c'est bien. Bah, oui, quitte à aller au bois, autant être le premier.

*

– Les femmes m'ont toujours réussi.
– Oui, sauf ta mère.

*

La différence qu'il y a entre Chirac et Giscard, c'est que y en a pas, mais Giscard sait qu'il y en a pas alors que Chirac sait qu'il y en a une.

*

Le Luxembourg projette de faire la guerre à Andorre. Leur arsenal est composé d'un avion pour l'armée de l'air et d'un char pour l'infanterie. L'aviation a des chances de réussite mais l'infanterie aura du mal à la frontière de l'Andorre parce que, là-bas, ils ont un gros chien.

*

Qui aime bien charrie bien.

*

Si la Terre tourne autour du Soleil, on se demande ce qu'elle fout la nuit.

*

Une pensée chinoise: la luxure, c'est la coupe des vices.

*

Un névrosé, c'est le mec qui fait des châteaux en Espagne, un psychopathe, c'est celui qui habite le château en Espagne et le psychiatre, c'est celui qui prend le loyer.

*

J'ai une très mauvaise nouvelle : paraît que le Père Noël croit plus aux enfants.

*

Un Tunisien tabassé dans un car de police : le flic dit pour sa défense : « Je ne me souviens pas d'avoir entendu M. Didi crier sous les coups. » C'est ce qui s'appelle taper comme un sourd.

*

On a croisé un hérisson avec un mille-pattes. Résultat : 2 mètres de fil barbelé.

*

Ceux qu'ont fait la guerre, ils veulent s'en souvenir, ils veulent pas qu'on l'oublie, parce que c'est la seule chose qu'ils croient avoir fait de bien dans leur vie, et ceux qui ont pas fait la guerre, ils veulent pas en entendre parler, parce que c'est la seule chose qu'ils pourraient faire de mal dans leur vie.

*

Line Renaud, elle a trouvé une combine pour les rides, pour se tendre la peau du visage, elle porte plus de soutien-gorge.

*

La plus grande erreur qu'ont faite les banlieusards, c'est que, quand ils ont voulu s'évader de Paris, ils se sont évadés tous en même temps.

*

Vous avez déjà entendu parler un Danois ? On dirait un Allemand qui parle sous l'eau.

*

Tout le monde parle du rêve américain, moi, je veux bien, mais je dis que les mecs, au lieu de dormir, ils feraient mieux de bosser.

*

Maintenant les morts se mettent à voter. Et je sais pas si vous avez remarqué, mais les morts sont à droite. Déjà pour un mec de gauche, mourir, c'était pas drôle, mais alors maintenant qu'on sait ça, c'est terrible.

*

Le bateau à voile, c'est chiant. Mais par temps calme, c'est très très chiant. À moins de penser à prendre des jerricans de vent, évidemment.

*

Quand je dis Mai 68, c'est pas à moi, hein !

*

Ils me font rire, les politiques, à dire qu'il faudrait changer le cadre de vie – ils feraient mieux de commencer par changer la toile !

*

Alors ils mettent les élections le dimanche, et après ils gueulent parce que, comme il a fait beau, personne n'est allé voter. Tu crois pas que la première chose à faire, ça serait de les mettre en semaine ?

*

Les mecs prétendent que les prix littéraires ne sont pas truqués, que tout le monde a sa chance. Ils se foutent un peu de la gueule du monde, quand même. Tout le monde aura sa chance le jour où ils récompenseront un mec qu'a pas écrit de livre !

*

Jane Birkin, elle est mignonne, le seul truc, c'est qu'il faut faire gaffe à ce qu'elle n'ait pas la chair de poule, sinon tu sais plus où sont ses seins !

*

Nouveau crash d'avion. Je ne le dirai jamais assez : vous qui voyagez en avion, exigez de payer à l'arrivée.

*

Avant ils avaient *La Joconde*, aujourd'hui on a *La Vache qui rit*.

*

En général, on épouse une femme, on vit avec une autre et on n'aime que soi.

*

Au fond, je suis très proche des gros cons dont je parle. Au partage, j'ai seulement eu un petit peu plus d'humour.

*

Aux césars, ils vont remettre un prix à Simone Signoret. Au Salon des antiquaires, on lui aurait simplement mis un prix !

*

Gilbert Montagné en concert à l'Olympia ce soir. Pourvu qu'il trouve !

*

J'ai beaucoup raconté des blagues d'handicapés à des handicapés, des blagues d'aveugles à des aveugles, et franchement, de toutes les infirmités connues dans le monde, y a que la connerie qui fait pas rire celui qui l'a.

*

Vous savez comment on reconnaît un gendarme d'un voleur ? Non ? Eh bien, moi non plus !

*

J'ai enfin la réponse ! Ce week-end, j'ai demandé à un flic pourquoi il m'emmerdait, il m'a répondu : « Je suis minable, il faut bien que j'emmerde quelqu'un de connu ! »

*

Le problème avec nos élections, c'est que le résultat compte pour les hommes politiques, pas pour nous.

*

Je ne sais pas si vous avez remarqué, mais il y a de moins en moins de débats politiques à la télé. On avait déjà fait aimablement remarquer aux hommes politiques que ça nous pompait l'air, eh bien, ça y est, eux aussi !

*

Je sais pas si c'est la saison des pêches, mais moi, j'en ai une d'enfer aujourd'hui !

*

Elle est tellement moche qu'ils l'ont acceptée dans un club de nudistes uniquement à condition qu'elle se mette une feuille de vigne sur la tête.

*

Les seuls problèmes des hommes politiques, c'est de savoir qui aura le couteau, qui aura la fourchette. Là où ils sont tous d'accord, par contre, c'est pour bouffer dans votre assiette.

*

J'ai été nourri au sein. Par mon père.

*

On était tellement pauvres quand j'étais gamin que, pour mon anniversaire, on me montrait la photo d'un gâteau d'anniversaire. Le plus difficile, c'était de souffler les bougies.

*

Il est moche, son gosse, faut pas qu'y joue dans un bac à sable, lui, sinon les chats vont essayer de le recouvrir.

*

Les hommes politiques ne peuvent pas garantir le maintien du pouvoir d'achat ? Très bien, alors nous ne pouvons pas garantir le maintien des hommes politiques.

*

Et si par hasard un jour les pauvres, au lieu d'aller travailler, s'enfermaient chez eux avec de la nourriture pour trois mois, qu'est-ce qui se passerait ? Quel est le con qui a eu cette idée, il faut l'attraper, il est dangereux !

*

Le problème de la liberté de la presse, c'est que c'est une contradiction dans les termes pour les hommes politiques. Pour être complètement libres, il faudrait, eh oui ! qu'ils interdisent les journaux !

*

Y a-t-il une vie après la mort ? Le pape déclare : « Seul Jésus pourrait répondre à cette question. Malheureusement, il est mort. »

*

Line Renaud, quand elle était jeune, la mer Morte était pas encore malade.

*

C'est pas que je suis gros, c'est juste qu'il est pas très prudent de prendre l'ascenseur avec moi. Sauf si vous voulez descendre, évidemment.

*

Perdre des kilos dans une salle de sport, je vois pas. À moins de se faire arracher un bras par une machine, évidemment.

*

L'intelligence, c'est pas sorcier, il suffit de penser à une connerie et de dire l'inverse.

*

C'était l'anniversaire d'Eddy Mitchell hier. Je savais pas quoi lui offrir, il a déjà tout. Alors je lui ai apporté un système d'alarme.

*

Avec la retraite, les mecs ont assez de fric pour vivre peinards jusqu'à la fin de leurs jours. Sauf évidemment s'ils veulent acheter quelque chose.

*

Je fais deux régimes en même temps, parce que, avec un seul, j'avais pas assez à manger.

*

Il paraît que l'alcool est déconseillé aux femmes enceintes. Pourtant, entre nous, si y avait pas l'alcool, y aurait pas beaucoup de femmes enceintes.

*

Eddie Barclay, il les épouse de plus en plus jeunes, lui. Remarque, c'est bonnard, parce que, comme ça, ce qu'il arrive plus à faire, elles savent pas encore que ça existe !

*

Les effets de l'inflation, je vous explique : le temps que vous gagniez du blé, vous pouvez plus vous payer ce que vous achetiez quand vous étiez pauvre.

*

J'aurais bien aimé pouvoir aider tout le monde, mais Dieu aurait gueulé à la concurrence déloyale.

*

Certains commencent à l'extrême gauche et finissent à l'extrême droite : il paraît que c'est un chemin qu'on fait avec l'âge. J'espère mourir avant.

*

Si toutes les personnes qui en ont les moyens faisaient un don compris entre 50 et 100 francs aux Restos du cœur, je ne sais même pas si on aurait assez de pauvres.

*

Avant, c'était le public qui s'emmerdait avec la politique. Avec la cohabitation, c'est au tour des politiciens, ce qui n'est que justice.

*

Jean Ferrat, Ardéchois et communiste, est doublement isolé. Et en plus, il aime la solitude !

*

Il paraît que la reine d'Angleterre coûte deux fois moins cher à son État que le président de la République française au sien. Mais ce n'est pas ce que ça coûte qui importe, c'est ce que ça rapporte.

*

Les ministres canadiens ont refusé leur salaire, pour exprimer leur solidarité face à la crise. À ce prix-là, on pourrait carrément leur retirer leurs portefeuilles, puisqu'ils ne s'en servent pas.

*

On aurait versé au gouvernement nigérien 25 millions de dollars pour la signature d'un contrat : l'argent au noir prend des proportions considérables dans ce genre d'affaires.

*

Je comprends pas tout, mais je parle de tout : c'est ce qui compte.

*

Jean-Marie Le Pen a déclaré qu'il ne donnerait rien aux Restos du cœur. Je n'aurai qu'un mot : ouf !

*

La grande escroquerie des sondages, c'est de poser à n'importe qui des questions auxquelles personne ne peut répondre.

*

Si l'on s'occupait autant des hommes que des bêtes, en ce bas monde, ce serait nettement moins le bordel.

*

On est censé vivre en paix, et, pourtant, depuis 1945, les 130 « petits » conflits totalisent 30 millions de morts.

*

Vergès, il est bien comme avocat, lui, au moins, il place pas le barreau trop haut.

*

Synthol, priez pour nous !

*

La prison peut mener n'importe où à condition d'en sortir.

*

Le FN, qui portait trop souvent plainte, a dû payer 5 000 francs pour procédure abusive : pour une fois, justice est fête.

*

Tu te laisses aller, ou tu te les poivrais ?

*

Concile de Trente : les catholiques sont repartis en protestant.

*

Un golfeur éborgne un collègue et demande à homologuer ce dix-neuvième trou.

*

Défense des blagues misogynes et racistes : personne n'empêche les femmes et les Noirs de faire des blagues.

*

On peut être fossoyeur et vrai con.

Le soutien-gorge est un véritable et indispensable outil républicain : ça soutient la gauche, ça soutient la droite, et ça évite le ballottage.

Chirac, tête de liste ravigote, récupère à des fins politiques la gastronomie française : veau et usage de veau !

*

Le PC et la CGT : un mâle et une femelle qui n'ont jamais réussi à faire des petits.

*

Sous prétexte d'emmerder la gauche, Chirac emmerde les Français : faut pas confondre !

*

Chez des personnes comme Thatcher, les cheveux sont une maladie de la tête : ils poussent n'importe comment, même à l'intérieur, malaxent le cerveau, et nous, nous en subissons les conséquences.

*

Madame Tas-de-Chair est ainsi appelée à cause de la viande qui lui pousse autour des os.

*

En Chine, on soigne l'impuissance en appliquant des aiguilles d'acupuncture autour de la bouche. Devinez où ils les plantent pour guérir les bègues...

*

« Le temps est relatif » : c'est vrai. Prenez un rendez-vous pour le 30 mars, pointez-vous le 31, ça vous fait un jour de retard. Mais prenez rendez-vous pour le 31, et pointez-vous le 1er avril, et ça vous fait déjà un mois de retard !

*

Manifestation de sourds qui trouvent qu'on ne les entend pas assez : les Italiens aussi parlent avec les mains, mais eux n'en font pas toute une histoire.

*

Un groupe de prostituées de la rue Saint-Denis a fait un don aux Restos du cœur. Pas en nature, évidemment, sinon ce serait les Restos du corps.

*

Le PC a fait distribuer 10 000 tracts dans lesquels il explique comment créer un million d'emplois. Engager des mecs pour distribuer 10 000 tracts, c'est déjà une partie de la solution.

*

Comme dirait Le Pen, le sida salive pas qu'aux autres.

*

Quand un politicien dit qu'il est contre la dispersion, ça signifie qu'il n'aime pas qu'on soit contre lui.

*

Claudia Cardinale au festival d'épouvante d'Avoriaz. C'est terrible, l'âge.

*

La logique n'est pas de ce monde : comment expliquer que les tableaux de Monet ne soient pas les plus chers ?

*

S'il faut ressembler à Le Pen pour être français, moi, j'arrête.

*

Mise en vente des premiers chewing-gums à la nicotine : également au Bon Mâché ?

*

Un berger allemand s'est brûlé l'appareil génital en urinant sur un câble électrique. Un berger allemand ? Ja volt !

*

Avoir mauvais goût, c'est toujours mieux que de ne pas en avoir du tout.

*

Souvent l'électeur de gauche vote communiste au premier tour pour montrer qu'il aime les ouvriers, et socialiste au second pour gouverner.

J'ai appris à danser le twist en écrasant un mégot avec le pied droit et en me frottant une serviette dans le dos.

Richard Cocciante, comme son nom l'indique.

*

On peut être là sans être fatigué...

*

Heureusement qu'on a les syndicats ! Par exemple, l'autre jour, dans une usine, un ouvrier a fait une erreur, il a renversé un truc et il a foutu le feu à tous les bâtiments. Eh bien, si le syndicat n'avait pas été là, puissant, ils le viraient !

*

On a coupé la jambe gauche de Tito. Maintenant, s'il marche dans la merde, ce sera vraiment du malheur !

*

Tant va la cruche à l'eau qu'à la fin y a plus d'eau !

*

L'argent n'a pas d'importance quand on en a beaucoup.

*

J'ai vendu des fruits aux Halles quand j'étais jeune. Oh, pas longtemps, juste le temps d'apprendre qu'il fallait mettre les taches en dessous.

*

Le problème chez les chanteurs, c'est que y en a quand même beaucoup qu'ont trop de succès par rapport à ce qu'ils ont de talent.

*

Quand j'ai fait mon premier disque – *Mes adieux au music-hall* –, y a des cons qui ont cru que c'était moi qui m'en allais alors que c'était le music-hall qui était en train de disparaître !

*

Raymond Barre n'a jamais été aussi populaire que depuis qu'il n'a plus rien fait.

*

Je dis souvent des conneries en politique, mais au moins, moi, c'est parce que j'y connais rien.

*

Dormir sur son lieu de travail n'est pas un délit, mais l'Assemblée nationale n'est pas un divan non plus.

*

À cause de ses roupillons répétés à l'Assemblée nationale, Raymond Barre pourrait être oreiller de la liste.

*

Avec Eurodisney, Mickey est entré en France. Picsou, lui, est resté aux États-Unis pour la comptabilité.

*

On a ouvert un fast-food sur la place Rouge : on y mangera sans doute à la carte… du Parti.

*

La médecine est à la pharmacie ce que Dieu est à l'Église. L'Église existe, mais Dieu ?

*

Une augmentation de 140 %, c'est plus de moins de la moitié.

*

J'ai fait tellement de fugues que j'aurais dû avoir mon Bach.

*

La justice répressive punit lourdement pour décourager les fautifs. Le problème, c'est qu'avec ce système de simples chats qui peuvent nous griffer, on fait des tigres qui peuvent nous bouffer.

*

Afin de limiter les cas de maladies honteuses dans les régiments d'outre-Rhin qui font grande consommation de prostituées, on a installé pour la première fois dans les casernes cet écriteau : « Soldats, interdit de tirer. »

*

Les Russes ont invité des responsables américains à visiter les centrales nucléaires soviétiques (ça doit certainement être les seuls trucs visitables en URSS), inaugurant ainsi l'ère de l'espionnage touristique : avant, l'espionnage consistait à cacher ce qu'on avait trouvé, maintenant il consiste à faire visiter ce qu'on a trouvé pour faire peur à son adversaire.

*

L'histoire d'amour de Jean-Marie et Pierrette Le Pen a commencé quand lui a été dans elle, et a fini quand elle a été dans *Lui*.

*

Des Algériens ont voulu créer une association de défense des droits de l'homme. Ils se sont vus aussitôt attribuer des locaux par le gouvernement, pour une période de six mois à trois ans... ferme.

*

Bonne nouvelle : les impôts pourraient diminuer de 50 % ! Mauvaise nouvelle : c'est aux États-Unis.

*

J'y connais rien, mais je suis assez d'accord pour que les Anglais ne s'occupent pas de bouffe dans la CEE. Qu'ils se contentent de produire des cuvettes pour vomir.

*

18 % des Français font confiance aux hommes politiques. C'est beaucoup, mais il faut préciser que, parmi les personnes sondées, il y avait des hommes politiques, ainsi que leurs familles.

*

Je n'ai pas l'intention de faire de pub, même pas pour faire comme tout le monde.

*

La CGT s'est excusée pour la dernière grève de métro. Elle fait bien de s'excuser elle-même, parce que si elle compte sur nous, elle peut toujours se brosser.

*

Comiques syndiqués, grève de plaisanterie !

*

En période de fêtes de fin d'année, on a volé dans les fermes des environs de Londres près de 170 dindes : la famille royale n'ose plus sortir.

*

Sans le moindre racisme, je dois dire qu'entre le blues, le jazz, le rock, le reggae, tout est noir.

*

Si le jazz avait été russe, la face du monde en aurait été changée.

*

J'écrirai un livre quand je serai vieux et que j'aurai quelque chose à dire : je dénoncerai tout le monde, je donnerai noms et adresses de ceux qui m'ont embêté pour qu'on aille les mordre.

*

Des Chinois ont manifesté contre le nucléaire : ils ont été reçus, on en a parlé, on ne changera rien, mais ils pourront revenir.

*

Le Pen est contre les films pornos de Canal +. Normal, Le Pen à jouir.

*

À force d'être toujours contre tout et tout le monde, Le Pen en viendra un jour à être contre les gros cons, paradoxe qu'il risque de mal vivre.

*

Message pour les écolos canadiens : sauvez un arbre, mangez un castor.

Vingt-cinq nouvelles vespasiennes pour San Francisco : ça fait une vespasienne pour quatre Francisco.

Le Festival de Cannes est ainsi appelé parce qu'il n'y a que des vieux.

*

Y a pas de raisons pour que l'année précédente soit plus triste que la nouvelle, alors plutôt que de souhaiter les meilleurs vœux, je souhaite beaucoup d'humour.

*

On diffuse de la musique dans certains W-C publics. Sûrement de la musique de chiottes.

*

Il écrit bien, hein, Renaud ? Tout à la main. C'est beau, l'artisanat.

*

Les Soviétiques avaient réussi à créer une race de vaches dotées de cous de girafe : elles bouffaient en Pologne et se faisaient traire en URSS.

*

Les petits Chinois auront des cours d'éducation sexuelle : cette décision a été prise au Parti, premières concernées.

*

Tous les hommes naissent libres et égaux en droits, c'est seulement après qu'on choisit ceux qui porteront un képi.

*

Dans un procès, vous avez les avocats vers vous, et les avocats véreux.

*

Le troisième sexe ? Franchement, moi, je saurais pas où le mettre.

*

On a beau dire que quand on rit de tout, on ne fait pas de politique, on finit toujours par en faire un peu.

*

Les cimetières ont augmenté leurs tarifs. Eh oui, le coût de la vie augmente !

*

J'ai le derrière plus large que les épaules. Avec un costume, j'ai l'air d'être dans un sac.

*

– Qu'est-ce que vous écrivez sur les autographes ?

– « Machinalement, Coluche. »

*

Jacques Brel, c'était *Le plat pays qui est le mien*, Jacques Borel, lui, ça serait plutôt : le plat pourri qui est le mien.

*

Y a beaucoup d'écrivains qui feraient mieux d'écrire sur un papier beaucoup plus fin et de vendre leur livre avec un truc pour l'accrocher dans les toilettes !

*

Le 16e, c'est le seul arrondissement où les épiciers ont le bac et où les Arabes sont italiens.

*

On a fait un disque pour l'Éthiopie avec les meilleurs chanteurs français. Pour les autres, ça serait sympa que l'Éthiopie fasse un disque pour eux !

*

Il est midi, l'heure de la faim dans le monde !

*

Pour consoler les mecs qu'ont encore perdu au Loto, je rappelle que l'essentiel n'est pas de gagner, mais de participer !

*

La course des garçons de café, ça existe encore ? Il suffit d'aller boire un coup pour s'apercevoir que les mecs s'entraînent plus beaucoup !

*

Elle a grossi, hein, Elizabeth Taylor ?
Moi, je serais elle, déjà j'arrêterais de prendre mes aspirines dans de la mayonnaise.

*

Noah, lui, il a de belles dents, il est tranquille, il peut manger une pomme à travers une raquette.

*

J'ai un copain, il est moitié juif, moitié italien, quand il arrive pas à négocier assez un truc, il le pique.

*

Un homme politique de gauche, maintenant, c'est un mec qui traite convenablement ses domestiques.

*

Le ministre de l'Intérieur a déclaré qu'il fallait enlever la drogue des rues. C'est déjà ce que font les mecs dans les rues. Ils enlèvent la drogue. Gramme après gramme.

*

Sécurité et liberté, c'est plus et moins : plus de sécurité pour les riches, moins de liberté pour les pauvres !

*

Le gouvernement prétend que Boulin s'est suicidé par honnêteté. C'est pas flatteur pour les autres ministres qui, eux, ne sont pas morts.

*

Chirac, c'est pas le genre à marcher sur ses amis. Le problème, c'est que, en politique, on n'a pas d'amis.

*

Il ne faut pas croire que tous les policiers sont intelligents : ce serait généraliser.

*

Le commissaire Froussard ne comprend pas qu'on puisse porter plainte contre lui pour avoir assassiné l'ennemi public numéro un. « C'est la balle qui l'a tué, déclare-t-il, et personne ne porte plainte contre le fusil ! Moi, je ne suis que le doigt qui a appuyé sur la gâchette, c'est pour dire à quel point j'y suis pour peu de chose ! »

*

Comme disait Gepetto : la colle à bois et la caravane passe !

*

Je commencerai un régime le jour où, pour chercher un truc dans ma poche, je serai obligé d'enlever mon pantalon.

*

Avant, on appelait ça des péchés, aujourd'hui, on appelle ça des maladies, mais on l'a dans l'cul tout pareil !

*

Le problème, si on se laisse emmerder par les uns, c'est que ça donne le mauvais exemple aux autres.

En France, on a à la fois les autoroutes les plus chères d'Europe et en plus celles où il y a le plus de bouchons. Alors non seulement faut payer, mais en plus faut attendre pour payer !

Pour avoir une chance d'être Premier ministre, faut être ou un gros qui rassure ou un maigre qui fait peur.

*

Drôle d'époque où ce sont les Allemands qui font des affaires et les juifs qui font la guerre !

*

Quand j'étais gamin, j'étais très têtu. Ma mère m'enfermait dans le poulailler pour me punir. Eh ben, j'étais tellement têtu que j'ai jamais rien pondu !

*

Je suis allé une fois chez une voyante. Elle m'a dit qu'elle voyait autour de moi une grande déception. Elle a compris de quoi il s'agissait quand je lui ai dit que j'avais oublié mon portefeuille.

*

Cinq cents piges après le procès de Galilée, les cardinaux du synode s'excusent et reconnaissent qu'il avait raison. Alors, si vous dites un truc qui déplaît à l'Église, vous cassez pas, ça s'arrange toujours, il suffit d'attendre cinq cents ans.

*

Le docteur m'a demandé de suspendre mon traitement. Depuis, je porte mes suppositoires en collier.

*

Il faudrait quand même pas prendre Harlem Désir pour une réalité !

*

Vous savez comment on reconnaît un pauvre en Suisse ? Il loue sa Mercedes.

*

Je suis pour l'amour à trois. Parce que si y en a un qui s'endort, il reste toujours à qui parler.

*

La dernière fois que j'ai vu une bouche comme la tienne, y avait un hameçon de planté dedans !

*

Ça, c'est bien les bonnes femmes, c'est elles qui nettoient, qui cuisinent, qui remplissent les sacs-poubelle et ça serait à nous de les descendre ! Faut pas déconner !

*

Elle a peur du noir ? Attends qu'elle me voie à poil, après, elle aura peur de la lumière !

*

J'ai des copains qui ont un chien.
Son os favori, c'est mon mollet.

*

Une fois, un mec m'a menacé avec son couteau. Mais c'était pas un pro, y avait encore du beurre sur la lame.

*

1er novembre, fête des Morts, et encore des cons qui vont se tuer sur la route. Peut-être que les mecs ont pas compris comment ça s'écrivait, eux, ils vont dans les bars, ils se saoulent la gueule puis ils prennent la voiture parce qu'ils pensent que c'est « Faites des morts ». Tout ça pour dire qu'il faut arrêter de confondre permis de conduire et permis de chasse.

*

17 % des femmes ne portent pas de culotte. Enfin, d'après des marchands de chaussures…

*

Moi, je crois que si on nous donne le choix entre deux choses, le mieux à faire, c'est de prendre les deux.

*

Heureusement que l'amour n'est pas aveugle parce que moi, ce que je préfère, c'est les porte-jarretelles.

*

On a pas besoin d'être riche et célèbre pour être heureux, il suffit d'être riche.

Un conseil aux filles qui n'ont pas de jolis yeux : ayez de gros seins et ça passera inaperçu !

Et pour les ados déjà poilus, prière de laisser l'acné sous le paillasson !

*

Je suis allé voir le dernier Godard au cinéma, eh bien, croyez-moi, la fin est heureuse : on finit en effet par sortir de la salle.

*

Il y a certains films que j'ai vus au cinéma, eh bien, les types se seraient fait plus de pognon en faisant payer la sortie que l'entrée tellement c'était nul.

*

En Allemagne, on vient de voter une loi qui interdit de tuer les poules à coups de karaté ! Donc, désormais, le coup du lapin sera réservé aux lapins.

*

On nous annonce un été indien. J'espère qu'il y aura les plumes !

*

Je voudrais dire à ceux qui m'envoient des lettres d'écrire plus lisiblement, parce que y en a… ils méritent déjà largement leur CAP de médecine !

*

On a arrêté un type sur l'autoroute à 266 kilomètres-heure. Il a prétendu qu'il était en train de doubler un camion. À mon avis, à cette vitesse-là, il aurait même pu le tripler !

*

Dans « l'excellent » *Libération*, on lit qu'un couple vient de mettre au monde son 21e enfant. Donc, si le mec m'écoute, c'est ta femme qui doit la prendre, la pilule, pas toi !

*

Il paraît que le président américain aurait dit au président russe que leurs deux pays devront faire une alliance en cas d'attaque extraterrestre. Alors je vous en prie, Martiens, attaquez la Terre pour qu'on vive en paix !

*

Aux États-Unis, l'État a acheté un canon de plusieurs millions de dollars qui n'a encore jamais atteint sa cible. C'est ce qu'on appelle de l'obus de confiance, non ?

*

J'ai reçu un courrier d'un monsieur qui fabrique des modèles réduits, et, comme son entreprise marche bien, il en cherche une plus petite.

*

Comme d'habitude, les hommes politiques ne disent rien et la presse fait plusieurs jours avec !

*

Après une pétition d'aveugles, *Playboy* vient de sortir aux États-Unis sa première édition en braille. Je me demande à quel endroit ils ont mis les trous.

*

En Allemagne, une femme a étranglé, noyé, dépecé, cuit et rôti son mari par « amour ». Elle, c'est : « Je t'aime à m'nourrir ! »

*

Toutes les puissances de l'ONU se sont prononcées contre le terrorisme. Alors, ou c'est le terrorisme qui devra s'arrêter, ou c'est l'ONU.

*

Un usager d'Air France vient de se faire gauler avec 10 kilos d'héroïne dans sa valise, on peut donc dire qu'à Air France le trafic est interrompu. On lui souhaite un bon avocat de la défonce.

*

Le Pen a dit qu'il était contre le porno de Canal. Remarque, c'est vrai que lui, il voit que la moitié de l'écran, il est obligé de regarder deux fois pour trouver ça excitant.

*

Chirac : « Contre le chômage, il faut travailler davantage. » Oui, et contre la pauvreté, il faut être plus riche.

*

Marx, il étudie la croissance du grain de blé sous l'angle du travail du paysan. Bon ! Mais il oublie juste l'action du soleil !

*

Les Belges et les Suisses, c'est les deux seules races qui se rendent pas compte que, en fait, c'est pareil.

*

Figure-toi qu'un jour... c'était la nuit d'ailleurs.

*

Ah, elle est jaunie la jeulesse, hein !

*

Avant, quand y avait pas les déodorants, à 5 heures, on avait l'odeur, on savait qu'il était 5 heures. Maintenant, on s'met des rillettes, on sait plus ! On sait plus l'heure, on est emmerdé !

*

J'ai mes papiers en bonnet difforme !

*

Il paraît qu'un ordinateur est capable de battre un humain aux échecs. Je commencerai à m'inquiéter, moi, le jour où ils nous battront au judo.

*

S'il n'y avait pas de pickpockets, y a des femmes qui n'auraient aucune vie sexuelle !

*

Moi, ma mère, les nausées, elle les a eues après ma naissance.

*

Le Pen, à chaque fois qu'il se regarde dans le miroir, il a des nausées – comme quoi, malgré son œil, sa vue est bonne !

*

Le problème avec les gens, c'est que quand on leur dit qu'il y a 300 milliards d'étoiles, ils nous croient, mais quand on leur dit que la peinture est fraîche, il faut qu'ils mettent le doigt sur le mur pour vérifier.

*

L'homme et la femme sont comme les deux faces d'une même médaille, ils ne peuvent pas se voir, mais ils restent ensemble !

*

Ce qui est bien avec les régimes, c'est que le deuxième jour est toujours plus agréable que le premier, parce que, en général, le deuxième jour, tu fais déjà plus ton régime.

*

La bonne santé n'est que la plus lente des façons de mourir.

*

Ce sont les grandes perversions qui font avancer le monde. Par exemple, on n'aurait jamais connu le lait si un jour un obsédé ne s'était pas dit qu'il allait avaler ce qui sortirait des pis d'une vache après les avoir un peu branlotés.

*

J'ai passé la nuit dans un très vieil hôtel, le genre à t'envoyer une lettre pour te réveiller.

*

Ce qui est bien, c'est que les gens se reconnaissent en moi. Les plus cons, les plus laids se disent : « Si un mec comme ça peut réussir, pourquoi pas moi ? » Je suis l'idéal des médiocres.

*

Dès qu'un homme politique devient président, il se fait immédiatement la tête du timbre.

*

On dit que j'ai du talent. Quand je serai mort, on dira que j'avais du génie. Moi, tant que j'ai du pognon...

*

À la télé, faut y aller avec de l'intuition, pas avec des intentions !

*

Il n'y a pas plus ridicule qu'un homme politique qui essaie de faire rire. Volontairement, je veux dire. Ça se voit que le public est obligé de les payer !

*

Si je suis homosexuel ? Je vais vous dire la vérité : je n'ai jamais craché sur un beau garçon. Enfin, de trop près, je veux dire.

*

On a beau dire, eh bah, des fois, c'est le contraire !

*

Les mecs, y font des voitures sans permis, y feraient mieux de faire des voitures sans alcool !

L'homme descend du singe, surtout sur la tête, sous les bras et au niveau du maillot !

Les zones érogènes, vous pouvez pas vous tromper, c'est celles qui font le plus mal quand on se cogne.

*

Quand il y avait du sport à la télé, mon père, y criait toujours: « Allez les verres ! », puis il s'en servait un autre.

*

Le socialisme a été inventé par des gens, alors que le capitalisme n'a été inventé par personne. Le capitalisme existe depuis que le monde est monde. De tous temps, des gens se sont dit que ce serait bien de pouvoir faire faire son boulot par un autre.

*

Coup d'État à Madagascar, eh oui, Tananarive pas qu'aux autres !

*

Les filles, c'est mon pognon qu'elles aiment, pas mon gros bide. Et même si j'ai assez de charme pour leur faire oublier mon gros bide, j'en aurai jamais assez pour leur faire oublier mon pognon.

*

La moto, ce n'est pas un gros engin qu'on a entre les jambes et qu'on essaie de maîtriser. C'est plutôt une chose sur laquelle on est allongé et à qui on essaie de donner du plaisir en en prenant le maximum.

*

Quand on commence à avoir du blé, ce qui est impressionnant, c'est les dix premiers milliards. Après, on s'habitue vite.

*

Lors de ma campagne présidentielle, j'ai fait plus d'entrées payantes que tous les autres réunis ont fait d'entrées gratuites. C'est quand même un signe, non ?

*

Un policier, ça devrait être un type qui vous raccompagne chez vous avec des mots gentils quand vous êtes bourré.

*

Je suis pour la fidélité dans le couple. À condition qu'on n'ait pas à se forcer.

*

Les Restos du cœur, c'est pas de la charité, c'est de la redistribution. Merde alors, ça leur appartient, aux gens, la bouffe que je leur refile. Dans leurs impôts, ils paient pour les excédents alimentaires, non ?

*

Quand je me suis présenté, j'ai fait peur aux hommes politiques, quand j'ai fait les Restos, je leur ai fait honte.

*

Si tu sais faire rire, tu sais faire pleurer. Un acteur, c'est comme un briquet : il suffit qu'il y ait de l'essence. Et alors, il y a l'étincelle.

*

Le travail n'est pas un but dans la vie. Le but, c'est d'arriver à rien foutre. Et à part gangster et homme politique, y a pas beaucoup de boulots où on peut gagner de l'argent sans se fatiguer.

*

L'air con me fait la vie facile.

*

En parlant des cons, je parle de moi. Mais dans la salle, chacun pense à son voisin.

*

Je parle pour des mecs dont je me sens… originaire.

*

Le trac, c'est une vaste blague. Ça a été inventé par des comédiens pour empêcher les autres de le devenir.

*

Les autographes, faut en prendre bien soin, parce que ça sert strictement à rien.

*

Je ne savais même pas que de Broglie était mort et, pire encore, je ne savais même pas qu'il fallait le tuer.

Je joue un peu de tout, mal, mais je m'en fous. Je suis musicien à cause des oreilles, pas à cause des mains.

La musique, j'aime ça, même la musique que j'aime pas. Je préfère la musique que j'aime pas à pas de musique du tout.

*

Pour Belmondo, je tournerais gratis. Je déteste les seconds rôles maintenant que j'ai les premiers, mais s'il voulait de moi, j'accepterais bien de courir derrière lui tout au long d'un film.

*

Le beauf, c'est le mec qui reproche au gouvernement le mauvais temps en été.

*

En économie, moi, je ferais d'abord une information éducative. Il faut que les gens comprennent comment ça marche. Quand tu entends parler de « montants compensatoires », tout le monde te dit que c'est ça le défaut et personne ne sait ce que c'est... on te dit, les gouvernements y sont pour rien. Les gouvernements eux-mêmes te le disent : c'est pas nous, c'est les montants compensatoires ! T'as juste le droit de savoir une chose, c'est qu'avec les « montants compensatoires », tu l'as dans le cul, ce qui, en termes d'explication, est un peu juste.

*

Les enfants, c'est cruel. Après, quand ça grandit, ça porte un autre nom, mais ça reste quand même des enfoirés !

*

On veut me mettre en prison parce que j'ai traité un flic d'enculé. C'est formidable, je croyais toutes les taules surpeuplées. S'ils commencent à y mettre tous ceux pour qui les flics sont des enculés, va finir par y avoir du monde !

*

Bangkok, c'est une grande ville pauvre, pleine de Jaunes. Ils l'ont construite juste un peu en dessous du niveau de la mer, à 50 centimètres en dessous. Ce qui fait que, quand il pleut, et il pleut souvent, on a tout de suite les pieds dans l'eau. C'est amusant. Sauf pour ceux qui dorment par terre.

*

Je me bats contre les pédants, les cons et les tartuffes. Je parle des mœurs de mon époque. Et je suis en dessous de la vérité.

*

Les journalistes de la télé, c'est des poudrés. Avant d'avoir un stylo, ils ont un peigne. Et ce sont de sacrés équilibristes : essayer de se faire remarquer sans faire de vagues, c'est un métier !

*

Le vrai problème avec les drogues dures, c'est que les politiques qui en parlent voient souvent la poutre que les autres ont dans l'œil, mais rarement la paille qu'ils ont dans le nez.

*

Un journal féminin à grand tirage, c'est normal que ça fasse le bonheur des femmes !

*

En URSS, ils n'ont plus un rouble, plus rien dans les poches. Même les pickpockets meurent de faim là-bas.

*

On m'a offert un poster de Jean-Luc Lahaye. Plus un poster gênant qu'un poster géant. Enfin, quand on voit sa tête, une chose est sûre, c'est un poster rieur !

*

Que celles qui trouvent que je suis gonflé se manifestent, je leur montrerai la valve !

*

Depuis que les Américains ont ralenti l'importation, on a des problèmes de production de brie. On fait trop de brie, paraît-il. Ce qui est pourtant formellement interdit, surtout après 22 heures !

*

– T'habites à Milan ? Eh bien, bon anniversaire !

*

On apprend dans le journal de ce matin qu'un pilote de chasse s'est fait arrêter par les flics à 260 kilomètres-heure. Il volait trop bas ?

*

Palerme : les juges du procès de la Mafia se désistent les uns après les autres. Certains doivent avoir un mot de leurs parents, les autres de leur parrain.

*

Dans *Libération* ce matin, un sondage : « 70 % des jeunes trouvent la politique utile, 64 % la trouvent compliquée, 58 % inquiétante et 25 % sale. » Allez, démerdez-vous avec ça pour vous faire élire, les gars !

*

Vous avez 9 ans, vous voulez aller voir les films interdits aux moins de 18 ans, une seule solution : allez les voir deux fois !

*

J'ai jamais compris les marées – je vois pas où passe l'eau qui manque. Pareil pour les érections.

*

Disons, pour ratisser large, qu'en politique, il faudrait, par moments, faire primer l'intelligence sur la connerie.

*

Dis donc, ce matin, je me lève, je m'habille, je mets ma chemise, le bouton me reste dans la main, je mets mes chaussures, le lacet me reste dans la main, alors je me suis dit qu'il valait mieux pas que j'aille pisser !

*

Les baffes, c'est comme les médailles, quand on les a méritées, c'est trop tard.

*

Le problème avec les journalistes qui viennent m'interviewer, c'est qu'on a l'impression qu'ils ne lisent pas les journaux. Ils ne savent rien. Alors, maintenant, quand ils commencent par me poser, dans l'ordre, les trois questions suivantes : « Coluche, c'est votre vrai nom ? », « La salopette, pourquoi ? » et « Où est-ce que vous allez chercher tout ça ? », je me tire.

*

– Les questions sur ma vie privée, je crois que ça n'intéresse pas les gens. Qui a envie de savoir, par exemple, combien mesure ma femme ? En tout cas, ceux que ça intéresse, moi, ils ne m'intéressent pas.

– C'est pourtant une partie de votre public...

– Ça les regarde, je demande pas aux gens que j'aime pas de pas m'aimer.

*

– Coluche, est-ce qu'il vous arrive d'avoir mauvais caractère ?

– Tous les jours, monsieur. Et à la même heure !

*

Les arènes de Nîmes, c'est pas comme au café-théâtre, là-bas, le comédien n'est pas à 20 centimètres du public, les sourcils, il faut qu'il les fasse avec le coude ?

*

Moi, je veux bien être candidat à tout, si demain y a Miss France, j'me présente !

*

Dans notre métier, il faut savoir dire oui pour se faire un nom.

*

Quand les hommes cesseront de croire en Dieu, ils croiront en n'importe quoi.

*

Je suis un gros lard, mais avec le pognon que je gagne, j'aime autant que ça dure.

*

Accident sur un chantier. Un échafaudage s'écroule, deux morts et un blessé grave. Le propriétaire de l'échafaudage déclare : « Ces échafaudages se font depuis plus de cent ans, c'est vous dire s'ils sont solides. » C'est formidable le culot, non ? Il poursuit : « Je me sens blanc dans cette affaire à 99,5 %. » On sait pas comment il a évalué les 0,5 % qui restent, mais, à mon avis, les trois mecs, c'est des Arabes. Le procureur de la République, en tout cas, a été très sévère. Il a réclamé une peine de deux mois de prison avec sursis pour l'entrepreneur – je vous rappelle que la prison avec sursis, c'est celle qu'on fait pas, on a un papier sur lequel y a écrit deux mois de sursis, mais on reste chez soi, et le papier, on en a rien à chier. Et le mec a eu 10 000 francs d'amende. Alors voilà, on le sait maintenant, deux Arabes morts et un blessé, ça coûte 10 000 francs à un chef d'entreprise. Moi, je vais vous dire, les Arabes, ils ont de la chance que je les aime bien, parce qu'avec le pognon que je gagne, je pourrais en bousiller un paquet !

*

Maintenant, on peut aller de scandale en scandale dans la politique, dans la finance, et ça gêne personne. C'est le principe de l'information à l'américaine : on dit vraiment tout, mais les gens s'en foutent.

*

Les shampouineuses shampouinent. Et à quoi ça sert les tanks ?

*

Les mémoires de Bernard Hinault, encore un de ces livres que je lirai si un jour je vais en prison.

*

Pour les dames qui voudraient m'écrire, je sais où on peut trouver des chocolats fourrés à la laitue.

*

Quand un mec me dit que c'est gentil de l'aider parce qu'il a jamais eu de chance, je l'aide pas. Parce qu'il faut avoir de la chance pour qu'on vous aide. Un mec qu'a pas de bol, on peut rien pour lui.

*

J'ai déclaré que j'étais candidat à la présidence de la République, comme trente-trois autres mecs qui se sont dit: «Tiens, j'ai un livre à vendre.»

*

Les hommes politiques parlent toujours des Français moyens en pensant que les Français sont moyens. La vérité, c'est qu'y en a des gros, des petits et des maigres, y a pas d'Français moyen, ça n'existe pas.

*

Ça vaut le coup de se fâcher avec quelqu'un si on le voit tous les jours. Parce que si on se fâche avec quelqu'un qu'on ne voit que tous les ans, ça vaut pas le coup, on n'en profite pas.

Y a beaucoup d'hommes politiques qu'ont intérêt à parler de moi. Parce que je suis plus connu qu'eux. Ils ont donc intérêt à parler de moi s'ils veulent qu'on parle d'eux.

Tout le monde a dit que ma candidature était pas sérieuse, en voulant dire par là qu'elle était pas chiante. Dès que c'est chiant, alors ça va. On peut parler politique.

*

Le problème en politique, c'est que si t'écoutes tous les sons de cloche, tu ne vas t'adresser qu'à des cloches.

*

Moi, je demande que ça, être de gauche, à condition qu'elle existe.

*

Moi, j'ai raté le certificat d'études, mais j'ai pas essayé de le passer trois fois.

*

Le problème avec les hommes politiques, c'est qu'ils nous coûtent autant, quand ils sont au gouvernement, que quand ils n'y sont pas.

*

Ce que je pense réellement de la politique ? C'est qu'il faudrait mettre à chaque poste le mec le plus compétent, tout simplement, qu'il soit de droite ou de gauche, peu importe. Et même, je vais vous dire, s'ils sont deux à avoir un avis sur la question, un de droite et un de gauche, eh bien, on pourrait mettre les deux au même poste. Qu'ils travaillent ensemble et puis c'est tout. Et qu'ils nous proposent que les trucs sur lesquels ils sont tous les deux d'accord.

*

Selon la Nasa, la navette américaine a explosé à cause d'un joint. Messieurs les pilotes, merci donc, à l'avenir, de vous abstenir de fumer pendant le décollage des navettes !

*

J'ai fait mon service militaire au fort des Rousses, je sais même plus où c'est, mais ce dont je me souviens, c'est qu'il faisait tellement froid là-bas que même les filles se gelaient les couilles, c'est pour vous dire !

*

On lit dans *La Tribune de Genève* qu'un type qui travaillait dans une banque est parti avec 80 milliards de centimes. C'était le gérant de fortune de 1300 clients. Il est parti avec le pognon de tout le monde. Les mecs avaient un compte bloqué, maintenant ils ont un compte courant!

*

M. Le Pen a déclaré: « L'État doit rester à sa place, seulement à sa place et rien qu'à sa place, c'est-à-dire s'occuper de sécurité, seulement de sécurité et rien que de sécurité. » On pourrait peut-être lui trouver un képi à sa taille, non?

*

Comme dit un cadre du parti communiste après une élection: « Ça me laisse sans voix! »

*

Palestine: il faudrait rappeler à Israël que le crime ne paie pas!

*

La Lune est habitée, la preuve, c'est allumé tous les soirs.

*

Les médecins belges viennent de se mettre en grève pour une durée illimitée. Les malades reprennent enfin espoir.

*

Le nudisme vient juste d'être autorisé en Angleterre. Ils n'ont rien à craindre, remarque, avec le climat qu'il fait, y a que les plus poilus qui pourront en profiter !

*

Victoire de la droite, victoire du RPR, surtout. Et donc, une petite pensée à méditer pour l'UDF : quand on mange une tartine de beurre, les dents du bas n'ont que du pain sec.

*

Christine Ockrent a accouché : pourvu que ce soit un gosse !

*

Quand j'étais gamin, moi, j'écrivais au Père Noël : « Si t'as besoin de quelque chose, hésite pas à m'écrire ! »

*

Un mec assassiné pendant qu'il collait des affiches. C'est dire si ça l'affiche mal !

*

Il faudrait retirer à l'État les choses qu'il ne sait pas faire ou qu'il fait mal. S'occuper des pauvres, par exemple.

*

Selon Jean-Marie Le Pen, en tant que fils d'immigré, je n'aurais pas le droit de faire les Restaurants du cœur. J'ai traité Le Pen d'enfoiré, c'est vrai, et je retire ce que j'ai dit. Lui, faut lui trouver un mot pour lui tout seul.

*

Les jeunes hommes politiques de droite et de gauche, laissez-moi rire ! Ils remplacent des vrais vieux par de faux jeunes, oui.

*

Si encore les hommes politiques ne racontaient que des conneries... le problème, c'est qu'ils racontent tous la même, à savoir que la crise, c'est de la faute des autres ! On est dans une situation de crise et ces gens s'engueulent alors que nous, on préférerait les voir s'entendre. Là, on s'intéresserait davantage à la politique.

*

Les intellectuels sont des gens courageux et j'aime les gens courageux. Moi-même, j'ai pris position contre le cancer avant 1968 – ce qui est très osé si l'on regarde l'échiquier politique de l'époque.

*

J'ai croisé une femme dans un sex-shop, son mari était en panne, elle venait changer les piles.

*

Moi, je propose de mettre une institutrice dans la fusée Ariane. Pour que la maîtresse décolle !

*

En sport, je suis amateur de tennis. Je fais du 40.

*

Très bien, ça, que les chômeurs fassent grève. Pour une journée au moins, les mecs sont plus chômeurs comme ça, ils sont grévistes.

*

Quand on voit tous ces hommes politiques qui font des magouilles, qu'écopent de non-lieux devant les juges et qui restent en place, on peut se dire que s'il n'y a pas vice de forme là-dedans, il y a au moins une forme de vice.

*

Jacques Chirac : un homme étonnant. Il a serré la main à toute la France et pourtant, lui, il n'en a qu'une.

*

Que tu sois jeune, femme, arabe, noir, tu peux passer à la télé, mais t'as pas le droit d'y parler. Le truc c'est : « Bon, on vous invite quand même mais par contre vous êtes gentil, vous fermez votre gueule ! »

*

Les jeunes ne s'intéressent pas à la politique parce que la politique ne s'intéresse pas à eux. Ils ne sont pas considérés comme des gens à qui il est raisonnable de parler. Ce serait une perte de temps pour les hommes politiques. Les jeunes ? Ni intéressants, ni importants. Allez, hop ! circulez, y a rien à voir !

*

J'ai bouffé dans un super-resto hier soir, près de l'Étoile. J'ai essayé de couper mon steak pendant à peu près une demi-heure avant d'appeler le garçon qui n'a pas voulu me le changer sous prétexte que je l'avais ébréché.

*

Je ferai le Paris-Dakar le jour où ils auront viré le sable tout le long pour mettre du goudron.

*

Finalement, les clochards ont eu le nez creux de rien foutre. Parce que, avec tous les chômeurs qu'on a maintenant, ils auraient pas été dans la merde !

*

Le Pen, je veux pas dire, mais je serais pas vraiment étonné d'apprendre que c'est lui qui a inventé la mauvaise haleine.

*

Giscard a déclaré que la comète de Halley qui avait jadis guidé les Rois mages revient pour annoncer la fin du socialisme. Eh bien, si les Rois mages ressemblent à son plumage à lui, ils doivent plutôt se les geler !

*

Le problème avec Dieu, c'est de savoir comment ça marche. Si tu pries pour avoir une bagnole, tu l'auras pas. Mais si tu la piques et qu'ensuite tu pries pour qu'il te pardonne, là, ça peut marcher.

*

Dans le show-biz, on fait des métiers de pute : y a des moments où faut relever la jupe et d'autres où faut serrer les genoux.

*

Jean-Baptiste Doumeng a déclaré : « Oui, bien sûr, Staline a fait quelques morts, mais pas plus que les accidents de la route. » Il devait évidemment parler de tous les accidents de la route, tous pays confondus, depuis l'invention de l'automobile.

*

J'ai été au mariage d'une copine hier soir. Une ex à moi. J'ai été éliminé en demi-finale.

*

Jean-Marie Le Pen a déclaré : « Il vaut mieux élire un RPR imbécile qu'un communiste intelligent. » C'est pour dire que, quand il s'agit d'intelligence, y en a qui s'y connaissent !

*

Vous savez ce qu'il y a de tatoué sur le derrière des homos masos ? Frappez avant d'entrer !

*

J'ai pas vu Jean-Paul II, d'accord, mais j'ai vu Rocky 3 !

*

Il paraît que le PC a demandé qu'on change les travestis de bois, qu'on les enlève de Boulogne pour les mettre à Vincennes. Comme quoi, c'est bien le parti des trav'ailleurs.

*

Soirée électorale hier soir. On a vu des choses extraordinaires. On a vu Le Pen parler d'intelligence. Par ouï-dire certainement.

*

Manifestation d'homos dans le Bas-Rhin : quoi de plus normal ?

*

Dans l'Ardèche, un couple, qui était aussi dans la dèche, vient de se faire gauler. Ils faisaient des faux billets de 20 francs. C'est vrai que ça, c'est une belle connerie. Quitte à faire des faux billets, autant faire des billets de 500 francs. Parce que milliardaire en billet de 20 francs, l'unité de mesure, ça devient la valise ! Combien de valises pour cette Ferrari ?

*

Les lepénistes sont français. Le problème, c'est qu'ils ne sont que ça.

Je vais vous donner la solution idéale pour maigrir : secouer la tête de gauche à droite quand on vous propose un plat.

*

Moi, j'aime beaucoup le caviar, mais j'en mange pas souvent parce que ma femme enlève la peau, alors ça prend des heures.

*

À part faire la queue à la Sécurité sociale, y a rien qui me fait plus chier que d'aller au théâtre.

*

Contrairement à ce qu'on pourrait croire, l'épître n'est pas la femme de l'apôtre.

*

Je connais un très bon café. Encore plus efficace que la mauvaise conscience pour rester éveillé.

*

Ils sortent un film cette semaine : *Femme entre chien et loup*. Si elle ne se fait pas mordre, celle-là, elle aura du bol.

*

Le pilote de l'*Amoco Cadiz* a eu une amende de 36 francs. Moi, pour avoir insulté un flic, j'ai eu 300 000 francs d'amende. La prochaine fois que je ne serai pas content, j'ai compris, je vais couler un pétrolier en Bretagne !

*

Il n'y a rien qui amuse plus les gens sans talent que d'entendre parler d'eux dans le poste. C'est pour ça que les hommes politiques font de la politique.

*

J'ai lu dans le journal que le Mouvement des radicaux de gauche s'interrogeait sur son avenir. Je dois dire qu'il n'est pas le seul. Et, d'après moi, il ferait même mieux de s'intéresser à son passé : il y aurait plus de choses à raconter.

*

Les sondages, c'est formidable. On te dit pas comment voter, on te dit simplement comment tu as l'intention de voter. Et ensuite tu votes selon cette intention.

*

Pour être comédien, il faut être doué. Le problème des comédiens, c'est que 85 % sont chômeurs parce que 60 % ne sont pas doués. Sans ça, il n'y aurait pas de problème.

*

Qui pourrait me blesser en faisant de l'humour ? J'ai été plus loin que personne n'ira jamais avec moi-même. Je me suis pris moi-même pour un con et je me suis mis sur scène dans ces conditions-là devant un public.

*

On a dit que j'avais blessé les anciens combattants. Mais un ancien combattant, en général, il est déjà blessé. Sans ça, il est gardien de square et il gueule.

*

Un CRS s'est fait curé, mais reste quand même CRS. Il sera facile à reconnaître, celui-là, si vous le croisez dans la rue, il va vous *prier* de circuler.

*

Bison bourré. Boire ou conduire, de toute façon, il faut conduire. Respectez la consigne : rapportez les bouteilles vides au magasin.

*

On retrouve le pape avec sa papauté... mais y va la remettre !

*

Le clergé a beaucoup discutaillé pour savoir qu'est-ce que si Galilée avait eu raison, que la Terre était ronde, qu'elle tournait, que si les autres, qu'est-ce qu'ils disaient que si la Terre était plate, alors donc, etc., bref, finalement, y a un évêque qui s'est levé pour apporter du poivre à son moulin et qui a dit : « C'est curieux parce que Jane Birkin, elle est plate et pourtant, au cinéma, elle tourne ! »

*

À Marseille, un Maghrébin qui était candidat à la députation depuis huit jours a déjà été attaqué trois fois. Je vous dis pas s'il avait demandé à être Premier ministre combien de fois il serait mort.

*

Proverbe belge : rien dire, c'est se taire !

*

La terre aux paysans ! Et l'eau aux pêcheurs !

*

Alain Delon a déclaré : « Si Le Pen avait ma gueule, il serait élu. » C'est bien la preuve que si Alain Delon savait parler, il pourrait faire de la politique.

*

On ne doit pas croire tout ce qu'on nous dit. Mais on peut le raconter…

*

Bientôt, on commandera toute notre bouffe par téléphone. J'attends le jour où on la recevra par la télé, moi.

*

Je suis venu avec un pote magicien. Il va revenir, il est juste parti faire un tour.

*

En Thaïlande, les prostituées ont augmenté leurs prix et les clients ont gueulé : non seulement elles leur vident les bourses, mais, en plus, elles leur vident les bourses !

*

Ma position politique : au-dessus des partis. Dans les poils, si on préfère...

*

Alcoolisme : celui qui se fait prendre en Iran, y raque !

*

Je vais faire un nouveau spectacle : je jouerai en matinée et enfoirés !

*

Robert Badinter 2 à 0.

*

Je suis allé voir un pote à l'hôpital. Les médecins voulaient pas que je bouffe avec lui. J'ai gueulé, eh bah, ils ont fini par amener un deuxième tuyau !

*

Et maintenant un conseil à tous les sucres amoureux de petites cuillères : ne vous donnez pas rendez-vous dans un café !

*

Je rappelle aux jeunes mariés qu'il ne faut servir que des ailes de poulet à leurs femmes. Bah oui, c'est une tradition, pendant la lune de miel, on ne serre pas les cuisses !

*

Méfiez-vous si vous allez en Écosse, vous risquez l'attentat à la pudeur si vous vous épongez le front avec votre kilt !

*

De la bigamie, c'est quand on a deux femmes, quand on en a qu'une, c'est de la monotonie.

*

Je suis allé en Italie ce week-end. En avion. Les salauds, ils ont réussi à me piquer ma montre quand on a survolé Naples !

*

Il est pas franchement radin, si tu veux, mais il est quand même du genre à aller acheter des chaussures trop petites s'il trouve par hasard une pommade contre les cors aux pieds.

*

Vous savez ce qui est noir, qui fume et qui pend au plafond ? Un électricien qui a eu un accident du travail.

*

Quand j'étais gamin, je jouais à pile ou face avec une pince et une gomme. Bah oui, la pince épile et la gomme efface !

*

Moi, j'ai trouvé une combine pour les mecs qui veulent faire la guerre. Plutôt qu'ils aillent emmerder les Cambodgiens ou les autres chez eux juste pour essayer leurs armes, on n'a qu'à leur donner un grand terrain, au milieu du désert, par exemple, dans un endroit où personne n'habite, une espèce de champ protégé dans lequel ils pourront faire la guerre et se tuer entre eux en toute tranquillité et sans faire chier personne. Un « champ » de guerre en quelque sorte.

*

Conseil aux athées: buvez du bouillon. Normalement, y a pas Dieu dans le bouillon!

*

Depuis que j'ai vu les Rolling Stones à la télé, je me suis remis à aimer les vieux.

*

Une strip-teaseuse de 75 ans fait fureur en Angleterre. Elle, c'est Alice au pays des cartes Vermeil!

*

On vient d'apprendre que les roux avaient en moyenne 80000 cheveux, alors que les bruns et les blonds en avaient en moyenne 140000. Par contre, il y a plus de roux que de blonds. Comme quoi, ça va, on a des roux de secours.

*

J'avais un prof d'anglais qu'était vachement frappé parce que je l'appelais Eagle. L'aigle, en anglais. En fait je l'appelais Eagle simplement parce qu'il gueulait tout le temps.

*

La différence entre Gainsbourg et moi, c'est que moi, quand je dépasse les bornes, je le fais toujours exprès, je ne perds pas le contrôle. C'est toute la différence entre l'alcool et l'herbe.

*

Peut-on rire de tout ? Ma position sur le sujet, c'est que, si c'est drôle, t'as eu raison de le faire !

Je parle parfaitement l'anglais. Mais les Anglais ne me comprennent pas, ce qui est normal, parce que ce sont des enfoirés.

L'accordéon, c'est dégueulasse. Moi, j'y touche pas. C'est un instrument qu'a été malade. Il est encore plein de boutons.

*

Le problème des hommes politiques, c'est qu'y a pas de place pour tout le monde dans les cabinets ministériels ! Bah oui, y a un loquet ! Et c'est pour ça que les autres font de drôles de gueules !

*

« Ça se rafraîchit ! » comme on dit quand on a rien à dire !

*

C'est n'importe quoi, les sondages, regardez celui-là : « Êtes-vous constipé ? » En tout cas, moi, j'aurais répondu non, parce que, franchement, ils font chier avec les sondages !

*

Serge Gainsbourg : c'est toujours métro-goulot-dodo !

*

Alain Delon a déclaré : « Si j'entrais en politique aujourd'hui, je ferais un malheur. » Un malheur, ça serait pas mal parce que les hommes politiques, eux, ils en font des tas, de malheurs.

*

Évidemment qu'on s'attendait à être critiqué pour les Restos du cœur. On est toujours critiqué pour ce qu'on fait. Remarquez, on pourrait aussi être critiqué pour ce qu'on n'a pas fait, mais ça, en général, en France, on fait pas. On critique jamais les gens qui font rien, on ne critique que ceux qui font quelque chose.

*

Le problème de Mauroy, c'est qu'il a pas une tête de Premier ministre. De deuxième ministre plutôt, et encore, grand maximum !

*

Robert Charlebois avait une maison à côté de la mienne sur les îles. On était voisins de palmier. J'aime bien dire du mal de lui et puis, de toute façon, les accents ont toujours tort. En tout cas, ils ont fait sauter ma maison là-bas, et pas la sienne. Décidément, Charlebois et c'est moi qui trinque !

*

Jean-Marie Le Pen a déclaré que les Restaurants du cœur étaient une opération trompe-l'œil. Ce qui, effectivement, est emmerdant pour lui qu'en a qu'un.

*

Dans la catégorie sex-appeal, nouvelle victoire du vibromasseur !

*

J'ai passé un excellent week-end : je me suis pendu, mais la corde a cassé.

*

Accident d'une fusée belge. Elle s'est enfoncée dans la terre au démarrage. À mon avis, ils avaient monté l'élastique à l'envers.

*

Le Pen a proposé ce week-end à ses sympathisants de se coudre sur la veste une étoile jaune avec écrit : « Français ». Je suis pour, ça serait en effet pas mal qu'on les reconnaisse !

*

Le Pen n'aime pas voir les Arabes sur notre sol. Il préférerait peut-être les voir dessous !

*

Pourquoi un prêtre aurait pas le droit d'être homo ? On peut tout à fait aimer Jésus et les garçons. D'ailleurs, Jésus, c'est un garçon...

*

Je parle assez peu l'allemand. Moins bien en tout cas que Le Pen quand il s'énerve.

*

Je vais organiser une conférence sur l'égalité des sexes. Il y a en effet des grands, des petits, des longs, des larges, des maigres et c'est dégueulasse : il faut que ça cesse !

*

J'ai été serveur à une époque. Quand un mec me demandait un café fort, je lui servais une tasse d'eau chaude. Le mec gueulait et je lui disais : « Vous voyez que vous êtes bien assez énervé comme ça ! »

*

C'est marrant, quand j'ai arrêté la scène, les gens me demandaient : « Quand est-ce que vous revenez ? » et les journalistes politiques me disaient : « C'est promis, hein, vous arrêtez définitivement ! »

*

Au Moyen Âge, il paraît que les gens étaient plus bronzés qu'aujourd'hui. Les scientifiques pensent que c'est parce qu'ils passaient plus de temps dehors. Et moi, je crois que c'était plutôt la rouille des armures.

*

Mourousi à la une de *Paris-Match* : visiblement, y a pas d'avion qu'est tombé cette semaine ni de trains qui sont montés l'un sur l'autre !

*

Le problème avec Jospin, c'est que, comme c'est pas un voyou, il s'intéresse pas aux médias. Il fait partie de ces mecs de gauche qui sont souvent d'anciens pions roux avec une barbiche. Des mecs qu'ont été scouts. C'est typiquement le genre de types contre qui les journalistes aiment bien s'énerver. Catherine Nay, par exemple, hier soir, à « L'Heure de vérité ». Elle lui posait pas de questions, elle l'engueulait carrément !

*

Tremblement de terre dans la Creuse – à part un mec qui a le Parkinson et qui, un instant, s'est cru guéri, les autres ont seulement été ébranlés quelques secondes. Ils ont quand même gueulé parce que, ébranlés d'accord, mais seulement quelques secondes, faut quand même pas déconner !

*

En France, les réformes économiques ont autant d'effet que des piqûres dans des prothèses de fesses.

*

Messieurs, ne confondez pas une pute et une salope. Pute, c'est un métier, salope, c'est un trait de caractère.

*

La cuisine anglaise, c'est simple: quand c'est froid, c'est de la bière, quand c'est chaud, c'est de la soupe.

*

Accident de chasse: un type qui tirait sur un lapin a tué un de ses camarades, lequel laisse une femme, quatre enfants, et donc un lapin.

*

Savez-vous pourquoi les juifs ont le sens de l'humour? C'est un don de la nature.

*

Une très bonne combine pour vous éviter de vous ronger les ongles: faites-vous arracher les dents.

*

Du beau, du jau, du beaujolais – c'est une plaisanterie au 12e degré!

*

Naissance de deux jumelles – on leur souhaite longue vue !

*

Bagarre au cours d'un match de basket : tout le monde a fini au panier !

*

La télé dans les prisons : ils avaient déjà les barreaux, maintenant, ils ont les chaînes !

*

Cours de grammaire : un jour, des journaux !

*

Le budget de la Sécu, il est de plus de 9 milliards. On prévoit qu'il sera de moins 5 milliards dans deux ans... le mec qui a fait les comptes est tombé malade. Ça en fait un de plus déjà.

*

Il suffit de se rappeler tous les noms des morts et tu connais le nom des rues.

*

Le prix des voitures en hausse dès demain.
Le prix des chaussures aussi, mais elles, c'est des deux pieds !

*

Aujourd'hui, qu'est-ce qu'on apprend-il ? Les chiens antidrogue sont accros – pour des chiens, c'est normal !

*

Bokassa et Baby Doc avaient avant un petit contentieux, ils ont maintenant un gros compte en Suisse.

*

Quand on voit l'âge des mecs qui nous gouvernent, on s'aperçoit qu'on fait bosser les occupants d'une maison de retraite !

*

Le pape, voilà un homme divin.
Divin, mais d'appellation contrôlée !

*

À Rio, un Boeing n'a pas réussi à sortir le train – accident de train donc, ce qui, pour un avion, est quand même le comble. Il a dû se poser sur le ventre. Les travestis sur place ont déclaré : « Nous, on est habitués à atterrir sur le ventre, y a aucun problème et personne nous emmerde ! »

*

Le président de l'Allemagne visite Israël avec sa famille. Je sais pas si vous avez vu les photos, mais ils étaient tous habillés en vert, sa femme en vert macht et ses gardes du corps en vert botten !

C'est les vacances : attachez vos bagages sur le toit de la voiture si vous voulez épater la galerie !

En Tunisie, une manifestation d'Arabes contre la pauvreté. C'est un pays où y a décidément trop de Beurs et pas assez de pain !

*

Le parti socialiste nous dit : « Faire un pas à droite, c'est faire trois pas en arrière », ça va donc être une campagne électorale très danse.

*

Vous savez comment on reconnaît un chien d'aveugle ? Y a un aveugle au bout !

*

Y a une minorité opprimée dont on parle jamais, c'est les Indiens. Ceux qui vivent dans l'attente... de jours meilleurs. Et pourtant, Indien vaut mieux que deux tu l'auras. Enfin bref, ils réclament de l'argent, ils veulent des Sioux. Ils n'ont plus rien à manger, paraît-il, ils sont obligés de prendre dans les réserves. Et ils y laissent des plumes ! La vérité, c'est qu'ils vivent en tipi du bon sens et que, de toute façon, on n'en a rien à foutre alors, allez, foutez-moi ça dehors !

*

C'est un mec qui téléphone au garde-meuble :

– Allô ! Est-ce que vous vous rendez à domicile ?

– Non, monsieur, le garde-meuble ne se rend pas.

*

Vous savez où il y a le plus de céréales au tiers-monde ? Dans les boulettes de viande !

*

Aujourd'hui, on est jeudi, on s'en fout, ça change tous les jours.

*

L'année prochaine, la vignette auto sera ronde. On l'aura dans le cul tout pareil, mais, au moins, on ne se blessera pas avec les coins.

*

Un nouveau journal sera vendu par des chômeurs, il coûtera 6,50 francs. Alors un conseil, plutôt que de l'acheter, envoyez les 6,50 francs aux Restos du cœur, parce que nous, les chômeurs, on les exploite pas, on les nourrit !

*

Injustice flagrante qui a semé dans l'épiscopat quelques remous : tous les pères ont des calottes rouges alors que sa propreté, Jean-Paul II et Jean Retiens un, lave plus blanc avec Javel Lacroix, la croix qu'il a autour du cou d'ailleurs. Ainsi, il y a des pères blancs, il y a des pères rouges et si vous êtes parmi ceux qui ont des paires rouges, eh bien, allez voir votre médecin, c'est pas normal.

*

Charles Pasqua déclare : « Je connais les remèdes politiques pour redresser la France. » Après quarante ans de carrière, il est un peu con de pas les avoir donnés plus tôt, non ?

*

Depuis que le PSG caracole en tête du championnat de France de football, les supporters parisiens ont retrouvé une bonne raison de se bourrer la gueule. Ils en trouveront une autre si les résultats sont moins bons.

*

Le président russe était à Paris pour les soldes aux Galeries Lafayette. Il était arrivé à crédit, il est reparti content.

*

De nouvelles affiches ce matin dans la rue : « Au secours, la droite revient ! » Vous avez dû les voir. On a cherché évidemment qui c'est qui les a posées, eh bien, figurez-vous que c'est le PS qui fait campagne pour dire qu'il a perdu d'avance !

*

La CLT : la Compagnie luxembourgeoise de télévision a dit : « La sixième chaîne pourrait émettre avant Noël. » C'est-à-dire avant la cinquième. Alors on se demande si la septième pourrait pas émettre à partir de demain et la huitième à partir de l'année dernière.

*

Les Arabes ont fait beaucoup de progrès. Maintenant, y en a des riches. Y en a aussi des pauvres, rassurez-vous ! Vous n'allez pas être obligés de bosser tout de suite !

*

J'ai fait l'Écosse en autocar, j'vous l'conseille pas, c'est un peu comme l'Australie en kangourou !

*

Il paraît que Sylvie Vartan a encore fait des progrès. Ça va faire vingt-huit ans maintenant qu'elle fait des progrès. Moi, j'y vais pas. J'attends qu'elle ait fini tous les progrès. J'verrai tout d'un coup, c'est mieux.

*

Françaises, Français, nous envisageons un redressement dans cinq ans. En effet, dans cinq ans, nous serons considérés comme un pays sous-développé auquel viendront en aide les pays industrialisés.

*

J'ai vachement changé. Eh ben, j'ai croisé un copain, l'autre jour, j'y ai fait coucou... Y m'a pas reconnu ! Remarquez, lui, il est tellement con que, si ça se trouve, c'était pas moi, hein !

*

Un coiffeur, c'est un dentiste pour la tête.

*

Je me suis tout le temps fait rouler quand j'étais gosse. On m'disait par exemple : « Mets pas tes doigts dans ton nez ! », puis finalement mes doigts ont grandi en même temps que mon nez, ça s'est très bien passé.

*

M. Reagan a dit qu'il allait donner de l'argent clandestinement à ceux qui luttent contre le communisme en Angola. Alors, il va donner l'argent – j'suis d'accord ! – mais clandestinement... Maintenant qu'il l'a dit, ça m'étonnerait ou alors, c'est moi qui suis con.

*

De retour de Pologne, rien ne change, niveau fringue, c'est toujours l'abbé Pierre le fournisseur exclusif !

*

Sophie Favier porte une perruque. Pas sur la tête, sur la langue.

*

Le dernier amant de Rock Hudson, apprenant « après coup » sa séropositivité, a demandé à la famille du défunt un dédommagement de plusieurs millions de dollars. On a donc affaire à un enculé qui ne recule devant rien, ni devant personne d'ailleurs, c'est pour ça que ça se transmet.

*

Le Pen est tellement raciste que, avant la commercialisation des télévisions couleur, il avait deux postes : un pour le blanc et un pour le noir.

*

Un homme a fait un casse avant de déposer le butin à l'agence d'en face : voilà un braqueur qui a de la Suisse dans les idées.

*

Plutôt que de se parfumer de partout, il vaut mieux puer de nulle part.

*

Moi, enregistrer un disque ? Y a déjà assez de mauvais chanteurs comme ça.

*

Pasqua, ministre de l'Intérieur : les cheveux frisés et le bronzage sont déconseillés.

*

Il paraît que Georges Bizet beaucoup.

*

D'un penseur arabe : est-ce la poule qui philosophe, ou l'ophe qui fit la poule ?

*

Vivre en HLM, y a pas que des inconvénients. Bah oui, les murs sont tellement minces que c'est quand même le seul endroit où tu peux avoir un orgasme quand c'est tes voisins qui font l'amour. Ça t'évite de vivre à deux, tu fais des économies.

*

Naître, c'est un traumatisme, d'après les journaux. Pour moi, ça a surtout été une surprise. Je m'y attendais tellement peu que j'ai même pas eu le temps de m'habiller.

*

« Les Français sont un peu sales, moi non plus, je ne suis pas très toilette. »

Les Français, tels que vous les présentez, je les aime plutôt. Ils sifflent quand ils sont de bonne humeur. Vous dites qu'ils sont vulgaires. Ce n'est pas vulgaire de siffler quand on est de bonne humeur ! Pour moi, vulgaire, c'est chanter l'amour devant tout le monde et se cacher pour le faire.

Mais se mettre les doigts dans le nez, manger avec ses mains, se gratter les fesses dans la rue, c'est pas vulgaire, c'est normal.

S'ils marchandent, c'est pas parce qu'ils sont malins, c'est parce qu'ils ont pas de ronds. Ils sont même pas radins : juste économes ; ils sont à 10 sacs près, faut pas croire ! La resquille, c'est pire : 17 %, c'est beaucoup. Vous n'avez que ceux qui l'avouent. S'il faut compter ceux qui le disent pas et ceux qui trichent dans les Carrefour et qui se tuent pour passer avant leur tour !...

Les Français ne boivent pas l'eau du robinet, ça, c'est con. Elle est peut-être pas assez chère. Les autres sont aussi mauvaises, mais, au moins, on les paie. Vous dites qu'ils sont inquiets ? C'est normal.

Ils se bouffent les ongles. Surtout les hommes politiques. Il paraît qu'en politique 50 % des hommes se rongent les ongles, et 50 % viennent juste d'arrêter. Ils se lèvent la nuit pour voir si la porte est fermée. Plusieurs fois, ça frise la bêtise ; une fois, d'accord, mais pas plus !

Avoir peur de prendre l'ascenseur, c'est idiot, ça ! Rester coincé dans l'ascenseur, c'est pas très grave. Les incidents de parcours, il faut les organiser. Notre vie manque d'anarchie.

Ils regardent dans la lunette avant de tirer la chasse d'eau. C'est pas extraordinaire. Sa merde, c'est important. Quand on demande à quelqu'un comment il va, c'est de sa merde qu'il parle : « Ça va mollement, c'est dur... » C'est à cause de l'odeur qu'on tire la chasse, sinon on la garderait.

Les Français se trouvent beaux. Ça, c'est bien. Les rock'n'rollers ont toujours un peigne sur eux. Quand ils vont à la plage, ils le glissent dans le slip de bain. En sortant de l'eau, il faut se recoiffer, sinon, tu n'emballes pas et tu ne peux pas te promener nu chez toi avec la fille que tu viens d'emballer.

Moi, comme 16% des Français du sondage, je me promène nu chez moi. Mais il faudrait ouvrir les fenêtres pour que les gens se fassent des signes. On est tous voyeurs. On se retourne tous dans la rue sur les culs qui passent.

Les Français sont un peu sales. Moi non plus, je ne suis pas très toilette. J'aime bien être propre, mais il y a des moments où j'aime bien être crado, surtout quand il fait froid dehors. Il m'est arrivé d'entrer dans une grenouillère et de ne pas la quitter de la semaine.

Les Français sont pantouflards, dit votre sondage. Moi, j'enlève mes fringues en rentrant chez moi.

J'ai la photo de mes deux gosses dans mon portefeuille. Depuis peu, parce que je vis séparément d'eux.

Ils écoutent la radio tous les matins à la même heure. Heureusement! Ça permet à des mecs comme moi de vivre. C'est vachement bien, la radio: ça donne l'heure, le temps qu'il fait, ça permet d'écouter des chansons... Faut faire attention à la routine.

J'essaie de pas toujours m'asseoir à la même place à table, les 78% de Français qui le font devraient faire attention. On prend vite des habitudes.

Je jette aussi le plus vite possible les journaux et les vieux papiers parce que j'ai pas l'intention de vivre longtemps.

40% des sondés reculent le plus possible le moment d'aller aux toilettes quand ils ne sont pas chez eux. C'est cool. Déjà pour y aller, il faut vraiment en avoir envie. Il vaut mieux attendre un peu. Nous, les comédiens, comme on est rarement chez nous, on fait où on nous dit de faire, comme Chirac dit aux chiens.

Répliques et anecdotes

À l'époque du Café de la Gare, l'acteur Roland Giraud contacte Coluche, qui était chargé de la programmation, et sollicite un rôle. La réponse est positive et l'engagé retourne chez lui. Mais, dans la soirée, son téléphone sonne. C'est Coluche :

– Giraud ? T'es susceptible ?

– Non.

– Tant mieux ! Bon, j'ai pris un autre mec. Salut.

En pleine nuit, le téléphone sonne de nouveau.

– Giraud, t'es toujours pas susceptible ?

– Non.

– Bon, parce que l'autre mec peut pas le faire. Le rôle est pour toi.

*

Le 24 avril 1978, Coluche prend pour la première fois l'antenne à Europe 1 :

– On m'a volé ma moto. Je vais m'en acheter une autre. Si les voleurs ont une préférence pour la couleur, qu'ils m'écrivent !

*

Nommé meilleur acteur masculin pour **Tchao Pantin** *lors de la cérémonie des césars, Coluche monte sur scène et s'empare du micro:*

– Franchement, je croyais m'emmerder en venant là. Puis je me suis vachement marré, j'ai pas dormi parce que j'étais à côté de Gainsbourg. C'est dommage que les spectateurs étaient pas tous à côté de Gainsbourg.

Et, plus tard:

– Hé! réveillez les morts! Bousculez vos voisins, y en a peut-être qui dorment seulement.

*

Absent le 20 juin 1985 à la première audience d'un de ses nombreux procès pour outrage à agent, Coluche apprend plus tard que le substitut l'y a traité de **« La Bruyère des vespasiennes »**. *Réaction de l'outragé:*

– Je ne connais pas La Bruyère, et les vespasiennes, quand je suis né, ça n'existait plus. Ça doit être une personne très âgée qu'a dit ça.

*

On demandait à Coluche quelques souvenirs de l'époque du Café de la Gare et s'il en voulait à Romain Bouteille de l'avoir exclu de la troupe:

– S'il ne m'avait pas viré, je n'aurais pas fait de progrès. Donc, j'ai eu deux coups de pot dans ma vie: être découvert par Bouteille et, surtout, être viré par Bouteille.

Toujours à propos du même Bouteille:

– Des comme lui, il n'y avait que lui, ça se comptait sur les doigts du pouce.

*

Un journaliste demande à Coluche son avis sur une célèbre chaîne de restauration :

– Pour manger, c'est pas terrible, mais pour vomir, formidable !

*

Coluche était interrogé sur le métier d'acteur et sur la difficulté de l'exercer :

– Le music-hall, c'est dur, le cinéma, ça ne l'est pas ! Ceux qui disent le contraire n'ont pas de mémoire ou n'ont jamais bossé ailleurs parce que c'est carrément pas du travail. Le soir, il faut des fois que je rentre en courant du studio, sans ça, je suis pas crevé pour dormir.

*

Réponse à un journaliste qui demandait si Le Pen était, selon lui, le nouveau « roi des beaufs » :

– Non. Ça serait pas gentil pour les beaufs de dire ça.

*

Coluche entame au début de l'année 1981 une grève de la faim. Hospitalisé et feignant de n'absorber que de l'eau, il tend son verre aux visiteurs en disant :

– Bois pas dans mon assiette !

Ou encore :

– Tiens, je veux pas t'empêcher de manger dans mon verre.

*

À un journaliste qui lui demandait s'il accepterait d'être le candidat des Faisceaux nationalistes européens, Coluche précise :

– Je m'excuse beaucoup, mais, en tant que candidat, je suis déjà le candidat des Arabes, et, d'autre part, c'est pas parce que je suis le candidat des pédés que j'ai l'intention d'être celui des enculés.

*

À un journaliste curieux de connaître les rêves d'acteur de Coluche, ses désirs, ses ambitions cinématographiques :

– Un film où j'aurais un rôle très court et très bien payé !

Au même, s'intéressant cette fois aux satisfactions apportées à Coluche par le métier d'acteur :

– De l'argent !

*

À des étudiants venus l'écouter, Coluche tient des propos sur l'éducation :

– Les parents disent toujours aux enfants : « Rangez-moi ce désordre ! Allons, remettez un peu d'ordre là-dedans ! », etc. Ils ont, eux, les parents, un tiroir fermé à clef que jamais tu n'ouvres. Un jour, tu as la clef et tu regardes... et dedans, c'est un de ces bordels !

*

En avril 1979, Coluche est jugé pour outrage à agent. L'audience est expédiée. Verdict: 3000 francs d'amende. Commentaire:

– C'est dans mes prix.

*

Dépité par la timidité des attaques dont il est l'objet sur le plateau de «Droit de réponse», Coluche lance:

– Je vous crache au cul au nom de tous les comiques
morts à essayer de vous faire rire.

*

Une journaliste d'un grand quotidien, plutôt hostile au comique, vient interviewer Coluche. Le ton ne tarde pas à monter. La journaliste, ulcérée par les propos de Coluche, qu'elle s'est amusée à provoquer, ne tarde pas à se retrouver dans le couloir. Ayant oublié son sac à main, elle revient dans la pièce où se trouve Coluche. Celui-ci est en train de remplir une bouteille d'eau. Téméraire, la journaliste le relance. Coluche, sans hésiter, lui jette le contenu de la bouteille au visage. Le lendemain, tout le groupe auquel appartient ce journal attaque avec virulence le comique. L'aventure fait rire Coluche, qui réplique:

– Le lendemain, j'ai failli lui envoyer des fleurs avec
un petit mot: «Je vous ai envoyé de l'eau, voilà les
fleurs qui vont avec.»

*

Alors qu'il est en Turquie, dans un sublime paysage (Cappadoce), pour le tournage d'un téléfilm, Coluche imagine un scénario mettant en scène deux acteurs, un Blanc, mince et longiligne, et un Noir, qu'il interpréterait lui-même :

– C'est l'histoire de deux gars qui traversent des immensités désertiques avec une chaise pliante. Ils consultent, de temps à autre, une carte pour savoir où ils vont. Et ils repartent, inlassablement. Ils arrivent finalement au point indiqué sur la carte par une croix et, là, posent la chaise pile à l'endroit. Le Blanc demande alors au Noir de s'asseoir et, au moment où celui-ci s'exécute, retire la chaise.

*

À l'occasion du soixantième anniversaire du PCF, Coluche se fend d'un télégramme à Georges Marchais :

« Suis de tout cœur avec vous – Stop – Ai soufflé 60 bougies sur 60 kilos de caviar – Stop. »

Conférence de Coluche

Le 27 février 1986
à la loge « Locarno 72 »
au siège du Grand Orient de France

Le responsable de la loge, Louis Dalmas: *Coluche, je vous demande quelques minutes de patience, pour me donner le temps d'abord de vous remercier d'avoir accepté notre invitation et de nous honorer de votre présence, pour me permettre ensuite d'établir le contact avec les amis qui vont vous écouter.*

Vous le savez, l'appartenance à la Maçonnerie et l'entrée dans un temple dépouillent nos sœurs et frères de leurs ornements extérieurs, et ce n'est pas votre gloire qui nous intéresse, ni qui m'a poussé à vous inviter.

C'est autre chose. Ce que je pourrais appeler la façon *dont vous avez conquis cette gloire.*

Au moyen de trois ressorts qui éveillent en beaucoup d'entre nous des résonances fraternelles: trois ressorts qui sont la provocation, la satire et la générosité.

La provocation, qui paraît à chaque détour de vos interventions publiques, dans la verve rabelaisienne de votre langage, et qui est la face percutante de l'indépendance. Vous êtes un homme indépendant, Coluche, et l'indépendance renvoie à une idée qui nous est chère: celle de la liberté.

La satire, qui vous fait rire de tous et de tout, sans respect des conformismes ni crainte des autorités, et qui prouve que vous ne vous sentez inférieur à personne. Votre ironie n'épargne aucune origine, aucune conviction, et cette salubre insolence s'inspire d'une autre notion qui nous tient à cœur: celle de l'*égalité.*

La générosité enfin, qui vous a fait lancer une retentissante campagne contre le malheur et la pauvreté, et mettre votre impact sur les foules au service d'une grande opération de charité, et d'un projet de loi qui doit en assurer le prolongement. Vous êtes un homme de cœur, et cette attention portée au sort des autres rejoint un sentiment que nous partageons tous profondément: celui de la fraternité.

Liberté, égalité, fraternité. Ces synonymes ne sont pas des jeux de mots. Je crois retrouver leur écho, traduit à votre manière, dans chaque expression de votre talent. Vous honorez ces mots comme nous. Ils sont la vieille devise républicaine, ils sont aussi la devise de la Maçonnerie, et ils descendent tout à coup du fronton des édifices pour prendre force et chaleur lorsque, comme vous, on les fait entrer dans la réalité.

Vous voyez que nous avons des raisons de nous sentir proches, et le plus grand intérêt à vous écouter.

Un mot encore, avant de vous donner la parole. Ne soyez pas surpris si personne ne vous applaudit. Nos obligations intérieures nous interdisent, pour respecter la sérénité de notre débat, de manifester nos sentiments. C'est une règle de discipline, mais pas une marque d'indifférence. Soyez assuré que, en dépit de notre silence, vous êtes accueilli parmi nous avec un maximum de chaleur, de considération et de sympathie.

COLUCHE: Eh bien, si on n'a pas le droit d'applaudir, je me sens assez loin de chez moi...

J'ai reçu votre invitation avec plaisir, et j'ai vu une « tenue blanche mixte fermée ». Je me suis dit, merde, comment il faut s'habiller pour aller là. Alors, j'ai bien pensé à plusieurs trucs, et finalement je me suis fait expliquer, et ç'a été plus simple.

Alors voilà, le titre donc de la réunion, c'est « un nouveau pouvoir », avec un point d'interrogation.

Qu'est-ce que c'est qu'un nouveau pouvoir ? Si vous voulez, ça dépend du nombre de gens influant sur les choses de la société, que ce soit les mœurs ou la politique. Si beaucoup de gens décident que c'est un nouveau pouvoir, eh bien, c'en est un.

C'est marrant que vous posiez cette question, parce que vous, vous êtes un pouvoir qui, finalement, est secret, alors qu'on aurait bien besoin d'un pouvoir qui ne le serait pas.

Qu'est-ce que j'ai fait avec les Restaurants du cœur ? Eh bien, d'abord, il faut dire que j'ai utilisé les médias sans leur dire au départ. J'étais sur Europe 1, j'avais une émission populaire qui me permettait de lancer une idée, et j'ai lancé cette idée.

Après ça, quand j'en ai parlé pendant deux mois à peu près, je suis allé voir les dirigeants d'Europe 1 et je leur ai dit: « Maintenant, ça ne va pas être facile de faire marche arrière, parce qu'on reçoit un courrier énorme », et ils ont dit: « Bon, d'accord, on va faire une journée. »

Après ça, j'ai commencé à dire qu'il n'y avait qu'à taper dans les excédents de production, parce que ça nous permettrait d'avoir de la nourriture pas chère, et donc de nourrir tout le monde.

Après, je suis allé au ministère de l'Agriculture, et je leur ai dit: «Voilà ce que j'ai fait, alors maintenant, il faudrait...»

Le défaut des lois en général, disait un homme de pouvoir, c'est qu'elles sont souvent en avance sur les mœurs, à part quelques-unes qui sont très en retard. Vous voyez les élections d'aujourd'hui, par exemple, personne ne sait de quoi il s'agit. Personne ne sait comment il faut voter, ni pour qui ni pour quoi. On sait pas. C'est très vague dans le public.

L'intérêt des Restaurants du cœur, c'est que d'abord on fait quelque chose qui est populaire, et qui fera l'objet d'une loi ensuite.

Et puis autre chose, à propos du pouvoir, est-ce qu'il y en a un nouveau, est-ce qu'il y en a pas un nouveau, en tout cas, il y en a un qui est à prendre. Ça, c'est sûr.

Parce que si on regarde un peu les sondages, on s'aperçoit que dans l'année il a été fait 540 sondages, comme d'habitude en France par an, alors que les États-Unis en font, je crois, 180. Là, c'est un truc extraordinaire, nous, on est extrêmement balèzes, on est très forts. Alors, il y a un sondage qui dit que 62 % des Français pensent que les hommes politiques sont des menteurs. Il y en a 70 % qui pensent qu'ils s'en foutent, et 95 %qui pensent que c'est tous les mêmes.

Mais il y en a 62 % qui pensent que c'est des *menteurs*, au sens, euh... tranché du terme, c'est quand même important, des menteurs... Et le même sondage dit que 43 % des Français pensent que la presse est trop militante, qu'elle est trop attachée à la politique.

Ça veut dire que... par exemple, j'ai entendu Mourousi parler hier ou avant-hier sur Canal + du fait qu'il allait pas voter. Je pense que Yves Mourousi, c'est un leader d'opinion. Je pense que si une petite douzaine de personnes comme ça disaient ça en France, on arriverait à des pourcentages d'abstention effarants.

Car si on regarde bien, à part les politiciens, et puis la presse qui s'est donné ce titre de quatrième pouvoir avant de l'avoir parce qu'évidemment elle risquait de passer à travers, à part des gens comme ça, je vois pas très bien qui pourrait le prendre, le pouvoir...

Alors, en fait, la question «est-ce que c'est un nouveau pouvoir ?», ça dépend aussi si vous le voulez ou pas ! Et pour qu'on sache si c'est bien, si ça plaît à tout le monde, il faut le faire.

Parce que, effectivement, je parle de ça pour les Restaurants du cœur, mais il y a plein d'applications au système. À partir du moment où on est en position d'utiliser les médias pour faire autre chose que sa profession, ou d'utiliser sa profession pour faire autre chose, il y a beaucoup de possibilités.

Moi, j'ai choisi les Restaurants du cœur parce que, d'abord, on a des excédents de production en Europe. D'autre part, l'Europe achète en plus de la nourriture à l'étranger, qu'elle stocke pour revendre après sans jamais l'utiliser, pour des raisons de commerce extérieur, de change avec d'autres pays. On se retrouve donc avec des excédents effarants.

Si on prend l'exemple du beurre, le beurre ne peut pas être vendu plus de 4 francs par la Communauté après l'avoir conservé vingt-quatre mois et les vingt-quatre mois de conservation d'un kilo de beurre coûtent 6 francs... C'est-à-dire que s'ils nous le donnent, ils gagnent 6 francs ! C'est beaucoup...

Notre système administratif est donc l'objet d'un tas de conneries de ce genre-là. L'affaire des Restaurants du cœur, ça l'intéresse, parce que ça prend à la Communauté européenne très peu de quantités de nourriture, et que ça coûterait aussi très peu à l'État de faire un crédit d'impôt sur le sujet. Dans l'ensemble, c'est jouable sur les deux tableaux.

Alors, aujourd'hui, j'ai fait faire une loi par des énarques qui n'avaient pas réussi à devenir ministres, donc davantage intéressés par le fait d'en faire une alors qu'ils n'en auraient jamais l'occase, donc ils ont fait ça vraiment bien, voyez... Après ça, je l'ai portée à droite, à gauche (c'est le cas de le dire), et puis ils ont tous mis leur grain de sel, ils ont tous pensé que c'était une bonne idée, on a réussi à en réunir quelques-uns avec beaucoup de difficultés, à la télé, dans une émission...

Si ça a pu se faire, cette affaire-là, c'est parce que c'est le show-business qui l'a faite. Tout le monde dit maintenant, c'est Coluche qui a fait tout ça, c'est pas exactement vrai, c'est vraiment l'utilisation du média Europe 1 et puis tous, tous qui étaient pas au courant...

La notion que je tirerais de cette affaire-là, c'est que pour réussir à faire du bien, déjà il a fallu baiser tout le monde... Ça, c'est vrai ! Y a pas un mec qui m'a dit : « Moi je veux bien... » Y a des mecs à qui j'ai dit : « Voilà maintenant on va le faire, parce que voyez... » Là, ils ont accepté.

J'avais fait l'opération d'Europe 1 avant que l'agriculture soit forcée d'accepter l'ouverture des produits européens... je les ai abusés partout, quoi !

Alors je disais qu'il n'y a que ma profession qui peut faire ça, dans l'état actuel des forces. Si c'est un parti politique qui a l'idée, les autres le suivront pas, donc la moitié des médias se ferme d'un côté, si c'est un journal qui a cette idée, les autres le suivront pas, si c'est une chaîne de télé, les autres suivront pas, parce que ce serait faire faire une publicité trop belle à quelqu'un.

Donc, il y a vraiment que dans le show-business où on peut trouver des frères et des sœurs... enfin des potes, nous, on appelle ça, de toutes les couleurs... C'est vraiment le show-business où on peut trouver des gens qui sont engagés à droite et à gauche, et qui s'en foutent.

C'est un peu ça, le rapport avec vous... Comme le disait mon introduction, vous laissez tout dehors, en entrant. Nous, c'est un peu le même style, on n'est animé que par le spectacle.

Quand j'ai amené cette idée-là, travaillant avec un mec qui s'appelle Lederman, qui n'est pas venu parce qu'il n'a pas été invité, mais qui est largement plus important que moi, dans l'affaire et dans ma carrière aussi, on a un sens du spectacle, on était sûrs qu'on allait faire un coup fumant, si on s'y mettait tous. Et quand on est tous animés par cette même idée que ça va faire un truc formidable, il faut en être.

Voilà. À partir du moment où nous, dans le spectacle, on a cet état d'esprit, on peut se réunir sur une idée, avec un ou deux leaders d'opinion dans l'affaire, qui amènent le reste.

Là, j'avais Montand avec moi au départ, qui est très important. J'avais la promesse de Jean-Jacques Goldman de faire un disque pour les Restaurants du cœur. C'est lui qui couvre avec Renaud (c'est aussi un camarade à moi) entièrement ce qui se vend en disques, ou presque, en France. C'est très important, et c'est les jeunes.

Alors, on s'est d'abord réunis entre nous. Il y avait des militants du RPR qui étaient avec moi. Je pense à Daniel Guichard, à Gérard Lenorman, c'est vraiment des militants, qui font les galas, un truc que je ne fais pas. Eux, ils font les galas, ils vont chanter dans la première partie de Jacques Chirac.

Ces mecs-là, je leur ai dit : « Tu sais, je l'ai fait, mais le ministère de l'Agriculture (socialiste) m'a aidé. » On s'en fout de ça, on y va. On va le faire. Ça, c'est une des raisons que ça réussit, parce que c'est à partir d'une profession généreuse que ça se fait. C'est une profession qui est habituée à donner. Et puis, le public sait ce qui se passe.

Il y a quelque chose de désagréable, c'est que ce qui a peut-être plu aux gens un peu plus que dans les autres affaires, c'est qu'ils sont sûrs que l'argent sort pas d'ici, qu'on va s'en servir. Alors que quand on l'envoie en Afrique, ils ont peur que ça n'aille pas aux Africains. Il y a un côté « comme c'est en France, c'est mieux ». Ça, c'est un peu emmerdant. Mais enfin, bon, on ne peut pas se plaindre non plus. Et puis, ils ont bien marché, je crois, surtout parce qu'ils savent que, nous, on ne va pas détourner l'argent. Ça, c'est vachement important aussi.

On est donc arrivés d'abord par la force de cette radio, j'avais la chance d'y faire une émission qui était vachement écoutée, ça m'a beaucoup aidé, alors je vais vous dire où on en est maintenant.

On a réuni à peu près 45 millions de francs en dons, en espèces. Je ne peux pas évaluer les dons en nature qu'on a recueillis. Je peux vous dire que la première semaine de distribution a été faite que sur les dons en nature, et que, pendant les trois mois de l'hiver, on va dépasser 7 millions de repas, qui nous coûtent 4,98 francs rendus sur place, par personne. Avec le transport. Tout. Rendu sur place, ça nous coûte pas 5 francs.

Autant vous dire que les associations font une drôle de gueule. J'ai assisté à une réunion à la Fondation des associations caritatives, et le Secours populaire s'est levé à un moment, il a dit : « Moi, monsieur, j'ai fait un million de repas l'année dernière. » Les autres ont pas parlé, parce qu'ils en avaient pas fait autant, donc ils pouvaient pas parler.

Ça prouve que les associations sont loin derrière, qu'elles ont un prix de revient par repas beaucoup plus élevé que le nôtre, et qu'il y a une poussière énorme à réformer. Et je ne parlerai que de la poussière.

Alors, voilà, peut-être qu'aujourd'hui il s'agit d'un pouvoir... Moi, euh... je ne suis pas un mec de discours, donc je vais m'arrêter là, je vais vous laisser les questions. C'est bien de parler d'un nouveau pouvoir, et de se poser la question, mais vous, vous en êtes un. Une société aussi influente et secrète que la vôtre, ça me fait un peu penser à ce banquier suisse qui, pour les Restaurants du cœur, m'a envoyé un chèque sans le signer en me disant qu'il voulait rester anonyme. Voyez. Voilà.

Louis Dalmas : J'ai deux questions à vous poser avant d'ouvrir le débat. La première. Vous avez parlé du pouvoir du show-business. Mais ce pouvoir repose essentiellement sur le contact avec le public. Est-ce qu'il n'est pas empreint d'une certaine fragilité dans la mesure où le pouvoir politique a toujours les moyens de couper ce contact ? S'il y a une censure des médias, par exemple, si on vous empêche de parler, si on vous empêche de profiter des émissions, que devient ce pouvoir ?

Coluche : Pour vous donner une idée. Il y a en ce moment dans toute la Belgique 39 Restaurants du cœur. En France, il y en a 600. À Bruxelles, il y en a 17, à Paris, il y en a 4. Et sur ces 4, il y en a un qui nous est donné par l'archevêché, à l'église de Saint-Merri. Donc, effectivement, il y a des forces qui pourraient s'allier pour détruire une affaire comme ça.

Et il faut que je vous dise aussi, je ne suis pas le premier à avoir eu cette idée, je suis le septième. La première loi qu'on a envoyée, elle date de 1956... Six autres personnes, donc, qui sont députés, l'un de la Creuse, l'autre de je ne sais pas où (je ne sais pas non plus où est la Creuse), ces types-là ont envoyé une loi qui disait exactement la même chose que moi, c'est-à-dire qui constatait le fait que les plus généreux sont les moins riches, et qu'il fallait donc faire une loi qui soit incitative pour les moins riches à donner aux associations.

C'est ce que j'ai fait faire, et c'est la septième fois qu'on propose ça. Ça veut dire que, six fois, on a enterré le député de la Creuse. Moi, je pense que je vais être plus difficile à enterrer que le député de la Creuse. Parce que j'ai pas l'intention d'arrêter ma carrière en même temps que les Restaurants du cœur, et ils n'ont pas fini de m'entendre.

Aujourd'hui, j'ai une proposition... j'ai fait faire un projet de loi qui a fait l'objet d'une rectification par Alain Juppé du RPR, par Pierre-Christian Taittinger de l'UDF (vice-président du Sénat), par le groupe socialiste, qui en a rajouté même par-dessus, et il y a un projet aussi du groupe communiste de M. Lajoinie. Ça veut dire que les quatre partis ont dit qu'ils étaient d'accord. Si jamais ils le font pas, ils montreront une nette volonté de l'avoir fait exprès. Et ça, euh... avec la gueule que j'ai ouverte, ils vont avoir du mal.

La loi doit être votée en octobre, et moi, en septembre, je remonte sur scène. J'y suis pas allé depuis cinq ans, et, avec Lederman, vous pouvez être assurés que ça va se savoir. Donc, je compte là-dessus, et sur le show-business aussi.

Cette loi permet aux particuliers de donner sur leurs impôts directement une somme plafonnée, dont 70% seraient pris en compte par l'État, c'est-à-dire qu'elle est vraiment incitative pour les bas revenus, puisque la loi à l'article 238*bis* du code général des impôts ne bouge pas pour les autres. Il est évident qu'elle nous permettrait de ramasser suffisamment d'argent pour nourrir tout le monde. Donc, si jamais il y a un nouveau pouvoir politique qui s'y oppose, ce sera une volonté délibérée, et de là à ce que j'utilise le nouveau pouvoir en question pour décider d'autres personnes que Mourousi à dire qu'il faut pas voter, ça, je ferai ce que je peux...

De toute manière, il y a un truc qui est sûr, c'est que j'ai trouvé un créneau, et tant que je parlerai au public, je leur parlerai de ça. Je leur parlerai de la possibilité qu'ils ont de débarrasser le pouvoir de ce qu'il ne fait pas, ou de ce qu'il fait mal. Ça, c'est mon intention.

Pour 1988, j'ai aussi une idée sur le chômage qu'ils vont avoir du mal à ne pas accepter. S'il y a un truc qui n'est pas populaire, c'est bien le chômage.

Pour les Restos du cœur, mon idée n'est pas mirobolante, puisque je suis le septième à l'avoir eue. Seulement, la manière dont on utilise justement ce pouvoir en question, c'est ça qui est payant. Je m'engage, par exemple, tous les ans au moment où les gens doivent décider de leurs impôts, à faire une journée... une représentation télévisée avec plein d'artistes en disant aux gens: «Je vous rappelle que c'est maintenant que vous avez le choix de ne pas laisser l'État décider du sort des pauvres, puisqu'il le fait mal.»

Louis Dalmas: Coluche, j'ai une autre question à vous poser. Vous avez dit tout à l'heure que vous aviez ramassé 45 millions de francs. Que, à la fin des trois mois, vous alliez servir 7 millions de repas à 5 francs. Ça fait 35 millions. Que deviennent les 10 millions qui restent?

Coluche: Je n'ai aucune idée. Alors là, franchement, j'en sais rien. Au début, on achetait en moins grandes quantités, et les repas nous coûtaient 6 francs. Maintenant, on est arrivé à ces résultats, parce qu'on achète en quantités plus importantes.

En tout cas, je peux vous dire que tout le monde est bénévole. La seule personne qui est salariée est une secrétaire qui travaille à la tour Montparnasse, dans un local prêté par l'OFIVAL. En dehors de ça, on n'a fait aucun frais.

Alors, effectivement, il y a des problèmes comme ça de quantités au début, à la fin, je n'ai même pas fait le calcul. Je suis sûr des chiffres qu'on me donne. C'est géré par les écoles de commerce de France, par des jeunes de 20 ans dont c'est la vocation d'apprendre à gérer des affaires. Pour leur région, pour trois mois, puis après, on les remplace. Normalement, il ne doit y avoir aucune fuite.

QUESTION : Coluche, de tout temps, les auteurs dramatiques et les comédiens ont fustigé les travers de leurs contemporains. L'un des plus illustres fut, vous le savez, Molière, qui a eu la plume et l'expression mordantes face à la cupidité, l'avarice, les faux-semblants, les faux dévots. Alors il me semble, Coluche, que vous êtes dans la tradition de Jean-Baptiste Poquelin... Ça vous fait plaisir ?

COLUCHE : Oui, mais en même temps, ça m'inquiète, parce que je me dis que si lui n'a pas réussi avec le talent qu'il avait, c'est pas moi qui vais y arriver.

QUESTION : Or, vous n'avez pas jugé cela suffisant, et vous faites œuvre charitable, face à l'ineptie de nos sociétés qui ont beaucoup de surplus, alors que des millions de gens restent affamés. Alors, j'ai une question à vous poser : par votre métier de comédien, par votre action humanitaire, qu'estimez-vous apporter aux gens qui vous voient et vous écoutent ?

COLUCHE : Je voudrais rectifier simplement le mot que vous avez dit de « charité ». Il ne s'agit pas du tout de charité, il s'agit de redistribution. Il s'agit en fait de politique. Je me suis présenté en 1981 pour rien, maintenant, je ne me présenterai plus, mais je vous gênerai toujours un petit peu. Sur des détails, des choses, et surtout je veux faire participer le maximum de gens. Peut-être qu'à ce jeu-là je vais me casser les reins, mais je m'en fous, tout le monde a le droit de s'amuser. Moi, c'est mon jeu.

Qu'est-ce que j'ai l'impression de leur apporter, c'est ça, la question ?

Il est évident que, dans le spectacle, on est des parasites, parce qu'on ne produit rien. Par contre, il est indéniable qu'on apporte quelque chose à des tas de gens. La profession... si vous prenez des artistes, je dirais de sensibilité différente, eh bien, il y en a un qui plaît aux personnes âgées, un aux enfants de 8 à 12 ans, un aux adolescents... L'ensemble de l'affaire comble tout le monde. C'est ça, notre profession. C'est une vocation, on aime distraire.

QUESTION : Ne pensez-vous pas que, notamment dans le cadre de ce renouvellement tout à fait quotidien ou hebdomadaire de ces contrats, le pouvoir du comédien n'est finalement qu'un peu illusoire, car s'il va trop loin, il suffit aux dirigeants de ne pas renouveler le contrat ?

COLUCHE : Absolument. Je suis tout à fait de cet avis. D'autant que ce pouvoir n'existe que parce que ce n'est pas une institution. Donc, si ça en devenait une, il perdrait de son pouvoir. Il est vrai, parce qu'il est léger en même temps. C'est sûr, absolument sûr.

D'ailleurs, vous savez, vous parlez de ça comme d'un pouvoir, vous jugez le résultat, parce que, en fait, au départ, comme le disait M. Dalmas, je ne suis ministre de rien d'une part, et puis, je n'ai même pas de culture.

Notre profession, notre vocation à nous les artistes, c'est de séduire, et de surprendre. Il faut être aussi là où on ne nous attend pas. C'est certain que si un jour toutes les forces se mettent contre nous, qu'on essaie de constituer ce pouvoir en institution, à ce moment-là, on n'aura plus la faveur du public, puisque justement on sera un pouvoir de plus. L'intérêt justement, c'est ça, c'est d'être frondeur.

On peut quand même faire beaucoup de mal à la politique. Cela dit, la politique nous le rend bien, même à ceux qui font rien. Mais on peut lui faire beaucoup de mal en appelant à l'abstention. Et en partant d'une idée, par exemple, qui serait inexploitée, parce qu'elle aurait été soit gardée secrète, soit endormie dans un coin, et qui pourrait rassembler tout le monde. Parce qu'en fait le problème, c'est qu'aujourd'hui le public croit encore à certains hommes politiques, mais plus à aucun parti.

Voilà pourquoi le pouvoir est à prendre. Une fois, c'est la gauche qui gagne les élections, une fois, c'est la droite, mais c'est jamais la France. Alors on en a marre, on n'en veut plus. Ça nous sort par les yeux. Alors justement, si des fois il y en avait un qui se levait au milieu, et qui s'appelait Yves Mourousi, on pourrait le pousser loin. Eh oui, parce que c'est vrai, qu'il faudrait le pousser de loin, Mourousi, il va pas être président de la République l'année prochaine, mais en 2002... Ah, y a pas, c'est du boulot d'amener un mec à la présidence ! C'est pas demain qu'on peut faire ça !

Cela dit, mon exemple à moi... je dis que j'essaierai toujours de les emmerder, c'est vrai, mais y a rien qui prouve que j'y arriverai, vous avez raison. Mais l'exemple peut servir à un autre.

Si vous voulez, le truc... je crois, ce qui fait la fragilité des médias, c'est les situations. Moi, j'ai fait mon histoire parce qu'on est dans une période électorale, où manifestement les journaux ne veulent parler que de ça pour sensibiliser l'opinion, et où les cadors retiennent leur souffle jusqu'au dernier moment pour dire leurs noms sur les listes. En même temps, on parle d'eux, mais eux ne parlent pas. Pour exploiter la politique en ce moment, on peut tout prendre. C'est comme ça que je me suis présenté aux élections en 1981, et c'est comme ça que j'ai fait les Restaurants du cœur. C'est une situation qui est favorable, et qu'on a choisie à un moment précis.

QUESTION : Coluche, pensez-vous que ce soit une bonne chose que les artistes s'engagent politiquement ?

COLUCHE : Les artistes, ou les nègres, hein ? Je ne suis pas raciste. Alors ça, les racistes, les pédés, les nègres, les Blancs, les vieux, les jeunes, les femmes, tous ceux qui veulent peuvent s'engager. Y a aucun problème. Pourquoi, les artistes, on est différents ? Je sais pas quoi vous dire. Pourquoi pas ?

QUESTION : Coluche, j'ai eu l'occasion de rencontrer des comédiens, des metteurs en scène, des compositeurs de musique comme Francis Lai, et des metteurs en scène comme Robert Hossein et d'autres, et leurs motivations étaient très différentes. C'est pourquoi je me permets de vous demander : qu'est-ce qui vous motive en fait vous-même ? Est-ce que c'est l'argent, la notoriété, ou tout simplement le plaisir, sous toutes ses formes ?

COLUCHE : Bonne question, comme disait le politique, je vous remercie de me l'avoir posée... Qu'est-ce qui me motive ? Je ne sais pas. C'est l'occasion, je crois. J'avais pas d'intention au départ. J'ai fait comédien, parce que je voulais plus être ouvrier. Alors j'ai commencé à chanter avec une guitare dans les restaurants, et puis j'ai rencontré des mecs qui ont fait un café-théâtre, le café-théâtre a marché, et je suis un miraculé du spectacle, au sens où j'ai jamais connu de salles vides...

J'étais dans une première affaire, qui s'appelait le Café de la Gare, qui a tout de suite marché, puis, après ça, j'ai joué tout seul, ça a tout de suite marché. Donc, j'avais pas une intention au départ. Je me suis pas dit : j'ai une culture donnée, à quoi est-ce que je vais utiliser ce talent. Non. J'ai découvert un talent au fur et à mesure que j'apprenais un métier, et je me suis retrouvé dans une situation...

Je me suis présenté en 1981 aux élections, pour ne *pas* être élu, parce qu'il faut quand même pas me soupçonner d'avoir voulu être élu, ça me fâcherait, ça me vexerait, disons... je me dis que... le public étant totalement désintéressé de la politique, comme moi j'aime la politique, je trouve un moyen d'intéresser le public à la politique. Voilà.

Alors vous posez la question comme si j'avais pu calculer l'affaire, en fait... je vais vous répondre. Pour l'argent, que quand j'ai gagné une certaine somme que je veux pas dépasser à cause des impôts, je m'arrête, en général dans l'année... La gloire m'intéresse parce que c'est ma vocation, et, enfin, les comédiens veulent être le plus connu du plus grand nombre... En dehors de ça, je dirais que ce qui m'anime le plus, c'est l'efficacité du résultat. C'est vraiment ça qui me fait le plus marrer, qui me fait le plus plaisir. J'y passe beaucoup d'heures, aux Restaurants du cœur, mais c'est d'une efficacité ! Qui a de quoi réjouir !

QUESTION : Vous avez démontré – en fait, on le sait – que les médias aujourd'hui, journaux, télévisions en particulier, radios, ont un impact considérable. Le problème que je me pose de temps en temps, c'est les gens qui en sont responsables, c'est-à-dire pas spécialement artistes, les journalistes, en particulier, sont-ils parfois assez formés pour savoir ce qu'ils disent, et ne risquent-ils pas d'avoir dans les mains un instrument beaucoup trop puissant, qui risque d'orienter le public vers des voies... peu importe, qui sont fausses, mauvaises, vers d'autres...

COLUCHE : Oui, à qui on va donner finalement le pouvoir suprême au-dessus de tout ça, de juger si les actions sont bien ou pas bien ? Il y a beaucoup de raisons pour qu'un pouvoir décide que mon truc est pas acceptable, parce que, d'abord, c'est une loi, j'ai pas à avoir fait une loi, il faut être député pour déposer une loi, donc je l'ai fait déposer par des députés, ça sera légal, mais si vous voulez, sur le principe philosophique, il y a quelque chose de gênant pour les purs et durs. Et ceux-là, ils sont à droite, hein, ils sont pas à gauche. Les fermes et définitifs, je vais te dire…

Bon, alors, ça, c'est une raison. D'autre part, à cause de ma personnalité, y a beaucoup de gens, je pense par exemple au *Figaro*, à des gens qui sont très importants, qui représentent à la fois *France-Soir* et *Le Figaro*, c'est-à-dire le groupe Hersant, qui représentent un grand nombre de lecteurs en France, et un grand nombre de lecteurs *spécialisés*, je dirais, parce que *France-Soir* est très populaire, et *Le Figaro* est très bourge (bourgeois, pardon…), ce qui veut dire que, finalement, il a voulu, en ne suivant pas mon opération, montrer sa force, et il a démontré sa faiblesse. Parce que ce pouvoir des médias, il n'a d'intérêt que s'il y a quelqu'un. Je vais vous dire : moi, j'ai augmenté dans ma tranche de 144 % l'audience. Celui qui vient juste derrière moi, il a augmenté de 60 %, et celui qui est le plus loin de moi, c'est-à-dire le matin à 5 heures, il a encore augmenté de 16 %.

Ça veut dire que, quand on a une raison d'ouvrir une radio, après on la laisse, pour être sûr de retrouver le mec le lendemain. Quand on a une raison d'ouvrir une radio à une heure précise, c'est qu'à cette heure-là on peut l'écouter. Donc, le pouvoir du média, il est pas si important que ça sans les orateurs.

D'ailleurs, c'est vraiment un problème aujourd'hui, les orateurs, le langage des hommes politiques, qui se reprochent les uns et les autres la crise, alors qu'on sait qu'elle est pas française. C'est ça aussi qui fait chier, on s'en fout de tout ça. Qu'ils disent la vérité ! Et puis, dans une période de crise, on a envie de les entendre s'entendre, plutôt que s'engueuler !

Quant aux journalistes qui pourraient détourner la conversation et dire quelque chose, je vais vous dire la différence fondamentale qu'il y a entre notre profession… et je ne suis pas corporatiste, hein, contrairement à ce qu'on pourrait croire, mais en tout cas, il y a un truc qui est certain, c'est que nous, on fait une profession de générosité, alors que les journalistes font une profession qui est très proche de la méchanceté. Ils voudraient souvent sanctionner, avec leurs questions contenant des fois la réponse, ils cherchent un petit peu à être agressifs. Or, si la méchanceté suffisait pour faire fortune, il y a beaucoup de journalistes qui seraient célèbres. Malheureusement, ça n'a jamais suffi à personne, il faut quand même du talent.

Et n'oublions pas que le pouvoir qui est échu aux journalistes aujourd'hui à travers le fait que les hommes politiques ont perdu les pédales, ce pouvoir, il appartient à 80 % à des gens qui, il y a encore cinq ans, étaient des lèche-bottes. C'étaient des mecs qui faisaient les pompes des hommes politiques il y a cinq ans. Ou il y a dix ans. Qui ont aujourd'hui hérité de ce nouveau pouvoir à cause de la faiblesse du discours politique.

Donc, c'est souvent des gens qui sont prêts à militer pour leur truc, et qui savent pas exactement quoi dire eux-mêmes, si on leur donne pas d'idées de base.

C'est vrai, il pourrait y avoir une autre vedette qui dise le contraire. D'ailleurs, y a Le Pen, pour tout vous dire... Sauf que, bon... on a remplacé nos vedettes de la politique. Avant, on avait Marchais, qui nous faisait marrer, et qui risquait pas de gouverner, donc qui était dans le cas à la fois d'être marrant et pas dangereux. Aujourd'hui, on a Le Pen. Qui est aussi dans le cas de pouvoir dire la vérité, puisqu'il gouvernera pas.

La différence que je dirais, pour dire une connerie, c'est que Marchais était de l'almanach Vermot, et que l'autre est de l'almanach Wehrmacht... Mais, en dehors de ça, je vois pas bien la différence, parce que, de toute façon, c'est inutile, quoi, et c'est sans intérêt... Ça nous fait pas courir un risque, en tout cas.

Quand j'ai dû commencer par prospecter les ministères concernés par mon affaire, je suis d'abord allé à l'Agriculture. Après ça, je suis allé à la Solidarité. C'était le minimum qu'ils pouvaient faire que de me recevoir et de me donner du pognon, puisque c'est carrément leur métier.

Donc, si vous voulez, vu que, moi, j'avais voté pour Mitterrand en 1981, quand je me suis pointé à droite pour leur demander de m'aider, ils m'ont dit: «Dites donc, vous n'allez pas nous la faire avec votre affaire socialiste, vous allez pas nous demander d'aiguiser le couteau pour nous le planter dans le dos.» Ils ont été très réticents. Et puis finalement, sur le terrain, ça s'est toujours très bien passé. Dans toutes les municipalités où on avait besoin d'être réélu, c'est-à-dire dans toutes les municipalités, tout le monde était content de voir arriver les Restaurants du cœur, c'était plus connu que le pape.

Mais, en dehors de ça, les instances se sont fait quelquefois tirer un peu les oreilles, oui, il y a eu le parti communiste et le RPR... Alors, le parti communiste, comme j'ai dit, il gouvernera pas, par contre, le RPR, ça pourrait bien lui arriver. À mon avis, avec les contacts que j'ai encore en ce moment, je crois pas que le RPR fera passer cette loi en octobre, pour plusieurs raisons: que ça doit pas être moi qui fais une loi, d'abord, surtout pas moi, je dirais même, et que ces gens-là n'ont pas de leçons à recevoir d'une personne aussi vulgaire que moi. En règle générale.

QUESTION: Si vous deviez donc vous effacer pour que votre loi passe, le feriez-vous?

COLUCHE: Comment... la question se pose pas. De toute façon, dans l'idée du public, ça sera toujours la loi Coluche. Mais effectivement, c'est pas moi qui la déposerai. Elle est déposée au Sénat par Taittinger, à l'Assemblée par le groupe socialiste.

Mais, il y a autre chose. C'est pas un jouet que j'ai fait pour le garder. Les Restaurants du cœur, au départ, c'est une association à but non lucratif, et maintenant, ça va être remplacé dans sa fonction par la fondation des Restaurants du cœur, laquelle va avoir une vocation réelle de fondation, c'est-à-dire de fédérer les associations de manière à leur redistribuer les bénéfices de cette affaire. Les Restaurants du Cœur doivent disparaître au profit des associations. Je ne l'ai fait que pour leur donner. Mais dans certaines conditions. À condition qu'ils y fassent des repas à 5 francs, et pas à 26 francs. Alors ça, évidemment, je vais me battre avec eux pour ça, on va discuter. Mais, en tout cas, je l'ai fait que pour leur donner. Donc, là-dessus, je suis imbattable, c'est le sans-faute total. Non, ça, c'est vrai.

Je ne sais pas si ça répond à la question, mais c'est pas nécessaire que je m'écarte, ça n'a rien à voir, et puis, de toute façon, dans l'avenir, il se pourrait très bien que dans cinq ans, ou dans trois ans, je sois plus du tout vedette, et que ça soit, je sais pas, moi... Daniel Guichard qui soit la vedette la plus comique de France, ou la plus populaire, ça se pourrait sans pour ça qu'il soit un comique...

QUESTION : Coluche, vous avez parlé de redistribution, ce qui m'a beaucoup intéressé, est-ce que vous croyez qu'on peut fonder une société sur ce mode de distribution ? Là, je me mets à la place des personnes à qui vous allez porter le paquet, et je vous dirai que je sentirais la dignité drôlement atteinte... Je trouve que c'est très bien, étant donné actuellement la situation de la France. Mais est-ce qu'on peut véritablement instituer ce que vous avez fait très généreusement en principe ? Est-ce que vous ne pourriez pas trouver une autre formule qui... quand même... c'est une forme déguisée de la mendicité...

COLUCHE : Ah... qui indique qu'il y a des gens qui ne mangent pas. C'est-à-dire, on le montre, et c'est ça qui est déplaisant ? Je vous répondrai d'abord très simplement que si jamais il y a quelqu'un qui a une meilleure idée que moi, je ferai ce que je peux pour l'aider. Que donc, c'est ouvert, et que si des fois vous en avez une, il ne faut pas vous gêner. Mais vous avez quarante-huit heures...

Que, d'autre part, c'est la forme pour l'instant, et pour ce qui est pratiqué par les associations, je dirais, c'est la forme la plus humaine qu'on ait trouvée. Les paquets qu'on distribue, le papier lui-même en plastique est offert par Carrefour, pour tout vous dire en ce moment (ça change parce qu'ils se relaient), et donc celui qui vient chez nous, il a le choix entre un steak, dans une barquette en plastique recouverte de Cellophane avec la date et le poids, comme au Prisunic. Pour une personne, hein, il a droit à cette viande fraîche, qui est de l'arrière de bœuf (parce qu'on n'achète plus les avants, c'était pas bon, on n'achète plus que des arrières, on a augmenté la qualité), soit une saucisse de volaille, qui est faite dans l'est de la France, qui est très bonne, soit des raviolis, soit des boîtes de poisson à cuisiner. Ça, c'est pour la viande. En légumes, on a le droit soit à des pâtes, soit à des pommes de terre, soit à du riz, soit à des lentilles, soit à des haricots, au choix. Pour le reste, on a droit soit à un fromage, soit à un yaourt, on a toujours un fruit, toujours un morceau de pain, et souvent une boisson. Et très souvent aussi, quelque chose en plus, parce qu'il y a toujours des dons en nature qui nous arrivent, principalement des gâteaux et des chocolats.

On distribue (euh... que je vous dise pas de conneries, parce que j'ai pas le papier) quatre fois par semaine une plaquette de beurre par famille et... non, trois fois par semaine du beurre, et quatre fois par semaine un litre de lait. Par famille. Celui qui vient chez nous, il passe devant un comptoir, il dit ce qu'il veut, il l'emmène, il en prend pour autant de gens qu'il veut, y compris pour sa voisine, personne ne lui demande une vérification quelconque, il emmène tout ça chez lui, et il est obligé de dire à personne qu'on lui a donné, c'est de la nourriture qui a l'air de sortir du Prisunic.

Alors, peut-être on peut trouver plus humain comme distribution, mais franchement, j'ai pas trouvé.

Question : Je voudrais vous poser une question, au sujet de votre loi, loi Coluche comme vous l'appelez. Je voulais vous demander si les avantages fiscaux que vous prévoyez en faveur de la fondation qui remplacera l'opération Restaurants du cœur, est-ce que vous prévoyez d'étendre ces avantages aux différentes associations qui poursuivent déjà, ou qui ont eu l'occasion de poursuivre le même genre de but, on peut citer le Secours populaire, l'Armée du salut, les mouvements laïques, les mouvements chrétiens, etc. ?

Coluche : Alors, je vais vous expliquer. Effectivement, donc, une fondation fédère les associations que vous avez citées, qui ont déjà signé avec moi un premier accord au départ de notre affaire, disant qu'on allait s'entraider. Il s'agit de la Croix-Rouge, du Secours populaire, du Secours catholique (non, le Secours catholique y était pas, parce qu'il ne voulait pas signer avec le Secours populaire, mais en dehors de ça, ils ont pas chacun leurs pauvres...). Il y avait les Compagnons d'Emmaüs, les Petits Frères des pauvres, enfin il y a, je crois, onze associations qui ont signé avec nous. On était douze dans la fonda, au début de mon opération.

Donc, il est évident que la loi dit que ces sommes vont être recueillies sous le nom des Restaurants du cœur, dans une fondation qui fédérera les associations caritatives, comme on les appelle, pour leur fonction nourricière. C'est-à-dire que moi, je veux pas donner d'argent au Secours populaire pour acheter des vêtements, ou un emplacement plus important pour distribuer de la nourriture. Je ne veux donner de l'argent au Secours populaire que pour la nourriture. C'est-à-dire que jusqu'à concurrence de 2 milliards de francs, ce qui permettrait de nourrir 1 million de personnes, parce que, la vérité, c'est qu'il faut nourrir 1 million de personnes par jour en France, c'est ça. Nous, on a fait un score extraordinaire, parce qu'on est à 126 000 par jour. Aujourd'hui, on a eu une opération qui est lancée par le ministère de la Solidarité, qui va se servir de nos structures parce qu'on est les seuls à en avoir d'aussi importantes.

Le Secours populaire me dit par exemple : ma sensibilité consiste à recevoir des gens dans une pièce et à les faire manger tous ensemble parce que c'est fraternel, et tout ça. Mais c'est des gens qui ont commencé leur œuvre il y a quarante ans. À l'époque où il n'y avait que des clochards à nourrir, et il y en avait en tout, en France, 30000. C'étaient des gens qui étaient pour la plupart alcooliques, et qui avaient pour la plupart choisi leur condition, il faut bien le dire.

Aujourd'hui, il y a 1 million de personnes à nourrir. Aucune des associations n'est prête à le faire, surtout pas sous cette sensibilité qui consisterait à agrandir la salle pour en recevoir plus. Parce que non seulement ça, ça coûterait du pognon, énorme, mais en plus, pour le coup, ce que disait la dame tout à l'heure se vérifierait : les gens qui vivent encore en famille, qui ont encore un loyer à payer, de l'électricité, du gaz, et qui n'ont plus de travail, n'emmèneraient pas leurs enfants manger avec des clochards. Tandis que venir chercher des paniers, ils le font.

Donc, je veux que les associations qui vont se fédérer avec moi prennent en considération cette avance qu'on a sur eux, aussi bien pour la qualité que pour le prix et la quantité.

QUESTION : Coluche, des lois importantes de la République française sont sorties de cette maison. Nous avons l'habitude d'être récupérés, mais nous continuons à être présents. Est-il trop tôt pour vous demander quel est votre prochain combat ?

COLUCHE : Mon intérêt, c'est pas d'en parler maintenant, parce que je dois faire l'essai au moment où ils seront dans leurs élections. Si ça doit sortir d'ici, je ne peux pas vous en parler. C'est une idée sur le chômage qui, si vous voulez, va mettre le doigt dans un autre engrenage.

La question que posait le monsieur d'avant, c'était un peu ça : pourquoi finalement les autres associations n'auraient pas les mêmes droits.

On a mis aujourd'hui le doigt dans un engrenage pour la bouffe, parce que c'est facile à faire comprendre aux gens. Libre aux associations comme le Cancer, n'importe quoi, de trouver le tremplin pour participer. Ils ont effectivement mis le doigt dans l'engrenage, et je pense que c'est un des intérêts de l'affaire.

Le prochain doigt que je leur ferai mettre dans l'engrenage, c'est en fait contre le syndicalisme. Parce que, en fait, il y a plein de choses qui sont empêchées d'être faites par des lois gouvernementales, et d'autres par des lois syndicales... Krasuk, il est en perte de vitesse de toute façon. Si on le compte à la proportionnelle, il faut qu'il ferme sa gueule.

QUESTION : Coluche, deux questions. Une qui rejoint celle qu'on vient d'entendre, mais peut-être d'une autre façon : on parlait tout à l'heure de précarité de votre pouvoir, et on parlait de votre action « chômage » que vous étiez prêt à mener avant 1988, si c'est précaire, pourquoi ne pas mettre ça en action tout de suite ? Ça, c'est la première question.

Coluche : Faire deux choses à la fois, c'est pas bien. Dans notre métier, on a un truc qui est sûr, c'est que les effets s'annulent. Donc, quand on en fait un, il faut pas chercher à en faire deux. Il y a une modestie à notre profession qui est intérieure, si vous voulez, si on veut cumuler deux effets qu'on a trouvés, ça marche pas.

Question : Est-ce que vous pensez que, dans le cas du pouvoir qui nous préoccupe depuis tout à l'heure, certains artistes font de l'abus de ce dit pouvoir ?

Coluche : Oui, probablement. Tout le monde est autorisé à faire ce qu'il veut, de toute façon. Moi, j'ai déjà entendu des artistes dire que, finalement, les artistes étaient très importants, comme si eux en étaient... Mais le public se laisse pas prendre.

Question : Michel, je me permets de t'appeler fraternellement ainsi, je te remercie parce que tu as des propos extrêmement percutants. Mais je voudrais te poser deux questions, en me servant d'un proverbe de Mao, qui dit ceci : quand votre voisin de palier se présente à votre porte, pour vous demander un morceau de poisson, vous lui en donnez. Le lendemain, s'il se présente, est-ce qu'il ne serait pas possible de le prendre par la main pour aller lui apprendre à pêcher le poisson ?

Coluche : Je peux répondre déjà à celle-là ? Mao Tsé-toung, il a un gros inconvénient sur moi, c'est qu'il est mort. J'ai du respect pour certaines choses et quand il a dit ça, c'était sûrement vrai. Mais aujourd'hui, on donne pas du poisson à quelqu'un qui sait pas pêcher, on donne du poisson à quelqu'un qui sait pêcher, mais qui n'a pas de lieu de pêche. Ce qui est tout à fait différent.

Parce que quand j'ai dit qu'il s'agit pas de charité, mais de redistribution, il s'agit d'excédents de production alimentaire européens, qui sont bloqués pour des raisons économiques et capitalistes, puisqu'on est dans un système capitaliste, sur ce plan-là du moins. Ils sont bloqués de manière à ne pas être écoulés à des cours inférieurs au marché, parce qu'il y en a des quantités excédentaires. Donc, cet excédent, il appartient à la société, même si vous êtes pas agriculteur, il vous appartient à vous tous. Et c'est normal que ceux à qui la société n'a pas trouvé un travail le bouffent. C'est un minimum. Il s'agit bien de redistribution, et pas de charité. Mao Tsé-toung, il avait sûrement raison à son époque, mais aujourd'hui, ça n'a rien à voir.

Question : Je voulais dire, en tant qu'originaire d'un pays dit en voie de développement, crois-tu qu'en donnant à manger aux chômeurs, ça va les inciter vraiment à travailler ?

COLUCHE : Ça, c'est une bonne question aussi. Le parti socialiste, par exemple, a dans son projet le minimum social. Alors je peux te dire que le minimum social, c'est-à-dire donner un minimum d'argent à tous ceux qui travaillent pas, c'est vraiment ouvrir la porte à l'Italie. Moi, je suis ravi, mais je trouve ça d'une connerie politicienne extraordinaire. Les politiciens, à mes yeux, ont un défaut majeur, c'est que, dans les écoles où ils vont, ils apprennent tout, mais ils savent rien d'autre. Et c'est très grave. Parce que le minimum social, les mecs vont évidemment continuer à travailler un peu au noir, la femme va divorcer et continuer à toucher ses allocations sur les enfants, ils vont se démerder et ils vont avoir ça en plus.

Tandis que le minimum pour la nourriture... Bon, s'il y avait une distribution meilleure, ça se passerait pas comme aujourd'hui : il faut faire une heure la queue dans le froid pour avoir ce repas, qui est de très bonne qualité, je vous l'accorde, mais qui, dans l'ensemble, justifie pas qu'on aille se geler les pieds une heure si on a de quoi s'acheter un repas. Si on a de quoi s'acheter à bouffer, on va pas faire ça tous les jours.

D'autre part, on ne peut pas fonder une idée... une distribution généreuse, en fait... sur une suspicion de fraude. On ne peut pas dire : il va y avoir des gens qui en abusent, donc je le fais pas. Ce serait une bien plus grande connerie que de le faire. Même si tout le monde en abuse.

Je veux dire qu'il y a des défauts à tous les trucs, je dis pas que c'est parfait, loin de là. Je dis même pas que c'est moi qui ai eu l'idée ! Mais en tout cas, c'est sûr que dans son efficacité, c'est imbattable... Je sais pas si ça répond bien à la question...

QUESTION : Coluche, voici une dizaine d'années que nous vous connaissons, ou plutôt que nous vous suivons. Nous avons pu constater l'immense succès que vous avez remporté dans votre métier, au point de vue impact populaire. Sur le chemin de la montagne de la vie, monsieur, vous n'êtes pas encore arrivé en haut, je pense que vous avez encore beaucoup de chemin, et je vous le souhaite, mais tout simplement je voudrais savoir si vous pensez avoir rempli votre vie d'homme, c'est-à-dire vis-à-vis des vôtres, vis-à-vis de votre famille, et même des idées que vous vous faisiez de la vie ?

COLUCHE : Non, sur ce plan-là, j'ai tout faux. Parce qu'on peut pas jouer sa vie, comme on le fait dans nos métiers ; à son travail, et avoir une idée de famille. Ça, déjà, moi, j'y crois pas. Enfin, j'ai essayé, et je l'ai raté. J'ai divorcé, ma femme en avait marre, c'était invivable.

Par contre, sur le plan de ma vie d'homme, j'ai jamais eu la prétention d'arriver là où je suis, donc là, j'ai vraiment de l'avance, pour le coup.

Euh... pour ce qui me reste à faire, je m'engage à faire pour le mieux, mais je peux rien vous promettre, parce qu'on fait un métier où y a pas d'exemple de gens qui aient été connus toute leur vie. Il y a très peu de gens dans notre profession qui meurent célèbres. Si j'avais fait la liste par avance, parce que je me rappelle pas non plus du nombre de vedettes que vous avez dû connaître et qui sont absolument inconnues, vous seriez sidérés.

QUESTION : Coluche, je crois qu'on peut dire que le premier média n'est ni la radio ni la presse, c'est la télévision. Vous avez d'ailleurs fait un tabac récemment sur TF1, je crois qu'on peut le dire. Ma question est la suivante : aujourd'hui, il y a une multiplication de chaînes dites privées, qui s'opposent dans leur conception aux chaînes contrôlées par l'État. Est-ce que d'abord c'est une chose qui vous paraît souhaitable d'une part, et, d'autre part, d'après vous, dans votre action, dans votre engagement comme disait l'un de mes confrères, est-ce que ces chaînes privées vous paraissent plus à même de véhiculer votre message ?

COLUCHE : Écoutez, je suis un peu emmerdé parce que vous me demandez mon avis là où je n'en ai pas. J'ai un avis professionnel sur les chaînes privées parce que ça touche ma profession, mais est-ce que c'est bien, est-ce que c'est mal, franchement, j'ai pas d'avis. Je crois plutôt que c'est une évolution irréversible.

Quand Mitterrand m'a demandé mon avis là-dessus (parce qu'il doit le faire avec plein de gens comme ça dans des déjeuners), qu'est-ce que vous en pensez, vous qui êtes du métier, est-ce qu'il faut faire des télévisions ou pas ? Quand il m'a parlé de ça il y a un an et demi, je lui ai dit oui, moi, je pense qu'il faut laisser faire, parce qu'on va quand même pas vivre toute notre vie à la frontière de la Pologne pour ce qui est de la télévision.

On est pratiquement le seul pays d'Europe à avoir trois chaînes, il faut quand même s'aligner. Il faut donner une chance à nos enfants de voir des télévisions européennes, de voir autre chose que Joseph Poli le soir. Oui, je crois qu'il faut laisser se développer, mais c'est pas dans le sens du bien et du mal, c'est dans le sens de la profession.

Est-ce que c'est plus apte à véhiculer le truc ? Peut-être... oui. De toute manière, en politique comme en médias, avec la multiplication des médias, il faudra de plus en plus compter sur les hommes. C'est-à-dire que, quel que soit le média dans l'avenir, quelles que soient la Cinq, la Quatre, la Six ou la Deux, quand on se réunira pour faire un événement médiatique, on le fera. Je crois davantage aux hommes qu'aux moyens.

QUESTION : Coluche, vous avez avec talent dénoncé l'incohérence du monde fou dans lequel on vit, et vous le faites depuis longtemps, depuis le Café de la Gare, on s'en amusait follement... Maintenant, ça devient plus sérieux, parce que vous avez quand même un public un peu plus large, bravo...

Parfois, on est affolé par la télé. Il y a pas encore longtemps, on a vu des tonnes de pommes de terre en Bretagne, des tracteurs qui passaient dessus, de temps en temps dans le Midi, on fout les pommes aussi en l'air... Finalement, la France est un pays très riche, où on détruit la nourriture. Quel gâchis ! Et encore nous, on est un peu rodés. Mais faut se mettre à la place des pays du tiers-monde, quand ils voient ce travail, en se disant les Français, les Européens sont devenus fous...

Alors la question que je voulais vous poser est la suivante : quelle est la réaction des grands groupes alimentaires ? Est-ce que vous les avez contactés, je pense à des groupes comme Nestlé, à tous ces groupes qui détruisent pratiquement la surabondance...

Également, est-ce que vous avez des contacts avec la FNSEA, la Fédération nationale des syndicats d'exploitants agricoles, parce que ceux-là commencent aussi à pousser un peu, j'ai l'impression, et sont à l'origine des destructions, en Bretagne, en Normandie, ça joue aussi dans le Midi...

Compte tenu de l'impact que vous avez, du travail que vous faites, est-ce que vous avez pris contact avec eux, quelle est la nature de ces contacts, et est-ce qu'on pourra peut-être arrêter un peu le gâchis ?

Coluche : Alors, il faut que je vous dise, pour ce qui est du spectaculaire vu à la télévision, les tonnes de pommes de terre déversées sur la route, c'est rien. Ça n'existe pas. C'est des quantités négligeables, et c'est simplement spectaculaire. Si on récupérait les pommes de terre au lieu de les jeter sur la route, on n'en aurait pas assez. Donc, c'est pas un problème.

Par contre, en Europe, il y a 5 500 000 tonnes de pommes de terre en excédent cette année, et les Restaurants du cœur de France, aujourd'hui, en achètent 50 tonnes par semaine.

Ça veut dire que, l'Europe, s'ils donnaient tout, il leur en resterait encore énormément. Alors, c'est là qu'il faut viser. Plutôt que d'aller demander à la FNSEA s'ils peuvent nous réunir des agriculteurs qui en ont trop...

Parce que les agriculteurs qui en ont trop ne peuvent pas nous les donner. La FNSEA, c'est des gens charmants, avec qui on a de très bons rapports, mais elle ne nous sert à rien, parce que le producteur qui a un excédent le vend à l'État pour un prix cassé déjà, qui le dédommage du fait que sa production n'entre pas sur le marché au prix fort. Donc, l'État paie cette première somme.

Puis la Communauté européenne doit stocker un certain nombre de mois, trois mois pour la viande, vingt-quatre mois pour le beurre, les œufs et le lait, des produits qui lui coûtent énormément en stockage. C'est le stockage le plus cher.

Pour vous donner un exemple, nous, on a acheté nos dernières 50 tonnes de la semaine (on les achète par 50 tonnes, parce qu'on a peu d'entrepôts qui nous sont prêtés), dans le Var, puisque c'est là qu'elles étaient stockées. Il y en avait 250 000 tonnes qui ont gelé. Et les 50 tonnes qu'on a achetées, on les a encore.

C'est sur des quantités énormes que ça se joue. Il y a autre chose. Là où on tape, c'est-à-dire dans les excédents de la Communauté, au-delà des délais de conservation obligatoires, c'est normalement revendu *hors* de la Communauté. Ça n'a pas le droit d'être vendu dedans. Ce qui veut dire que c'est revendu en priorité, je crois, à l'Algérie, après ça, à l'URSS, et après ça, à l'Afrique.

Or, quand on vend de la nourriture à des gouvernements, ils s'en servent pour nourrir l'armée. Alors moi, je suis pas plus antimilitariste qu'un autre, mais pas moins, et j'ai rien contre l'Afrique. Mais enfin... nourrir les militaires, je m'en fous, il faut bien le dire, surtout si on n'a pas mangé avant, parce que, quand même, ça nous appartient...

Alors effectivement, il y a un rapport intéressant à faire entre le fait qu'on sensibilise le public sur le gâchis, mais ça ne représente pas des quantités intéressantes.

Pourtant, il faut quand même savoir qu'aujourd'hui, grâce à la FNSEA, on a le blé... on a grâce à l'État le blé à un prix préférentiel, et que, pour toutes les quantités données aux minoteries de France, ils nous le transforment en farine gratuitement. On a aussi pas mal de boulangers industriels qui nous rendent du pain à la place de la farine, pour le même poids aussi. Ce qui est un beau truc.

Le deuxième volet de la question, c'est ce qu'on pourrait demander à Nestlé. Il y a beaucoup de gens qui sont intéressés à avoir le label Restaurants du cœur. Par exemple, un grossiste de la chaussure française, qui donc m'intéressait pas du tout (je bouffe pas de grolles !), a trouvé cette combine de mettre dans chaque paire de chaussures : « En achetant les chaussures Machin, vous venez de donner un repas, ou de participer à un repas pour les Restaurants du cœur », et donc il a pu nous débloquer de l'argent de son budget de publicité.

C'est-à-dire qu'on pourrait envisager dans l'avenir d'avoir des tas de gens qui nous servent tout au long de la chaîne bénévolement, qui auraient le droit d'utiliser le logo « Restaurants du cœur ».

Par exemple, on a mis les grosses banques sur le coup, parce que, évidemment, la publicité qu'on leur fait, elle vaut de l'argent. Le Crédit agricole pourrait bien avoir l'affaire. Pour ça, ils nous ont fait des avantages qu'ils ne donnent jamais, le crédit « a réméré », par exemple, c'est-à-dire l'intérêt maximal sur toutes les sommes qui vous restent, sans avoir à les bloquer trois mois ou six mois.

Ça, déjà, c'est très important, parce que ça nous a tout de suite permis d'augmenter notre chiffre à trois mois. On a demandé aux entreprises de les payer à trois mois, et on a eu tant de repas en plus à distribuer pendant les trois mois.

D'autre part, ils nous ont donné en cadeau, pour les avoir choisis, un million de francs, et ils ont fait travailler des entreprises privées à ouvrir notre courrier 24 heures sur 24, en faisant les 3 × 8. Ils ont été vraiment très sympas, ils ont fait leur métier au-delà de ce qu'ils font pour leurs clients riches.

Parce que c'est un truc qui les intéresse, d'être liés en tant que sponsors à une affaire qui a ce retentissement national. Ça nous permet aussi d'envisager de tenir dans l'avenir avec d'autres choses que des dons. Il y a un bénévolat qui est intéressé par une espèce de sponsoring. Il y a des routiers qui voudraient bien avoir le droit de mettre sur leurs camions « Restaurants du cœur ». Il y aura aussi de plus en plus de restaurateurs qui feront le hachis parmentier une fois par semaine, c'est-à-dire que ça nous coûtera pas un rond, à 3 heures de l'après-midi, à l'heure où, de toute façon, ils ont pas de clients, et dans leur ville ou dans leur quartier, ils seront le Restaurant du cœur. Ça les intéresse.

QUESTION : Coluche, je voudrais connaître votre sentiment sur le texte d'une affiche politique que j'ai découverte il y a quelques jours sur les murs de ma commune. Voici le texte, il est très court, je pense que vous devez le connaître, mais enfin je le relis pour tout le monde : « Coluche et des milliers de braves gens ont collecté 20 millions de francs pour ceux qui ont faim. Le même jour, les hommes politiques qui se faisaient de la pub autour de lui (donc on parle bien des médias, là) passaient commande de 1 200 chars à 20 millions de francs chaque. Devinette : où sont les enfoirés ? » Fin de citation de l'affiche. C'est signé LO, je pense que ça veut dire « Lutte ouvrière ». Alors je voudrais connaître votre sentiment sur cette question.

Deuxième question, c'est une parenthèse : puisque vous êtes un pote à Goldman, j'aimerais que vous puissiez nous dire **ce** qu'il a bien pu faire à certains médias pour qu'on le traîne autant dans la boue, alors qu'à mon avis c'est quand même quelqu'un qui a une certaine valeur.

COLUCHE : Je crois que, pour ce qui est de Goldman, il s'adresse aux adolescents, qui se foutent absolument des médias, des forces et des pas forces, et que donc il a donné aucune interview. Et comme il a rempli le Zénith pour un mois, c'est-à-dire une chose qui avait à l'époque jamais été faite, sans coller aucune affiche, sans aucune publicité, sans donner aucun article, il y a pas mal de gens qui se sont sentis vexés, dans des professions annexes à la nôtre, parce qu'on trouve encore des journalistes professionnels qui aiment le succès, mais pas à ce point-là.

Je crois que vraiment... c'est de la bêtise... ces gens-là ont fait une connerie. Parce que ça n'a pas empêché Goldman de remplir... Balavoine, quand il est mort, il a vendu 80 000 disques le même jour, et Goldman, qui est vivant, 100 000 le même jour. C'est le seul mec qui a fait ça... Et personne le sait. C'est un très gros vendeur. Il fait beaucoup d'effet aux jeunes, et si ce mec-là disait aujourd'hui qu'il faut se désintéresser de la politique, j'aime autant vous dire que, dans quinze ans, pour leur enlever ça de l'idée aux gosses, eh bien... ça sera dur.

Pour ce qui est de l'exploitation qu'on peut faire des Restaurants du cœur, il y a pas que Force ouvrière qui a essayé, y a tout le monde.

En tout cas, nous, on n'exploite pas les pauvres, on leur donne à bouffer. Ça, c'est clair. Et j'ai pas l'intention d'entrer dans les ordres, ni de m'acheter une soutane, ni de passer le reste de ma vie à faire des œuvres comme ça, je fais ça parce que j'ai la possibilité de le faire, et que, franchement, dans ma vie d'homme, comme disait le frère tout à l'heure, ça m'aurait fait chier d'avoir la possibilité de disposer d'un pouvoir pour faire quelque chose de sympa, et ne pas le faire.

En dehors de ça, des exploitations, il y en a eu. J'ai vu des affiches socialistes dans le Nord, où il y avait un ruban tricolore en forme de cœur, et c'était écrit: «Les socialistes solidaires du cœur.» J'ai vu aussi: «T'as voulu voir Vesoul, t'as vu Paris», du RPR, où il y avait écrit: «T'as voulu voir le pouvoir d'achat, et t'as eu les Restaurants du cœur.» Tout le monde l'a exploité.

Mais il faut dire aussi que ça faisait partie de notre idée, comme le disait le frère tout à l'heure, on est récupéré un peu de partout. On l'a cherché, parce qu'on avait besoin d'une récupération. Il fallait que tout le monde s'en serve, pour que le poids de cette affaire d'aujourd'hui reste un peu au mois d'octobre de l'année prochaine. Il fallait absolument qu'on soit récupéré, mais par tout le monde, c'était ça le problème. Et effectivement, on l'a été.

Et à partir du mois d'octobre, si la loi passe, on le fera tous les jours de l'année, toute l'année.

QUESTION: Coluche, ma première question va rejoindre les aides qu'on apporte aux pays en voie de développement, et leur utilisation dans ces pays. Est-ce que vous pensez que l'exemple des Restaurants du cœur, dans leur conception, dépassera les frontières européennes? Si votre réponse est oui, sur quel plan pensez-vous que le monde entier devra vous situer?

Ma deuxième question: jusqu'où les Restaurants du cœur iront dans les pays de la Communauté européenne, en tant que communautés fortement industrialisées? Merci.

COLUCHE: Pour ce qui est du développement des Restos du cœur dans la Communauté européenne, je vous ai dit il y en a 39 en Belgique. C'est très important, parce qu'il se trouve que, par la coïncidence des langues, ça s'appelle aussi Restaurants du cœur. C'est important parce que j'ai déjà fait, je crois, 22 télévisions étrangères sur le sujet, et ce matin j'ai été reçu par la presse étrangère à Paris, j'ai fait une petite conférence de presse pour eux, et ça les intéresse vachement. Mais ça ne pourra pas sortir de la Communauté européenne sous cette forme, parce qu'on ne place dedans que les excédents de production européens. Mon argument, c'est pourquoi les revendre alors qu'on en a tellement, et qu'on en consommerait si peu nous-mêmes. C'est ça, l'argument.

Maintenant, pour ce qui est des pays en voie de développement, et principalement, je dirais, des pays en voie de «pas développement», les pays les plus misérables du monde, j'ai fait commencer un travail, mais j'aurai vachement besoin d'aide là-dessus, parce que j'ai pas trouvé les bons éléments.

Il existe à l'armée ce qu'on appelle un «biscuit de guerre». C'est-à-dire un truc immangeable, qui contient tout ce qu'il faut pour survivre. Sauf qu'il faut être à côté d'un robinet, parce que c'est un étouffe-chrétien que je vous raconte pas...

Moi, je vais faire faire un «biscuit de paix». C'est un truc qui sera plus plat qu'un McDo, et qui contiendra du miel, des noix, du sel, de tout ce qui faut... Enfin, je suis en train de le faire étudier, et... je peux pas vous dire, parce que, là, je m'avance un petit peu, on n'a pas fini vraiment de travailler dessus, mais ça va coûter 1,20 franc au maximum, par pièce. Et ce sera un biscuit qui contient tout ce qu'il faut pour vivre.

Mais il va falloir vraiment m'aider, parce que, là, je suis planté là-dessus. J'ai l'idée, je le vois, le truc, je sais bien comment il faut que ça soit, mais j'ai pas encore trouvé vraiment les spécialistes qui m'ont confirmé que ce truc-là n'allait pas vieillir d'abord, qu'il serait consommable toute sa vie, et que, d'autre part, il n'y aurait pas de déperdition de ses qualités.

Pour l'instant, on est sur un produit qui est limité dans le temps. Mais enfin, de toute façon, avec le nombre de bouches qu'il y a à nourrir, je vois pas pourquoi on les entreposerait, hein... Enfin, c'est vrai qu'il y a d'autres idées à trouver là-dessus.

C'est certain, que par rapport à la misère du monde en général, puisqu'il y a même des peuplades en Afrique qu'il est impossible de nourrir du jour au lendemain (il faut d'abord les soigner, avant qu'on soit capable de les nourrir, puisque leur corps est tellement peu habitué, qu'il accepterait pas la nourriture – ça, c'est vraiment un autre travail qui est davantage à confier à la médecine), mais... c'est sûr qu'il y a des tas de misères dans le monde...

Moi, encore une fois, j'ai fait ce bel effet-là parce qu'il s'agit de nourriture, que c'est une tradition française, et qu'il faut savoir que ce sont les pauvres les plus généreux, et que c'est eux qui bouffent le plus aussi. Les riches achètent moins en poids de nourriture, individuellement, que les pauvres. Les gens les plus pauvres, dans une société, ont tendance à dépenser beaucoup dans un domaine où ils peuvent, c'est-à-dire ils se rattrapent sur la nourriture. Donc, ça touche vraiment les gens à un truc précis.

Question : Coluche, je vais me permettre de vous poser deux questions. En 1981, vous l'avez fait remarquer tout à l'heure, et on se plaît aussi à le constater, vous avez fait un vrai tabac médiatique en posant votre candidature entre guillemets «bidon». Pourquoi n'avoir pas, à ce moment-là, monté votre opération Restaurants du cœur? Cela voudrait-il dire que, en 1986, il y a plus de pauvres qu'en 1981, et que cet appauvrissement, comme dit Jacques Chirac, comme il l'a dit hier au soir, serait dû au pouvoir socialiste? Première question.

Seconde question, qui me sert de transition justement avec «L'Heure de vérité» à laquelle est passé Jacques Chirac hier au soir: à une question qui lui a été posée, consécutive à l'émission de TF1, et à son absence à cette émission, M. Chirac a répondu qu'en tous les cas il n'avait pas voulu cautionner une opération qui, à son avis, servait à réactiver les soupes populaires (et son propos était tout à fait péjoratif)... et je voulais connaître, sur ce deuxième propos, votre sentiment, Coluche.

Coluche: Il n'y a qu'une seule réponse à vos deux questions. Effectivement, dans son discours, parce qu'il est en campagne électorale, Chirac a intérêt à faire croire que les pauvres qu'on nourrit aujourd'hui ont 4 ans d'âge, alors que, vous savez, les mecs qui font la queue chez moi et qui ont 4 ans, il y en a pas des masses... Maintenant, s'il fallait redistribuer les pauvres qui existent, c'est certain que les hommes politiques seraient tous en cause, et que c'est leur jeu de se les renvoyer.

Pour ce qui est du cautionnement qu'il n'a pas donné, il a quand même pas évité de le donner non plus parce qu'il aurait très bien pu interdire à Alain Juppé d'y venir. Je me suis rendu à la mairie de Paris pour le voir, je l'ai pas fait spécialement discrètement, ni derrière son dos. C'est vrai que j'ai demandé à le voir et qu'il ne m'a pas reçu, c'est vrai aussi que j'aurais du mal à lui faire croire que je suis RPR, je pense pas que j'essaierai d'ailleurs, et je pense que c'est la seule chose qui l'intéresse.

La seule chose que je constaterai, c'est qu'il dit du mal des Restaurants du cœur finalement, parce qu'il les croit socialistes. Il fait une erreur, que le public n'a pas faite, et les hommes politiques font suffisamment d'erreurs pour faire attention à ce qu'ils disent. Sur quelque chose qui est populaire, il a tort de dire ça.

Les deux seuls à qui il reproche quelque chose, c'est le parti socialiste, et le Secours populaire, qui, comme vous ne l'ignorez pas, est communiste.

Moi, j'ai vu Bérégovoy et Monory, puisque j'y étais dans l'émission pour les Restaurants du cœur, et ils ont dit devant le public français qu'ils étaient tous les deux d'accord pour faire aboutir cette loi. Alors, comme ils seraient l'un et l'autre ministres des Finances, il est bien évident que si ça n'aboutit pas, comme c'est une loi de finances qu'il faut transformer, moi, j'aurai tout le loisir de les traiter de menteurs pour le restant de leurs jours, et que ça, c'est quelque chose que je risque de leur faire payer un peu cher. Donc, peut-être qu'ils feront pas les cons.

Mais c'est vrai que le RPR pur et dur, venant fort au pouvoir, pourrait très bien dire que, finalement, c'est injuste de ne le faire que pour les Restaurants du cœur, profitant du fait que c'est plus maintenant mais au mois d'octobre, et que la sensibilisation faite aujourd'hui va s'estomper... Voilà, c'est vrai, il y a des risques, et puis, c'est leur jeu de dire ça. Mais, à mon avis, c'est une connerie... Moi, j'aurais été conseiller en communication de Chirac, je lui aurais pas fait dire ça. J'aurais pas fait dire non plus à Fabius qu'il avait fait le sale boulot... ni qu'il aimait les pauvres, parce qu'on le croit pas...

QUESTION : Coluche, je sais que vous avez un métier difficile, où il y a peu d'élus. Il y a aussi, dans votre métier, beaucoup de misère. Avec votre générosité et votre pouvoir – j'en parle parce que je ne suis pas dans le métier –, est-ce que vous pensez faire quelque chose pour tous vos collègues qui ont des difficultés à vivre ?

COLUCHE : Non. Je peux vous répondre nettement non. Pour une raison simple, c'est qu'on a une profession dans laquelle on ne peut pas aider qui que ce soit. C'est pas nous qui jugeons. Il n'y a pas de piston dans notre métier. C'est sûr qu'il y a des filles qui se font baiser par les producteurs, pour réussir, mais elles réussissent qu'à se faire baiser... C'est tout ce qu'on leur connaît comme réussite ! Celles qui ont réussi se sont fait baiser aussi, c'est bien la preuve que c'est pas un critère...

Donc, vous dites que c'est un métier difficile, c'est difficile pour ceux qui arrivent pas, c'est facile pour ceux qui arrivent. Moi, j'ai jamais trouvé que c'était un métier difficile. J'ai entendu dire toute ma vie qu'il fallait tous les soirs conquérir le public. Moi, j'ai vu des gens qui avaient payé leur place, qui s'entassaient là, ils étaient conquis d'avance, ils étaient ravis d'être là, j'étais ravi qu'ils soient là, j'ai jamais eu de problème de lutte.

QUESTION : Je parlais... on vieillit. Il y a des anciens artistes, je parlais de ceux-là, bien sûr, je parle pas de la nouvelle génération...

COLUCHE : Oui, mais ça, c'est un problème de société en général, c'est : qu'est-ce qu'on fait de nos vieux, qu'est-ce qu'on fait de nos infirmes, qu'est-ce qu'on fait de nos pauvres ? Et qu'est-ce qu'on fait des pauvres du monde même, parce que de plus en plus les jeunes générations nous poussent au cul... On n'est plus des citoyens français, on est des citoyens du monde, de plus en plus... S'il y avait un peu de poussière à enlever partout, ce serait celle-là. On est de plus en plus des citoyens du monde.

Alors, dans l'ensemble, c'est un problème qui se pose à la profession en général, et à toutes les professions.

Je pensais que vous vouliez dire : qu'est-ce qu'on fait des 92 % de chômeurs dans notre profession ? On ne peut pas les aider. C'est le public qui décide de savoir... Moi, j'ai débuté en même temps que cinq autres comiques, dont au moins trois sont totalement inconnus, et pourquoi le public m'a choisi, moi... je veux pas faire la gueule, mais franchement, j'en sais rien...

Alors vous savez comment c'est, notre métier, quand on fait un bide, tout le monde sait pourquoi, quand on fait un succès, personne sait pourquoi. Voilà. Quand on fait un bide, tout le monde dit : mais c'est normal, ils ont pris l'autre con, regarde-moi cette affiche, et le nom du film, et le costume de l'acteur, et ça va pas, et tout ça, tout le monde sait pourquoi.

Mais quand on fait un succès, ils disent : c'est extraordinaire, on comprend rien. Ça les arrange, de pas comprendre, aussi.

Non, c'est un métier où on ne peut pas aider les gens et même, je vais vous dire, par rapport à l'honnêteté humaine, je considère pas que c'est une profession où il faut essayer de les aider... enfin, je veux dire de les aider contre leur talent... Si vous reconnaissez du talent à quelqu'un, évidemment vous l'aidez. Bon, ça, évidemment, je l'exclus d'autorité. Mais je veux dire que par charité chrétienne, ou par charité professionnelle, de dire il *faut* aider les gens, 92 % de chômeurs qu'il y a dans ma profession, on peut rien faire pour eux. C'est un mensonge de dire qu'on va le faire. Et puis même, il y a au moins 92 % de chômeurs, parce que le métier est au gré à gré. Alors, c'est pas normal qu'il y ait 92 % de gens qui n'ont pas du tout de travail, et que les 8 % qui restent soient milliardaires. Ou enfin... presque tous. Parce que c'est tout le temps les mêmes qui travaillent.

Donc, ce serait pratiquement pas juste, parce que c'est pas bien d'encourager quelqu'un à continuer dans une profession où il a pas d'avenir. Surtout dans une profession artistique, qui demande à la personne de s'investir au plus profond de soi-même, puisqu'on passe par nos sentiments propres pour jouer la comédie, et donc ça peut mener des gens au suicide. Facilement, parce qu'il y a une confusion avec la personnalité qui réussit pas dans les personnages qu'on pourrait jouer, et tout ça... Si on n'a pas le moral, on peut pas être gai dans notre métier...

Maintenant, pour ce qui est de l'impact qu'on a sur le public par rapport aux hommes politiques, il faut bien savoir que, dans l'ensemble, les artistes qui ont du succès font plus de public en nombre que les hommes politiques dans l'année, et que, d'autre part, ils sont payants, les nôtres. Non seulement on fait plus de monde qu'eux, mais nous, on fait payer.

Il ne faut pas oublier que, pour parler de deux vedettes internationales, le pape a fait 40 000 personnes de moins au Bourget que Bob Marley. Et le pape, c'était gratuit.

QUESTION : Cher Coluche, si vous le permettez, pourquoi ne pas revenir un petit peu au sujet du débat de ce soir, qui portait sur votre pouvoir. Vous nous avez donné une démonstration magnifique de votre pouvoir, et je crois qu'ici tout le monde ne peut que s'en féliciter, et vous féliciter.

Vous, avec votre générosité, vous faites un tabac, et ce tabac est magnifique, et cela débouche sur les Restaurants du cœur... Vous nous avez dit aussi que les vedettes étaient périssables. N'avez-vous pas peur qu'un jour une vedette de votre talent, avec une sensibilité Le Pen, fasse un tabac qui porterait sur l'égoïsme et la rancœur ? Est-ce qu'il n'y a pas un danger, et comment justement pouvez-vous, vous, prévenir ce danger-là ?

Coluche : J'ai pas le pouvoir de le prévenir. Effectivement, quelqu'un qui aurait une sensibilité tout à fait opposée pourrait s'en servir à contresens. Je voudrais le voir, quand même... Par rapport au public, c'est un petit peu vite préjuger de ses réactions. Moi, je pense qu'on ne peut pas les abuser. Je pense que c'est vraiment précis, le créneau où on peut les avoir. Pour l'instant, ils n'ont pas compris que ça leur donnait accès à un petit peu de pouvoir par rapport à l'État, cette loi. Mais ils ont compris que, quand on les mobilise, avec des gens qu'ils reconnaissent comme étant pas seulement généreux, mais honnêtes en tout cas, ils savent que ça va réussir.

Moi, ce que j'attends, en arrêtant le 21 mars, c'est que, le 22, les 126 000 personnes qu'on a nourries le jour avant aillent à la mairie et disent : « Alors, Coluche y arrive, et vous, vous y arrivez pas ! » C'est ça que je veux voir une fois. Je veux voir le public prendre conscience du fait que, quand il s'unit autour d'une idée, il est fort. Et je pense pas qu'on pourra réunir facilement des gens autour de l'idée qu'il faut pendre des Noirs, ou des Arabes... je crois pas.

Je crois justement que le défaut de Le Pen, par rapport à son talent médiatique... Parce que le talent de Le Pen, la capacité énorme qu'a ce type-là de passer à la télévision, s'il n'avait pas fait la connerie de s'enfermer dans le racisme, qui le limite dans son audience future, et qui lui fait une casserole au cul qui se détachera jamais comme on dit, ce mec-là aurait pu aller plus loin. Et si jamais il dépasse 10 %...

Il faut pas oublier qu'aujourd'hui il s'agit d'intentions de vote, qu'il s'agit aussi de vote législatif à la proportionnelle, quand il s'agira des présidentielles, on verra s'il fait 10 %...

Parce que, pour l'instant, ce type-là, il s'est quand même mis sur le dos cette énormité qu'est le racisme. Si par réaction aux hommes politiques, on est capable de voter pour Le Pen comme on avait l'intention de voter pour Coluche en 1981, pour la même raison de rejet, c'est-à-dire faire preuve d'une espèce d'abstentionnisme supplémentaire marqué d'un caractère particulier, je crois pas que pour autant 10 % de Français soient racistes au point de s'inscrire à un parti qui n'est que ça.

Moi, j'ai personnellement été élevé comme un Rital. Comme vous le savez, les Italiens étaient associés à Hitler pour faire la guerre (encore que, évidemment, l'Europe rêvait d'être envahie par l'Italie plutôt que par l'Allemagne), mais, en tout cas, après la guerre, ça le foutait très mal d'avoir été italien pendant, ce qui était le cas de mon père, et donc le racisme s'exerçait... J'ai jamais eu un physique d'Italien, donc je m'en suis sorti...

Mais... il faut pas faire un monde, sous prétexte que *Le Figaro magazine* fait sa couverture toutes les semaines avec le racisme, il faut pas croire que ça intéresse le public pour autant.

Je cite *Le Figaro magazine* parce que j'ai des affaires personnelles avec eux... et puis, c'est vraiment une bande d'enfoirés... Je peux le dire... au sens ancien du terme... Ces gens-là s'imaginent que le monde va de leur salon jusque... le mercredi à l'imprimerie, quand *Le Figaro* sort, et que c'est le plus important. Je crois qu'ils se gourent, le plus important n'est pas là.

Le plus important, en France, c'est pas le racisme. Vous savez, si on devait partager Paris comme on a fait à Los Angeles, en quartiers d'origines différentes, les seuls qui demanderaient à être à côté des Arabes, c'est probablement les juifs. Parce qu'ils s'entendent très bien, ces gens-là.

On nous fait chier, avec des histoires de racisme, qui n'existe pas... Il y a des poissons volants aussi dans la mer, mais on n'en voit pas beaucoup... Non, moi, j'y crois pas. Je crois pas au retour d'une catastrophe...

QUESTION : Coluche, dans le domaine de l'art, les seuls qui ne laissent rien derrière eux, contrairement aux pianistes qui souvent sont connus même après leur mort, ou les musiciens, ou les littéraires, les seuls qui ne laissent rien derrière eux, sinon quelquefois un nom gravé comme à la Comédie-Française, des noms gravés que tout le monde ignore, les seuls, ce sont les artistes, les comédiens... En ce qui vous concerne, que souhaiteriez-vous laisser, ou qu'on dise de vous après votre mort ?

COLUCHE : Moi, personnellement, j'ai mis dans une enveloppe ce que je mettrai sur mon épitaphe en partant : c'est « Démerdez-vous ! » Moi, j'ai fait ce que j'ai pu, je vais faire ce que je peux pour faire marrer, je vais faire ce que je peux pour intéresser les gens, les surprendre, les amuser... Je vais faire mon métier. En fait, on n'en a pas parlé, mais, finalement, si vous regardez bien, c'est ça.

Si vous regardez bien ma carrière, j'ai commencé par être célèbre au music-hall. J'ai pas été à plaindre au café-théâtre parce qu'on a lancé un genre aussi, j'ai fait partie de la génération qui l'a créé, et non pas de ceux qui ont seulement suivi un mouvement. Ça, c'est vachement fort dans le public. Au music-hall, j'ai vraiment démodé pas mal de monde...

De toute façon, il faut faire ce qu'on sait faire, et pas ce qu'on voudrait savoir faire Qu'on cherche à améliorer, c'est normal, mais qu'on essaie de faire... Il y a beaucoup d'exemples d'artistes qui avaient un rêve de jeunesse, qui sont devenus connus avec quelque chose et qui ont fait autre chose.

Par exemple, je connaissais Michel Berger, qui marchait très bien avec ses chansons. Tout d'un coup, il a voulu faire un opéra, et il s'est ramassé. Là-dessus, il m'a dit : « Ben, écoute, j'ai fait une connerie, j'en ferai plus, d'opéra, c'était un rêve de jeunesse. »

Mais les rêves, c'est fait pour être rêvés, pas pour être vécus. Alors il faut pas confondre ce qu'on est capable de faire, avec ce qu'on a envie de faire. Il faut pas avoir une prétention au-delà de ses qualités d'une part, et, d'autre part, il faut savoir adapter ce qu'on sait faire à ce quelque chose qui n'a rien à voir avec nous.

Ça veut dire que, quand je me présente aux élections, que je me marie avec Le Luron, ou que je fais les Restaurants du cœur, je fais un effet médiatique qui part de mon talent, mais qui ne sert pas du tout mon métier.

Aujourd'hui, le seul disque que j'arrive à faire vendre, c'est celui des Restaurants du cœur. Mais, moi, j'ai un disque de blagues qui vient de sortir, et qui se vend pas. Alors que mes disques se sont toujours vendus comme des petits pains.

Pour l'instant donc, je fais pas vendre mon disque. C'est pas grave, parce qu'on le fera vendre plus tard, on va se démerder, il y a aucun problème. Mais n'empêche que la vérité de la chose, elle est là. On peut pas détourner l'attention du public à son propre intérêt.

J'ai choisi d'utiliser ma personnalité populaire pour faire autre chose que ma profession. C'est une bonne combine à long terme pour moi, parce qu'il est probable que, pendant encore des générations et des générations, quand il y aura les présidentielles, on dira : rappelez-vous qu'un certain Coluche avait fait 16 % d'intentions de vote, à une époque où le RPR faisait 17, et le parti communiste, 15.

Si vous voulez, c'était le premier signal d'alarme dans une démocratie. C'est la première fois que des gens répondaient à une intention de vote pour quelqu'un qui voulait pas être élu. Ce qui est très important comme démarche. C'est pas pareil.

Alors, voilà. Je vais faire ce que je peux. Et puis, il se trouve que ça me fait marrer, j'aime bien ça... Le geste auguste du semeur... de merde...

QUESTION : Si je comprends bien, Coluche, vous êtes tout à fait d'accord avec le fait que, pour un artiste, ce qui compte autant que son talent, c'est ce qu'on appellerait son image de marque, ou pour employer un mot plus à la mode, son « look ».

Il y a une question que je me pose, c'est qu'il peut devenir prisonnier de cette image de marque. Je prendrai un exemple, celui de Serge Gainsbourg. Moi, j'aime beaucoup Serge Gainsbourg, en tant que compositeur, en tant que mélodiste. Je trouve qu'il est parfait, il a un talent énorme. Mais il veut donner tellement l'image du type bourré, qui s'en fout, et obsédé et tout, qu'en fin de compte on s'aperçoit qu'il force un peu la note. Qu'est-ce que vous pensez de ça ?

COLUCHE : C'est un bon exemple, Gainsbourg. Comme vous dites, vous l'aimez pour ses qualités artistiques, et ceux qui l'aiment parce qu'il est pas rasé, c'est ceux qui l'aiment pas pour ses qualités artistiques. Donc, ça n'a aucun intérêt pour lui.

Comme disait un de mes prédécesseurs de la profession : que vous aimiez individuellement un artiste ou pas, ça ne fait *rien*. Exactement rien. S'il s'agit d'une personne. Gainsbourg, il fait des mélodies pour plaire à ceux qui aiment ses mélodies, et il se rase pas, il est bourré, pour faire parler tous ceux qui le détestent.

Parce qu'il faut pas oublier qu'on est toujours vedette avec un minimum de public. Le président de la République est élu avec 11 millions de voix, alors qu'il y a 55 millions de Français. Moi, quand je fais un tabac dans mon métier, je vends un million de disques, alors qu'il y a 18 millions d'électrophones. On est toujours vedette avec un *minimum* de public.

Donc, si en faisant votre travail toujours pour ce même minimum, vous vous adressez au nombre important de gens qui soit vous détestent, soit s'en foutent (ce qui est encore pire), à ce moment-là, évidemment, vous devenez une vedette beaucoup plus populaire que votre seul talent vous aurait permis de l'être.

C'est un très bon exemple, Gainsbourg. C'est justement ce que je disais avant, mais vous m'avez permis de le dire encore plus clairement. Le talent consiste à ne pas s'intéresser seulement à ses auditeurs. Il faut s'adresser à l'ensemble de la population, en utilisant ce qu'on sait faire. Moi, je peux vous garantir que j'ai vu Gainsbourg arriver pas bourré, et être bourré instantanément en entrant sur le plateau, il sait le faire. C'est son métier.

Et puis peut-être que les Restaurants du cœur, si vous voulez une morale à tout, c'est peut-être le prix que Coluche est obligé de payer pour rester vulgaire...

Question : Vous évoquiez tout à l'heure la possibilité dans peut-être deux ans de récidiver, si j'ose dire, mais non pas au sens péjoratif. Ne craignez-vous pas que le pouvoir dont nous parlons soit peut-être encore plus illusoire qu'on ne pourrait le craindre, dans la mesure où vous ne pouvez pas le réutiliser, et où je pense qu'il doit avoir une sorte de faculté d'usure immense ? Si demain Coluche (demain ou dans deux ans) réamorce une nouvelle campagne, ne pensez-vous pas que le public ne le suive pas aussi facilement qu'il l'a suivi pour les Restaurants du cœur, en disant : il recommence, il nous fait le coup des Restaurants du cœur... et qu'il y ait finalement un phénomène d'usure à la limite, qui se produise assez rapidement ?

Coluche : C'est bien pour ça que notre profession nous permet de nous étaler parce qu'on est plusieurs. Par exemple, les seuls contacts que j'ai eus avec le RPR dans cette affaire de Restaurants du cœur, c'est par Daniel Guichard et Alice Dona, qui, eux, sont copain et copine, avec des gens du RPR, et si demain ça devait être un autre leader que moi pour les Restaurants du cœur ou pour une autre idée, je serais tout à fait ravi. Moi, j'aiderai tous les gens qui ont une idée, qu'ils soient de mon métier ou pas, à faire quelque chose.

C'est vrai que peut-être le public va dire ça. Moi, je pense le contraire. Pour l'instant, c'est nouveau pour eux, ce pouvoir dont je me sers leur est offert, ça va leur donner la possibilité... c'est pas une loi qui les oblige, c'est une loi incitative et pas obligatoire, qui leur donne la possibilité, au lieu de donner 1 500 francs à l'armée française... Parce qu'il faut savoir que le budget de l'armée, de l'industrie militaire, est beaucoup plus important que celui de l'industrie civile, et que tant qu'on inversera pas un petit peu les chiffres, on pourra pas sortir d'une situation...

Donc, si le public arrive à comprendre qu'on lui a donné un billet pour avoir un peu de pouvoir sur son impôt directement, peut-être que, la prochaine fois, il se dira : il faut suivre, parce que, la dernière fois, il a eu une bonne idée. Bon, peut-être au contraire... enfin... moi, je me dis ça. Maintenant, effectivement, ils vont peut-être se lasser...

En tout cas, pour qu'ils se lassent réellement, il faudrait qu'un nouveau pouvoir arrivant aux affaires de la France dise : « Ça n'est pas raisonnable de laisser voter une loi qui a été faite par un saltimbanque. » Alors, à ce moment-là, le public dirait : « Eh bien, finalement, on a fait tout ça pour rien, et Coluche a fait ça pour rien », donc, la prochaine fois, quand je lancerai une idée, il dirait : « On va pas refaire un truc pour rien. »

Tandis que si on aboutit vraiment à une loi qui est votée, ça, ils l'oublieront pas, les gens. Ils l'oublieront pas. Donc, la prochaine fois que je sortirai une idée, ils diront : « Il faut suivre. »

C'est pour ça que si j'avais quelque chose à venir vous demander, ça serait ça. Si vous pouvez aider à ce que cette loi ait lieu, faites-le. Parce que même si vous avez des soupçons pour le fait que ça favorise plus cette fondation qu'une autre, dites-vous bien qu'on leur fait mettre le doigt dans l'engrenage où ils vont laisser le bras.

Il faut *absolument* décharger l'État de ce qu'il ne sait pas faire, et de ce qu'il fait mal. Parce que ça fera moins de choses à lui reprocher dans l'avenir, et donc, ça peut amener un discours un peu plus sympathique vis-à-vis d'eux d'une part, et, d'autre part, quand on apprend dans la presse, par exemple, qu'un type a cambriolé une épicerie pour la caisse, et qu'en même temps il a emmené un jambon, moi, je me dis, sans vouloir faire de misérabilisme, que c'est quand même la base de la sécurité dans un pays que tout le monde ait à bouffer. C'est la base. Parce que quelqu'un qui a pas à manger un jour sur deux, il a mal à l'estomac, il aime pas la société, et on peut pas lui en vouloir. Physiquement, il ressent quelque chose. C'est particulier, quoi. Quand on est jeune, et que c'est une situation qu'on sait qu'elle est de passage, bon... pffftt... On s'en fout, on est jeune, on réagit bien, on est prêt à tout, on est prêt à supporter toutes les douleurs physiques.

Mais quand on a déjà travaillé une partie de sa vie, qu'on a des gosses, et qu'on peut plus les nourrir, et qu'on se sent l'estomac, là... merde... ça doit être terrible. En tout cas, moi, je souhaite ça à personne...

QUESTION : Si j'ai bien compris votre propos, dans le Restaurant du cœur, il y avait deux objectifs. Le premier, il a été pleinement atteint, c'était de nourrir les gens qui n'avaient pas à manger. Le second, j'ai envie d'employer le mot parce que j'ai pas peur du mot, encore moins de la chose, il était un petit peu anarchiste. Vous avez dit décharger l'État de ce qu'il ne sait pas faire, et peut-être, à plus long terme, faire prendre conscience aux gens que l'État remplit mal, ou même parfois pas du tout, son rôle. Est-ce que vous pensez que ce deuxième objectif sera aussi facilement atteint, est-ce que vous ne pensez pas que, finalement, on aime toujours bien égratigner l'autorité, mais quand il s'agit de la faire vaciller, c'est plus difficile ? Je sais que vous avez eu 16 % d'intentions de vote, mais, là encore, il ne s'agissait que d'intentions...

COLUCHE : Absolument. C'est pour ça que je vous dis que c'est pas un truc qu'on peut faire tout seul. C'est certain que si tout le reste de la société, en dehors de cette masse que représente le grand public, et qui serait donc le pied de la pyramide sociale, après ça, plus on monte, moins y a de monde, il est bien évident que si toute cette couche qu'il y a au-dessus veut pas que ça se fasse, ça se fait pas. Ça, c'est clair.

Mais, encore une fois, on est dans une société qui n'est faite que de groupuscules, de minorités, qui s'entre-dévorent quand elles sont de la même origine, ou quand elles ont la même intention, et qui s'ignorent quand elles n'ont pas le même but ou la même intention.

Si vous voulez, dans cette situation ridicule politiquement en France aujourd'hui, le grand public a compris depuis bien longtemps que les accords qu'on peut prendre à droite sont faux, et que le désaccord apparent qu'il y a à gauche est faux aussi. C'est-à-dire que tout le monde va aux élections individuellement, la gauche en disant qu'elle est désunie, et la droite en disant qu'elle est unie, et c'est faux des deux côtés. Alors c'est quand même assez joli, comme résultat !

Il faut pas oublier non plus, dans la vie que nous vivons, que pour moi... je dis ça, c'est un peu sentencieux, mais quand même... la guerre dans le monde, la misère du monde, les résultats de tout ça, la sécheresse qu'a traversée l'Afrique (elle venait d'Amérique du Sud, on le savait, on connaissait cette sécheresse qui se déplaçait le long de l'équateur, on avait prévu exactement à quelle date elle allait arriver, et on l'a laissée faire), les huit guerres... les huit conflits qu'il y a encore aujourd'hui dans le monde, malgré qu'on vient d'en arrêter cinq (donc une volonté qui a marqué que, quand ils voulaient, ils pouvaient faire ce qu'ils voulaient), tout ça n'est pas le résultat de la connerie des gens qui nous dirigent, mais de leur intelligence.

C'est bien à force de raisonnements intelligents qu'ils ont décidé qu'il était préférable de faire une guerre ou de laisser mourir des gens. Alors, effectivement, si vous voulez parler d'anarchie et de contre-pouvoir, il y a plus à faire qu'à se regarder en face et à se poser des questions. C'est sûr. Moi, je vous dis, je ferai une demande pour entrer dans votre mouvement quand votre mouvement voudra sortir de l'anonymat, parce que si vous voulez aller aux élections, moi, je veux bien être franc-maçon. Mais dans tous les autres cas... oui, pour parler avec des gens, remarque... c'est sympa.

Conclusion d'Henri Avrange, membre et représentant du grand conseil de l'ordre du Grand Orient de France

Henri Avrange : *Nous avons été heureux de vous recevoir en notre hôtel du Grand Orient de France, et nous prenons note de ce que vous venez de dire. Peut-être aurons-nous un rendez-vous, un de ces jours.*

Voyez-vous, un des rares privilèges d'un conseiller de l'ordre est de prendre la parole en dernier, et, en face d'un humoriste de votre qualité, je suis très heureux de l'avoir fait, car ainsi j'ai pu avoir le dernier mot !

Pour un homme de spectacle, Coluche, ce soir bien entendu, ainsi que le disait précédemment notre président, vous avez dû être un peu frustré, car, chez nous, on n'applaudit pas, mais on ne siffle pas non plus, et chacun peut s'exprimer en toute sérénité. Pourtant, voyez-vous, j'ai été un peu déçu de votre prestation de ce soir, un peu déçu, mais ravi, car, autour de vous, flotte un certain parfum de soufre... J'attendais un homme provocateur, trivial parfois, et nous avons reçu un homme courtois, plein de bon sens, plein d'esprit.

Votre venue chez nous est un événement, Coluche. Nous avons reçu, en cette période... avant cette période électorale, bien des hommes politiques, des chercheurs, des journalistes, mais vous, ce soir, vous avez fait un tabac. Et je vous en sais gré.

Votre venue ce soir parmi nous témoigne de votre esprit de liberté, car il y a un fait que vous êtes devenu, à vous tout seul, un contre-pouvoir, qui montre bien l'importance des artistes, pour reprendre le thème de votre conférence ce soir, thème que vous avez évoqué légèrement, mais vous l'avez évoqué tout de même... qui montre bien l'importance des artistes dans notre société actuelle.

Pourtant, votre présence ce soir, Coluche, peut sembler insolite, et cependant nous savons que vous êtes proche de nous, et votre combat pour les Restaurants du cœur témoigne de votre esprit de solidarité. Quand on parle solidarité, ainsi que vous le disiez très justement, il ne faut pas confondre avec la charité. Les conservateurs emploient, c'est vrai, le terme de charité. Nous, ici, au Grand Orient, nous parlons de solidarité. Cela témoigne de notre éthique humaniste.

La solidarité, pour nous, c'est avant tout le dialogue. C'est aller l'un vers l'autre. C'est comprendre l'autre. Et c'est infiniment maçonnique. Le langage du cœur n'est pas obligatoirement académique, et vous, Coluche, avec assez de bonheur, vous usez d'une dialectique qui vous est bien personnelle. Mais, ce soir, nous avons coexisté, vous et nous, avec plaisir.

Le sujet de votre conférence est symptomatique de notre époque. Il est remarquable de noter que les grandes manifestations, en France et dans le monde, contre la faim, contre l'apartheid, contre le danger nucléaire, pour le tiers-monde, sont organisées par des artistes du show-business, organisées et remarquablement réussies. Peut-être sont-ils plus crédibles que les professionnels de la charité, ou sont-ils plus crédibles que les hommes politiques.

Nous pensons qu'actuellement les gens, et surtout les jeunes, se désintéressent du langage politique. Ils s'en désintéressent car celui-ci n'est plus porteur d'espoir Mais n'y a-t-il pas un risque tout de même que la solidarité, la fraternité, servent de promotion pour les artistes... Mais ce risque, nous l'acceptons, je l'accepte, car je pense que le résultat est primordial.

Coluche, non, la franc-maçonnerie du Grand Orient n'est pas secrète. Elle est simplement discrète. Et en outre, contrairement au banquier suisse, nous signons et persistons dans notre action en faveur de l'homme.

En cette période cruciale, cruciale pour la France, cruciale pour notre avenir, où le racisme pose problème, et quoi que vous disiez précédemment, où il vous pose également, Coluche, problème, nous savons que, par vos émissions, vous participez également à ce combat.

Voyez-vous, notre éthique, c'est la défense des droits de l'homme, la défense de la dignité de l'homme. En créant les Restaurants du cœur, et avec quel succès, vous participez à ce grand combat.

Et au nom du Grand Orient, Coluche, je vous en remercie.

Cette conférence a permis de recueillir près de 10000 francs, qui ont été aussitôt remis à Coluche pour les Restaurants du cœur.

Le questionnaire de Proust

Réponses données en décembre 1980 par Coluche au fameux questionnaire de Marcel Proust.

Le principal trait de mon caractère :
Je suis bavard.
La qualité que je préfère chez un homme :
Les sourcils.
La qualité que je préfère chez une femme :
La forme et le fond.
Ce que j'apprécie le plus chez les amis :
Leur assiduité.
Mon principal défaut :
Je suis bavard.
Mon occupation préférée :
Le cinéma. Pas trop.
Mon rêve de bonheur :
Vacances illimitées avec famille et copains.
Quel serait mon plus grand malheur ? :
La mort.
Ce que je voudrais être :
Peinard.
Le pays où je désirerais vivre :
Au soleil.
La couleur que je préfère :
Le jaune.
La fleur que j'aime :
Le coquelicot.

L'oiseau que je préfère :

Le paille-en-queue et l'hirondelle.

Mes auteurs favoris en prose :

Karl Marx.

Mes poètes préférés :

Aucun. Je n'aime pas qu'on « fasse » de la poésie.

Mes héros dans la fiction :

Fanfan la Tulipe.

Mes héroïnes dans la fiction :

Stéphane Audran, Bernadette Lafont et Perette Pradier.

Mes compositeurs préférés :

B 52's, Police et les Pretenders.

Mes peintres favoris :

Schloesser et Clovis Trouille.

Mes héros dans la vie réelle :

Belmondo et Lino Ventura.

Mes héroïnes dans l'histoire :

Toutes celles qui se sont fait couper la tête, on est débarrassé.

Ce que je déteste par-dessus tout :

Le passé, l'Histoire.

Caractères historiques que je méprise :

Les militants.

Le fait militaire que j'admire le plus :

La désertion ou l'armistice.

La réforme que j'estime le plus :

La réforme des conscrits.

Le don de la nature que je voudrais avoir :

Voler.

Comment j'aimerais mourir :

Pas du tout ou très vieux.

État présent de mon esprit :

Encombré.

Fautes qui m'inspirent le plus d'indulgence :

Les fautes d'orthographe.

Ma devise :

J'emmerderai la droite jusqu'à la gauche.

Pensées personnelles

À un moment, je me suis dit : je préfère être clochard que travailler. C'est à ce moment que j'ai pu devenir artiste.

*

Bon, une quotidienne à la radio, c'est du boulot, d'accord, mais en même temps, ça paie. Moi, quand j'ai regardé mon salaire sur le contrat, j'ai cru un moment que c'était mon numéro de Sécu !

*

Je ne parle pas le japonais, non, enfin juste assez pour prendre une baffe !

*

Ça me fait marrer quand on dit que les gens parlent comme moi. C'est moi qui parle comme eux! Je leur ai tout piqué, je leur pique tout. Ils sont ma seule inspiration.

*

Ce n'est pas difficile d'être une vedette. Ce qui est difficile, c'est d'être un débutant.

*

Il ne faut pas entrer sur scène en se disant: « Combien ils sont? Combien je vais gagner? » Sinon, un soir, on se surprend à compter les pompiers de service.

*

J'ai essayé toutes les drogues, le hasch, l'héroïne... j'ai même goûté au Martini.

*

Ce que je peux dire sur les uns et les autres: si ça amuse les uns, tant mieux; si ça fâche les autres, tant mieux!

*

Un jour, je me suis dit qu'il fallait absolument que j'aille voir ailleurs si j'y étais. Sans rire ! C'était ma seule chance de me trouver.

*

Chaque fois que je décris un imbécile, c'est moi.

*

J'ai eu comme professeur le doyen de la faculté, qui les avait plus, d'ailleurs, ses facultés. C'est un type, il nous vendait de l'intelligence, il en avait pas un échantillon sur lui !

Franchement, je suis capable du meilleur comme du pire, mais, dans le pire, c'est moi le meilleur.

Hélas ! On n'est pas sûr que, lorsqu'une critique est mauvaise, le spectacle soit bon !

*

J'ai fait comme on m'a demandé : deux enfants virgule trois. J'en ai eu trois, j'ai pas trouvé la virgule.

*

Les gens se déplacent pour me voir. Ils paient, et après ils disent : « Tout seul sur scène pendant une heure et demie ! Tout de même ! Il est formidable ! » Et pourtant, si les gens n'étaient pas venus, je ne serais pas resté.

*

J'ai goûté à tout ce qui existe, sauf erreur ou omission de ma part.

*

Heureusement que tout le monde ne fait pas comme moi. Ça serait un de ces bordels, le monde ! D'ailleurs, c'est un beau bordel, hein ! Je me demande si tout le monde ne fait pas comme moi !

*

Il paraît que je suis démagogue. La diplomatie ressemble beaucoup à la démagogie. La première est une qualité, l'autre un défaut.

*

Charlie Hebdo et moi, on donne l'impression d'avoir inventé le dérisoire, alors qu'on est nés dedans !

*

Comédien, c'est un métier qui s'apprend à partir de soi-même. Ça a un nom de maladie : égocentrisme.

*

De profil, je suis assez amusant, de face, je fais carrément rire, et, de dos, je passe inaperçu !

*

Le succès, ça rend modeste quand t'es pas trop con. Et, grâce à lui, tu rencontres des tas de surdoués qui n'y accèdent jamais.

*

Les comiques ne sont jamais drôles dans la vie, sauf moi.

*

J'ai toujours pensé qu'il fallait être gros pour réussir ! En France, seuls les gros sont marrants.

*

J'aime jouer du violon avec des gants de boxe. Parce que quand on les enlève, c'est plus facile.

*

La popularité, c'est comme le parfum. Un peu, c'est agréable. Faut pas tomber dans le bocal. Sinon, ça devient une odeur. On la trimbale partout.

*

Je voudrais lancer sur le marché, et sur tous les panneaux d'affichage, la Lessive ordinaire. Toutes les autres lessives disent : « Notre lessive est beaucoup mieux que la lessive ordinaire. » En cette époque de publicité comparative, je leur ferai à tous des procès que je gagnerai ! Je vais aussi écrire un livre. Il s'appellera *Achetez mon livre.*

*

Ma mère me disait : « Si tu sors dans la rue, fais bien attention qu'il ne t'arrive rien. » Mais s'il ne t'arrive rien, c'est ce qui peut arriver de pire quand t'es môme.

*

Quand on me fait chier, j'envoie pas l'avocat, mais mon poing dans la gueule. Pas besoin de sous-titres.

*

Si j'ai l'occasion, j'aimerais mieux mourir de mon vivant !

*

J'aimerais bien faire une carrière américaine. Parce qu'il y a deux choses avec lesquelles il ne faut pas plaisanter dans la vie, c'est l'argent et les dollars.

*

J'arrêterai de faire de la politique quand les politiciens arrêteront de faire rire.

*

Quand je serai grand, je voudrais être vieux !

*

On peut toujours trouver plus con que soi. Regardez-moi !

*

Mon père voulait que j'aille à l'école. Bon, j'y vais. J'arrive, je vois « RALENTIR ÉCOLE ». Ils ne croyaient tout de même pas qu'on allait y aller en courant !

*

Pour mon enterrement, moi, de toute façon, je suis peinard. J'ai demandé à mon imprésario Lederman de s'occuper des invitations Je sais qu'il y aura du monde.

*

Qu'est-ce que vous écrirez sur votre pierre tombale ?
Je sais pas, je réfléchirai quand je serai malade.

*

Quand j'étais petit à la maison, le plus dur, c'était la fin du mois. Surtout les trente derniers jours !

*

Je n'ai jamais été simple. Je ne vois pas pourquoi la gloire me ferait changer.

*

Je ne suis pas allé partout, mais je suis revenu de tout.

*

Mon seul domaine à moi, c'est la vie, je ne connais rien d'autre.

*

On m'a dit que, pour réussir dans le cinéma, il fallait coucher avec le metteur en scène. J'ai bien essayé mais, enfin, ceux qui voulaient, ce n'était pas les meilleurs.

*

Ma mère nous habillait pareil, avec ma sœur. Elle voulait qu'on soit impeccables. Une spécialité de pauvres. Comme avoir de grandes idées.

*

Je suis allé à l'école jusqu'à 13 ans, j'ai raté le certificat d'études primaires, parce que l'expression ne me plaisait pas. Je ne voulais pas posséder un truc primaire.

*

Si on voulait me décerner la Légion d'honneur, j'irais en slip pour qu'ils ne sachent pas où la mettre.

*

Mon père dépensait beaucoup d'argent, parce qu'il voulait que je fasse des études. Parce que ça coûte vachement cher, les études ! Et encore, je faisais gaffe, j'étais un de ceux qui étudiaient le moins !

Je n'ai jamais été malade en mangeant. Jamais. Le jour où je serai malade en mangeant, je m'arrête de travailler, parce que je travaille pour manger !

On m'engage à la radio. On me paie très cher et on me vire pour les mêmes raisons que l'on m'avait engagé.

*

Si un jour je n'ai plus de succès, eh bien... je pourrai toujours être un mauvais comédien. C'est ce que j'étais avant !

*

Le directeur d'école, on l'appelait Tarzan parce qu'il était bossu. C'est cruel, les enfants.

*

Un gag toutes les quatre secondes, c'est une chute. Toutes les huit secondes, c'est un effet, toutes les douze secondes... c'est un bide.

*

Vous savez comment c'est, notre métier, quand on fait un bide, tout le monde sait pourquoi, quand on fait un succès, personne ne sait pourquoi.

*

Tout ce qui m'intéresse, soit ça fait grossir, soit c'est immoral !

*

J'ai pas le cancer. Pour une raison simple, c'est que j'ai pas vérifié.

*

Pendant mon service militaire, mon corps d'armée, c'était la prison.

*

Mes parents ? Ils n'étaient pas très bons catholiques. Y se sont dit : « Si on le baptise, il fera sa communion et s'il fait sa communion, faudra lui acheter une montre. Alors, pas de baptême. »

*

Je suis emmerdé : je suis peut-être un grand peintre et je ne le sais pas.

*

Je tiens à dire que l'argent fait le bonheur.

*

Tous les soirs, je me dis que, dans le tas des mecs qui se marrent, y en a forcément quelques-uns qui devraient pas se marrer du tout. Ce que je raconte, c'est quelquefois triste, au fond. Mais surtout, c'est le contraire des convictions de quelques-uns. Tiens, l'autre soir, y avait une bonne femme au ras de la scène. J'ai entendu ses réflexions. Elle était heureuse parce qu'elle pensait : « Voilà enfin un type qu'a pas peur de dire leurs quatre vérités aux étrangers qui vivent en France. » Et moi, justement, qui me crève pour faire rire aux dépens des gens comme cette bonne femme-là ! Ça rend modeste, des trucs pareils.

*

L'art du comique, c'est donner l'impression qu'on fait n'importe quoi quand on a travaillé dix heures sur une mimique ou une phrase.

*

En général, un comique trouve un truc et il fait vingt ans avec. Je trouve que ce n'est pas gai comme perspective. C'est comme ça qu'on vieillit, en gardant son âge d'origine.

*

Le véritable artiste, c'est celui qui dure. Parce que, dans le métier, pour avoir du génie, faut être mort, pour avoir du talent, faut être vieux, et quand on est jeune, on est des cons.

*

Avant, j'étais fleuriste, garçon de café... Je travaillais, quoi ! Dans le music-hall, tout le monde a fait plusieurs métiers puisqu'on ne peut pas apprendre à faire du music-hall, on est obligé d'y venir par hasard. Mon hasard, c'est que je me suis aperçu qu'il y avait des patrons et que je ne parvenais pas à bien m'entendre avec ces gens-là.

*

Avec la tronche que j'ai, je peux me permettre d'être très méchant sur scène. On pardonne tout à un bon petit gros.

*

Pour critiquer les gens, il faut les connaître et, pour les connaître, il faut les aimer.

*

Ceux qui me reprochent de me moquer des infirmes sont ceux qui voudraient que les infirmes n'existent plus. Moi, en rigolant, je dis qu'ils existent.

> Les critiques sont de vieux imbéciles incapables de faire un autre métier alors que la majorité des artistes sur le retour pourraient très bien devenir critiques !

Si le théâtre avait dû faire comprendre aux gens la réalité de la bêtise, Molière y serait arrivé avant nous.

*

Mon personnage de petit gros, je ne l'ai pas entièrement fabriqué. J'avais tendance à la bouffe, alors quand j'ai eu des ronds, je suis devenu rond.

*

Il n'y a que les choses sérieuses qui sont drôles. Dès qu'un mec dit quelque chose de sérieux, on peut déjà se foutre de sa gueule.

*

Ça change la vie, d'être vedette. Énormément. Vous n'avez pas moins d'amis, mais davantage d'ennemis.

*

Comment je suis devenu « artisse » ? Si j'avais rencontré Picasso, j'me s'rais sûrement mis à la peinture à ce moment-là... Mais j'ai rencontré Romain Bouteille.

*

J'ai décidé de devenir comédien à 22 ans. C'est alors que j'ai commencé à aller au cinéma. Et à faire quelques constatations. Jean-Paul Belmondo, quand il est sur l'écran, tout ce qu'il fait est intéressant. Le gars qui lui donne la réplique, tout ce qui lui arrive, on s'en fout. Donc, Belmondo est une vedette, et l'autre gars n'est qu'un comédien. J'ai donc cherché ce qui différenciait la vedette du comédien. Les yeux étaient très importants... Et je me suis dit : faut essayer de copier une vedette, de lui piquer ses trucs. Pas Belmondo, bien sûr, avec ma tête... Alors une autre. Et comme j'avais trouvé les yeux très importants, je suis allé, tous les jours, voir tous les films de Liz Taylor, et je lui ai absolument tout piqué. Évidemment, c'est impossible à voir, surtout aujourd'hui où je l'ai beaucoup transformée, mais tous ses tics, je les ai gaulés.

*

La méchanceté et la grossièreté sont des partis pris. Accessibles à tout le monde, qui soulagent tout le monde. La méchanceté et la grossièreté sont les armes de la simplicité.

*

Dès que je me rends compte qu'un journaliste ne saura pas quoi dire sur moi, je l'engueule et je le vire. Comme ça, au moins, il aura quelque chose à raconter. Et puis, si ça se trouve, il allait me faire un petit article. Au lieu de ça, sur un coup de colère, il va m'en faire un gros pour m'insulter. C'est ça qu'est bien.

*

Tout le monde a des idées : la preuve, c'est qu'il y en a de mauvaises.

*

À l'école, j'ai pas appris grand-chose, j'ai fait une seule faute à la dictée du certificat d'études, le matin, alors j'y ai pas été l'après-midi, j'suis allé au ciné voir Marilyn. Je ne pourrais pas vous dire quel film c'était, on regardait que son cul et ses seins.

*

Parfois, il suffit de relire ou de redire à haute voix ce qu'a dit un type sans rien changer et on fait rire toute une salle.

*

Romain Bouteille, ça a été une sorte de père.
Ce que je ne lui ai pas piqué, il me l'a appris.

*

À partir du moment où on a un « crédit comique », on peut faire rire rien qu'en lisant le journal. « C'est écrit là », je leur dis, parfois, certains soirs ! Sur la même page d'un journal, le soir de la mort du pape, il y avait une pub : « Grande braderie au marché Saint-Pierre. »

*

Y a rien de pire que d'avoir 20 ans et des idées : tout le monde les trouve mauvaises.

*

La grossièreté vise à choquer ceux qui n'en rient pas pour faire rire deux fois plus les autres.

*

J'ai envie d'aller faire des échanges culturels aux Antilles. Du style :
– Tu me refiles ton herbe, je t'apprends à compter sur tes doigts.

*

J'attends que ma mère meure pour faire la grosse plaisanterie qui dégoûtera tout le monde.

*

Je jette le plus vite possible les journaux et les vieux papiers parce que j'ai pas l'intention de vivre longtemps.

*

C'est un réflexe de timidité pour moi de faire le clown.

*

On me demande souvent si j'ai l'intention de sortir un bouquin de toutes mes conneries. Honnêtement, je pense pas qu'il y ait une librairie assez grande pour toutes les contenir.

Pensées inédites

Il y a deux genres de chanteurs, ceux qui chantent juste et ceux qui chantent tout juste.

*

Le disque pour l'Éthiopie, ça c'est tellement bien vendu qu'on se demande s'il y a pas d'autres pays d'Afrique qui vont devenir aussi pauvres juste pour en avoir un, de disque.

*

L'Humanité ne fait plus que six pages : on peut plus s'en servir pour faire pisser le chien, ça passe à travers et ça abîme la moquette !

*

M. Raymond Barre est descendu à 43 %… Malheureusement, le sondage ne précise pas s'il s'agit de matières grasses…

*

Moi, je fais partie de la société de protection du foin et de l'herbe, et c'est dans ces termes que je crie : « Mort aux vaches, monsieur ! »

*

Météo : des nuages sont partis de la manche et vont gagner progressivement les poignets puis les mains…

*

La pollution s'aggrave… en traversant Paris ce matin, je me suis rendu compte que les oiseaux ils chantent plus, ils toussent !

*

Je vais jamais dans les chiottes des mecs, quitte à aller aux toilettes, autant rencontrer des gens qui sont pas de ton sexe !

*

Vous avez vu la nouvelle pub de la SNCF ? « Laissez-vous prendre par le train ! » Comme quoi, il n'y a pas que moi qui suis dégueulasse !

*

Aujourd'hui, les enfants, si on vous demande le moindre boulot, vous dites non parce que non seulement, c'est les vacances scolaires mais, en plus, c'est mercredi... Double couche de vacances !

*

C'est tout petit, la Belgique, tu fais un excès de vitesse, t'es déjà à l'extérieur...

*

Je suis supporter de Lens : « Vas-y Lens ! Vas-y Lens ! » Putain, ils gardent toujours la balle !

> Les voix de gauches sont limitées, même sur les autoroutes maintenant, dis donc !

Le reggae, c'est comme des Noirs ordinaires sauf qu'ils sont vachement mieux coiffés !

*

Il y a une ville aux États-Unis où les gens ne meurent jamais et ils ont été obligés d'empoisonner le centenaire pour inaugurer le cimetière !

*

Déjà les Noirs, j'aime pas tellement, mais alors les racistes !

*

À mon avis, il n'existe qu'une très, très bonne solution pour le théâtre : c'est installer devant chaque fauteuil un interrupteur. Quand une scène plaît, les mecs allument les projecteurs. Quand ça commence à les barber, ils éteignent : à ce moment-là, les acteurs passent à la scène suivante. Là, il n'y aurait plus de chômage dans notre métier : les mecs qui se pointeraient sur scène et qui n'auraient jamais de lumière, ils feraient autre chose.

*

Il y a beaucoup de mauvais, chez les acteurs, et ça n'est pas forcément ceux-là qui sont chômeurs.

*

Le racisme et la droite, ce sont deux thèmes que j'adore parce que, en France, ça n'existe pas ! Tu demandes à n'importe qui : « Êtes-vous raciste ? De droite ? » Tout le monde te répond : « Non. »

*

Le fait qu'on élise président celui qui était ministre des Finances… Ce sont les taulards qui élisent un geôlier pour remplacer le directeur qui est mort !

*

Voilà la France ! Un jour, vous prenez une contravention pour « stationnement gênant » : le lendemain, au même endroit, il y a un parcmètre, le stationnement n'est plus gênant ! et les gens marchent ! Moi, j'attends que cela m'arrive pour faire un procès…

*

– Dans une île déserte, vous emporteriez des livres ?
– Je ne sais pas, je n'ai aucune crainte que cela m'arrive ! D'ailleurs, les îles désertes, cela n'existe plus, il n'y a plus que la question qui existe !

*

J'ai pratiquement toujours eu de mauvaises critiques et j'ai pratiquement toujours fait le plein. À l'exception de *Ginette Lacaze* qui obtint de très bons « papiers » et qui fit un bide noir. Hélas ! on n'est même pas sûr que lorsqu'une critique est mauvaise le spectacle soit bon…

*

Nous, on gueule surtout contre Hitler mais les États-Unis ont fait 15 millions de morts quand ils ont envahi les Indiens qui n'avaient pas été assez stricts avec l'immigration.

*

Pour moi, l'important, ce n'est pas d'avoir plus d'argent, c'est d'en avoir assez.

*

Mon programme politique ? L'hiver moins froid, l'été moins chaud.

*

Je mange beaucoup, je bois autant que je peux, je baise toutes les filles qui se présentent, je fume du hasch, je joue aux courses, j'ai tous les défauts des Français.

*

On m'a dit : « Ta candidature risque d'enlever des voix à la gauche et de la faire tomber au plus bas. » Mais qu'est-ce que tu veux que ça me foute, si la gauche devait tomber, et que c'est un clown qui peut la faire tomber, t'avoueras qu'elle tenait pas beaucoup !

*

À Paris, la plus courte distance entre deux points, c'est toujours celle où il y a des travaux.

*

Quand on prend des idées à gauche et à gauche, on va à gauche. Si on prend des idées à droite et à droite, on va à droite. Si on prend des idées à gauche et à droite, on va tout droit.

*

Quand un journaliste politique pose une question improvisée à la télé, il y a deux catégories d'hommes politiques : ceux qui lisent la réponse et ceux qui l'ont apprise par cœur.

*

Moi, je suis pour le mélange des origines. C'est ce qu'il y a de mieux. La preuve, c'est que quand tu vois une photo de la famille d'Angleterre, tu as pas envie d'en être. On se dit, merde, putain, vivement que les Arabes viennent baiser leurs femmes et que ça se renouvelle.

*

Je préfère le cinéma américain. Chez nous, c'est habituel de penser qu'il est normal qu'il y ait une demi-heure de chiant dans un film.

*

Mon poids, je m'en fous. Il y a juste un moment où il faut que je choisisse entre mon bide ou faire creuser les réservoirs de mes motos.

En racisme, le plus souvent, il n'y a pas de mauvais sentiments mais un mauvais voisinage.

Les gens sont fainéants quand ils sont au boulot mais dès qu'ils sont au chômage, ils ont envie de travailler.

*

Les politiciens, ils commencent toujours par croire ce qu'ils disent et finissent toujours par avoir des doutes. C'est comme la religion : le mec qui entre dans les ordres quand il est jeune, il a plus de chances de croire en Dieu que celui qui en sort pape.

*

On est en train de fêter le 40e anniversaire de la fin de la guerre. Et c'est une fête nationale ! Pendant plusieurs jours, la télévision nous a parlé de guerre. C'est de la publicité. On voudrait lancer la guerre, on ne ferait pas mieux.

*

Des sondages ont révélé que 82 % de la population pensent que les hommes politiques ne disent pas la vérité. Imaginez que l'un d'eux obtienne ce pourcentage aux élections, il serait élu haut la main.

*

N'étant pas licencié international, j'ai demandé une dispense de licence pour tenter un record du monde moto. On a calculé qu'il durerait dix-sept secondes. Donc, je peux les trouver facilement dans mon emploi du temps.

*

Love Me Tender... La vache, qu'est-ce qu'on a emballé avec ça... Les slows ! J'te dis pas... Les larmes jusque dans le fond du froc !...

*

Je suis bavard. Mais d'un défaut,
j'ai fait un métier.

*

Question fric, le mec qui n'est pas américain mais qui a quand même du talent pour devenir une vedette, il est dans la merde s'il est né en Pologne !

*

Les gens les plus dangereux du monde sont ceux qui possèdent des armes. Ce sont eux qui commettent les plus terribles abus de pouvoir. La police, c'est un service de répression pour les Finances. Ça fonctionne ainsi : les ordres d'en haut, la dénonciation en bas, et, au milieu, des mecs qui ne branlent rien.

*

En France comme dans le monde, il y a des courageux et des fainéants. Ce n'est pas juste que les courageux soient au chômage puisque apparemment les chômeurs réclament du boulot alors qu'à chaque fois que l'on arrive dans une administration ou un commissariat, tu vois un fainéant qui bosse. On pourrait peut-être les changer. Mettons les fainéants au chômage et faisons bosser les chômeurs qui sont courageux. On gagnerait en productivité.

*

Les hommes politiques, tu leur poses deux questions, ils te répondent : « Troisièmement… »

*

Pour les impôts, je comprends qu'Alain Delon vive en Suisse, mais pour la vie qu'on y vit, moi, je ne suis pas de son avis. Pour tout l'or du monde, je ne voudrais pas vivre en Suisse. Je veux bien y passer, j'aime bien les gens, mais je ne veux pas vivre dans un pays qui ferme à 21 heures et où on n'a pas le droit de cueillir des cerises sur les cerisiers dans la rue.

*

Je ne vais pas continuer indéfiniment à être le porte-parole de la connerie de la base.

*

L'argent fait-il votre bonheur ?

Non, non ! C'est le bonheur qui fait mon bonheur. Mais l'argent me dérange pas.

*

Mon signe astrologique ? Scorpion ascendant Taureau : la queue en l'air et la tête en avant.

Le rire est une arme formidable contre la misère et la connerie.

(À propos du style de ses sketches.)
Il colle au personnage, il colle à mon physique. C'est la même chose pour tous les artistes. Essayez donc de faire chanter une chanson de Sheila à Barbara !

*

Il est évident que la télévision est mal faite, et si elle était bien faite, il n'y aurait personne dans les cinémas.

*

Si on réfléchit cinq minutes, on s'aperçoit que, finalement, c'est pas facile comme métier, flic. Mais cela dit, ils n'ont qu'à pas le faire.

*

Personnellement, je suis né de mère
je ne sais quoi et de père autre chose.

*

Après avoir fait quatorze métiers, je me suis aperçu qu'il fallait surtout pas que je travaille. C'est à ce moment que j'ai pensé à devenir artiste.

*

Moi, je crois que Karl Marx et Freud, par exemple, ces deux grands penseurs qui dirigent notre époque aujourd'hui, ben, ils ont foutu un bordel formidable.

*

Le mal du siècle, c'est la connerie.

*

La gentillesse systématique est un défaut.

*

Moi, je suis d'accord avec ceux qui me trouvent vulgaire parce que ça m'intéresse effectivement plus de jouer avec le moche qu'avec le beau.

*

Je fais un métier où si on écoute les gens, ce sont surtout les morts qui ont du talent. Les mecs malades aussi. Les vivants, eux, en général, c'est des merdes.

*

Ça fait beaucoup marrer le public de voir qu'on peut se moquer de la politique alors que, dans l'ensemble, c'est surtout la politique qui se fout de nous.

*

J'aime pas les gens qui ont que des qualités. J'aime bien qu'ils aient un peu de défauts, et que ça soit net.

*

Si on me donnait à choisir, je préférerais rester comme ça, un peu con. Je trouve ça bien, moi.

*

(À propos de la radio.) Moi, ce qui m'étonne, c'est pas qu'ils m'aient jeté, c'est qu'ils m'aient engagé.

*

J'ai tout acheté, j'ai tout bouffé. J'ai acheté quatorze voitures la première année… Et même aujourd'hui, ce matin, j'en ai acheté deux. Mais je vais vendre la Rolls, la Rolls, c'est un réflexe de pauvre. Parce que, pour un riche, avoir une Rolls, ça n'a pas d'intérêt.

*

Vous êtes donc anarchiste ?
Dans la vie, oui. Si vous voyiez le bordel qu'il y a sur mon bureau !

*

(À propos du nom Colucci.) C'est complètement italien. Mon père a quitté Naples pour échapper à la guerre. Une famille de lâches.

*

J'ai une dent fausse juste devant, elle remplace celle que j'avais cassée quand j'étais petit. Mais comme elle est de mauvaise qualité, ça ne se voit pas : on croit qu'elle est aussi pourrie que les autres.

*

Vous faisiez quel sport quand vous étiez gamin ?
Chapardage au Prisu.

*

Ton tailleur, c'est Dior ?
C'est Raymond, puces de Vanves.

*

Avec les filles, t'étais du genre timide ou audacieux ?
Il y a un âge où tu as toutes les audaces, c'est une question de glandes. Et plus tu as d'audace, moins tu as de goût.

*

Je suis plus heureux que ceux qui sont au chômage ou qui s'emmerdent pour gagner trois ronds. Je tiens à dire que l'argent fait le bonheur !

*

Le travail, c'est pas un but dans la vie. Le but, c'est quand même d'arriver à rien foutre ! Je comprends pas pourquoi on me demande toujours pourquoi je veux arrêter. Moi, ce que je me demande, c'est pourquoi je continuerais.

*

Quel autre candidat que moi peut patronner des affiches sur lesquelles il est recommandé de se bourrer la gueule, de baiser la femme de son voisin et de fumer du hasch ?

*

Le pouvoir, c'est une maladie, être président, c'est être mégalomane.

*

L'Élysée, c'est râpé, mais l'Académie ?

Non, ou plus tard, mais avant je me présente à Miss France.

*

Si on s'intéresse pas au fait que l'essence a augmenté deux fois en France pendant qu'elle baissait deux fois en Belgique, par exemple, on saura jamais qu'on est plus con que les Belges.

*

Faire chier, c'est une fonction indispensable dans la société.

*

J'aimerais bien qu'on m'explique comment, depuis des dizaines d'années, des ministres de la Culture passent sans souci à l'Agriculture, du Budget à la Guerre, de l'Intérieur à l'Extérieur. C'est bien beau d'être ministre, mais, de là à être ministre de n'importe quoi, il y a une marge : quand on est chef comptable, on n'est pas chef de gare, et pourtant, on est chef.

*

Les forains sont interdits dans les villes, et, dans les campagnes, les bals sont fermés : ils faisaient trop de bruit. Tout le monde s'emmerde. Bref, on a tous les droits pourvu qu'on ne fasse rien.

*

«Soyez raisonnables»: chauffez-vous à 19 °C, mettez un pull-over pour dormir, évitez d'être témoins dans les accidents si vous ne voulez pas d'ennuis, dénoncez votre voisin, ne vous lancez pas dans le commerce, ne prenez pas de risques, faites un troisième enfant, choisissez entre être chômeur ou être mal payé, ou bien faites des études, vous finirez bien un jour par trouver du travail dans une usine qui fabriquera n'importe quel produit pourvu que, à un moment, le produit soit foutu et qu'il faille en acheter un autre.

*

Je suis persuadé que si on fouillait la vie des hommes politiques, on verrait qu'à l'ENA ou à l'école, ils ont monté une pièce ou joué dedans... Avec les mêmes qualités, on peut finir aujourd'hui bouffon, avocat, journaliste de télé ou homme politique.

*

Le Français, c'est un étranger qui aime pas les étrangers. Eh bien, ce genre de con-là, on n'en trouve pas beaucoup ailleurs.

*

Je joue de huit instruments... mais mal. Je finirai chanteur. J'ai un projet avec une bande de mecs ringards, pour quand je serai vieux. À 60 ans, on créera un orchestre de rock qu'on appellera d'ailleurs «Les Ringards».

*

Springsteen, on dirait un mec qui se défonce à rien, c'est les pires.

*

Quand je trouve un mec qui a dit une connerie, je me sers du rire comme d'une arme pour le faire passer pour un con.

*

Coluche à Roland Giraud : « Ah ouais, t'es croyant ! Alors de quoi on va parler ? C'est con, t'étais sympa ! »

*

Je me suis rendu compte de la vie de dingue que je menais. Je passais même pas le cinquième d'une journée chez moi. Ma vie se déroulait dans les voitures et dans les hôtels. Je me suis dit : « Mon vieux, ton "chez-toi", c'est ta voiture. Si tu veux vivre une vie normale, c'est pas à Paris que ta femme et tes enfants doivent habiter, mais dans ta voiture. Donc, ne te reste plus qu'à acheter un camion et à le décorer. »

*

Il y a un danger, un risque terrible à vouloir absolument qu'on n'insulte pas la police. Ça veut dire que, dans la police, y a pas d'enculé, mais que tous les autres pourraient l'être. Personne ne passe en correctionnelle pour avoir dit « enculé » à une personne qui n'est pas assermentée. Donc, quelque chose qui est une insulte pour les assermentés ne l'est pas pour les autres. Ça ne va pas, ça !

*

Je pense que la morale, c'est comme la liberté et la justice : un mot dans notre vocabulaire qui a un sens réel mais pas de résonance effective dans notre société. Je crois à la morale que je vois, c'est-à-dire les pauvres sont de plus en plus pauvres, les riches de plus en plus riches. On dit que c'est à cause de la crise. Je vois pas en quoi c'est une crise parce que, de tous temps, les pauvres ont été pauvres et les riches ont été riches. La crise n'a rien changé. Ceux qui prétendent avoir la moralité et vouloir nous l'apprendre sont des escrocs et des manipulateurs d'idées.

*

Je suis pas un spécialiste de la critique, je suis plutôt un moqueur.

*

En général, je vais pas au cinéma parce que je me fais beaucoup chier... Alors l'avantage de la cassette, c'est que la demi-heure chiante, tu la passes en accéléré et puis voilà. Mais quand t'es au cinéma, il te manque le bouton.

*

Pendant que je tournais *Le Fou de guerre* de Dino Risi, en Égypte, j'ai beaucoup discuté avec les figurants. Normal, y a que les Arabes que je comprends quand on me parle anglais...

Les critiques, je trouve ça formidable... à partir du moment où ils mettent mon nom en gros et où il y en a une tartine.

Elvis Presley, c'est comme la margarine, t'en a mangé tout petit et tu peux plus t'en passer.

*

Je préférerais manger un pudding sans boire plutôt que de voir un film de Bergman!

*

La télévision française s'est aperçue que Sartre était vivant... le jour de sa mort!

*

Quel dommage que ce ne soit pas Fontanet qui ait tué Boulin, Boulin qui ait tué de Broglie, et de Broglie qui ait tué Journiac. Car, comme ça, les assassins, les suspects et les victimes seraient tous morts, et les affaires pourraient reprendre!

*

Quand c'est la guerre, c'est mal. Quand c'est la révolution, c'est bien... Alors que la révolution a pourtant le même folklore de mort, d'assassinats, de pillages et d'atrocités en tout genre. Dès qu'une idéologie cautionne, tous ceux qui détestent la guerre sont prêts à faire la révolution!

*

Dieu, dans l'esprit du public, a tout créé. Donc, on lui reproche tout, les guerres, les cataclysmes, le cancer, l'homosexualité, la misère, etc. Mais il se trouve que ceux qui croient le plus sont les pauvres. Plus les peuples sont pauvres, plus ils croient. C'est amusant... C'est la misère...

*

Pendant trente ans, je me suis intéressé aux Vietnamiens en souhaitant qu'on leur foute la paix. Une fois que tout le monde les a laissés tranquilles, je m'aperçois qu'ils font la guerre au Cambodge. J'avais l'air d'un con...

*

On dément formellement l'information selon laquelle la famille Giscard d'Estaing (Anne-Aymone, Margueritte, Frezia et tout le bouquet) aurait été arrêtée à Varennes dans une charrette, déguisée en bourgeois et portant sur elle des diamants d'origine inconnue. L'information faisant état d'ornières béantes formées par la charrette dans le goudron, à cause du poids important des pierres précieuses, eh bien, tout ça serait faux.

*

Voter est un droit. Voter Coluche est un devoir !

*

À quoi reconnaît-on un Arabe riche ?
C'est celui qui a une poignée dorée sur son marteau piqueur.

*

– Allô, la police ? Je croyais qu'on avait volé ma rivière de diamants. En réalité, elle était dans un coffre à la banque.
– Trop tard, madame, votre jardinier arabe a avoué.

*

Quand on vient du ras du sol, on a une vision de la pyramide qui est différente de celle qu'on peut avoir lorsqu'on se trouve au sommet.

*

Ce qui fait les fines ordures, je sais ce que c'est: des principes, des croyances, la guerre, le devoir, le bien, le mal. Ils puent. Je les connais bien. Et ceux-là, je voudrais me les faire.

*

Moi, ce qui me fait surtout rire, c'est la situation générale dans laquelle on vit: le mensonge par rapport à la télévision, aux gens qui vont au boulot, à la politique. C'est pas drôle? Alors, y a rien de drôle...

*

J'ai rencontré Valéry Giscard d'Estaing à Courchevel. Pas par hasard, j'étais flatté de le rencontrer. Il m'a dit: « Pourquoi m'en vouliez-vous tant? » J'ai essayé de lui expliquer que, bien au contraire, il était président de la République, donc le roi, et moi, le bouffon. Il jouait le rôle de roi, moi, je jouais le rôle de bouffon. Normal, non? Personne n'a reproché à Chaplin de se moquer de Hitler. Attention, ce n'est pas une comparaison. Mais il avait la paranoïa des grands acteurs pour toute critique qui atteint la personne, alors qu'elle est la conséquence normale de la réussite.

Je ne suis pas fait pour le bateau à voile. Ça penche toujours d'un côté ou d'un autre, pas moyen de se rouler un pétard sans en mettre la moitié à côté.

SKETCH INÉDIT

LA FLEURISTE

AUTEUR: COLUCHE *(accent suisse)*

INTERPRÈTES: La marchande: COLUCHE
La cliente: Sylvie JOLY

Marchande *(accent suisse)*: Bonjour, madame! Qu'est-ce que vous auriez désiré?

Cliente: Ça s'rait pas pour moi. Ça s'rait pour une amie. Elle voudrait savoir combien faudrait compter pour avoir quelque chose de joli, quand même présentable.

Marchande *(accent suisse)*: Voui, voui... Elle vous a dit dans quel genre? Fleurs coupées, plantes en pot, plantes vertes, plantes grasses?

Cliente: Oh! Elle m'a pas bien dit. Elle est pas bien fixée. Elle voudrait juste comme ça, quoi. Pour avoir une idée, juste un p'tit renseignement.

Marchande *(accent suisse)*: Ah oui! C'est pour savoir, quoi!

Cliente: Oui, oui.

Marchande *(accent suisse)*: Juste pour savoir...

Cliente: Oui, oui.

(Rires)

Marchande *(accent suisse)*: Elle vous a pas dit pour quelle occasion? Si c'est un mariage, un décès, si c'est pour offrir?

Cliente: Ah, c'est pour offrir!

Marchande *(accent suisse)*: Voui! Voui!

Cliente: Si! C'est pour offrir à une personne qui lui a rendu un p'tit service. Elle voudrait faire un p'tit plaisir, quoi!

Marchande *(accent suisse)*: C'est ça! Pour faire un p'tit geste...

Cliente: Oui! C'est pour marquer le coup, quoi!

Marchande *(accent suisse)*: Oui, c'est juste faire un p'tit geste, quoi...

Cliente: C'est une p'tite attention, quoi!

Marchande *(accent suisse)*: Oui, c'est comme on dit un p'tit geste..

Cliente: P'tit plaisir.

Marchande *(accent suisse)*: Par chez nous, on dit un p'tit geste...

Cliente: Oui, oui.

Marchande *(accent suisse)*: Ça dépend des cantons!

Cliente: Oui.

Marchande *(accent suisse)*: Oui!

(Rires)

Marchande *(accent suisse)*: Ben, j'sais pas trop quoi vous dire, hein! Chez nous, y a un peu tous les genres, tous les goûts, toutes les bourses...

Cliente: Ah oui?

Marchande *(accent suisse)*: Oui, vous avez depuis la p'tite botte d'anémones qui vous fait 1,50 jusqu'à des fois des plantes qui vont chercher dans les 15-20000!

Cliente: Oh là, ben pas 15-20000, hein! Oh non!

Marchande *(accent suisse)*: Voui!

Cliente: Oh ben non! Pas 15-20000, dites! Oh non!

Marchande *(accent suisse)*: Voui!

Cliente: Oh non!

Marchande *(accent suisse)*: Voui?

Cliente: Ah non! Pas 15-20000! Non!

Marchande *(accent suisse)*: Ah non?... Voui! J'entends bien.

Cliente: Comment?

Marchande *(accent suisse)*: Non! J'dis, j'entends bien!

Cliente: Excusez-moi!

Marchande *(accent suisse)*: J'vous en prie! Faites seulement... Voui, voui... Voilà! Oh, ben, on a tout son temps pour choisir, hein!... Y a pas l'feu au lac!

Cliente: Heureusement, dites!

Marchande *(accent suisse)*: Oui... Non...

Cliente: On s'rait bien embarrassés *(elle effleure les fleurs d'un vase)*.

Marchande *(accent suisse)*: Touchez pas quand même!!

Cliente: Oui!

Marchande *(accent suisse)*: Ben, si j'savais à peu près combien elle compte dépenser, votre amie, j'pourrais vous conseiller plus utilement, voyez...

Cliente: Ben, pour une plante comme ça, par exemple, faudrait compter dans les combien ?

Marchande *(accent suisse)*: Celle-ci, dans ce genre-là ?

Cliente: Oui !

Marchande *(accent suisse)*: Ça vous fait 32, oui !

Cliente: Ah !

Marchande *(accent suisse)*: C'est déjà une belle plante !

Cliente: Oui, ben alors, vous n'auriez pas la même belle plante, mais alors plus petit ?

Marchande *(accent suisse)*: Plus petit, voui, nous avons, oui ! Premier prix dans celle-ci, ça vous fait 18.

Cliente: Ah oui ! 18 quand même ?

Marchande *(accent suisse)*: Oui, c'est des plantes qu'on peut garder plusieurs années...

Cliente: Oui.

Marchande *(accent suisse)*: À la maison !

Cliente: Oh, ben moi, vous savez, c'est pas ça qui m'intéresse, c'est juste pour faire un p'tit pl...

Marchande *(accent suisse)*: Un p'tit geste, oui, oui !

Cliente: Oui !

Marchande *(accent suisse)*: Un p'tit g...

Cliente: Un p'tit pl...

(Rires)

Marchande *(accent suisse)*: Z'auriez p't-être plus d'intérêt alors à prendre un stradescantia, voyez-vous ! Ça vous f'rait quand même de l'effet, puis ça vous ferait un peu d'usage *(montrant un misérable plant au ras du pot)*. On en a des beaux comme ça, tout en boutons. Voyez : que des boutons, à partir de 6 francs.

Cliente: Oui, ben alors là, moi, j's'rais prête carrément à mettre jusqu'à 10 francs, voyez-vous !

Marchande *(accent suisse)*: 10 francs ?

Cliente: Oui.

Marchande *(accent suisse)*: 10 francs ? Ben, vous pouvez avoir celle-ci, alors *(montrant une longue tige terminée par deux petites feuilles)*.

Cliente: Ben oui, mais c'est pas gros, hein !

Marchande *(accent suisse)*: Non, mais c'est 10 francs !

Cliente: C'est pas gros, ça!

Marchande *(accent suisse)*: Non, c'est 10 francs

Cliente: Non, mais c'est pas gros!

Marchande *(accent suisse)*: Non, mais c'est 10 francs!

Cliente: Oui, ben quand c'est 10 francs, c'est pas gros!

Marchande *(accent suisse)*: Oui, quand c'est pas gros, c'est 10 francs!

Cliente: Oui.

Marchande *(accent suisse)*: Ben alors, c'que j'pourrais faire, mais juste pour vous faire un avantage... J'pourrais vous donner celle-ci, voyez-vous, qu'était marquée 15 *(montrant une plante dont la tige et toutes les feuilles sont couchées à droite)*. Mais, comme on dit chez nous, elle a un peu fait la boutique... Vous savez c'que c'est: elle était à côté de la porte. Elle était dans le courant d'air. Alors, à chaque fois qu'y a un client qui rentre, y a l'vent qui la couche, voyez! J'pourrais vous la faire 10 francs si vous voulez.

Cliente: 10 francs! Ben, faisons ça. Parce que vous savez, c'est pour les enfants, c'est pour faire un cadeau à la maîtresse. Alors s'il fallait chaque fois mettre des mille et des cents, hein!...

Marchande *(accent suisse)*: Oui! Surtout quand c'est pas pour soi, hein!

Cliente: Oui, voilà. Ben au revoir, madame!

Marchande *(accent suisse)*: Mais j'vous en prie! Faites seulement...

Cliente: Dites-moi, comment c'est-y qu'ça s'arrose?

Marchande *(accent suisse)*: Oh, ben ça s'arrose une fois la semaine. Et là, elle vient juste d'être arrosée, alors... S'ra foutue avant!!

Bonus

Le Belge

(Coluche prend un fort accent belge…)

Ah !… C'est formidable, hein !

Savez-vous maintenant que les Français, ils nous prennent pour des imbéciles ? Ah, puis au début, ça est un peu ! Puis après, ça est un gros peu, hein ! Hé, moi, je le sais bien parce que je suis t'allé à Calais. Pendant le wikende. C'est parce que ma femme avait gagné des skis nautiques, et puis, par chez nous, c'est tout plat, y a pas de lacs en pente, hein ! Alors, on était partis à Calais, comme ça, on s'était dit : on pourra toujours jouer avec les planches, hein ! Parce que l'année dernière, on avait t'été à Venise, mais on n'avait pas eu d'chance ! On est arrivés et c'était tout inondé, hein !

Oh ben, c'est pas que c'est moche, hein, par chez nous ! C'est très joli, la Belgique ! Vous devriez visiter Anvers, hein… rien que pour l'endroit ! Ça vaut le coup déjà !

Ben, c'est qu'on s'fait beaucoup critiquer, nous, les Belges ! Moi, je vois, n'est-ce pas, je m'arrête à une station-service pour désaltérer l'automobile, et puis également ma femme et moi, n'est-c'pas !

Alors, je mets un franc dans une machine de Coca-Cola, il tombe une bouteille ! Je mets un autre franc, il tombe une autre bouteille. Je mets un autre franc… Et les gens disaient : « Mais il va tout prendre ! » Ben, dites donc, tant que j'gagne, je joue, hein ! Alors ! Ben, alors ! Ça, c'est exagéré !

Ben, tenez, chez le marchand de chaussures, c'est que j'me fais tout le temps critiquer, savez-vous ? Parce que je prends les plus grandes ! Ben, dites donc, si le 45, c'est le même prix que le 41, je vais pas prendre les plus petites, hein ! Vous m'étonnez !

Ben, c'est qu'on a t'été embêtés avec l'automobile. Ça, parce que j'avais claqué la portière et puis qu'j'avais laissé les clefs à l'intérieur ! D'autant qu'il pleuvait et qu'on avait laissé les vitres ouvertes, pour vous dire, hein ! Ben, on a eu que des ennuis avec l'automobile... après, c'était les clignoteurs qui n'marchaient plus ! Une fois, ils marchaient, une fois, ils n'marchaient plus ! Une fois, ils marchaient, une fois, ils... Même à un moment, on nous avait volé la voiture ! Heureusement qu'j'ai eu le temps de prendre le numéro, hein !

Mais c'est que les Français ne nous aiment pas, mais c'est que, n'est-c'pas, ils se moquent tout le temps de nous, mais ça, vous savez pourquoi ils aiment les histoires belges ? C'est parce que c'est pas dur à comprendre, hein ! Mais c'est parce qu'ils sont jaloux, ça ! Parce que nous sommes plus forts qu'eux dans le sport !

Et encore nous avons arrêté le water-polo ! On avait noyé tous les ch'vaux ! Les Français ne sont pas forts dans le sport. Savez-vous pourquoi ils ont choisi le coq comme emblème ? Ben, c'est parce que c'est le seul oiseau qu'arrive à chanter les pieds dans la merde, hein ! Ah oui ! Nous savons aussi avoir de l'esprit, hein ! Je n'en ai pas personnellement, ma femme non plus, mais j'ai un camarade qui en a eu pour le mois d'juillet ! On s'est amusés ! Il disait par exemple : « Le comble pour un chauve, c'est de pêcher une raie... »

Celui qui a un poisson sur la tête il a l'air aussi idiot que ça, hein ! Vous êtes comme moi, j'ai eu du mal aussi à comprendre ! Il disait tout l'temps : « Le chauve, c'est adéquat, c'est comme Sheila, c'est parce que Sheila, elle a des couattes. » Ah ! ah ! ah ! ah !...

Elle est très amusante aussi, voyez ! Non, c'est un garçon qu'était pas malin, il s'est pendu avec un élastique, on l'a retrouvé écrasé au plafond, hein ! Même, je sais que quand il était petit, il avait échoué à un examen d'urine. C'est pour vous dire ! C'est lui qui disait tout l'temps : « J'ai appris qu'il fallait cueillir les cerises avec la queue, je suis t'embêté ! J'avais déjà du mal avec la main, hein ! » Ah ben... c'est des gens qu'avaient eu bien du malheur ! Sa femme a été ultra-violée par des rayons X... et d'ailleurs, elle a porté plainte contre X ! Alors nous, on était en voiture, n'est-c'pas, puis on roulait vers Calais, et puis, tout d'un coup... qu'est-ce qu'on voit d'écrit en travers de la route ? « Pas-de-Calais. » Ben, j'ai dit : « Ils exagèrent, hein, une fois... ils l'auraient dit, moi, je n'serais pas venu ! »

(1979)

*

Lettre à la Sécu

Chère madame,

Je me décide à vous écrire, car je suis passée deux fois à la caisse et c'était fermé. Voici ma situation :

Mon premier mari étant provisoirement mort, je vis maternellement avec un Cubain.

Quand mon premier enfant a eu 2 ans, la caisse m'en a coupé la moitié.

D'autre part, on a coupé les bourses à mon deuxième qui ne va plus à l'école.

Moi, j'ai été couchée quinze jours avec le docteur tous les jours. Je suis restée malade à cheval sur deux mois et je me suis fait soigner avec des feuilles de maladie.

Comme je suis devenue veuve après la mort de mon mari, je vis avec une tierce personne.

Suite au passage du contrôleur, veuillez m'envoyer un carnet de maternité. Faites un effort, mon enfant va naître, il aura besoin de lait et mon pauvre mari ne pourra pas lui en donner, car, avec ses dents de devant, il ne peut mâcher que du potage. Il a toujours mal aux dents qui sont sur son derrière. Comme le pauvre doit partir chez les fous, je vous l'envoie à votre bureau

J'espère que vous aurez pitié d'un pauvre homme, qui a sept enfants à manger, ainsi que sa femme et sa belle-mère.

(1980)

*

Y s'foutent bien de notre gueule

« Un pour tous. Tous… pourris ! »

Ce qui nous coûte cher, en France, je vais vous dire, c'est la bombe atomique !
Il paraît que ça, ça nous coûte la peau des noix. Et puis surtout, tu sais quoi ? Il paraît qu'elle est toute petite, notre bombe atomique. Et que si jamais y avait des vrais pays qui viendraient nous casser la gueule, on serait ridicule, avec notre petite bombe atomique. Et ça nous coûte la peau des noix !

Finalement, cette bombe fait de nous des assassins en impuissance ! Et à quel prix ! C'est con !

Tiens, on se demandait à quoi ça servait, les frontières ? Eh bien, on a trouvé. Regardez la catastrophe nucléaire de Tchernobyl : en Allemagne, c'était très grave ; en France, c'était pas grave. C'est la frontière !
Ces cons-là, ils ont trouvé un moyen de se faire la guerre nucléaire tout seuls ! Y a même plus besoin d'ennemis.

Je me fais une bombe chez moi et je me la fais péter dans la gueule !
Ah, on vit un monde tout à fait étonnant !
La seule excuse de Dieu, c'est qu'il existe pas. Parce que dans le monde qu'on voit autour de nous, si on croit à l'existence de Dieu, on est obligé de croire à l'existence du diable !

Et on est bien obligé de se rendre compte que le diable l'emporte. Vous vous rendez compte que le pape est obligé de se déplacer dans une bagnole blindée : l'ange de la paix dans une cage de verre blindée !

La voiture, allemande, immatriculée Conception, avec un pape au-dessus et seize soupapes en dessous !
C'est extraordinaire, ça : l'épiscopat télescopique ! Avec le siège qui se soulève dans la bagnole. Comme ça, il est sous verre : des fois qu'y ait des microbes !
Alors le pape comme bide, merci !

Regardez la différence qu'il y a dans le monde entre la SPA et les droits de l'homme ! La SPA, ils sont forts, hein ?
La navette qui a explosé avec sept hommes dedans, si ça avait été sept singes, ben, les expériences seraient interdites. L'homme est moins bien défendu que l'animal dans le monde !

Regardez, par exemple, la retraite à 60 ans. Pour tout le monde, c'est une loi. Bon, c'est une loi pour tout le monde, sauf pour ceux qui la font. Reagan, Gorbatchev… Mitterrand.
Essayez de faire bosser dans une usine un mec de plus de 60 ans, ça va être un scandale. Essayez de faire bosser un singe plus de 60 ans, ça va être un scandale !

Tiens, une information ! Les Boeing ont tué 2000 personnes en 1985, la société Boeing reconnaît une faiblesse à la queue.
Le syndrome du Boeing, c'est la queue qui se détache !
En tout cas, leurs Boeing, y feraient pas mal de les tester s'ils veulent pas qu'on les déteste.

Regardez maintenant l'augmentation des loyers !
En France, on va devenir très très balèze.
Le matin, t'y passes, y a les fondations de l'immeuble.
Le soir, tu reviens, y a déjà les premières expulsions des mecs qu'ont pas payé leur loyer.

Et puis de quoi on s'plaint ? Le monde va très bien !
Évidemment, y a des guerres, y a de la famine ! Mais la guerre, c'est l'hygiène du monde, hein ? Et puis l'horreur est humaine. Tout le monde sait ça !
Alors, ça va bien. Regardez, la vie est bien foutue : les ouvriers travaillent, les patrons patronnent, le prolo sait comment on fait le travail, le patron sait pourquoi on fait le travail.
Si on écoutait, les riches, c'est les méchants, les pauvres, c'est les gentils. Et puis tout le monde veut devenir méchant, quoi !

Ah, ils se foutent bien de notre gueule ! Et les attentats, les attentats terroristes ! Vous avez remarqué qu'y en a jamais en Suisse ? Vous avez remarqué qu'y en a pas en Amérique ?

Et vous avez déjà pris l'avion ? Vous avez vu comment y nous font chier pour prendre l'avion ?
On peut même pas passer un couteau suisse ou une pince à ongles quand tu prends l'avion ! Ils veulent nous faire croire que c'est des passagers qui montent les bombes !
Mais non ! Les bombes montent à l'escale avec des passeports diplomatiques, ou dans le personnel. On se démerde, mais c'est sûrement pas des mecs qui prennent l'avion !
Et puis après, on apprend qu'y a eu un attentat en Italie qui a fait 80 morts et qui avait tout simplement été préparé par les services secrets italiens.

Quand on pense qu'ils nous font chier avec la Sécurité sociale qui est en déficit, alors que le ministre de la Santé est même pas médecin !
On est en mesure de se poser la question : « Y a-t-il une vie avant la mort ? »

Les politiciens devraient s'inspirer de ce proverbe porc : « Ne faites pas aux truies ce que vous ne voudriez pas qu'on vous fasse ! »
Je crois que la grande différence qu'il y a entre les oiseaux et les hommes politiques, c'est que, de temps en temps, les oiseaux s'arrêtent de voler !]

Les gens se plaignent de la sécurité. Alors on leur met plus de flics dans la rue.
Mais c'est tout le temps dans les mêmes. Quand vous voyez un flic dans la rue, c'est qu'y a pas de danger...
S'il y avait du danger, le flic serait pas là !

Tiens, le Milieu a tué un parrain ! Oui, c'est bien. Mais deux par deux, ça irait plus vite.

Comme y diraient les Suisses, quand on voit ce qu'on voit, et qu'on entend ce qu'on entend, ben, on a raison de penser ce qu'on pense !

(1986)

*

Les discours en disent long
ou Silence on mange pour vous

« Vous ne dites rien ? Tant mieux.
De tous ceux qui n'ont rien à dire, les
plus agréables sont ceux qui se taisent. »

Françaises, Français, c'était très bien. L'année prochaine, ce sera pire !

Eh oui, mesdames et messieurs, le pays va mieux que l'année prochaine ! Nous envisageons un redressement dans cinq ans ! En effet, dans cinq ans, nous serons considérés comme un pays sous-développé auquel viendront en aide des pays industrialisés ! Vous ne dites rien ? Tant mieux. De tous ceux qui n'ont rien à dire, les plus agréables sont ceux qui se taisent.

Mais rappelez-vous que si la Gestapo avait les moyens de vous faire parler, les politiciens d'aujourd'hui ont les moyens de vous faire taire !

J'entends de droite et de gauche dire : « La droite est nulle, la gauche est nulle, je vote nul. » Éloignez-vous du fatalisme ! Réagissez ! Sachez prendre votre chance ! Rappelez-vous que, quand il pleut des roubles, les malchanceux n'ont pas de sac !

La France doit se redresser ! Elle compte sur vous. Il faut acheter français ! C'est très facile d'acheter français ! Comment reconnaître un produit français ? C'est le plus cher. Acheter le plus cher, vous êtes sûr d'acheter français !

Je voudrais rassurer les peuples qui meurent de la famine dans le monde : ici, on mange pour vous. Mais qu'ils prennent patience ! Les pauvres sont indispensables ! La preuve ? Les Américains en ont ! C'est quand même pas par snobisme ! Oui ! Les pauvres sont indispensables à l'équilibre du monde. Donc, nous remercions les pauvres de l'être.

Pour les pauvres, hip, hip, hip, hourra!

Pour le Sahel, hip, hip, hip! Pour l'Éthiopie, hip, hip, hip! Pour l'Amérique du Sud, Manille, les Indes, hip, hip, hip! Et les populations s'agitent, et j'te fais des affiches!

Un Rocard sinon rien! Mon candidat, c'est Hernu! *(Bis.)* À vos souhaits! Et Raymond Barre avec ses 45 % de matière grasse... Chirac avec sa carrière... Et Giscard, quand il est pas là, il nous manque! Faut dire que, quand il est là, il nous manque aussi!

Le PC, c'est le parti des travailleurs. C'est là où il y a de vieux fossiles. Certains sont complètement marteaux!

(1986)

*

Le sida - Les pédés

«Les pédés sont des enculés, mais c'est pas les seuls.»

SIDA: Sauvagement Introduit Dans l'Anus.

Moi, le sida, j'ai remarqué un truc! Ça s'attrape surtout dans les journaux: en effet, ça fait les gros titres. Alors que le sida a fait 200 morts l'année dernière, la tuberculose, 1500 morts, le cancer, 13000 morts. Et l'alcoolisme, 17000 morts!

Y a pas de solution! Les rats, figurez-vous, les rats de laboratoire refusent de s'enculer

Qu'est-ce qu'ils viennent nous emmerder avec le sida? Comme si les hémorroïdes, ça suffisait pas?

C'est pas très grave, hein? Tu vas chez Midas, ils te changent le pot en trente minutes, mais enfin, bon...

Mais, comme dit mon docteur, le sida, ça peut s'attraper aussi sur les toilettes, hein ? Mais enfin, c'est pas là que c'est le plus confortable !

Eh bien, maintenant, il y a une nouvelle psychose : les pédés donnent le sida. Eh bien, moi, je vais te dire : les femmes donnent le cancer.

Quelle connerie !

Moi, j'suis bien avec mon petit homme. On fait des rêves ensemble. Même des fois, on va chez Prénatal.

Je l'avais connu à Boulogne. Il faisait sa tournée. Je suis arrivé. J'étais tout nouveau. Je lui ai dit : « M'sieur l'agent, y a des pédés qui s'enculent dans le bois. »

Il m'a dit : « Rapporteuse ! »

On n'habitait pas la même ville. Tous les jours, je lui envoyais une lettre. Il a fini par se mettre en ménage avec le facteur.

Mes parents étaient déshonorés. Un jour, un des copains de mon père lui a dit :

– Qu'est-ce qu'il fait, ton fils ?

– Il est danseur.

L'autre lui a dit :

– Ah bien, le mien aussi est pédé.

J'ai tout de suite été dégoûté du sexe quand j'étais jeune, à la maison. Mon père, avec son sexe, il honorait ma mère et il déshonorait la bonne.

La bigamie, c'est quand on a une femme de trop. La monogamie aussi, voilà !

Et puis le mariage, j'sais pas, j'ai pas confiance ! D'abord, il faut des témoins, c'est comme dans les accidents.

Et puis, si on regarde bien, il y a beaucoup de couples qui ne sont séparés que par le mariage.

En général, on épouse une femme, on vit avec une autre et on n'aime que soi.

Si les femmes étaient bonnes, Dieu en aurait une.

J'ai eu plusieurs aventures sexuelles. L'une avec un communiste, dont je ne dirai pas le nom, qu'on appelle l'embrayage, parce que c'est la pédale de gauche ; l'autre avec une femme, une Anglaise.

Mon vieux, c'était moins bien que la gélatine. Parce qu'au moins la gélatine anglaise, elle bouge un peu quand tu la bouffes !

La pauvre avait le clitoris comme un cornichon. Pas aussi gros. Aussi maigre.

Vous savez pourquoi je mets des slips Épéda multispire ? C'est pour pouvoir m'en gratter une sans réveiller l'autre.

Moi, je dis que les femmes seront l'égal de l'homme le jour où elles accepteront d'être chauves et de trouver ça distingué.

Et puis les femmes sont doublement baisées : parce que, pour faire un pédé, il faut deux mecs.

Enfin, nous, on peut se moquer des femmes enceintes, on sait que ça nous arrivera pas.

On peut dormir tranquille, l'anus porte conseil !

(1986)

*

Le chômeur

Quand j'étais petit, je savais pas si je voulais être patron-chômeur ou ouvrier-chômeur. Et puis, finalement, j'ai pris ouvrier-chômeur.

Eh bien, j'ai bien fait, y a plus de choix.

Moi, j'ai été remplacé par une machine avec toute l'équipe de mecs qu'on était. Ah, une machine super !

Elle fait tout le travail à notre place !

Elle le fait aussi bien que nous, sinon mieux. Et puis, alors, la machine, ça a pas besoin de salaire, ça a pas besoin de repos, ça a pas besoin de vacances, c'est jamais malade !

Et le pire, ça a même pas besoin de travail !

Remarquez, le gouvernement s'en occupe, de l'emploi.

Surtout du sien. Il s'occupe de son emploi. Il veut pas perdre sa place.

C'est Lecanuet qui l'a dit à la télé : « Le gouvernement s'occupe de l'emploi. »

Lecanuet, c'est la maxi-tête, il a les dents à Sacha Distel
et tout est rafistolé. Lecanuet, il s'y connaît en emploi
autant que Thierry Roland en danse classique !

À la télé, ils disent tous les jours : « Y a 3 millions de personnes qui veulent du travail. »

C'est pas vrai : de l'argent leur suffirait !

Alors moi, euh, ça fait quatre ans que je suis chômeur.

Alors, j'suis rentré à la maison, ma femme me dit : « Tiens, tu vois, si j'avais eu du lard, j't'aurais fait une omelette au lard. Malheureusement, j'ai pas d'œufs ! »

Ils disent : « C'est la crise… »

Mais la crise rend les riches plus riches et les pauvres plus pauvres.

Je vois pas en quoi c'est une crise, moi.

Depuis que j'suis môme, j'entends dire : « C'est fini, c'est plus comme avant. » Eh ben, tant mieux que c'est plus comme avant, parce que, avant, c'était tarte !

Les politiciens, moi, vous savez, euh… Je les aime pas ! Non. Je porte à gauche, remarquez, enfin, je supporte à droite.

Alors, un homme politique, si vous voulez, c'est d'abord un homme qui s'occupe de sa carrière. Et puis une fois qu'il est arrivé à un poste assez important, alors, à ce moment-là, il met du pognon de côté.

Il commence à magouiller dans des affaires de gouvernement, avec des tierces personnes, hommes de paille qu'on appelle… Et y s'mettent du pognon de côté, parce que ça dure pas, un homme politique, mais ils récupèrent l'argent après. Bien mal acquis ne profite qu'après !

Les problèmes du chômage, c'est que les politiciens s'intéressent qu'à eux. Y en a qui, pour briller en société, y mangeraient du cirage, hein !

Homme politique, c'est une profession où il est plus utile d'avoir des relations que des remords.

Y paraît que homme politique, c'est très facile dans la journée. Le plus dur, la nuit, c'est de dormir avec les yeux ouverts. Parce que y en a qui ont une conscience.

Vous avez remarqué ? Les salauds au cinéma sont toujours punis à la fin, tandis qu'à la télé, c'est toujours les mêmes

Des fois, y a des hommes politiques qui descendent dans notre quartier. Eh bien, mon vieux, tu les verrais : quand ils te serrent la main, t'as intérêt à recompter tes doigts !
Moi, les hommes politiques, j'appelle ça des timbres. Des timbres, vous voyez ? De face, ils vous sourient, ils sont figés. Si jamais vous leur passez la main dans le dos, alors là, ça colle, vous en sortez plus !

Ah oui, mais alors, au début du septennat, y a toujours un état de grâce. Eh ben, au début, c'est les trois mois et, au bout d'un an du nouveau gouvernement, la garantie est foutue.

Alors vous, vous pouvez proposer toutes les solutions. Eux, ils disent oui, ou ils disent non ! Comme disait mon père : « L'avenir appartient à ceux qui ont le veto ! »

Alors, en tant que chômeur, je remercie tous les enfoirés.
Je remercie les enfoirés de gauche qui nous ont fait croire que c'était la droite qui savait pas gérer et que c'était pour ça qu'on était dans la merde.
Je remercie les enfoirés de droite qui nous ont fait croire que c'était à cause de ce qu'avait fait la gauche qu'on s'en sortait plus. Je remercie les enfoirés de patrons qui nous ont fait croire que c'était à cause de l'État qu'on n'arrivait pas à s'en sortir.
Et je remercie les enfoirés de syndicalistes qui nous ont fait croire que c'était la faute aux patrons. Tous se rejettent la faute les uns sur les autres.
Finalement, qui c'est qui l'a dans le cul ? C'est nous ! C'est ceux qui ont un cul.

Et puis, les politiciens, ils ont tous les droits : affaires Markovic, de Broglie, affaires du *Canard enchaîné*, de Bokassa, de Boulin, des avions renifleurs.

Tu peux rien dire : c'est le pot de fer contre le pot-de-vin.

Enfin, si tu veux, il y a deux sortes de justice : vous avez l'avocat qui connaît bien la loi et vous avez l'avocat qui connaît bien le juge.

Et puis, les gros bonnets, on peut pas les attraper. C'est toujours la même chose !
Ouais ! Y en a des biens dans les hommes politiques, y a du beau, y a du bon, mais y a du bonnet...
Y a surtout du bonnet.

On n'est pas assez nombreux! Le truc, c'est qu'on n'est pas assez nombreux!

Après tout, peut-être que les chômeurs votent pour qu'on les prenne pour des travailleurs?

Attention, moi, je suis chômeur. Mais l'État me paie pour résoudre la crise. Il me verse une allocation, et moi, je cherche du travail. et j'en trouve pas. Et si j'en trouve, j'lui dis pas. Et dès que j'reçois l'allocation tous les mois, j'm'achète *Modes et Travaux*, parce que, dans *Modes et Travaux*, y a des patrons en papier de soie.

Y a rien de plus agréable que de s'torcher le cul avec un patron quand on est chômeur.

Enfin, y faut quand même pas qu'on s'plaigne! Cette année, on a eu le TGV, l'année prochaine, on aura les rails.

Ah, le monde est comme ça, quoi!

Karpov et Kasparov tirent au sort pour savoir qui aura les blancs, et, en Afrique du Sud, Botha tire au hasard pour savoir qui aura les Noirs.

Enfin, nous, en France, on n'en est quand même pas là, quoi! Évidemment, y a l'extrême droite, à bon entendeur, salaud!

Enfin, dans l'ensemble, on fait encore la différence entre un émir et un Arabe.

L'extrême droite a 10% en France, comme les imprésarios.

Sauf que les imprésarios crachent pas sur le noir en général!

Comme disait Jean-Marie: « Il ne faut rien jeter par la portière dans les trains, parce qu'on peut blesser un ouvrier… voire un Français! »

Maintenant, j'ai trouvé une combine, je milite! À chaque fois que je prends le taxi, je donne pas de pourboire et j'lui dis: « Vous vous rappellerez, hein: j'suis du RPR! »

Enfin, je suis quand même content de savoir que ça fait quatre ans que je chôme et que ça a servi à la carrière d'un homme politique ou deux. Voilà, je suis très content! Mais la prochaine fois, je saurai quoi voter, je ferai comme dans la publicité: « Votez, éliminez! Votez, éliminez! »

(1986)

*

Médecins sans diplômes

– Docteur, je n'ai plus de mémoire!
– Payez d'avance!

Malade, malade, pauvre malade!
Tu nous fais chier: va mourir à l'hôpital!

Je l'ai lu dans le livre de Rika Zaraï: «Tu te trempes le cul dans l'eau froide, tu décolles la vignette qu'il y a sur le disque et il est remboursé par la Sécu!»

D'ailleurs, Rika Zaraï, elle a fait du mal à personne.
Les seuls qu'elle a rendus malades, c'est les médecins.
Et les prix Nobel...
Parce qu'elle a quand même vendu plus de livres que le prix Nobel!

Remarquez, moi, j'y crois à ces trucs-là!
Je me souviens, y avait une grand-mère, elle disait toujours: «Il faut boire un Ricard avant chaque repas, et on n'est jamais malade.»
C'est vrai, mon grand-père était en pleine forme.
Faut dire qu'il avait trois mois d'avance!
C'est atroce. Mon grand-père est mort dans des souffrances terribles.
Il disait au médecin: «Je souffre, docteur, je souffre. Laissez-moi mourir.»
L'autre lui dit: «Mais je vous en prie, j'ai pas besoin de conseils, je connais mon métier.»

Mon grand-père disait toujours: «Je préfère mourir que d'être opéré!»
Le médecin lui a dit: «Mais l'un n'empêche pas l'autre!»
Mais oui, monsieur, mais oui: on peut opérer sans anesthésie. Avec des boules Quiès!

C'est un médecin à son client. « D'ailleurs vous n'êtes pas malade l'autopsie prouvera que j'avais raison. »

Ce qui arrive très souvent, c'est que le médecin guérit la maladie et finit quand même par tuer le malade.

Parce que si vous voulez pas être malade, si vous voulez
pas mourir, le mieux, c'était carrément de pas naître.
Avec la capote Nestor, j'suis pas né, j'suis pas mort.

En tout cas, le bouquin de Rika Zaraï, il est super. Moi, je fais des dîners chez elle, c'est que de l'herbe. Avant de passer à table, elle dit toujours : « Dépêchez-vous, le dîner va faner ! »

Tout le problème, c'est de pas grossir. Parce que moi, j'avais de la famille italienne.
Vous savez la différence qu'il y a entre une grand-mère italienne et un éléphant ? Environ 10 kilos.

Mon grand-père était complètement miro. Une fois, il est allé chez l'opticien, il arrivait pas à voir le mur où il y avait les lettres. Le mec lui a dit : « C'est pas des lunettes qu'il vous faut, c'est un chien. »

Chez ma grand-mère, tout le monde faisait la prière
avant la bouffe.
Faut dire que la bouffe était dégueulasse !

Il faut vachement se méfier de ce qu'on mange.
Encore que le champignon le plus vénéneux, c'est quand même celui qu'on trouve dans les voitures !

Dans le bouquin de Rika Zaraï, je vois : « Que faire quand vous avez les dents jaunes ? Très simple : portez une cravate marron. »

Mais y a des combines naturelles ?
Bien sûr : contre la toux, par exemple.
Vous prenez un bon laxatif, ben, vous osez plus tousser !

C'est comme les psychiatres, c'est très efficace.
Moi, avant, je pissais au lit, j'avais honte.
Je suis allé voir un psychiatre. Je suis guéri.
Maintenant, je pisse au lit, mais j'en suis fier !
N'empêche que ce mec-là, pour 15 000 francs, il m'a débarrassé de ce que j'avais : j'avais 15 000 francs.

Moi, j'en connais un, un gynécologue pour pas perdre la main pendant ses vacances, il repeint le corridor en passant la main par la boîte aux lettres.

J'ai suivi les conseils qu'il y a dans le livre de Rika Zaraï: « Le masque pour la nuit. »
Tu te mets des carottes, des olives, des œufs, des champignons.
Et, au réveil, t'as une pizza.

Dans le livre de Rika, y a un truc pour ne pas perdre ses cheveux. Moi, je sais ce qu'il faut faire pour ne pas perdre ses cheveux: il faut frotter la tête avec du papier à chiotte.
Parce que moi, je me torche le cul depuis des années et il ne me manque pas un poil.

(1986)

*

La pute

« Au fond, je suis très proche des gros cons dont je parle.
Au partage, j'ai seulement un petit plus d'humour. »

Tu viens, chéri, j'te ferai le coup du microsillon. Tu sais pas c'que c'est, le coup du microsillon ? C'est celui qu'on peut jouer sur les deux faces !

La péniche, on m'appelle ! La péniche, c'est le surnom que mes copines m'ont donné. C'est parce que je fais mes cinq nœuds à l'heure !

Regarde-moi ça, ce manteau de fourrure. J'aurais fait n'importe quoi pour l'avoir ! Quand je l'ai eu, je ne pouvais plus le boutonner.

Dans le bois, je te dis pas le temps qu'il fait : tu y vas pour ramasser un bel engin, tu reviens avec une belle angine.

J'ai essayé de travailler honnêtement. J'avais trouvé un boulot de secrétaire. Alors, il me fait faire une dictée pour voir. J'fais dix-neuf fautes. Le mec baisse son pantalon et il me dit : « Madame, dix-neuf fautes. Si vous voulez entrer dans la maison, va falloir en faire une vingtième. »

J'ai tout de suite compris que mes meilleures amies, c'étaient mes jambes. Et j'ai aussi compris qu'il fallait souvent écarter ses meilleures amies !

Moi, c'que j'aurais aimé, c'est gagner un concours où on passe la nuit avec un artiste connu. J'aurais pris les chœurs de l'Armée rouge. Parce qu'il paraît que les femmes faciles, c'est bon pour les hommes difficiles !

En tout cas, on a souvent vu une honnête femme faire le malheur d'un seul homme, et une pute faire le bonheur de plusieurs.

C'est marrant. J'ai remarqué parmi les honnêtes femmes que celles qui aiment pas les putes, c'est les plus moches !

Le mieux, c'est quand même les mecs : y en a qui vont aux putes toute leur vie. Mais dès qu'ils ne peuvent plus bander... Bref, pour ces messieurs, la moralité devient rigide quand le reste ne l'est plus !

Une fois, j'ai rencontré un mec formidable. Avec qui je suis restée longtemps.

Il m'avait fait faire tilt... D'ailleurs, il a eu droit à plusieurs parties gratuites.

Lui, il m'avait touchée au cœur. Les autres avaient pas visé assez haut.

Mon mec, un jour, il est arrivé chez mes parents. Il a dit : « Monsieur, j'suis venu demander le vagin de votre fille. » Alors mon père lui a dit :

– Vous voulez dire la main ?

– Eh bien, non... Si c'est pour faire ça à la main, j'ai la mienne !

On a beau dire... Les femmes, quand même, préfèrent plus les hommes qui les prennent sans les comprendre que les hommes qui les comprennent sans les prendre.

Ah, les hommes ! La raison du plumard est toujours la meilleure !

Mais il faut se méfier ! Y a des malades, on rencontre des malades ! Il ne faut pas oublier qu'un journal coupé en morceaux, ça n'intéresse pas une femme. Tandis qu'une femme coupée en morceaux, ça intéresse les journaux.

Ah, y a des malades ! L'autre jour, je fais une pipe à un client. Je lui dis : « C'est marrant, tu sens le bouchon ! »

Il me dit : « C'est possible, je suis de Liège. »

J'ai un client... un courtier en Bourse. Mon vieux, il a des actions en Bourse, mais pour lui mettre les bourses en action !

Et quand le client est très, très, très bourré, j'lui fais le coup du Hongrois. De l'amour hongrois !

Oui, je le prends entre mes cuisses... On croit qu'on baise et on baise pas !

Enfin, comme dit l'autre, c'est la foi qui compte : moi, je compte les fois.

J'peux pas dire que j'ai assisté à une course de sperme, mais j'ai souvent donné le départ !

Alors, l'autre jour, j'ai un client qui vient, qui gueule en me disant : « Oui, heu, tu m'as refilé la vérole ! »

Je lui dis : « Oh, hé, tu l'as achetée 100 balles, ta vérole ! »

– Oui, j'ai des petits crabes, j'ai des petits crabes !

– Dis donc, pour 100 balles, tu veux pas une langouste, non ?

Non, mais ! Où il se croit, l'autre ?

Dans la rue, les putes, ça marche au doigt mais pas à l'œil !

Et même une fois, pendant le travail, j'ai été violée... Si, ça se peut ! Un enfoiré m'a refilé un faux billet ! Ah, je peux t'dire, il était moche en plus ! Ah ! j'oublie jamais un visage. Mais pour lui, j'ferai une exception.

Ma mère aussi était prostituée. Quand j'étais petite, elle me disait toujours : « Tu vois, mon frère, il a un petit robinet ! Eh ben, toi, si t'es pas sage, t'en auras plusieurs ! »

Toute ma famille est dans la prostitution. Sauf ma sœur : elle a été étouffée à l'oral.

Enfin ! comme dit ma mère, ça ne nous empêchera pas d'aller au paradis ! Ça m'étonnerait que saint Pierre soit inébranlable !

(1986)

*

Jean-Marie

L'extrême droite et la droite extrême.

Dans le parti de Jean-Marie, on est à droite ! Oui, c'est
vrai : on est légèrement à la droite de Hitler.

« Aujourd'hui, on est un parti fort : nous sommes européens, nous sommes européens, tendance IIIe Reich, mais européens. »

On dit dans la presse : « Le Pen dépasse les borgnes, il exagère ! »

En tout cas, à la télé, il fait führer !

François Mitterrand a dit : « Les immigrés sont ici chez eux ! »
Jean-Marie a répliqué : « Moi, je suis d'accord. Je me sens aussi chez eux ! »

Les étrangers devraient comprendre une chose : il vaut mieux être en bon état de santé qu'en mauvais état d'arrestation.

A-t-on le droit de taper sur un Arabe ?
« Oui, m'sieur, en trois exemplaires. J'suis dans l'administration, j'le sais ! »

Devinette sportive :
– Savez-vous pourquoi les Russes sautent plus haut et les Noirs courent plus vite ?
– Parce que c'est la police qui les entraîne ! Tout n'est pas négatif !

La France, c'est 55 millions d'otages dont 49 millions de Français.

« Viens, Larbi, on va jouer au tennis, passe-moi les balles et les roquettes ! »

Maintenant, on voit : « Tunisie amie. »
Elle nous a mis quoi ?

Là-bas, les gens réclament du pain !
On voit que des Beurs. Alors, ils sont emmerdés pour faire des tartines.

On nous a bourré le mou pendant des années
comme quoi, en 732, Charles Martel avait arrêté les
Arabes à moitié.
Eh bien, maintenant, y en a jusqu'à Lille!
J'me marre, le pape visite les pays arabes. Ça m'ferait marrer qu'on
lui pique sa Mobylette!
Faut pas dire qu'on fait rien pour les immigrés. L'autre
jour, y a un Noir qui s'est fait brûler vif dans la rue.
En une heure, on a fait une quête pour sa veuve, on
avait déjà ramassé 50 litres!
Jean-Marie le dit: «Le racisme, c'est comme les
nègres, ça ne devrait pas exister!»
Je ne suis pas raciste, mais regarde: y a trop de
Chinois! Apprenez-leur le bon trou: qu'ils s'enculent,
ces gens-là!
Et tous ces juifs, vous croyez pas qu'y en a trop?
Regardez ça:
Y a 1 milliard de Chinois, on n'en parle jamais.
Y a 6 millions de juifs, on en parle tout le temps!
Vous savez pourquoi y a des catholiques?
C'est pour acheter au détail parce que les juifs n'achètent qu'en gros!
La grande différence entre Georges Marchais et Jean-
Marie, c'est que Georges Marchais, il est de l'almanach
Vermot, alors que Jean-Marie, il est de l'almanach
Wehrmacht.
Et si les Noirs sentent fort, c'est pour que les aveugles
les reconnaissent.
Alors les plaisanteries qui courent sur Jean-Marie
comme quoi il aurait du sang étranger!
Sur son pare-chocs, il en a. Mais c'est tout!
Juste avant ma mort, je voudrais être converti en Arabe.
Comme ça, ça en fera un de moins!

(1986)

*

L'administration

J'aurais bien travaillé dans l'administration. Mais toute la journée à rien foutre, c'est dur ! Mais, c'est-à-dire que, vous savez, l'administration, en France, c'est très fertile ! On y plante des fonctionnaires, il y pousse des impôts !

Moi, je pourrais pas y travailler, parce que je parle en dormant, la nuit, c'est pas très grave, mais au bureau, c'est chiant !

Et puis, le premier jour que j'arrive, à l'administration, personne ! Alors, j'appelle… personne !

Finalement, je vois le signal d'alarme, je tire le signal d'alarme. Cinq minutes après, le mec arrive du bistrot avec six bières.

Alors, c'est comme ça.

Alors, le premier jour, j'arrive, mon vieux, pas d'bol ! Ils nous donnent du travail comme quatre.

Heureusement, on était huit.

Et, tout de suite, j'me suis fait un copain dans l'administration. Y m'a dit : « Mon vieux, si je peux te donner un conseil, j'te vois là : ne dors pas le matin, sans ça, tu sauras pas quoi faire cet après-midi. »

Parce que, vous savez, les administrations, c'est des endroits où, quand on arrive en retard, on croise ceux qui s'en vont en avance !

Et d'ailleurs, on dit que, si jamais y en a un qui meurt, dans l'administration, sur le lieu de service, il faut lui retirer les mains des poches pour faire croire à un accident du travail !

Tiens, sans compter que, à l'administration on devrait lui confier l'inflation !

Ben, ça la stopperait pas, mais ça la ralentirait considérablement quand même !

Combien vous croyez qu'y a de gens qui travaillent à la Sécurité sociale ?

Un sur quatre! Et j'suis large!

À la Sécurité sociale, tout est assuré. Sauf la pendule. Ça, on risque pas de la voler : le personnel a les yeux constamment fixés dessus !

Alors, l'autre jour, une copine, je la vois qui part en avance. Le patron lui dit :

– Dites donc, vous partez en avance et vous êtes déjà arrivée en retard ce matin ?

– Eh ben, justement ! Je veux pas être en retard deux fois dans la même journée !

Ah, dis donc, heureusement qu'ils sont pas dans le bâtiment, à la Sécurité sociale ! Ils auraient les doigts pris dans le béton !

(1986)

L'ensemble des sketches en bonus, à l'exception du « Belge », sont édités par Maroko Exploitation.

Table

Mis en pages par DV Arts Graphiques à La Rochelle
Imprimé en France par CPI Firmin Didot

Dépôt légal : octobre 2010
N° d'édition : 1810 – N° d'impression : 107991
ISBN 978-2-7491-1810-9

C'EST TRÈS BEAU. ALLEZ, ON SE CASSE !
ATTENDS ! IL SE COUCHE. ATTENDS ! C'EST TRÈS BEAU !
WOLINSKI